증편 한국구비문학대계

3-7

충청북도 진천군

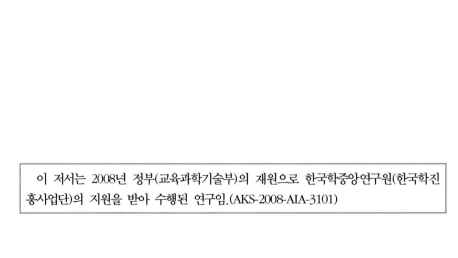
이 저서는 2008년 정부(교육과학기술부)의 재원으로 한국학중앙연구원(한국학진흥사업단)의 지원을 받아 수행된 연구임.(AKS-2008-AIA-3101)

증편 한국구비문학대계
3-7
충청북도 진천군

이창식·최명환·장호순·김영선

한국학중앙연구원

역락

발간사

　민간의 이야기와 백성들의 노래는 민족의 문화적 자산이다. 삶의 현장에서 이러한 이야기와 노래를 창작하고 음미해 온 것은, 어떠한 권력이나 제도도, 넉넉한 금전적 자원도, 확실한 유통 체계도 가지지 못한 평범한 사람들이었다. 이야기와 노래들은 각각의 삶의 현장에서 공동체의 경험에 부합하였으며, 사람들의 정신과 기억 속에 각인되었다. 문자라는 기록 매체를 사용하지 못하였지만, 그 이야기와 노래가 이처럼 면면히 전승될 수 있었던 것은 그것이 바로 우리 민족의 유전형질의 일부분이 되었기 때문이며, 결국 이러한 이야기와 노래가 우리 민족을 하나의 공동체로 묶어 주고 있는 것이다.

　사회와 매체 환경의 급격한 변화 가운데서 이러한 민족 공동체의 DNA는 날로 희석되어 가고 있다. 사랑방의 이야기들은 대중매체의 내러티브로 대체되어 버렸고, 생활의 현장에서 구가되던 민요들은 기계화에 밀려 버리고 말았다. 기억에만 의존하여 구전되던 이야기와 노래는 점차 잊히고 있다. 한국학중앙연구원이 1970년대 말에 개원함과 동시에, 시급하고도 중요한 연구사업으로 한국구비문학대계의 편찬 사업을 채택한 것은 바로 이러한 시대적 상황에 대한 우려와 잊혀 가는 민족적 자산에 대한 안타까움 때문이었다.

　당시 전국의 거의 모든 구비문학 연구자들이 참여하였는데, 어려운 조사 환경에서도 80여 권의 자료집과 3권의 분류집을 출판한 것은 그들의 헌신적 활동에 기인한다. 당초 10년을 계획하고 추진하였으나 여러 사정으로 5년간만 추진되었으며, 결과적으로 한반도 남쪽의 삼분의 일에 해당

하는 부분만 조사하게 되었다. 그럼에도 불구하고 한국구비문학대계는 주관기관인 한국학중앙연구원의 대표 사업으로 각광 받았을 뿐 아니라, 해방 이후 한국의 국가적 문화 사업의 하나로 꼽히게 되었다.

21세기에 들어서면서 한국학중앙연구원에서는 미완성인 채로 남아 있는 구비문학대계의 마무리를 더 이상 미룰 수 없다는 생각으로 이를 증보하고 개정할 계획을 세웠다. 20년 전의 첫 조사 때보다 환경이 더 나빠졌고, 이야기와 노래를 기억하고 있는 제보자들이 점점 줄어들고 있었던 것이다. 때마침 한국학 진흥에 대한 한국 정부의 의지와 맞물려 구비문학대계의 개정·증보사업이 출범하게 되었다.

이번 조사사업에서도 전국의 구비문학 연구자들이 거의 다 참여하여 충분하지 않은 재정적 여건에서도 충실히 조사연구에 임해 주었다. 전국 각지의 제보자들은 우리의 취지에 동의하여 최선으로 조사에 응해 주었다. 그 결과로 조사사업의 결과물은 '구비누리'라는 이름의 데이터베이스에 탑재가 되었고, 또 조사 자료의 텍스트와 음성 및 동영상까지 탑재 즉시 온라인으로 접근할 수 있는 시스템을 갖추었다. 특히 조사 단계부터 모든 과정을 디지털화함으로써 외국의 관련 학자와 기관의 선망의 대상이 되고 있다.

이제 조사사업의 결과물을 이처럼 책으로도 출판하게 된다. 당연히 1980년대의 일차 조사사업을 이어받음으로써 한편으로는 선배 연구자들의 업적을 계승하고, 한편으로는 민족문화사적으로 지고 있던 빚을 갚게 된 것이다. 이 사업의 연구책임자로서 현장조사단의 수고와 제보자의 고귀한 뜻에 감사를 표하지 않을 수 없다. 아울러 출판 기획과 편집을 담당한 한국학중앙연구원의 디지털편찬팀과 출판을 기꺼이 맡아준 역락출판사에 감사를 드린다.

2013년 10월 4일
한국구비문학대계 개정·증보사업 연구책임자 김병선

책머리에

　구비문학조사는 늦었다고 생각하는 지금이 가장 빠른 때이다. 왜냐하면 자료의 전승 환경이 나날이 달라지고 있기 때문이다. 전승 환경이 훨씬 좋은 시기에 구비문학 자료를 진작 조사하지 못한 것이 안타깝게 여겨질수록, 지금 바로 현지조사에 착수하는 것이 최상의 대안이자 최선의 실천이다. 실제로 30여 년 전 제1차 한국구비문학대계 사업을 하면서 더 이른 시기에 조사를 했더라면 하는 아쉬움이 컸는데, 이번에 개정·증보를 위한 2차 현장조사를 다시 시작하면서 아직도 늦지 않았다는 사실을 실감했다.

　구비문학 자료는 구비문학 연구와 함께 간다. 자료의 양과 질이 연구의 수준을 결정하고 연구수준에 따라 자료조사의 과학성이 결정되기 때문이다. 실제로 1차 조사사업 결과로 구비문학 연구가 눈에 띠게 성장했고, 그에 따라 조사방법도 크게 발전되었다. 그러나 연구의 수명과 유용성은 서로 반비례 관계를 이룬다. 구비문학 연구의 수명은 짧고 갈수록 빛이 바래지만, 자료의 수명은 매우 길 뿐 아니라 갈수록 그 가치는 더 빛난다. 그러므로 연구 활동 못지않게 자료를 수집하고 보고하는 일이 긴요하다.

　교육부에서 구비문학조사 2차 사업을 새로 시작한 것은 구비문학이 문학작품이자 전승지식으로서 귀중한 문화유산일 뿐 아니라, 미래의 문화산업 자원이라는 사실을 실감한 까닭이다. 따라서 학계뿐만 아니라 문화계의 폭넓은 구비문학 자료 활용을 위하여 조사와 보고 방법도 인터넷 체제와 디지털 방식에 맞게 전환하였다. 조사환경은 많이 나빠졌지만 조사보고는 더 바람직하게 체계화함으로써 누구든지 쉽게 접속하여 이용할 수 있는 데이터베이스를 구축했다. 그느라 조사결과를 보고서로 간행하는 일은 상대적으로 늦어지게 되었다.

2차 조사는 1차 사업에서 조사되지 않은 시군지역과 교포들이 거주하는 외국지역까지 포함하는 중장기 계획(2008~2018년)으로 진행되고 있다. 한국학중앙연구원 어문생활연구소와 안동대학교 민속학연구소가 공동으로 조사사업을 추진하되, 현장조사 및 보고 작업은 민속학연구소에서 담당하고 데이터베이스 구축 작업은 한국학중앙연구원에서 담당한다. 가장 중요한 일은 현장에서 발품 팔며 땀내 나는 조사활동을 벌인 조사자들의 몫이다. 마을에서 주민들과 날밤을 새우면서 자료를 조사하고 채록하여 보고서를 작성한 조사위원들과 조사원 여러분들의 수고를 기리지 않을 수 없다. 조사의 중요성을 알아차리고 적극 협력해 준 이야기꾼과 소리꾼 여러분께도 고마운 말씀을 올린다.

구비문학 조사를 전국적으로 실시하여 체계적으로 갈무리하고 방대한 분량으로 보고서를 간행한 업적은 아시아에서 유일하며 세계적으로도 그 보기를 찾기 힘든 일이다. 특히 2차 사업결과는 '구비누리'로 채록한 자료와 함께 원음도 청취할 수 있는 데이터베이스를 구축해서 세계에서 처음으로 인터넷과 스마트폰으로 이용할 수 있는 디지털 체계를 마련했다. '구슬이 서 말이라도 꿰어야 보배'인 것처럼, 아무리 귀한 자료를 모아두어도 이용하지 않으면 소용이 없다. 그러므로 이 보고서가 새로운 상상력과 문화적 창조력을 발휘하는 문화자산으로 널리 활용되기를 바란다. 한류의 신바람을 부추기는 노래방이자, 문화창조의 발상을 제공하는 이야기주머니가 바로 한국구비문학대계이다.

2013년 10월 4일
한국구비문학대계 개정·증보사업 현장조사단장 임재해

한국구비문학대계 개정·증보사업 참여자 (참여자 명단은 가나다 순)

연구책임자

김병선

공동연구원

강등학　강진옥　김익두　김헌선　나경수　박경수　박경신　송진한　신동흔
이건식　이경엽　이인경　이창식　임재해　임철호　임치균　조현설　천혜숙
허남춘　황인덕　황루시

전임연구원

이균옥　최원오

박사급연구원

강정식　권은영　김구한　김기옥　김영희　김월덕　김형근　노영근　류경자
서해숙　유명희　이영식　이윤선　장노현　정규식　조정현　최명환　최자운
한미옥

연구보조원

강아영　고호은　공유경　기미양　김미정　김보라　김영선　박은영　박혜영
백민정A　백민정B　서정매　송기태　신정아　오소현　윤슬기　이미라　이선호
이창현　이화영　임세경　장호순　정혜란　황영태　황은주　황진현

주관 연구기관 : 한국학중앙연구원 어문생활사연구소
공동 연구기관 : 안동대학교 민속학연구소

일러두기

■ 『증편 한국구비문학대계』는 한국학중앙연구원과 안동대학교에서 3단계 10개년 계획으로 진행하는 "한국구비문학대계 개정·증보사업"의 조사 보고서이다.

■ 『증편 한국구비문학대계』는 시군별 조사자료를 각각 별권으로 간행하는 것을 원칙으로 한다. 서울 및 경기는 1-, 강원은 2-, 충북은 3-, 충남은 4-, 전북은 5-, 전남은 6-, 경북은 7-, 경남은 8-, 제주는 9-으로 고유번호를 정하고, -선 다음에는 1980년대 출판된 『한국구비문학대계』의 지역 번호를 이어서 일련번호를 붙인다. 이에 따라 『증편 한국구비문학대계』는 서울 및 경기는 1-10, 강원은 2-10, 충북은 3-5, 충남은 4-6, 전북은 5-8, 전남은 6-13, 경북은 7-19, 경남은 8-15, 제주는 9-4권부터 시작한다.

■ 각 권 서두에는 시군 개관을 수록해서, 해당 시·군의 역사적 유래, 사회·문화적 상황, 민속 및 구비 문학상의 특징 등을 제시한다.

■ 조사마을에 대한 설명은 읍면동 별로 모아서 가나다 순으로 수록한다. 행정상의 위치, 조사일시, 조사자 등을 밝힌 후, 마을의 역사적 유래, 사회·문화적 상황, 민속 및 구비문학상의 특징 등을 중심으로 설명하고, 마을 전경 사진을 첨부한다.

■ 제보자에 관한 설명은 읍면동 단위로 모아서 가나다 순으로 수록한다. 각 제보자의 성별, 태어난 해, 주소지, 제보일시, 조사자 등을 밝힌 후, 생애와 직업, 성격, 태도 등을 중심으로 서술하고, 제공 자료 목록과 사진을 함께 제시한다.

- 조사 자료는 읍면동 단위로 모은 후 설화(FOT), 현대 구전설화(MPN), 민요(FOS), 근현대 구전민요(MFS), 무가(SRS), 기타(ETC) 순으로 수록한다. 각 조사 자료는 제목, 자료코드, 조사장소, 조사일시, 조사자, 제보자, 구연상황, 줄거리(설화일 경우) 등을 먼저 밝히고, 본문을 제시한다. 자료코드는 대지역 번호, 소지역 번호, 자료 종류, 조사 연월일, 조사자 영문 이니셜, 제보자 영문 이니셜, 일련번호 등을 '_'로 구분하여 순서대로 나열한다.
- 자료 본문은 방언을 그대로 표기하되, 어려운 어휘나 구절은 ( ) 안에 풀이말을 넣고 복잡한 설명이 필요할 경우는 각주로 처리한다. 한자 병기나 조사자와 청중의 말 등도 ( ) 안에 기록한다.
- 구연이 시작된 다음에 일어난 상황 변화, 제보자의 동작과 태도, 억양 변화, 웃음 등은 [ ] 안에 기록한다.
- 잘 알아들을 수 없는 내용이 있을 경우, 청취 불능 음절수만큼 '○○○'와 같이 표시한다. 제보자의 이름 일부를 밝힐 수 없는 경우도 '홍길○'과 같이 표시한다.
- 『증편 한국구비문학대계』에 수록된 모든 자료는 웹(gubi.aks.ac.kr/web)과 모바일(mgubi.aks.ac.kr)에서 텍스트와 동기화된 실제 구연 음성파일을 들을 수 있다.

차례

민요

4. 백곡면

5. 이월면

▌조사마을

▌제보자

● 설화

● 설화

● 현대 구전설화

● 민요

7. 초평면

● 근현대 구전민요

진천군 개관

진천군(鎭川郡)은 충청북도 북서부에 위치하고 있으며, 차령산맥이 북
동쪽에서 서남쪽으로 달리고 있어 산악이 많고 동북부는 광혜원면과 백
곡면의 경계를 흐르는 미호천 지류들이 남류하여 비교적 넓은 진천평야
를 이루고 있다.

진천군의 면적은 총 406.00km²이며 이는 충청북도 전체 면적의 5.5%
정도에 해당된다. 그중 임야 면적이 232.93km², 밭이 38.52km², 논이
65km², 기타 면적이 69.55km² 등을 각각 차지하고 있다. 농경지의 경우 밭
보다는 논의 비율이 훨씬 높다. 2008년 1월 현재 진천군의 총 인구는 60,152
명이며, 이 중 진천읍이 26,117명(43.3%), 광혜원면이 9,595명(15.9%), 이월
면이 7,996명(13.3%), 덕산면이 6,337명(10.5%) 등으로 이들 지역의 인구
가 군 전체 인구의 83.1%를 차지한다.

삼한시대에는 수지(首知) 또는 신지(新知)로, 고구려시대에는 금물노군
(今勿奴郡)으로, 신라 관할 이후로는 만노군(萬弩郡)으로 칭했으며, 신라
제35대 경덕왕 대에는 흑양군(黑壤郡)으로, 그 후에는 황양군(黃壤郡)으로
개칭하였다.

고려 초기에 이르러 강주(降州)라 한 후 다시 진주(鎭州)라 개칭하였고,
995년(성종14)에 자사(刺使)를 두었다가 제7대 목종 때 이르러 이를 파하

였으며, 1005년(현종9)에는 청주에 소속되었다. 1250년(고종46)에는 권신 임연(林衍)의 고향이라 하여 창의현(彰義縣)으로 승격되어 지의부군사(知義富郡使)를 두었다가 임연이 형벌을 받아 죽자 다시 진주(鎭州)로 강등되면서 감무(監務)를 두었다.

조선 초기에는 상산(常山)이라 칭하다가 1413년(태종13)에 비로소 진천(鎭川)이라 개칭하여 현감을 두었고, 1505년(연산군11)에 경기도에 편입되었다. 그러나 중종 초에 다시 충청도에 편입되어 진천현이라 하였다. 1895년(고종32)에 진천현이 진천군으로 되었고, 1914년의 행정 구역 개편에 따라 군중, 만승, 초평, 문백, 이월, 덕산, 백곡 등의 7개면으로 개편되었으며, 1973년 7월 31일 진천면이 진천읍으로 승격되어 진천군은 1읍 7개면이 되었다. 2000년 1월 1일에는 만승면이 광혜원면으로 명칭이 변경되었다.

진천군 전경

신천군에는 신석기시대에 이미 미호천과 백곡천 유역을 중심으로 취락이 입지했었다. 청동기와 철기시대를 거쳐 원삼국시대로 연결되었으며, 당시 진천은 마한에 속한 지역으로서 마한 54개국 중 목지국(目支國)의 수도였던 것으로도 추정하고 있다. 덕산면 구산리 일대에서 대규모의 취락과 야철 단지 등의 유적 및 유물이 발견된 것으로 보아 이 일대가 고대 진천 지역 문화의 중심지였던 것으로 추정된다.

진천군에는 삼국~통일신라시대와 관련하여 각종 유물·유적을 비롯한 다양한 사료들이 산재하거나 전해지고 있다. 덕산면 산수리에는 백제요지 유적(사적 제325호)이 있으며, 이월면 삼용리에는 백제토기 유적(사적 344호) 등이 있다. 또한 삼국시대의 산성으로 진천읍의 신정리 걸미산성, 행정리와 사석리 및 문봉리 등에 걸쳐 있는 문안산성, 진천읍 성석리와 덕산면 경계의 대모산성, 초평면 영구리의 두타산성, 문백면 옥성리의 파재산성(일명 옥성산성), 백곡면 갈월리의 갈월산성 등이 있고, 신라시대의 산성으로 연곡리 만뢰산의 만뢰산성, 진천읍 벽암리의 도당산성, 진천읍 상계리의 태령산성 등이 있다.

또한 진천읍 상계리와 백곡면 사송리 간에 위치하고 있는 태령산(胎靈山)은 삼국통일의 대업을 완수한 흥무왕 김유신 장군 태생지의 뒷산으로 산 정상에 장군의 태를 묻었다고 하여 명명되었다고 하며, 산 아래에 길상사가 있어 길상산(吉祥山)라고도 한다. 태령산의 길상사에는 김유신사(金庾信祠)가 있는데 신라 때에는 사우를 세우고 봄, 가을로 향촉을 내렸으며, 925년(태조8)에는 고을 관현으로 하여금 제사를 지내게 하였다고도 한다.

다음으로 만노태수의 관저가 있었던 것으로 짐작되는 담안밭에서 진천 방면으로 조금 올라가 오른 편 골짜기에 있는 벽암리의 도당산성은 당시 신라와 백제의 경계선으로서 후방 기지였으며, 연곡리 비선골의 만뢰산성은 치소의 전방 기지였던 것으로 추정한다. 한편 광혜원면 광혜원리의 화랑벌, 화랑궁터, 병무관터, 당고개 등은 삼국시대 화랑의 전초 기지로서 이들 지역에도 군사 취락이 있었음을 짐작하게 하는 유물들과 전설이 전해지고 있다.

그 외 진천군에는 신라시대에 건립된 진천읍 상계리의 백련암터, 진천읍 지암리의 지장사터 등의 절터가 남아 있는데, 지장사지에는 지름 150cm가 넘는 큰 맷돌이 있어 절이 웅대했음을 말해주고 있다. 또한 초평면 용정리 산 7번지에 있는 지방 유형 문화재 제91호인 태화사년명마애불상(太和四年銘磨崖佛像)은 830년(흥덕왕5)에 조각된 것으로 추정되고 있다.

진천군은 일찍이 삼국시대부터 군사상의 요지로서 그 중요성이 인정되었는데 신라 말기~고려 초기에도 매우 중요한 요충지였다. 곧 한강 유역을 지나 진천-청주-보은 등을 거쳐 호남의 곡창 지대로 연결되는 길로서 예나 지금이나 변함이 없다. 문백면 구곡리의 세금천에 세워진 농다리(籠橋)는 고려 고종 때 권신인 임연(林衍) 세운 다리라고 전해졌으나, 최근에는 삼국시대에 축조된 것이라고도 하는 설도 있다. 또한 그 옆에 석탄교가 있고 그 위치로 보아 청주의 낭비성(현재의 상당산성)에서 도당산성으로 통하는 길로 보인다는 이설도 있다.

고려시대에는 불교를 국교로 삼았기 때문에 불교문화가 발달하였고 많은 불교 문화재가 조성되었다. 이 중 두타산의 영수암(靈水庵)은 908년(고려 태조 원년)에 창건된 것으로 진천에서 가장 오래된 사찰이며, 조선 인조 때 벽암대사가 중창하여 지금에 이르고 있다. 영수사의 괘불은 진천읍 상계리의 백련암에 있었던 것인데 폐사되면서 이곳 영수암으로 이전되었으며, 1977년 12월 6일 지방 유형 문화재로 지정되었다.

연곡리 비립동(일명 비선골)에는 고려 초에 건립된 연곡리 삼층석탑(보물 제404호)이 있는데, 지금은 보탑사(寶塔寺)가 웅장하게 건립되어 있고, 주변의 경치가 아름다워 관광객들이 많이 찾고 있다. 또한 진천읍의 신정리 사지, 덕산면의 산수리 사지, 진천읍의 교성리 사지, 진천읍 연곡리의 연곡 사지, 문백면의 옥성리 사지 등도 고려시대에 창건되었던 사찰들의 사지들이다.

엽돈치(葉屯峙)는 백곡면 갈원리와 충청남도 천안시와 경계를 이루고 있는 고개로서 이곳은 삼국시대의 백제와 신라의 접경 지역으로서 지금도 당시의 유지가 남아있다고 한다. 또한 엽돈치는 임진왜란 때 안성인 홍계(洪季男)이 의병 수천 명을 모군하여 왜군을 격퇴하였다고 하는데, 그 우측에 왜군과 접전할 때 축조한 성첩구지(城堞舊址)가 아직도 남아 있어 당시에도 요새지였음을 알려주고 있다.

백곡면 양백리 배티마을에서 경기도 안성군 금광면 상중리로 넘어가는 곳에는 배티고개가 있다. 1728년(영조4) 3월 15일 이인좌(李麟佐) 일당이 청주에서 반란을 일으켜 청주성을 함락하고 진천현을 점령하였다. 이때 순천군수를 역임한 이순곤(李順坤)은 80노구에 의병을 이끌고 배티에서 맞섰고, 경기도 소사 지방까지 추격하여 역도를 분쇄하는데 혁혁한 공을 세웠고 그때 적이 패했다고 하여 패치(敗峙)라고 했던 것이 배치로 변하였다고 한다.

또한 봉화산(烽火山)과 문안산(文安山) 중간에는 있는 잣고개는 6·25사변 때의 주요 격전지의 하나로서 임시 수도인 대구 방어에 큰 역할을 담당하게 되었던 곳으로 이곳에서 많은 적을 섬멸하였다. 1961년 6월 25일 진천중학교에서 충혼 위령비를 세웠으며 1978년에는 이 잣고개에다 다시 6·25격전지 반공투사 위령비를 세웠다.

조선 말기의 감결(鑑訣)에서 한양 남쪽 1백리는 전쟁의 피비린내가 나고 한양에서 비교적 가까운 십승지(十勝地) 중에 진천과 목천 등은 일곱 번째 승지들로 설명되어 있다. 감결에서 말하는 십승지는 명당으로서 병화가 들어오지 못하고 흉년이 들지 아니하는 곳으로 사람이 살기에 가장 좋은 곳을 가리키고 있다. 한편 백곡면 배티 아래의 양백리(兩白里)라는 지명은 깨끗한 선비로 사는 곳이라고 하여 명명되었다고 한다. 백곡면 양백리 양곡계곡에는 상백과 청학동이라는 2개 마을이 있다. 고려 말 이성계가 개국하자 고려 충신들이 속세를 피해 이곳에 들어와서 외부 세상과의 접촉을 피하면서 살았다고 하며, 정감록에 매혹되어 피난지를 찾던 사람들이 이 고장을 많이 찾아와서 거주하였다고 한다. 현재 이곳에는 청주지씨, 충주 지씨 등이 많이 거주하고 있다.

양백리 배터는 양백리 동부계곡을 따라 차령산맥을 넘어 안성군 금광면 상중리로 가는 고갯길 터에 자리를 잡고 있다. 이곳은 천주교 신자들이 박해를 받는 동안 서로 연락을 취할 수 있는 산간의 중심지가 되었다. 1801년 신유박해 이후 서울에서 순교한 남인 양반들의 가족이나 친지들이 안성, 죽산을 거쳐 이곳 배티고개 아래의 지거머리, 참새곡, 명심이곡, 절곡, 정심이곡, 속곡, 대명곡, 모리, 배티, 삼석곡 등 12개 골짜기를 중심으로 은거하게 된 것이 계기가 되어 배티는 현재 천주교 성지로 지정되어 있다.

1. 광혜원면

조사마을

충청북도 진천군 광혜원면 광혜원리

조사일시 : 2010.12.30
조 사 자 : 이창식, 최명환, 장호순, 김영선, 김보비

광혜원리 전경

광혜원리(廣惠院)는 충청북도 진천군 광혜원면에 속하는 법정리이다. 조선시대에 여행자의 편의를 돕는 광혜원(廣惠院)이 있던 곳이어서 붙은 이름이다. 원(院)은 고려시대와 조선시대에 역(驛)과 역 사이에 두어 공무를 보는 벼슬아치가 묵던 공공 여관이다. 조선 말기 진천군 만승면에 속했던 지역으로, 1914년 일제의 행정구역 개편에 따라 파궁리·상리·중리·금천리, 충청북도 음성군 사다면 중동, 경기도 죽산군 남면 가척리의

일부를 병합하여 광혜원리라 하고 만승면에 편입하였다. 2000년 1월 1일 만승면이 광혜원면으로 개칭됨에 따라 광혜원면 광혜원리가 되었다.

서쪽으로 덕성산(德城山)과 무이산으로 이어지는 차령산맥(車嶺山脈) 줄기가 형성한 나지막한 구릉지가 이어지고, 남쪽에 구암저수지가 있다. 기후가 온난하고 수량이 풍부한 편이다.

광혜원면 북부에 있는 마을로, 진천군청에서 약 18km 떨어져 있다. 2009년 8월 31일 현재 면적은 3.45km²이며, 총 2,973가구에 7,395명(남자 3,889명, 여자 3,506명)의 주민이 살고 있다. 자연마을로 장기·중리·상리·상신·하신 등이 있다. 국도 17호선이 마을 중앙에서 남북으로 뻗어 있어 서울·경기 지역과 진천 시가지로 이어진다.

주요 농산물로 쌀·콩·고추 등이 생산되고, 특용작물로 황색 연초가 재배된다. 광혜원면 소재지로 각종 기관과 상가가 밀집되어 있고, 각종 중소기업체가 산재하여 있다. 산업시설로 광혜원지방산업 단지가 있으며, 교육 기관으로 만승초등학교와 광혜원중학교가 있다.

충청북도 진천군 광혜원면 구암리

조사일시 : 2010.12.31, 2011.1.27
조 사 자 : 이창식, 최명환, 장호순, 김영선, 김보비

구암리(鳩岩里)는 충청북도 진천군 광혜원면에 속하는 법정리이다. 구항리(鳩項里)의 구(鳩)자와 중암리(中岩里)의 암(岩)자를 따서 생긴 지명이다. 구암리는 본래 만승면 지역으로 1914년 행정구역 통폐합 정책에 따라 구항리·무수리·중암리 일부를 병합하여 구암리라 하였다. 2000년 1월 1일 만승면이 광혜원면으로 개칭됨에 따라 구암리는 진천군 광혜원면에 속하게 되었다. 광혜원면 북서쪽 덕성산(506m)과 무이산(462m)으로 이어지는 차령산맥 줄기가 형성한 구릉지대에 위치하고 있다. 기후는 온난하

며 수량도 풍부한 편이다.

진천군청에서 약 19.2km 떨어져 있다. 2009년 8월 31일 현재 면적은
7.71km²이며, 총 89가구에 208명(남자 113명, 여자 95명)의 주민이 살고
있다. 자연마을로는 구암·무수 등의 마을이 있다. 주요 농산물은 쌀·
콩·고추 등이며, 특용작물로서 황색 연초가 재배되고 있다.

구암리 전경

충청북도 진천군 광혜원면 실원리

조사일시 : 2010.12.31
조 사 자 : 이창식, 최명환, 장호순, 김영선, 김보비

실원리(實院里)는 충청북도 진천군 광혜원면에 속하는 법정리이다. 대
실리(大實里)의 '실(實)'자와 동주원리(東柱院里)의 '원(院)'자를 따서 실원
리라 하였다. 조선 말기 진천군 만승면에 속했던 지역으로, 1914년 일제

의 행정구역 개편에 따라 대실리·소실리, 경기도 죽산군 남면 동주원리 일부를 병합하여 실원리라 하고 만승면에 편입하였다. 2000년 1월 1일 만승면이 광혜원면으로 개칭됨에 따라 광혜원면 실원리가 되었다. 덕성산 德城山)과 무이산으로 이어지는 차령산맥(車嶺山脈) 줄기가 형성한 구릉지에 자리 잡고 있다. 기후가 온난하고 수량이 풍부한 편이다.

광혜원면 북부에 있는 마을로 진천군청에서 약 18.4km 떨어져 있다. 2009년 8월 31일 현재 면적은 3.95km²이며, 총 139가구에 325명(남자 178명, 여자 147명)의 주민이 살고 있다. 자연마을로 실원·동주원 등이 있다. 국도 17호선이 마을 중앙에서 남북으로 뻗어 있어 서울·경기 지역과 진천 시가지로 이어진다. 주요 농산물로 쌀·콩·고추 등이 생산되고, 특용작물로 황색 연초가 재배된다.

실원리 전경

▌제보자

권복순, 여, 1931년생

주 소 지 : 충청북도 진천군 광혜원면 구암길 396
제보일시 : 2010.12.31
조 사 자 : 이창식, 최명환, 장호순, 김영선, 김보비

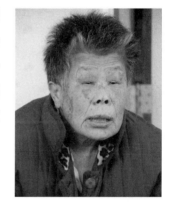

   제보자 권복순은 몸이 좋지 않아 조사 내
내 참여하지를 못하였다. 구연이 진행되는
동안 한쪽 벽에 기대어 보고만 있었다. 조사
자들이 조사를 마칠 무렵, 할 수 있는 소리
조금만이라도 불러 달라고 요청하자 구연해
주었다.

제공 자료 목록
09_08_FOS_20101231_LCS_GBS_0245 노랫가락

김복산, 여, 1933년생

주 소 지 : 충청북도 진천군 광혜원면 구암1길 2
제보일시 : 2010.12.31
조 사 자 : 이창식, 최명환, 장호순, 김영선, 김보비

   제보자 김복산은 이천시 대월면 사동리가
고향으로 30세에 광혜원면 구암리 병무관마
을로 시집을 왔다. 4남매를 두었으며 주로
농사를 지으며 살았다. 다른 제보자들이 구
연할 수 있도록 많은 도움을 주었다. 몸이
불편하였지만 조사자들의 질문에 성의껏 답

변해 주었다.

제공 자료 목록
09_08_FOS_20101231_LCS_GBS_0010 다리 뽑기 하는 소리
09_08_FOS_20101231_LCS_GBS_0030 아기 재우는 소리

김상임, 여, 1940년생

주 소 지 : 충청북도 진천군 광혜원면 구암1길 2
제보일시 : 2010.12.31
조 사 자 : 이창식, 최명환, 장호순, 김영선, 김보비

   제보자 김상임은 전라남도 영암군 덕진면
이 고향으로 22세에 광혜원면 구암리 병무
관마을로 시집을 왔다. 친정에서는 농사를
주로 지었다. 5남매(3남 2녀)를 두었으며,
자신보다 3살 많은 남편과 42세에 사별하였
다. 남편과 사별한 후 충격으로 6년 동안
몸져누워 있었다. 남편은 생전에 정미소를
운영하였다. 현재 수술을 해서 기억력이 좋
지 않다고 하나, 말을 조용조용하게 하며 구연해 주었다.

제공 자료 목록
09_08_FOS_20101231_LCS_GSI_0041 시집살이하는 소리

김용현, 남, 1931년생

주 소 지 : 충청북도 진천군 광혜원면 중리길 37
제보일시 : 2010.12.30
조 사 자 : 이창식, 최명환, 장호순, 김영선, 김보비

제보자 김용현은 아산시 도고마을에 살다가 음성군 대소면으로 이사 온 지 2년 정도 되었다. 자녀들이 대소면에서 주유소를 경영하고 있다. 광혜원면 중리마을이 음성군 대소면에 인접해 있어서 광혜원면 노인회관에 자주 들른다.

제공 자료 목록
09_08_FOS_20101230_LCS_GYH_0050 태평가
09_08_MFS_20101230_LCS_GYH_0052 도라지 타령

김점현, 여, 1928년생
주 소 지 : 충청북도 진천군 광혜원면 실원리 대실마을
제보일시 : 2010.12.31
조 사 자 : 이창식, 최명환, 장호순, 김영선, 김보비

제보자 김점현은 중국 길림성 설안현 소성자마을이 고향이다. 소성자마을에서 소학교를 다녔는데, 그 당시 소풍갔던 기억이 가장 많이 난다고 한다. 설안현은 조선족들이 거주하고 있는 농촌 마을로 선친께서 농사를 지었다. 중국인들이 때로는 고려빵쯔(高麗棒子)라고 하며 한국인들을 놀리기도 하였다. 해방 이후 경상남도 밀양으로 이주해  왔고, 현재는 서울에서 살고 있다. 조사자들이 실원리에 갔을 때는 실원리에 거주하고 있는 딸네 집에 잠시 다니러 온 것이다. 3남매(1남 2녀)를 두었다.

09_08_FOS_20101231_LCS_GJH_0333 반지 숨기는 소리

민영순, 여, 1928년생

주 소 지 : 충청북도 진천군 광혜원면 구암길 396
제보일시 : 2011.1.27
조 사 자 : 이창식, 최명환, 장호순, 김영선, 김보비

　제보자 민영순은 초평면 금곡리가 고향이
다. 8남매를 두었으며 현재 아들 내외, 남편
과 함께 광혜원면 구암리 무수마을에서 살
고 있다. 조사자들의 요청에 채록현장에 같
이 있던 며느리와 함께 현대 가요를 함께
부르기도 하였다. 며느리와 함께 다리 뽑기
하는 소리를 구연해 주었다.

제공 자료 목록
09_08_FOS_20110127_LCS_MYS_0070 다리 뽑기 하는 소리

박연희, 여, 1937년생

주 소 지 : 충청북도 진천군 광혜원면 중리길 37
제보일시 : 2010.12.31
조 사 자 : 이창식, 최명환, 장호순, 김영선, 김보비

　제보자 박연희는 75세인 남편 윤대영 씨
와 함께 살고 있다. 남편은 현재 당뇨 등으
로 몸이 좋지 않다고 한다. 주술적인 내용을
담고 있는 소리들을 많이 불러 주었는데, 어

렸을 때 친정아버지께서 그러한 소리를 많이 해 주있기 때문에 기억을 히
고 있는 것이다.

제공 자료 목록
09_08_FOS_20101231_LCS_BYH_0171 신 부르는 소리
09_08_FOS_20101231_LCS_BYH_0201 다래끼 떼는 소리
09_08_FOS_20101231_LCS_BYH_0212 방아깨비 부리는 소리
09_08_FOS_20101231_LCS_BYH_0216 잠자리 잡는 소리
09_08_FOS_20101231_LCS_BYH_0219 잠자리 시집보내는 소리

이재남, 남, 1926년생

주 소 지 : 충청북도 진천군 광혜원면 중리길 37
제보일시 : 2010.12.30
조 사 자 : 이창식, 최명환, 장호순, 김영선, 김보비

제보자 이재남은 음성군 삼성면 능산리가
고향이다. 선친께서 제보자가 2세에 돌아가
셔서 여기저기 다니며 성장하였다. 2세에
음성군 대소면으로 이사를 갔다가 다시 음
성군 삼성면으로 돌아와 25세까지 살았다.
그 후 광혜원면 구암리에서 40여 년 살았으
며, 현재는 광혜원면 소재지에 있는 빌라에
살고 있다. 결혼은 25세에 하였으며 6남매
를 두었다. 6·25 참전용사로 연금을 받아서 생활하고 있다. 주로 농사를
지었다.

제공 자료 목록
09_08_FOS_20101230_LCS_IJN_0040 운상하는 소리
09_08_FOS_20101230_LCS_IJN_0042 묘 다지는 소리(1)

09_08_FOS_20101230_LCS_IJN_0062 축원하는 소리
09_08_FOS_20101230_LCS_IJN_0064 아기 어르는 소리
09_08_FOS_20101230_LCS_IJN_0066 아라리(1)
09_08_FOS_20101230_LCS_IJN_0068 아라리(2)
09_08_FOS_20101230_LCS_IJN_0080 묘 다지는 소리(2)
09_08_FOS_20101230_LCS_IJN_0082 형장가
09_08_FOS_20101230_LCS_IJN_0090 아라리(3)

조월순, 여, 1922년생

주 소 지 : 충청북도 진천군 광혜원면 구암1길 2
제보일시 : 2010.12.31
조 사 자 : 이창식, 최명환, 장호순, 김영선, 김보비

　제보자 조월순은 진천군 덕산면 용몽리가
고향으로 광혜원면 구암리 병무관마을로 이
사 온 지 50여 년 되었다. 귀가 좋지 않아
다른 사람의 소리를 잘 듣지 못하였다. 조사
자들이 큰 소리로 말을 하였으나 의사소통
에 다소 어려움을 느꼈다. 그래도 조사자들
의 질문에 성의껏 대답해 주었다. 가마니는
짜 보았지만 길쌈은 해보지 않았다고 한다.

제공 자료 목록
09_08_FOS_20101231_LCS_JWS_0021 빠진 이빨 던지면서 부르는 소리

조일동, 여, 1935년생

주 소 지 : 충청북도 진천군 광혜원면 구암길 396
제보일시 : 2011.1.27
조 사 자 : 이창식, 최명환, 장호순, 김영선, 김보비

제보자 조일동은 음성군 삼성면이 고향이
다. 20세에 결혼하여 남편과 함께 농사를
지었다. 삼성면에 살 때 같은 마을에 있던
큰댁에 방이 커서 또래들이 많이 모여서 놀
았다고 한다. 어렸을 때 잠자리 잡으면서 불
렀던 소리, 풍감놀이 하면서 불렀던 소리 등
을 같은 자리에 있던 제보자들과 함께 구연
해 주었다.

제공 자료 목록
09_08_FOS_20110127_LCS_CID_0044 잠자리 잡는 소리

최덕원, 남, 1931년생

주 소 지 : 충청북도 진천군 광혜원면 중리길 37
제보일시 : 2010.12.30
조 사 자 : 이창식, 최명환, 장호순, 김영선, 김보비

제보자 최덕원은 광혜원면 구암리에서 3
대째 살고 있다. 본관은 경주이며 구암리에
서 주로 농사를 지었다. 조사자들이 갔을 때
화투놀이를 하고 있었으며, 옆에서 다른 제
보자들이 이야기하는 것을 듣고 있다가 설
화를 구연하였다. 기억을 더듬어 가며 비교
적 정확한 억양으로 이야기해 주었다.

제공 자료 목록
09_08_FOT_20101230_LCS_CDW_0030 실원리 부마 묘 쓴 이야기
09_08_FOT_20101230_LCS_CDW_0100 생거진천의 유래

최창온, 여, 1933년생

주 소 지 : 충청북도 진천군 광혜원면 구암길 396
제보일시 : 2010.12.31
조 사 자 : 이창식, 최명환, 장호순, 김영선, 김보비

최창온 제보자는 서울 수색동이 고향으
로, 1·4후퇴 무렵에 구암리 무수마을로 피
난 와서 정착하게 되었다. 무수마을이 피난
곳으로 알려져서 피난을 왔다고 한다. 8남
매를 두었으며, 현재 88세인 남편과 함께
살고 있다. 자녀들은 모두 출가를 시켰고,
겨울철에는 자녀들 집에 가서 지내기도 한
다. 남편과 함께 농사를 지으며 살았다. 남
편은 영일 정씨로 시아버님이 괴산에서 무수마을로 이주해 왔다고 한다.
성격이 활달한 편이며, 조사하는 동안 적극적으로 구연해 주었다.

제공 자료 목록

09_08_FOT_20101231_LCS_CCO_0120 삼태기 형국의 무수마을
09_08_FOS_20101231_LCS_CCO_0138 삼치기 놀이 하는 소리
09_08_FOS_20101231_LCS_CCO_0156 다리 뽑기 하는 소리
09_08_FOS_20101231_LCS_CCO_0160 벌주는 소리
09_08_FOS_20101231_LCS_CCO_0172 신 부르는 소리
09_08_FOS_20101231_LCS_CCO_0192 빠진 이빨 던지면서 부르는 소리
09_08_FOS_20101231_LCS_CCO_0230 웃음거리 하는 소리
09_08_FOS_20110127_LCS_CCO_0040 잠자리 잡는 소리
09_08_FOS_20110127_LCS_CCO_0051 해 부르는 소리

허상구, 여, 1937년생

주 소 지 : 충청북도 진천군 광혜원면 구암길 396

제보일시 : 2010.12.31
조 사 자 : 이창식, 최명환, 장호순, 김영선, 김보비

제보자 허상구는 절실한 불교 신자인데 평상시에도 고기를 먹지 않는다. 아들이 현재 대법원 판사로 근무하고 있어서 마을 주민들은 판사 어머니로 부른다. 성격이 차분하고 말 수가 적지만, 조사자들이 소리를 요청하자 적극적으로 구연해 주었다.

제공 자료 목록
09_08_FOS_20101231_LCS_HSG_0175 신 부르는 소리
09_08_FOS_20101231_LCS_HSG_0180 다리 뽑기 하는 소리

실원리 부마 묘 쓴 이야기

자료코드 : 09_08_FOT_20101230_LCS_CDW_0030
조사장소 : 충청북도 진천군 광혜원면 중리길 37
조사일시 : 2010.12.30
조 사 자 : 이창식, 최명환, 장호순, 김영선, 김보비, 여진수
제 보 자 : 최덕원, 남, 80세
구연상황 : 조사자들이 광혜원면 중리 광혜원면 노인회관에 도착하였을 때, 화투를 하는
패, 장기를 두는 패 등 총 13분 이상의 마을 어르신들이 모여 있었다. 방이
큰 편이 아니었기 때문에 조사자는 먼저 노인회 총무 이상헌이 있는 곳에 자
리를 잡았다. 조사자들까지 20여 명의 사람들이 좁은 방에 꽉 찼으나, 이상헌
총무를 위주로 채록 현장 분위기를 만들기 시작했다. 차츰 사람들이 관심을
가지기 시작했고, 뒤이어 사람들이 조사자들에게 모여들면서 현장 분위기가
좋아졌다. 마을의 지명 등을 물어보면서 옛날이야기를 요청하자 제보자 최덕
원이 구연해 주었다.
줄 거 리 : 광혜원면 실원리 능안에 옹주의 부마 묘가 있다. 그 묘를 팔 당시 물이 나와
서 지관을 죽이려고 하였다. 그러자 지관이 삼성면 청룡리 어느 부분에 샘을
파라고 하였다. 그곳에 샘을 파고 나서 능 안에 물이 없어졌다고 한다.

(조사자 : 그 어디 저 뭐야. 홍씨네들이, 저 뭐야 능안이라 이라는 데가
있는가 본데요?)

(보조 제보자 : 예, 있어요. 실원리라고 있어요.)

(조사자 : 실원리요.)

(보조 제보자 : 실원리.)

(조사자 : 예, 그거는 에, 저, 뭐야. 그 홍우경이란 분입니까, 그 분이?
그 임금 사위가, 숙종 사윈가 본데).

그 홍씨가 부, 에, 옹주의 부마야.

(조사자 :선조, 선조, 예.)

옹주의 부마여.

(조사자 : 예.)

(보조 제보자 : 공주가 아니라, 옹주지.)

옹주의 부마여.

(조사자 : 맞네! 옹주네 옹주.)

예, 옹주의 부마여.

(조사자 : 그럼 묘가 있습니까? 가면은?)

있어요.

(보조 제보자 : 예, 있어요).

그 묘를 팔 쩍(적)에 물이 낳는데. 그래서 인저, 그래서 지관을 잡아 죽일라 그랬는데.

(조사자 : 예.)

저기, 저기 삼성면 청룡리인가 어디를 가서, 가, 어, 어딘가 가설라메 샘을 파라 그랬어요.

(조사자 : 예.)

그 지관이. 그래서 그 샘을 파니까 그 물이 떨어졌다나 봐요. 그래서라매 갔는데. 거기 어디 …….

생거진천의 유래

자료코드 : 09_08_FOT_20101230_LCS_CDW_0100
조사장소 : 충청북도 진천군 광혜원면 중리길 37
조사일시 : 2010.12.30
조 사 자 : 이창식, 최명환, 장호순, 김영선, 김보비, 여진수
제 보 자 : 최덕원, 남, 80세

구연상황 : 조사자가 생거진천의 유래에 대해서 물어보자 제보자 최덕원이 구연해 주었다.
줄 거 리 : 옛날에 용인에서 살던 사람이 상부(喪夫)를 당하고 진천으로 개가(改嫁)하였
다. 시간이 흘러 어머니 돌아가시자 용인에서 낳은 아들이 어머니 시신을 모
셔 가려고 하였다. 그러자 진천에서 낳은 아들이 안 된다고 막았다. 그래서
고을원이 나서서 중재하였는데, 살아서는 진천에서 살았기 때문에 죽어서는
용인에 살라는 의미로 생거진천 사거용인이라 하였다. 그 이후부터 진천을
생거진천이라고 부른다.

(조사자 : 우리 진천을 생거진천이라 할까?)

(보조 제보자 : 어, 생거진천은 저기지.)

생거진천은, 지금은 진천이 살기가 좋아서 생거진천인데. 옛날 노인네
들 얘기 들으면 그게 아니에요.

(조사자 : 뭐에요?)

지금은 여, 진천이 살기가 좋기는 좋은데. 그, 옛날에 어떻게 된 거냐면
은. 옛날 노인네들 얘기하는데. 뭐여 인저, 용인서 살던 사람이 상부(喪夫)
를 당하고 이 진천으로 개가를 왔다는 거예요. 그래서 인저 용인서 아들
을 하나 낳고 여기 와서 아들을 낳았거던. 그래 지금은 즈(자기) 어머니
즈 아버지 제사를 안 지내더라도 옛날에는 홀아, 부모 제사는 안 지내는
거거든. 그래서 용인에 있는 아들이 자기 어머니를 가져 갈라고 그래는
것을 인자 여기도 아, 아들이 있으니까. 여기 아들은 안 뺏길라 그래는 거
고. 그 뺏기면 즈 아버지만 제사를 지내야 되기 때문에. 그래설로매 인제
서로 시비가 났는데. 그 옛날에 아마 고, 원이라는 군순데, 군수가 모든
것을 다 해결을 했나 봐요. 군수가 하는, 원이 하는 얘기가

"생거진천 사거용인 해라."

이렇게 해설라매 살아서는 진천서 살고 죽어서는 용인 가서 살아라. 이
얘기가 있어 가지고 내가 했는데. 이게 이게, 뭐여 근께. 그래서 지금 말
하자면은 살기 좋은 진천이라 이렇게 해 가지고 돼 있는 거지.

(조사자 : 음.)

삼태기 형국의 무수마을

자료코드 : 09_08_FOT_20101231_LCS_CCO_0120
조사장소 : 충청북도 진천군 광혜원면 구암길 396
조사일시 : 2010.12.31
조 사 자 : 이창식, 최명환, 장호순, 김영선, 김보비
제 보 자 : 최창온, 여, 78세
구연상황 : 조사자들이 구암리 무수마을 무수경로당에 도착했을 때, 무수경로당에 다섯
        명 정도의 제보자들이 있었는데 조사자들을 친절하게 맞이해 주었다. 조사자
        들이 경로당 안에 들어가서 조사취지를 설명하고, 마을의 이야기를 묻자 제보
        자 최창온이 나서서 구연해 주었다.
줄 거 리 : 광혜원면 구암리 무수마을을 삼태기 형국이라고 한다. 마을 형상이 삼태기와
        같아서 재물을 잘 모을 수 있다. 부자는 아니더라도 마을로 이사 온 사람들은
        살림살이가 더 나아진다고 마을 사람들이 이야기한다.

이 동네 오면요.

(조사자 : 예.)

없는 사람이 오면 부자가 되요.

(조사자 : 오.)

이 동네 오면. 삼태미(삼태기) 같이 생겼다고 해서 들어오기만 하면 부
자가 되요.

(조사자 : 음.)

누구나 할 것 없이.

(조사자 : 음.)

물론 부자가 되기 힘도 들지만은, 다들 이 동네 다 평등해요 사는 게.

(보조 제보자 : 이사 올 적 보다 더 낳아 진다고. 여기 뭐 큰 부자가 돼
서가 아니고).

(조사자 : 예, 그 삼태기 같다 이런 거는 요렇게 돼 가지고, 돈이 들어
오면은 잘 이렇게 모인단 얘기죠?)

(보조 제보자 : 예.)

썰어도(쓸어도) 모이잖아요.

(조사자 : 예, 썰어도 이렇게 안으로 들어가니까는.)

그 아는 사람들은, 풍수지리 아는 사람들, 이 동네 잘생겼다 그래요. 와
(와서) 살고 싶다고.

노랫가락

자료코드 : 09_08_FOS_20101231_LCS_KBS_0245
조사장소 : 충청북도 진천군 광혜원면 구암길 396
조사일시 : 2010.12.31
조 사 자 : 이창식, 최명환, 장호순, 김영선, 김보비
제 보 자 : 권복순, 여, 80세
구연상황 : 조사자가 처음부터 몸이 안 좋아 놀이에는 참여하지 못하고 듣기만 하던 제
　　　　　보자 권복순에게 아는 소리 하나만 불러 달라고 요청하였다. 제보자 권복순은
　　　　　노래는 잘하지 못한다면서 구연해 주었다.

　　수천당 심어진 낭게(나무)
　　청실홍실로 그네를 놓고
　　임아 임아 줄밀어라
　　내가 뛰면은 니가밀고
　　니가 뛰면은 내가민다
　　임아 임아 줄잘밀어요
　　줄 끊어지면은 정떨어진다

　어 좋고.

다리 뽑기 하는 소리

자료코드 : 09_08_FOS_20101231_LCS_GBS_0010
조사장소 : 충청북도 진천군 광혜원면 구암1길 2
조사일시 : 2010.2.31

조 사 자 : 이창식, 최명환, 장호순, 김영선, 김보비
제 보 자 : 김복산, 여, 78세
구연상황 : 조사자들이 광혜원면 구암리 병무관마을에 위치한 구암노인정에 도착했을
때는 아침 이른 시간이었다. 구암노인정에는 조용히 안마의자에 앉아 계신
분, 텔레비전을 보는 분, 자고 있는 분 등 할머니 다섯 분이 계셨다. 조사자들
이 큰 방에 자리를 잡고 할머니들을 모셔 마을 이야기, 어릴 때 불렀던 소리
들을 물어보면서 조사취지를 설명하였다. 제보자 김복산이 알아듣고 다리 뽑
기 할 때 불렀던 소리를 구연해 주었다.

이거리 저거리 각거리
천두 만두 두만두
짝 벌래 쇠양강
오리 김치 사래육

아기 재우는 소리

자료코드 : 09_08_FOS_20101231_LCS_GBS_0030
조사장소 : 충청북도 진천군 구암1길 2
조사일시 : 2010.2.31
조 사 자 : 이창식, 최명환, 장호순, 김영선, 김보비
제 보 자 : 김복산, 여, 78세
구연상황 : 조사자가 제보자 김복산에게 아기 재울 때 불렀던 소리에 대해 물어보자 구
연해 주었다.

멍멍개도 짓지말고
꼬꼬닭도 울지마라
우리아가 잘도잔다
자장자장 우리아가
엄마품에 폭안겨서
칭얼칭얼 잠노래를

그쳤다가 또하면서

잊어 버렸네.

시집살이하는 소리

자료코드 : 09_08_FOS_20101231_LCS_GSI_0041
조사장소 : 충청북도 진천군 광혜원면 구암1길 2
조사일시 : 2010.2.31
조 사 자 : 이창식, 최명환, 장호순, 김영선, 김보비
제 보 자 : 김상임, 여, 71세
구연상황 : 조사자들이 제보자들과 이야기를 하면서 이야기판을 만들어가자 안마의자에
          앉아있던 제보자 김상임이 내려와 앉으면서 구연해 주었다. 옛날 동네 할머니
          들에게서 들었다고 하였다.

형님 형님 사춘 형님
저온다고 시집살이 하지 마십시오
쌀 한 되만 지졌으면
형님도 잡수고 나도 잡수지

그거 밖에 몰라.
(조사자 : 오, 올해 연세가 얼마셔요?)
칠십 하나요. 옛날 어른들한테 들었어요.
(조사자 : 친정어머니한테 배웠어요?)
동네 할머니들한테.
(조사자 : 할머니한테, 오.)

태평가

자료코드 : 09_08_FOS_20101230_LCS_GYH_0050
조사장소 : 충청북도 진천군 광혜원면 중리길 37
조사일시 : 2010.12.30
조 사 자 : 이창식, 최명환, 장호순, 김영선, 김보비, 여진수
제 보 자 : 김용현, 남, 80세
구연상황 : 옆에서 화투를 치고 있던 제보자 김용현이 조사자들에게 한마디 하겠다면서
　　　　　 소리를 구연해 주었다.

　　　　　짜증을 내어서 무엇하나

　　　　　성화를 바쳐서 무엇하나

　　　　　속상한 일도 하두나많아

　　　　　놀기나 하면서 살아보세

　　　　　니나노 늴리리야 늴리리야 니나노

　　　　　얼싸좋아 얼씨구나 좋다

　　　　　벌나비는 이리저리 펄펄펄

　　　　　꽃을 찾아서 날아든다

　　　　　거짓말 잘한들 소용이있나

　　　　　한번 속아 울어보니

　　　　　두번 속지는 않으리라

　　　　　니나노 늴리리야 늴리리야 니나노

　　　　　얼싸좋아 얼씨구나 좋다

　　　　　벌나비는 이리저리 펄펄펄

　　　　　꽃을 찾아서 날아든다

　　　　　청사초롱에 불 밝혀라

　　　　　잊었던 낭군님 다시돌아온다

공수래 공수거 하니

아니 노지는 못하리라

니나노 닐리리야 닐리리야 니나노

얼싸좋아 얼씨구나 좋다

벌나비는 이리저리 펄펄펄

꽃을 찾아서 날아든다

반지 숨기는 소리

자료코드 : 09_08_FOS_20101231_LCS_GJH_0333
조사장소 : 충청북도 진천군 광혜원면 실원리 대실노인정
조사일시 : 2010.12.31
조 사 자 : 이창식, 최명환, 장호순, 김영선, 김보비
제 보 자 : 김점현, 여, 83세
구연상황 : 조사자들이 광혜원면 실원리 대실노인정에 도착했을 때는 점심을 조금 지난
　　　　　후였는데, 마을 할머니들이 많이 모여 있었다. 꽤 넓은 방이었지만 조사자들
　　　　　까지 들어가자 비좁았다. 연말이라 마을 사람들이 모여 놀이도 하고, 밥도 해
　　　　　먹었던 것이라 한다. 조사취지를 설명하고 마을의 이야기 등을 물었으나, 그
　　　　　런 것은 할아버지들이나 잘 알지 모르겠다고 하였다. 그러다 조사자들이 옛날
　　　　　놀이에 대해 물어보자, 이곳저곳에서 대답이 나왔으나 집중할 분위기가 아니
　　　　　었다. 조사자가 예전에 풍감 묻으면서 했던 소리를 묻자, 좌중에서 제일 나이
　　　　　가 많은 제보자 김점현이 어려서 중국에 살 때 반지를 숨기면서 불렀던 소리
　　　　　를 구연해 주었다.

반지 반지 누가 가졌나

속히 못보게 들르무 내어라

들어내라 그 말이야.

(조사자 : 들러머 내라. 들어내라.)

(청중 : 뭐 그거를 계속 반복해요, 계속?)

그래 자꾸 돌아가.

다리 뽑기 하는 소리

자료코드 : 09_08_FOS_20110127_LCS_MYS_0070

조사장소 : 충청북도 진천군 광혜원면 구암길 396

조사일시 : 2011.1.27

조 사 자 : 이창식, 최명환, 장호순, 김영선, 김보비

제 보 자 : 민영순, 여, 84세

구연상황 : 이야기판이 마무리되면서 조사자가 제보자 민영순과 그의 며느리인 권오분에게 함께 노래를 불러 달라고 요청하자 고부가 같이 현대 노래를 해 주었다. 이어 조사자가 다리 뽑기 하는 소리를 요청하자 함께 구연해 주었다. 제보자 민영순과 권오분이 시연하였고, 민영순이 소리를 하였다.

이거리 저거리 각거리

천두 만두 수만두

쫙 벌려 새양강

국수 국수 전라육

전라 감사 죽으랴

신 부르는 소리

자료코드 : 09_08_FOS_20101231_LCS_BYH_0171

조사장소 : 충청북도 진천군 광혜원면 구암길 396

조사일시 : 2010.12.31

조 사 자 : 이창식, 최명환, 장호순, 김영선, 김보비

제 보 자 : 박연희, 여, 74세

구연상황 : 무수경로당에서 놀이에 대한 이야기판이 벌어졌다. 제보자들은 어렸을 때 했

던 놀이들을 기억해 내어 조사자들에게 설명하는데 신이 나 있었다. 제보사 박연희가 춘향이를 부르면서 놀았던 기억이 있다면서 구연해 주었다.

춘향아가씨 남원골 밤골
재미나게 놀다 가세요
춘향아가씨 남원골 밤골
아가씨 재밌게 놀다 가세요

그라믄 또 내리는 사람이 막.
(보조 제보자 : 응 내리는 사람이 있어 다.)
(조사자 : 그래 가지고 어디로 가나요?)
아휴, 어디로 가는지 어찌케(어떻게) 알아요, 인제.
(조사자 : 대충 간다 이래 생각하고 그 다음 반응이 어떻게 보이냐 이거죠.)
반응은 누가 뭐를 훔쳤다.
(보조 제보자 : 누가 뭐를 감추면 그거를 찾아와야 해.)
감추면 그거를 찾아내는 거유, 지금 이거 풍감 묻기 맨키. 뭘 감추면은.
(보조 제보자 : 찾아와야 해.)
찾으면 찾아오는 거고 못 찾으면 그만이야 그런 거예요, 그런 거.
(보조 제보자 : 찾아오더라고요.)

다래끼 떼는 소리

자료코드 : 09_08_FOS_20101231_LCS_BYH_0201
조사장소 : 충청북도 진천군 광혜원면 구암길 396
조사일시 : 2010.12.31
조 사 자 : 이창식, 최명환, 장호순, 김영선, 김보비
제 보 자 : 박연희, 여, 74세

구연상황 : 조사자가 놀이판의 분위기를 벗어나서 다른 형태의 이야기를 유도하기 위해
풍속 등을 물었다. 조사자가 눈병에 대해서 이야기하자, 제보자 박연희가 다
래끼 뗄 때 했었던 소리가 있다면서 구연해 주었다. 제보자 박연희는 어렸을
때 다래끼가 자주 났었는데 그 때 선친이 알려준 방법이라고 하였다. 소리 외에
도 다래끼를 떼기 위해서 새우젓을 못 먹게 했다 던지, 멸치 같은 비린 것을
못 먹게 했다고 한다. 또 행위로 알려준 것이 있는데, 길에 돌을 삼각형 받침
으로 쌓고 그 위에 자신의 눈곱을 붙인 돌을 올려놓으면 그 돌을 찬 사람에
게 다래끼가 옮아간다는 이야기를 아버지에게 들었다고 한다. 이 외에도 다양
한 주술적 소리들을 알고 있었다.

내 다래끼는 니가 다가져가
나는 다래끼를 너를 주께

방아깨비 부리는 소리

자료코드 : 09_08_FOS_20101231_LCS_BYH_0212
조사장소 : 충청북도 진천군 광혜원면 구암길 396
조사일시 : 2010.12.31
제 보 자 : 박연희, 여, 74세
조 사 자 : 이창식, 최명환, 장호순, 김영선, 김보비
구연상황 : 제보자들과 이야기하던 중 조사자가 방아깨비 뒷다리를 잡고 놀리는 소리가
있지 않으냐고 하였다. 제보자 박연희는 방아깨비를 한까치라고 부른다면서
구연해 주었다.

아침방아 쩌라
저녁방아 쩌라
아침방아 쩌라
저녁방아 쩌라

이렇게 계속 그거 되풀이 했어요. 이렇게 했지유.

잠자리 잡는 소리

자료코드 : 09_08_FOS_20101231_LCS_BYH_0216
조사장소 : 충청북도 진천군 광혜원면 구암길 396
조사일시 : 2010.12.31
조 사 자 : 이창식, 최명환, 장호순, 김영선, 김보비
제 보 자 : 박연희, 여, 74세
구연상황 : 조사자가 제보자 박연희에게 잠자리 잡을 때 불렀던 소리도 있지 않으냐고
　　　　　묻자, 잠자리는 여기에서 나마리라고 부른다면서 구연해 주었다. 그때 잠자리
　　　　　를 잡기 위해 뱅글뱅글 돌릴 때 사용하는 것에 나마리꽃이 있다고 하였다.

　　나마리 동동 파리 동동
　　나마리 동동 파리 동동
　　나마리 동동 파리 동동
　　나마리 동동 파리 동동
　　나마리 동동 파리 동동

잠자리 시집보내는 소리

자료코드 : 09_08_FOS_20101231_LCS_BYH_0219
조사장소 : 충청북도 진천군 광혜원면 구암길 396
조 사 자 : 이창식, 최명환, 장호순, 김영선, 김보비
조사일시 : 2010.12.31
제 보 자 : 박연희, 여, 74세
구연상황 : 조사자가 잠자리를 잡을 때 부르는 소리가 또 있느냐고 묻자, 제보자 박연희
　　　　　가 잠자리 귀양(귀향)보낼 때 하는 소리가 있다면서 구연해 주었다. 옆에 있
　　　　　던 제보자 김점순 등은 그게 잠자리 시집보낼 때 하는 소리라고 덧붙이기도
　　　　　하였다.

　　이렇게 나마릴 잡아 갖고.

　　(조사자 : 예.)

꽁댕이를 요만씩 잘라요.

(조사자 : 예.)

잘르면 인제 새개기를 찌다란 거. 이렇게 해서 꽁댕이에다 이렇게 꼬여
갖고 너 귀양 가라고 홀랑 날려 보냈어요.

　　　귀양 가거라

이라고.

운상하는 소리

자료코드 : 09_08_FOS_20101230_LCS_IJN_0040
조사장소 : 충청북도 진천군 광혜원면 중리길 37
조사일시 : 2010.12.30
조 사 자 : 이창식, 최명환, 장호순, 김영선, 김보비, 여진수
제 보 자 : 이재남, 남, 85세
구연상황 : 앞선 제보자 최덕원의 이야기로 채록현장이 좋아지자 옆에 있던 제보자 이재
　　　　　남이 이야기판에 관심을 보였다. 조사자가 상이 났을 때 하는 소리를 물어보
　　　　　자 구연해 주었다.

　　　불쌍하다 가련하다
　　　우리어머니 불쌍하지
　　　먹을것을 못다먹고
　　　입을것도 못다입고
　　　간다간다 나는간다
　　　인저(이제)가며는 언제오나
　　　어허 어허야 어하 넘차 더하

[뒷소리를 주기로 한 청중들과 호흡이 맞지 않아 채록이 잠시 중단되

었다가 다시 부름]

인저가면 언제오나
명영 춘삼월에
꽃이핀다고 내가오나
에헤 어허야 어하 넘차 더하

묘 다지는 소리(1)

자료코드 : 09_08_FOS_20101230_LCS_IJN_0042
조사장소 : 충청북도 진천군 광혜원면 중리길 37
조사일시 : 2010.12.30
조 사 자 : 이창식, 최명환, 장호순, 김영선, 김보비, 여진수
제 보 자 : 이재남, 남, 85세
구연상황 : 조사자가 제보자 이재남에게 장지에서 묘 터를 다지면서 부르는 소리를 요청
하자 구연해 주었다.

산지에조종은 골령산이요
수지조종은 황해수라
에헤 달구(후렴, 다음부터는 부르지 않음)
천하대지가 여기아니냐
제주도라 한라산이요
한라산명지도 다모시고
충청도라 계룡산이요
계룡산명지도 다모시고
이북이라 백두산이요
백두산명지도 다모시고

[제보자 웃음]

축원하는 소리

자료코드 : 09_08_FOS_20101230_LCS_IJN_0062
조사장소 : 충청북도 진천군 광혜원면 중리길 37
조사일시 : 2010.12.30
조 사 자 : 이창식, 최명환, 장호순, 김영선, 김보비, 여진수
제 보 자 : 이재남, 남, 85세
구연상황 : 제보자 이재남이 흥이 났는지 나서서 소리를 하겠다고 하였다. 조사자들에게
축원을 해 준다면서 구연해 주었다.

물위에 출렁 수답이냐

물이 없어 건답이냐

건답 수답을 다달아놓고

가지네 뱁씨(볍씨)를 들여봅세

무슨 뱁씨를 들였소

안성 유기는 양푼찰이요

청산 녹운에 대추찰이요

혼자 먹으면 돼지찰이요

거저 먹으면 논두락콩이냐

[청중들 웃음]

일막 끝났슈.

[잠시 쉬었다 다시 고사반을 함]

찰베(찰벼) 농사를 지었지만

찰베 농사를 거들어보세

앞동네 일꾼이냐
뒷동네 선머슴꾼
선술 한잔을 맥여노니(먹여놓으니)
잠뱅이 입고 꼼방대(곰방대) 물고
꼭두 사토 까드락거린다
반달 같은 매락술
이리도 쑥쑥 매달고
저리도 쑥쑥 매어간다
한산지기 논빼미를
오늘에 조청 들어간다
장대같이 자란 피를
이리 비어(베어) 내걸고
저리 비어 내어가네
앵무 같은 여종은
똬리 받쳐 여들이고
억대 같은 남종은
지게 받쳐 거들인다
심(힘)이 들어서 못하겠네(못하겠네)
우메(우마)라 우메라를 불러실어보세
무슨 우마을 딜였쇼(들였소)
뿐기 없는 댕경소
무곡뿌리 자각뿌리
촌둑아기, 별매기
나갈 때라 빈발이고
들어 올때는 찬발이라
이리로 끌끌 실어다가

앞으로 동동스레 앞노적
저리로 낄낄 실어다가
뒤로 둥스레 뒷노적
봉에 노적을 쌓았느니
난데없는 봉벽새가
둥실둥실 날라와서
창봉에 자리잡고
중봉에 새끼를쳐
그새끼 점점자란다
한날개를 툭탁치면
이리천석이 쏟아지고
또한날개를 툭탁치면
저기천석이 쏟아지고
웬(모든)몸을 툭탁하면은
억수만석이 쏟아지느라

[조사자와 청중이 잘 한다고 감탄하자 남았다면서 이어서 부름]
(조사자 : 잘 한다.)
아, 남았슈(남았어요) 남았슈.

있는 애기는 수명장수
없는 애기는 생한밤
열에 열 자손을
한데 곱게 길러
동문서식 탁 가르켜놓고
개를 매기러 삽살개를

대분턱에다 매기러다
앞 산을 보고도
커겅커겅 짓는 소리
만고 복을로 청하노라

[조사자의 성을 묻고 이어서 축원을 한다]
성씨가 뭐여?
(조사자 : 이씨.)

이씨댁에 금부자가 그아니냐

아기 어르는 소리

자료코드 : 09_08_FOS_20101230_LCS_IJN_0064
조사장소 : 충청북도 진천군 광혜원면 중리길 37
조 사 자 : 이창식, 최명환, 장호순, 김영선, 김보비, 여진수
조사일시 : 2010.12.30
제 보 자 : 이재남, 남, 85세
구연상황 : 조사자가 제보자 이재남에게 소리를 더 해줄 것을 요청하자 구연해 주었다.

아강 아가 우지마라
업은 애기는 밥달라고
안은 애기는 젖달라네
병풍에 그린 수탉이
패(홰)를 치고 울면은
느(네) 어머니가 온다더라

아라리(1)

자료코드 : 09_08_FOS_20101230_LCS_IJN_0066
조사장소 : 충청북도 진천군 광혜원면 중리길 37
조사일시 : 2010.12.30
조 사 자 : 이창식, 최명환, 장호순, 김영선, 김보비, 여진수
제 보 자 : 이재남, 남, 85세
구연상황 : 조사자가 제보자 이재남에게 다른 소리를 더 요청하자 구연해 주었다.

왜 생겼나 왜 생겼어
요다지도 곱게도 왜 생겼나
남 날적에 나도 낳고
남 날시에 낳건 만은
일부종사을 왜 못 하고서야
화류계 창년이 되었느냐

놀기 좋기는 자장구 복판이 좋고요
잠자리 좋은 거는 시아버니 아들이 좋더라

[제보자 이재남이 바로 앞소리에 대한 설명을 하고 조사자가 더 해 달
라고 하자 이어서 불렀다]

저건너 저묵밭은 작년에도 묵었더니
올해도 날(나)과 같이도 또 묶는구려

오라버니 장가는 내년에 가고
논이라도 팔어서 날 보내줘요

아라리(2)

자료코드 : 09_08_FOS_20101230_LCS_IJN_0068
조사장소 : 충청북도 진천군 광혜원면 중리길 37
조사일시 : 2010.12.30
조 사 자 : 이창식, 최명환, 장호순, 김영선, 김보비, 여진수
제 보 자 : 이재남, 남, 85세
구연상황 : 조사자가 제보자 이재남이 살았던 이야기를 물어보다가 아라리를 한 편 더
　　　　　 들려달라고 하자 구연해 주었다.

　　　어린자식은 밥달라고 조르는데
　　　네아버지는 매일을 가니
　　　고스톱만 치는구나

묘 다지는 소리(2)

자료코드 : 09_08_FOS_20101230_LCS_IJN_0080
조사장소 : 충청북도 진천군 광혜원면 중리길 37
조사일시 : 2010.12.30
조 사 자 : 이창식, 최명환, 장호순, 김영선, 김보비, 여진수
제 보 자 : 이재남, 남, 85세
구연상황 : 제보자 이재남이 아라리에 이어서 구연해 주었다.

　　　산지 조종은 곤륜산이요
　　　서산 낙맥이 뚝떨어졌구나
　　　천하 대지가 여기로구나
　　　에헤 달구

　　　전라도라 지리산이요
　　　지리산 명지도 다모시고

충청도라 계룡산이요

계룡산 명지도 다모시고

이북이라 백두산이요

백두산 명지도 다 시고

천하대지가 여기로구나

형장가

자료코드 : 09_08_FOS_20101230_LCS_IJN_0082

조사장소 : 충청북도 진천군 광혜원면 중리길 37

조사일시 : 2010.12.30

조 사 자 : 이창식, 최명환, 장호순, 김영선, 김보비, 여진수

제 보 자 : 이재남, 남, 85세

구연상황 : 이야기판에서 흥이 난 제보자 이재남이 조사자들에게 자신이 아는 노래를
들려 준다면서 구연해 주었다.

불쌍하다 가련하다

춘향이 어머니가 불쌍하다

먹을것을 옆에다 끼구서

우물 앞으로 돌어간다

죽일년아 살릴년아

대동 동천에 목빌년아

허락 한마디 하려무나

아이고 어머니 그말씀말아요

잘났어도 내 낭군이요

못났어도 내 낭군인데

허락이라는 말씀이 웬말이요

날살려라 날살려라

한양에 낭군아 날살려라

앉었으니 임이 오나

누웠으니 잠이 오나

앉아서 생각 누워서생각

이도령 생각뿐이로다

날죽인다 날죽인다

신관 사또가 날죽인다

날살려라 날살려라

한양에 낭군아 날살려라

앉았으니 이도령이 오나

누웠으니 잠이 오나

앉어서 생각 누워생각

생각생각이 이도령 생각뿐이로다

아라리(3)

자료코드 : 09_08_FOS_20101230_LCS_IJN_0090

조사장소 : 충청북도 진천군 광혜원면 중리길 37

조사일시 : 2010.12.30

조 사 자 : 이창식, 최명환, 장호순, 김영선, 김보비, 여진수

제 보 자 : 이재남, 남, 85세

구연상황 : 조사자가 제보자 이재남에게 아라리를 한 편 더 불러줄 것을 요청하자 구연
해 주었다.

시어머니 낯짝도 빤빤하기도 하지

저런거를 봐놓고서 날 데려왔나

시집살이 못하고서 가라면 갔지
술담배 안피우곤 난 못살아요

빠진 이빨 던지면서 부르는 소리

자료코드 : 09_08_FOS_20101231_LCS_JWS_0021
조사장소 : 충청북도 진천군 광혜원면 구암1길 2
조사일시 : 2010.2.31
조 사 자 : 이창식, 최명환, 장호순, 김영선, 김보비
제 보 자 : 조월순, 여, 89세
구연상황 : 조사자가 이빨이 빠졌을 때 지붕이나 아궁이에 던지면서 불렀던 소리를 요청
하자 제보자 조월순이 구연해 주었다.

까치야 까치야
헌집 주께
새집 다오

잠자리 잡는 소리

자료코드 : 09_08_FOS_20110127_LCS_CID_0044
조사장소 : 충청북도 진천군 광혜원면 구암길 396 무수노인정
조사일시 : 2011.1.27
조 사 자 : 이창식, 최명환, 장호순, 김영선, 김보비
제 보 자 : 조일동, 여, 77세
구연상황 : 제보자 최창온이 부른 잠자리 잡는 소리를 듣고, 제보자 조일동도 어렸을 때
불렀던 것이라며 구연해 주었다.

잠잘래야 꺾을래야
멀리멀리 가지마라

멀리가면 똥물먹고
죽는다

샅치기 놀이 하는 소리

자료코드 : 09_08_FOS_20101231_LCS_CCO_0138
조사장소 : 충청북도 진천군 광혜원면 구암길 396
조사일시 : 2010.12.31
조 사 자 : 이창식, 최명환, 장호순, 김영선, 김보비
제 보 자 : 최창온, 여, 78세
구연상황 : 조사자가 어렸을 때 했던 놀이에 대해 물어보자 제보자 최창온이 샅치기 놀
이가 있었다면서 동작과 함께 불러 주었다. 조사자들은 놀이의 방법, 내용 등
을 자세히 물은 후 자리에 있던 제보자들에게도 놀이를 구연해 달라고 부탁
하였다. 처음에는 어설프게 시작되었지만 연습할수록 점차 틀을 잡아갔다. 샅
치기 놀이 방법은 다음과 같다. 먼저 네다섯 명의 사람이 둘러앉아 자리를 잡
는다. 주장이 된 사람이 '샅치기 샅치기 샅뽀뽀'라는 소리를 하면서 행동을
취한다. 주장은 소리할 때마다 한 가지 동작을 추가하거나 바꾼다. 주장의 바
로 옆 사람이 같은 소리를 하면서 주장의 행동을 그대로 따라 한다. 주장의
동작을 따라 하기 때문에 한 동작씩 더 느려지게 된다. 세 번째 사람 역시 소
리를 하면서 두 번째 사람의 동작을 똑같이 따라 한다. 그러면 세 번째 사람
은 주장의 동작과 두 동작씩 더 느려지게 된다. 이런 방식으로 마지막 사람까
지 돌아간다. 놀이를 하면서 주장은 소리에 변형을 가할 수 있다. 소리를 빠
르게 바꾸는 것인데, '사이샅뽀' 등으로 빨라지게 하면서 동작 역시 빨라진다.
역시 옆의 사람은 그대로 따라 하는 것이다. 이 놀이는 먼저 웃거나 동작을
다르게 하면 지는 것이다.

샅치기 샅치기 샅뽀뽀
샅치기 샅치기 샅뽀뽀
샅치기 샅치기 샅뽀뽀
샅치기 샅치기 샅뽀뽀

삳치기 삳치기 삳뽀뽀

삳치기 삳치기 삳뽀뽀

삳치기 삳치기 삳뽀뽀

삳치기 삳치기 삳뽀뽀

삳치기 삳치기 삳뽀뽀

삳치기 삳치기 삳뽀뽀

삳치기 삳치기 삳뽀뽀

삳치기 삳치기 삳뽀뽀

사이삳뽀 사이삳뽀

사이사이뽀

다리 뽑기 하는 소리

자료코드 : 09_08_FOS_20101231_LCS_CCO_0156

조사장소 : 충청북도 진천군 광혜원면 구암길 396

조사일시 : 2010.12.31

조 사 자 : 이창식, 최명환, 장호순, 김영선, 김보비

제 보 자 : 최창온, 여, 78세

구연상황 : 삳치기 놀이 등 다양한 놀이를 시연하면서 놀이하는 소리에 대한 이야기판이
조성되었다. 조사자가 제보자 최창온에게 다리 뽑기를 하면서 불렀던 소리를
요청하자 구연해 주었다.

한발대 두발대

삼사 노곤리

인단지 꽃단지

바람의 쥐새끼

읍내 그지

팔대 장군
고드래 뽕

(조사자 : 자 하나씩.)

한발대 두발대
삼사 노곤리
인단지 꽃단지
바람의 쥐새끼
읍내 그지
팔대 장군
고드래 뽕

(보조 제보자 : 아, 둘이예요, 둘.)

한발대 두발대
삼사 노곤리
인단지 꽃단지
바람의 쥐새끼
읍내 그지
팔대 장군
고드래 뽕

(조사자 : 이 일어서요, 혼나야 돼 인제.)
(보조 제보자 : 아, 그럼 이거해 갖고 뭐 하는 건데요?)
(조사자 : 아이, 이제 벌 받아야지.)
(보조 제보자 : 벌 받는 겨.)
벌 받을 줄 알았다.

벌주는 소리

자료코드 : 09_08_FOS_20101231_LCS_CCO_0160
조사장소 : 충청북도 진천군 광혜원면 구암길 396
조사일시 : 2010.12.31
조 사 자 : 이창식, 최명환, 장호순, 김영선, 김보비
제 보 자 : 최창온, 여, 78세
구연상황 : 제보자 최창온은 앞에서 시연한 다리 뽑기 하는 소리에서 진 사람에게 벌주는 소리가 있다고 하였다. 조사자가 요청하자 구연해 주었다. 이 벌은 이긴 사람이 진 사람의 발목을 잡고 발뒤꿈치를 내려치는 것이다. 일정한 음보에 맞춰 발뒤꿈치를 바닥에 내려치는 행위를 반복한다. 고양이가 조밥을 먹다 목이 말라 부분은 천천히 하다가 마지막 '쿵 쾅 캥'에 가서 세게 바닥을 친다.

고양이가 조밥을 먹다
목이 말라
쿵 쾅 캥

[모든 사람이 같이 웃음]

신 부르는 소리

자료코드 : 09_08_FOS_20101231_LCS_CCO_0172
조사장소 : 충청북도 진천군 광혜원면 구암길 396
조사일시 : 2010.12.31
조 사 자 : 이창식, 최명환, 장호순, 김영선, 김보비
제 보 자 : 최창온, 여, 78세
구연상황 : 제보자 박연회가 춘향이를 부르면서 놀았던 소리를 하자, 제보자 최창온이 자신은 다르게 했다면서 자신이 했던 방법을 소리와 함께 구연해 주었다.

이거로 안 하고 우리는 예, 옛날 이렇게 하고 했어요, 이렇게.

(조사자 : 예.)

춘향이 생일은

[소리를 하다 끊어져서 다시 함]
(보조 제보자 : 맞어.)
응.

춘향이 생일은
사월 초파일이구요
술술 내리시오
술술 내리시오

흔들었잖아, 이렇게.

빠진 이빨 던지면서 부르는 소리

자료코드 : 09_08_FOS_20101231_LCS_CCO_0192
조사장소 : 충청북도 진천군 광혜원면 구암길 396
조사일시 : 2010.12.31
조 사 자 : 이창식, 최명환, 장호순, 김영선, 김보비
제 보 자 : 최창온, 여, 78세
구연상황 : 조사자가 제보자 최창온에게 이빨 빠졌을 때 지붕 등에 던지면서 불렀던 소리를 요청하자 구연해 주었다.

까치야 까치야
헌이는 너주께
새이는 날다오

웃음거리 하는 소리

자료코드 : 09_08_FOS_20101231_LCS_CCO_0230
조사장소 : 충청북도 진천군 광혜원면 구암길 396
조사일시 : 2010.12.31
조 사 자 : 이창식, 최명환, 장호순, 김영선, 김보비
제 보 자 : 최창온, 여, 78세
구연상황 : 아침 일찍부터 시작된 조사가 점심에 가까워져 오자 조사자들이 중화요릿집
에 배달을 시켜 제보자들과 함께 점심을 먹었다. 그러면서 제보자들의 지나온
삶, 마을 산제, 시집살이의 애환 등을 소상하게 물어볼 수 있었다. 점심상을
물리고 다시 채록현장을 정리하면서 아직까지 조사자들에게 들려주지 못한
놀이하면서 부르는 소리가 있는지 물어보았다. 제보자 최창온이 웃음거리라
는 것이 있다면서 다른 제보자들과 함께 간단히 연습을 한 후 구연해 주었다.

웃음거리 합시다
웃어도 안되고

같이 떠들어야지.

웃음거리 합시다
웃어도 안되고
입벌려도 안되고
모두 다합

합 할 적에 입을 벌리지 말고 웃지 말고 가만히 있어.
(조사자 : 저 어르신 웃었다.)
[청중 웃음]
(보조 제보자 : 그렇게 웃음거리 할 때 웃으면은 그 사람이 벌이거든.)
응 벌이야. 그렇게 하는 겨.

잠자리 잡는 소리

자료코드 : 09_08_FOS_20110127_LCS_CCO_0040
조사장소 : 충청북도 진천군 광혜원면 구암길 396
조사일시 : 2011.1.27
조 사 자 : 이창식, 최명환, 장호순, 김영선, 김보비
제 보 자 : 최창온, 여, 78세
구연상황 : 조사자들이 옛날 놀이를 촬영할 수 있게 도와 달라는 한국방송(KBS) 청주방
송국 최용찬 프로듀서의 요청을 받았다. 조사자들은 지난번 조사에서 큰 호응
을 보였던 광혜원면 구암리 무수마을을 대상으로 취재를 도와주기로 하였다.
방송국팀과 당일 아침 무수마을에서 직접 만나기로 약속하였다. 또 무수마을
제보자 최창온에게 연락하여 방송촬영에 대한 취지를 이야기하고 만나기로
하였다. 목요일 아침 조사팀이 무수마을에 도착하자 최창온을 비롯하여 여덟
명의 제보자가 반겨주었다. 간단히 준비해 온 귤 등으로 다과를 하면서 방송
국 팀을 기다리며 지난번 보여 준 '살치기 놀이 하는 소리' 등을 요청하였다.
방송국 팀이 도착한 후 '살치기 놀이 하는 소리', '풍감 묻기 하는 소리' 등을
시연하였다. 어느 정도 자리가 마무리되면서 제보자 최창온이 지난번 조사자
들이 다녀간 후 새로 기억난 소리가 있다면서 구연해 주었다.

잠잘래야 꺾을래야
멀리멀리 가지마라
멀리멀리 가면은
똥물먹고 죽는다

잠자리 잡을 때 그렇게 하는 거예요.
(조사자 : 예.)

해 부르는 소리

자료코드 : 09_08_FOS_20110127_LCS_CCO_0051
조사장소 : 충청북도 진천군 광혜원면 구암길 396

조사일시 : 2011.1.27

조 사 자 : 이창식, 최명환, 장호순, 김영선, 김보비

제 보 자 : 최창온, 여, 78세

구연상황 : 제보자 최창온이 조사자들에게 어렸을 때 했던 편을 갈라서 노는 풍감 놀이
를 설명해 주었다. 이어서 또 생각이 났다면서 어렸을 때 먹을 감고 나서 '해
부르는 소리'가 있었다면서 구연해 주었다.

황새야 떡새야

멀리멀리 가지마라

멀리멀리 가면은

니어머니 비나(비녀)빼다

엿 사먹었다고

일르지않나 봐라

그렇게 했어요.

신 부르는 소리

자료코드 : 09_08_FOS_20101231_LCS_HSG_0175

조사장소 : 충청북도 진천군 광혜원면 구암길 396

조사일시 : 2010.12.31

조 사 자 : 이창식, 최명환, 장호순, 김영선, 김보비

제 보 자 : 허상구, 여, 74세

구연상황 : 제보자 박연희, 제보자 최창온이 부르는 소리를 듣고 있던 제보자 허상구가
자신도 그 소리를 알고 있다면서 구연해 주었다.

춘향이 생일은 사월 초파일인데

오셨거든 오셨다고 썰써리 내려주세요

그랬어.

(보조제보자 : 흔들어 가면서.)

그러니께, 거퍼(거듭) 자꾸 그러면 이렇게 …….

다리 뽑기 하는 소리

자료코드 : 09_08_FOS_20101231_LCS_HSG_0180
조사장소 : 충청북도 진천군 광혜원면 구암길 396
조사일시 : 2010.12.31
조 사 자 : 이창식, 최명환, 장호순, 김영선, 김보비
제 보 자 : 허상구, 여, 74세
구연상황 : 조사자가 제보자 허상구에게 다리 뽑기 할 때 불렀던 소리를 요청하자 구연
해 주었다.

이거리 저거리 각거리
천두 만두 두만두
짝 발러 쇠양강
오리 김치 사래육

이렇게 했어유.

도라지 타령

자료코드 : 09_08_MFS_20101230_LCS_GYH_0052
조사장소 : 충청북도 진천군 광혜원면 중리길 37
조사일시 : 2010.12.30
조 사 자 : 이창식, 최명환, 장호순, 김영선, 김보비
제 보 자 : 김용현, 남, 80세
구연상황 : 조사자가 제보자 김용현에게 다른 소리를 요청하자 방금 전 부른 것 외에는
잘 모른다고 하다가 거듭되는 조사자의 요청에 구연해 주었다.

도라지 도라지 도라지
심심 삼천에 백도라지
한두 뿌리만 캐어도
대바구니가 처리철철 다넘는구나
에헤용 에헤용 에헤요
어여러 난다 지화자자 좋다
니가니가 정 수리솔솔 다녹인다

2. 덕산면

증편 한국구비문학대계 ● 충청북도 진천군

조사마을

충청북도 진천군 덕산면 산수리

조사일시 : 2011.4.21
조 사 자 : 이창식, 최명환, 장호순, 김영선, 김보비

산수리 전경

  산수리(山水里)는 충청북도 진천군 덕산면에 속하는 법정리이다. 1914
년 행정구역 개편 당시 매산(梅山里)의 산(山)자와 고수리(古水里) 수(水)자
를 따서 산수리라 하였다. 매산은 중방 남쪽에 있는 마을로 마을 뒷산의
모양이 매화와 같다고 하여 붙은 이름이다. 고수는 중방 안에 있는 마을
로 고수의 어원에 대하여는 명확히 알려진 바가 없다. 고수를 고수(鼓手)
로 보아 북을 잘 치는 고수가 살았다 하여 붙은 이름이라고도 하는데 민

기 어렵다.

조선 말기 진천군 방동면에 속했던 지역으로, 1914년 일제의 행정구역 개편에 따라 매산리와 중방리 각 일부를 병합하여 산수리라 하고 덕산면에 편입하였다. 미호천(美湖川)이 북동쪽에서 남서쪽으로 흐르고, 남쪽으로 큰애기봉이 솟아 있다. 미호천 주변으로 성평들과 인산들 등의 평야지대가 펼쳐져 있다. 기후가 온난하고 수량이 풍부하다.

진천군청에서 동북쪽으로 약 6km 떨어져 있다. 2009년 8월 31일 면적은 3.25km²이며, 총 189가구에 450명(남자 245명, 여자 205명)의 주민이 살고 있다. 자연마을로 중방·매산 등이 있다. 국도 21호선이 북서 방향으로 뻗어 있어 음성으로 이어진다. 주요 농산물로 쌀·고추·옥수수·콩·잎담배·과수 등이 재배된다. 문화재로는 사적 제325호로 지정된 진천 산수리 백제요지(鎭川山水里百濟窯址)가 있다.

충청북도 진천군 덕산면 석장리

조사일시 : 2010.12.24
조 사 자 : 이창식, 최명환, 장호순, 김영선, 김보비

석장리(石帳里)는 충청북도 진천군 덕산면에 속하는 법정리이다. 1914년 행정구역 개편 당시 하석리(下石里)의 석(石)자와 장암리(帳岩里)의 장(帳)자를 따서 석장리라 하였다. 조선 말기 진천군 산정면에 속했던 지역으로, 1914년 일제의 행정구역 개편에 따라 장암리와 음성군 맹동면 하석리·두서리·대화리의 각 일부를 병합하여 석장리라 하고 덕산면에 편입하였다. 알랑산(209m) 북동 방향으로 뻗어 있고, 그 앞쪽으로 나지막한 구릉지가 펼쳐져 있다. 기후가 온난하고 수량이 풍부한 편이다.

진천군청에서 동쪽으로 약 12km 떨어져 있다. 면적은 2.32km²이며, 총 113가구에 257명(남자 139명, 여자 118명)의 주민이 살고 있다. 자연마을

로 돌실·대화·하석·장암 등이 있다. 주요 농산물로 쌀·고추·옥수
수·콩·잎담배·과수 등이 생산된다. 문화재로는 충청북도 기념물 제124
호인 진천석장리고대철생산유적(鎭川石帳里古代鐵生産遺蹟) 등이 있다.

석장리 전경

충청북도 진천군 덕산면 용몽리

조사일시 : 2011.4.15
조 사 자 : 이창식, 최명환, 장호순, 김영선, 김보비

　용몽리(龍夢里)는 충청북도 진천군 덕산면에 속하는 법정리이다. 1914
년 행정구역 개편 당시 용소리(龍沼里)의 용(龍)자와 몽촌리(夢村里) 몽(夢)
자를 따서 용몽리라 하였다. 용소(일명 용소말) 묘봉골 북쪽에 있는 마을
이다. 몽촌은 면소재지가 있는 마을로, 1914년 이전에 발간된 조선지지자
료에는 구말로 나오며, 몽촌리(夢村里)라는 한자 지명이 대응되어 있다.

조선 광해군 때 문신 채진형(蔡震亨)이 현몽하여 잡은 자리라 하여 꿈말
이라 하였는데 세월이 지나 구말로 변하였다고 한다.

용몽리 전경

조선 말기 진천군 소답면에 속했던 지역으로, 1914년 일제의 행정구역
개편에 따라 몽촌리·대월리·묘봉리·용소리, 음성군 맹동면 하돈리·상
돈리의 각 일부를 병합하여 용몽리라 하고 덕산면에 편입하였다. 서쪽과
남쪽으로 함박산 줄기가 감싸고, 북쪽으로 바람재와 닿아 있다. 동쪽으로
미호천(美湖川) 지류인 덕산천(德山川)이 남류한다. 덕산면 용몽리 지역은
주로 고도 100m 이하의 평지로 이루어져 있어 일부 구릉지를 제외한 대부
분의 지역이 농경지로 이용되고 있다. 기후가 온난하고 수량이 풍부하다.
　진천군청에서 동북쪽으로 약 9.9km 떨어져 있다. 2009년 8월 31일 현
재 면적은 4.11km²이며, 총 1,042가구에 2,675명(남자 1,375명, 여자

1,300명)의 주민이 살고 있다. 자연마을로 시장1구·시장2구·시장3구·
몽촌·묘봉·용소 등이 있다. 주요 농산물로 쌀·고추·옥수수·콩·잎담
배·과수 등이 재배된다. 산업체가 계속 입주하고 있으며, 정부에서 추진
중인 음성·진천혁신도시와 덕산농공단지, 도로의 획기적인 개선 등으로
인구가 빠르게 증가하고 있다.

충청북도 진천군 덕산면 합목리

조사일시 : 2010.12.24
조 사 자 : 이창식, 최명환, 장호순, 김영선, 김보비

합목리 전경

합목리(合牧里)는 충청북도 진천군 덕산면에 속하는 법정리이다. 상목
리와 하목리를 병합하여 이루어진 마을이므로 합목리라 하였다. 조선 말

기 진천군 소답면에 속했던 지역으로, 1914년 일제의 행정구역 개편에 따라 상목리와 하목리를 병합하여 합목리라 하고 덕산면에 편입하였다. 합목리 중앙부에서 남류하는 미호천(美湖川) 지류인 한천천(閑川川) 주변으로 평야가 발달하였다. 기후가 온난하고 수량이 풍부하다.

진천군청에서 동북쪽으로 약 9km 떨어져 있다. 2009년 8월 31일 현재 면적은 2.00km²이며, 총 278가구에 574명(남자 317명, 여자 257명)의 주민이 살고 있다. 자연마을로 상목과 하목이 있다. 북부에서 지방도 587호선이 이월면 방면으로 이어지고, 북서부에서 국도 21호선이 음성군 방면으로 이어진다. 서부를 관통하는 지방도 513호선은 음성군 대소면과 증평군 방면으로 이어진다. 주요 농산물로 쌀·고추·옥수수·콩·잎담배·과수 등이 재배된다.

▋제보자

박종섭, 남, 1928년생

주 소 지 : 충청북도 진천군 덕산면 합목1길 22

제보일시 : 2010.12.24

조 사 자 : 이창식, 최명환, 장호순, 김영선, 김보비

제보자 박종섭은 합목리 목골마을 토박이
로 6대째 살고 있다. 젊어서 군 생활을 경
주에서 하였다. 군 생활 당시에 보았던 진
천과 다른 경주의 풍습도 이야기해 주었다.
또한 유년시절 놀이 등을 잘 기억하고 있었
다. 주로 논농사를 지었으며, 진천 용몽리
농요단에서 잠시 활동하기도 하였다.

제공 자료 목록

09_08_FOT_20101224_LCS_BJS_0210 가마샘의 유래

염정진, 여, 1938년생

주 소 지 : 충청북도 진천군 덕산면 합목1길 22

제보일시 : 2010.12.24

조 사 자 : 이창식, 최명환, 장호순, 김영선, 김보비

제보자 염정진은 합목리 목골 토박이다.
남동생(염경철)이 현재 합목리 이장 일을 보
고 있다. 소리는 친정어머니께 배웠다고 한
다. 친정어머니(김초순)는 2009년 92세에 돌
아가셨다. 목골마을에서 주로 농사를 지었다.

제공 자료 목록
09_08_FOS_20101224_LCS_YJJ_0220 베 짜는 소리
09_08_FOS_20101224_LCS_YJJ_0226 다리 뽑기 하는 소리

오응환, 남, 1928년생

주 소 지 : 충청북도 진천군 덕산면 초금로 709
제보일시 : 2011.4.15
조 사 자 : 이창식, 최명환, 장호순, 김영선, 김보비

　제보자 오응환의 본관은 해주로 진천군
덕산면 용몽리가 고향이다. 덕산면 삼용리
용사마을에 살고 있다. 젊어서는 주로 관공
서에 근무하였다고 한다. 자녀는 6남매를
두었다. 현재 용몽리 노인회의 분회장으로
많은 일을 맡아서 하였다. 또 라이온스클럽
창간 멤버로 7대 회장을 맡고 있다. 삼용리
이영남 장군 선양사업과 관련해서는 마을에
용몽리 양조장의 이재철씨와 함께 팔각형의 묘비를 세우기도 하였다.

제공 자료 목록
09_08_FOS_20110415_LCS_OUH_0093 샘 고사 지내는 소리

유병관, 남, 1939년생

주 소 지 : 충청북도 진천군 덕산면 초금로 709
제보일시 : 2011.4.15
조 사 자 : 이창식, 최명환, 장호순, 김영선, 김보비

　제보자 유병관은 진천군 덕산면 석장리가 고향이다. 현재 용몽리노인회

의 사무장이다. 용몽리 노인정에서 제보자
이광섭, 오응환과 이야기할 때 옆에 앉아
있었다. 채록이 끝날 무렵 조사자들에게 김
유신 이야기를 알고 있다면서 구연해 주었
다.

제공 자료 목록
09_08_FOT_20110415_LCS_UBG_0085 김유신이
말의 목을 친 마두마을

이광섭, 남, 1938년생

주 소 지 : 충청북도 진천군 덕산면 초금로 709
제보일시 : 2011.4.15
조 사 자 : 이창식, 최명환, 장호순, 김영선, 김보비

제보자 이광섭은 음성군 맹동면 두성리
안골마을이 고향이다. 두성리 일대가 혁신
도시로 지정되어 덕산면 용몽리로 이주하였
다. 4형제 가운데 맏이로 23세에 결혼하였
고 6남매를 두었다. 어릴 때부터 할아버지
와 아버지를 쫓아다니며 일을 배웠는데, 그
때 소리하는 것을 보고 들으면서 소리를 배
웠다고 한다.

이광섭은 제보자 이정수와 함께 용몽리 농요단으로 활동하면서 1995년
제36회 전국민속예술경연대회에 소두머니영신놀이단으로 출연하여 3등
상(문화부장관상)을 수상했고, 그해 충북민속경연대회 농악부에 진천군
대표로 출연하여 2등을 했다. 그리고 1999년에는 충북민속경연대회에 생

거진천농요단으로 출연(선소리 제1인)하여 1등 상을 받았으며, 2000년에
는 생거진천농요단 충북대표로 출연하여 연기 1등, 종합상 3등을 수상하
였다. 현재 진천복지회관에서 농요를 전수하고 있는데 귀가 잘 들리지 않
아 어려움이 있다고 한다.

제공 자료 목록
09_08_FOS_20110415_LCS_LGS_0010 장례놀이 하는 소리(1)
09_08_FOS_20110415_LCS_LGS_0031 보리 터는 소리
09_08_FOS_20110415_LCS_LGS_0035 가래질하는 소리
09_08_FOS_20110415_LCS_LGS_0038 운상하는 소리
09_08_FOS_20110415_LCS_LGS_0042 방아 찧는 소리
09_08_FOS_20110415_LCS_LGS_0056 아라리
09_08_MFS_20110415_LCS_LGS_0011 장례놀이 하는 소리(2)
09_08_MFS_20110415_LCS_LGS_0054 논 뜯는 소리
09_08_MFS_20110415_LCS_LGS_0077 뱃노래

이영환, 여, 1937년생

주 소 지 : 충청북도 진천군 덕산면 산수3길 8-1
제보일시 : 2011.4.21
조 사 자 : 이창식, 최명환, 장호순, 김영선, 김보비

제보자 이영환은 진천군 이월면 중산리가
고향이다. 어려서 고향에서 놀았던 일들을
생생하게 기억하고 있었다. 다리 뽑기 하는
놀이, 풍감놀이 등에 대해서 이야기를 해
주었다. 특히 옆 마을인 인산리에 있는 방
골 큰 아기 무덤과 관련해서 기억하고 있는
이야기를 구연해 주었다. 남편과 사별하고
현재 혼자 살고 있다.

제공 자료 목록
09_08_FOT_20110421_LCS_LYH_0125 재취(再娶)인줄 알고 죽은 방골 큰 아기

이정수, 남, 1940년생

주 소 지 : 충청북도 진천군 덕산면 석장리
제보일시 : 2010.12.24
조 사 자 : 이창식, 최명환, 장호순, 김영선, 김보비

제보자 이정수는 진천군 석장리에 거주하고 있으며, 현재 진천군 용몽리 농요단의 단장을 맡고 있다. 1999년 제6회 충북민속예술제에서 1등을 수상했고, 2000년 순천에서 열린 제41회 한국민속예술제에서 연기대상을 받았다. 또 2001년 제8회 충북민속예술제에서는 장려상을, 같은 해 제4회 박달제추모 국악경창대회에서는 최우수상(개인상)를 수상했다. 2002년에는 제4회 상주전국민요경창대회에서 신인부 장려상(개인상)을 받았다. 상주에서 이은관의 제자 소개로 서울을 오르내리면서 무형문화재 서도소리 기능보유자 이은관에게 배뱅이굿을 배웠다고 한다. 현재 덕산의 인물로 중요하게 생각하는 사람이 이영남 장군이다. 제보자 부친이 전라남도 완도에 있는 이영남 장군 묘 개축을 보러 갔을 당시 그곳 사람들이 방골 큰 아기 이야기를 부친에게 물어보았다. 그만큼 방골 큰 아기 이야기는 전국적으로 알려져 있었다고 한다.

제공 자료 목록
09_08_FOT_20101224_LCS_IJS_0320 임연 장군과 누이의 힘겨루기로 쌓은 농다리
09_08_FOT_20101224_LCS_IJS_0330 꿈에 비녀를 받고 낳은 배뱅이
09_08_FOT_20101224_LCS_IJS_0350 진천 석장리에서 태어난 이영남 장군

09_08_FOS_20101224_LCS_IJS_0302 방골 큰 아기 소리
09_08_FOS_20101224_LCS_IJS_0310 초평 아리랑
09_08_FOS_20101224_LCS_IJS_0340 운상하는 소리
09_08_FOS_20101224_LCS_IJS_0360 땅 다지는 소리

최진예, 여, 1928년생

주 소 지 : 충청북도 진천군 덕산면 산수3길 8-1
제보일시 : 2011.4.21
조 사 자 : 이창식, 최명환, 장호순, 김영선, 김보비

   제보자 최진예는 청원군 오창면 일신리가
고향이다. 19세에 덕산면 산수리 매산마을
로 시집을 와서 남편과 함께 농사를 지었다.
자녀는 4남매(3남 1녀)를 두었는데 모두 출
가하여 외지에 살고 있다. 시집올 때 자신
의 어머니가 가마에 목화씨를 넣은 요강을
같이 보낸 것을 생생히 기억하고 있었다.
시집온 지 삼 일째부터 시어머니가 되박을
줘서 밥을 지었다고 한다. 매산마을에 살면서 청중, 서울 등지로 나가 몇
해씩 살기도 하였다. 남편과는 30여 년 전에 사별하였다.

제공 자료 목록
09_08_FOS_20110421_LCS_CJY_0110 다리 뽑기 하는 소리
09_08_FOS_20110421_LCS_CJY_0115 잠자리 잡는 소리
09_08_FOS_20110421_LCS_CJY_0120 방아깨비 부리는 소리

가마샘의 유래

자료코드 : 09_08_FOT_20101224_LCS_BJS_0210
조사장소 : 충청북도 진천군 덕산면 합목1길 22
조사일시 : 2010.12.24
조 사 자 : 이창식, 최명환, 장호순, 김영선, 김보비
제 보 자 : 박종섭, 남, 83세
구연상황 : 조사자들은 덕산면 합목리 목골에 위치한 하목노인정 할아버지방에 도착하였
다. 제보자에게 취지를 설명한 후 옛날이야기를 들려달라고 하였다. 제보자 박
종섭이 구연해 주었고 구연 중에 노인회장인 제보자 윤종렬이 도움을 주었다.
줄 거 리 : 덕산면 합목마을에 성주우물이 있다. 예전에 물이 좋아서 양반들이 가마를
타고 와서 먹었다고 한다. 그래서 가마샘이라고 부른다.

(조사자 : 옛날은 성주 우물을 많이 마을에서 많이 이용 했습니까?)

(보조 제보자 : 아니, 이용은 안 하고, 우물이 굉장히 중해서 참. 산 저
뭐야, 어, 저, 저기래요. 어떻게 해서 나오는 물이래요?)

열성조 물이라고 그래서 그것이 다른 것이 아니라 뭐가 났느니 하니.
그 물이 좋다고 그래서루다 그 예전에 양반들이 가마 타고 와서루다 먹었
다는 물이여요. 그래서 가마샘이라 그라지요. 그 샘 이름을.

(보조 제보자 : 그 유래가 그래요. 가마샘이요, 거기.)

(청중 : 물이 차요.)

(보조 제보자 : 차.)

김유신이 말의 목을 친 마두마을

자료코드 : 09_08_FOT_20110415_LCS_UBG_0085

조사장소 : 충청북도 진천군 덕산면 초금로 709

조사일시 : 2011.4.15

조 사 자 : 이창식, 최명환, 장호순, 김영선, 김보비

제 보 자 : 유병관, 남, 73세

구연상황 : 조사자가 마을에서 옛날이야기를 요청하자 제보자 유병관은 오갑리 마두마
을과 관련한 이야기가 있다면서 구연해 주었다.

줄 거 리 : 김유신이 말썽부리고 다닐 때 일이다. 말을 타고 정신없이 가다 보니까 말이
옛날에 다니던 술집에 갔다. 김유신이 말의 머리를 쳤다. 그래서 그곳 지명을
마두라고 한다.

그라고 뭐, 김유신 장군이 뭐.

(조사자 : 예, 예.)

속 끓이고 한데 뭐. 마두. 그 마두 그. 윤, 저기가 있잖어. 말이. 그 김
유신 장군이 말을 타고 정신없이 가다 보니까. 옛날에 다니던 술집에 당
도를 해 가지고. 말의, 말의 머리를 쳐 가지고 마두가 됐다고. 그런 얘기
는 들었죠.

재취(再娶)인줄 알고 죽은 방골 큰 아기

자료코드 : 09_08_FOT_20110421_LCS_LYH_0125

조사장소 : 충청북도 진천군 덕산면 산수3길 8-2

조사일시 : 2011.4.21

조 사 자 : 이창식, 최명환, 장호순, 김영선, 김보비

제 보 자 : 이영환, 남, 70세

구연상황 : 조사자가 옆 마을인 인산리 방골 큰아기 이야기에 대해 자세히 묻자 제보자
이영환이 구연해 주었다.

줄 거 리 : 인산리 방골에 살던 청주이씨 집안에서 딸을 시집보내려 하였다. 혼인을 하
기 위해 초례청에 밀양박씨 신랑이 들어왔다. 그런데 신랑이 사모에 뿔 하나
가 부러진 줄 모르고 들어왔다. 옛날에 재취 얻는 사람은 사모에 뿔 하나를
빼는 관습이 있었다. 청주이씨 집안에 큰 아기는 자신이 재취인 줄 알고 놀라

죽었다. 그래서 결혼을 위해 준비한 음식들을 큰 아기 장사에 썼다고 한다. 현재 인산리 뒷산에는 방골 큰 아기 묘와 비석이 있다.

(조사자 : 근데 밀양박씨라는 얘기는 누구한테 들었어요?)

아 아주 옛날부터 전설에 그런 게 있으니까 알지요.

[청중 웃음]

(조사자 : 이씨 아내하고 결혼을 하는데.)

청주, 청주이씨하고 혼인을 했거든.

(조사자 : 예.)

혼인을 했는데 인제 납채를 서로 받았잖아. 사주 납채를 서로 받구서 결혼 날짜가 돌아왔는데.

(조사자 : 예.)

신랑이 인저 가마를 타고 왔을 거 아니여. 그래 사모관대를 쓰고.

(청중 : 절 할라고.)

왔는데. 옛날이나 지금이나 옛날에는 죄 재떨이를 했단 말이여. 그런데 이 사모관대 뿔이 하나가 없으면, 재취. 신랑이 결혼했다는 거요.

(보조 제보자 : 그려.)

어. 그게 뿔이 하나가 없으면. 근데 그 놈이 얻어 맞어서 해필 그게 뿌러졌단 말이여. 하나가. 그 초례청에 나오는데 신부가 딱 나와서 보니까. 선, 이게 하나가 없잖아.

'에쿠머니나 내가 재취 아닌가. 우째 재취 자린가.'

거기서 놀랬어. 샥시가.

(청중 : 그래 가지고.)

납채 받아 놓고 그 저기 잔치 술을 가지고서는 장사를 지냈대.

(보조 제보자 : 장사를 지냈댜.)

그래 가지고 큰큰애기봉에 갖다가 쓴 건데.

임연 장군과 누이의 힘겨루기로 쌓은 농다리

자료코드 : 09_08_FOT_20101224_LCS_IJS_0320
조사장소 : 충청북도 진천군 덕산면 석장리 이정수 자택
조사일시 : 2010.12.24
조 사 자 : 이창식, 최명환, 장호순, 김영선, 김보비
제 보 자 : 이정수, 남, 71세

구연상황 : 조사자가 제보자 이정수에게 진천 문백면 농다리축제에서 상여 소리를 부르
게 된 연유를 물어보았다. 그러자 제보자 이정수가 농다리 생긴 유래에 대해
전설로 들은 얘기라면서 구연해 주었다.

줄 거 리 : 농다리를 놓은 사람은 임연 장군의 누이이다. 전설에는 고려 때 임연 장군 남
매가 있었는데 둘 다 장사였다. 둘은 힘자랑을 하다가 내기를 하게 되었다.
임연 장군은 석 달 열흘 동안 높이 석자의 쇠로 만든 신을 신은 채 황송아지
를 몰아 개성에 다녀오는 것이고 누이는 농다리를 놓는 것이었다. 그런데 임
연 장군 어머니가 보니 누이는 이제 마지막 농짝돌 하나만 얹으면 다리를 다
놓는데 아들이 아직 오지를 못하였다. 임연 장군의 어머니는 안 되겠다 싶어
서 나무 함지박 하나에 인절미를 해서 딸에게 먹으라고 주었다. 딸은 그것을
먹고 식곤증에 잠이 들었다. 그 사이 임연 장군이 도착했다. 그래서 임연 장
군이 내기에 이겼다고 한다. 임연 장군 누이의 무덤을 농다리를 건너 산잔등
에 썼다. 그 후로 지금까지 장마만 지면 농다리가 떠내려갈까 봐 임연 누이의
영혼이 엉엉 운다고 한다.

전설하고는 몰라.

(조사자 : 예, 예.)

역사는 몰라.

(조사자 : 예, 예.)

역사는 몰라, 나 전설만 가지고 얘기하는 거여.

(조사자 : 예, 예.)

이 농다리의 전설을 들으면은, 고려 때 임연 장군님이 남매가 장수였었
댜. 임연 장군 누님이 임연 장군보다 힘이 더 좋았다네.

(조사자 : 예.)

그래 가지고 두 남매가 하도 힘자랑을 하다 보니, 아 나이가 점점 먹어 한 나이가 이십 이상 되고 기운이 점점 더 셔지니까 이놈에가 도대체 집 안 꼴이 안 되더라는 겨. 그래서 둘이 내기를 했다는 겨. 임연 장군님은 석자 높이의 쇠로 만든 나무대(나무신)를 신고서.

(조사자 : 예, 예.)

그 황송아지.

(조사자 : 그 목메개, 그, 그 코 뚫기 전에 그 애미띠기(막 젖을 뗀 된 송아지).

그게 보통 나디야(나댄다).

(조사자 : 예.)

그놈을 끌고서 ……. 그때 서울이 개성이라니까.

(조사자 : 예, 개성요.)

개성까지 갔다 오고, 임연 장군 누님은 농다리 놓기로 내기를 했다 는 겨.

(조사자 : 예.)

그런데 기한은 인제 석 달 열흘 간.

(조사자 : 음.)

근데 임연 장군어머니가 가만히 보니까. 이 농다리를 다 놓는데 그 스 물여덟 칸이. 저 별자리 이십팔수로 따져서 스물여덟 칸을 놨든 거기.

(조사자 : 예).

그런데 스물여덟 칸을 다 다릿발을 놔서 인제 마지막에 인제 그 농짝 돌 하나만 올려놓으면 되는데. 하 이놈에 아들 오는 게 모 안 보이네. 없 네. 이거 잘못하다간 아들이 죽을 것 같으니까. 임연 장군 어머니가 이거 안 되겠다 해 가지고 집에 들어가서 인절미를 나무 함지박으로 하날 해 가지고 이고 나와서.

"애 너 고생 너무 하니까 이거 먹고 하거라."

아 그러니 석 달 열흘 간 그 죽을 고생을 치르고서 놓고 나니. 그 저, 다리를 놓느라고 고생을 했으니. 인절미를 보니까 예미 환장을 해서 그놈을 게 눈 감추듯 그냥 잠깐 사이에 다 먹어치우고 나니까. 식후증에 걸려서 낮잠을 자게 됐다는 거야.

(조사자 : 예.)

아, 그러니 장사들은 잠을 자면은 서, 사흘을 자느니 어짜고 그러잖어.

(조사자 : 예.)

아, 그래 인제 잠을 씩씩 자는데 인제 쿵 쿵 하고 인제 임연장군이 어지미까지 오, 오, 와 가지고.

(조사자 : 아 어지미까지.)

응. 이렇게 인제, 그때 인제 서울 가는 길이 이리 해서 어지미로 해서 그리 갔다는 겨. 그 인제 거기까지 와 가지고 참 저기 해서 임연 장군이 이겼어.

(조사자 : 예.)

임연 장군 누님이 낮잠 자느라고 농짝 돌을 안 올려놨으니까.

(조사자 : 아.)

그래서 임연 장군누님이 죽어 가지고. 그 상여로다 인제 그게 나갔다는 고만 그랴. 그래서 그 건너 어디 산잔등에 장례를 모셨다는데. 그때 풍습이로는 결혼 안 한 사람은 묘를 크게 못 썼다는 겨. 지금 마냥, 그 어른들 묘 마냥. 그래 가지고 그냥 어떻게 엉성하게 묘를 써 가지고 저기 했는데. 그 임연 장군 누님 영혼이 장마가 되면은 이 다리 떠내려 갈까봐 엉엉 울고. 그게 한 천 년 동안 지켜 가지고 지금까지 보존이 됐다 그런 전설이 있거든.

(조사자 : 음.)

그래서 그 상여 나가는 게 아마 그 임연 장군 누님 상여 나가는 걸 재현하는 걸로 난 생각이 들어.

(조사자 : 아 어르신은. 그때 그럼 그 상여소리 부르시면서 그런 것도 섞으세요? 그런 사설들을?)

상여 그 선소리는 따로 있어.

(조사자 : 따로 있지만 그런 말들, 사설 넣을 수 있잖아요, 하시면은?)

그 인제 저기 그 전날 그 농다리 놓는 재현할 제 그런 거는 좀 내가 하지.

(조사자 : 아 재현하면서도 부르는 게 있나요?)

응, 농다리 그 재, 그 돌맹이 얹으면서 하는 소리.

(조사자 : 예, 그거 해 보세요.)

(조사자 : 어, 그건 몰랐는데. 그거 한 번만 부탁 드릴게요, 어떻게?)

그거는.

(조사자 : 예.)

그 뭐 좀 나도 그 사람들이 해 달라고 한 삼 년 전에서부터 얘기를 해서 …….

(조사자 : 예.)

돌맹이 옮길 적에 하는 소리가.

어여러 차라
어여러 차라
이놈 다리를 놓을적에
어여러 차라
임연장군님이 다리를 놓아서
어여러 차라

이, 이 정도로 그냥 하고 있어요.

꿈에 비녀를 받고 낳은 배뱅이

자료코드 : 09_08_FOT_20101224_LCS_IJS_0330
조사장소 : 충청북도 진천군 덕산면 석장리 이정수 자택
조사일시 : 2010.12.24
조 사 자 : 이창식, 최명환, 장호순, 김영선, 김보비
제 보 자 : 이정수, 남, 71세
구연상황 : 제보자 이정수는 무형문화재 서도소리 기능보유자인 이은관에게 배뱅이굿을
　　　　　사사받았다. 조사자가 배뱅이굿을 들려달라고 부탁하자 제보자 이정수가 갑
　　　　　자기 하기에는 힘들다고 하면서 불렀는데 배뱅이와 상좌중이 만나는 장면까
　　　　　지 구연해 주었다.
줄 거 리 : 옛날 서울 장안에 세 명의 정승이 살았는데 자식이 없었다. 세 명의 정승과
　　　　　세 명의 부인이 산천기도를 하고 딸을 낳았다. 달 세 개를 앞치마에 받은 꿈
　　　　　을 꾸고 나온 아이는 세월이, 네 개를 받은 꿈을 꾸고 나온 아이는 네월이라
　　　　　이름 지었다. 이정승의 부인은 앞치마에 비녀를 받아 배배 꼬았다고 배뱅이라
　　　　　지었다. 세월이와 네월이는 시집을 가서 잘 살았고 배뱅이도 시집갈 준비를
　　　　　하고 있었는데, 마침 배뱅이네 집에 강원도 금강산 상좌중이 와서 염불을 하
　　　　　였다.

　　서산낙조야 떨어지는데
　　내일 아침이면은 다시 돌아오고
　　황천길이 얼마나 먼지
　　한 번 가면 오누나
　　에헤에헤 에헤헤야 산염불 이뤘구나

　옛날 서울 장안에 이정승, 김정승, 최정승이 살았는데 돈은 많으나 슬
하에 아들딸이 없어 산천기도를 하러 가는데.

　　목욕재계를 고이하고
　　세류같이 가는허리
　　한점듬뿍 예물지고서
　　산천기도 들어가네

산천기도를 들어간다
이때가하 어느때냐
양춘가절 봄이로구나
온갖잡목이 무성하구나
가다오다 오동나무여
오다가다 가닥나무
한점듬뿍 쥐염남구
이낭구 저낭구
모가지 한낭구
외철쭉진달래가 만발했는데
올려다 보느니
만학은 천봉
굽어살피니 백사지로다

아, 이렇게 경치 좋은 자리에 자리 잡은 큰절로 들어가서. 삼부인 삼정
승이 날마두(날마다) 아들딸 많이 낳게 해 달라고 빌고 정성을 들였더니.
지성이면 감천이라 삼부인이 뱃속에 뭐 하나씩 생겼나 봐요. 하루는 삼부
인이 태몽 꾼 얘기판이 벌어졌는데, 제일 먼저 이정승의 부인께서 한마디
하시는데.

"아이고 내가 저그번 날 저녁에 꿈을 꿨더니. 하얀 백발노인이 머리 달
비 한 쌍을 주길래 그 머리 달비를 받아서 앞치마에 싸 가지고 배배배 비
틀었더니."

"그래 그런지 저래 그런지. 요새는 머리가 지끈자끈 아프고 밥맛이 뚝
떨어지는 게, 먹고 싶은 건 시금털털한 개살구나 한 그릇 먹었으면 좋겠
어."

그날부터 태기있어 한두달에 피를먹어
다서여서 일곱달에 오장육부 생겨가지고
아홉열달 언능채워 세상밖에 나올적에
삼부인의 배가 남산만 해졌구나

아, 이래서 삼부인이 어린앨 나시는데. 제일 먼저 이정승의 부인께서 어린앨 나시는데, 아 이 냥반 성질이 하도 고약해서 어린앨 꼭 요렇게 나요. 글쎄 요렇게.

"아이고 배야, 아이고 배야."

여보 우리 영감이 밤이면 나를 예뻐하고 사랑할 적엔 좋더니만 요럴 땐 배가 아파 죽겠다.

"아이고 배야. 아이고 배야. 아이고 배야. 아이고 배야. 여보 영감 어디 갔어."

"응애 응애."

아 이렇게 어린앨 떡 낳았는데. 이정승이 금방 들어가서 아들인가, 딸인가 봤으면 좋으련만서도 양반 체면에 그럴 수가 없어요. 할 수 없이 이웃집으로 돌아갔지요.

"여보할머니 계세요?"

"거 누구요?"

"아, 나."

"우리 마누라가 뭘 하나 낳았어요. 그런데 아들인지 딸인지 와서 봐줬으면 좋겠어요."

에그. 셋 집에서 아들이나 하나씩 쑥쑥 낳았시면 좋으련만서도 나는 눈 뜨고 못 보는 맹관(맹인)이 할머니예요.

"요 손으로 모조리 거기를 만져 봐야 알겠수다."

"아 에게게."

"뭘 하나 달고 나왔으면 좋으련만서도 산골 놈의 무덕도끼로 팍 찍은 도끼 자욱만 만져 지내요."

아 이래 가지고 재수가 없던지 신수가 고단하던지. 한 집은 딸을 낳고 한 집은 여잘 낳고 한 집은 기집앨 낳았어요. 이래서 이름을 짓는데. 앞집이 세월이 뒷집이 네월이, 가운데 집이 배뱅이라고 지었죠.

"뭐, 배뱅이?"

"거 이름이 이상하네요."

앞집의 세월이 어머니가 태몽 꿈을 꿀 적에 하늘에서 달이 세 개를 떨어지는 걸 앞치마에 받았다 하여서 세월이라 짓고. 뒷집의 네월이는 달, 저 달을 네 개를 받았다 하여 네월이. 가운데 집에는 머리 달비를 앞치마에 싸서 배배 비틀었다 하여서 배뱅이라고 지었지요. 이래서 무럭무럭 자라서 한 서너 살쯤 됐는데.

"야, 저, 정승님들이 하도 기분이 좋아서 둥둥 타령이었다."

> 둥둥 내 딸이로다
> 둥둥둥 내 딸이야
> 하날(하늘)에서 뚝 떨어졌나
> 땅에서 불끈 솟아났나
> 양산대천에 불공 들여
> 아들을낳자고 불공 들여
> 딸이란 말이 웬말이냐
> 둥둥둥 내 딸이야
> 니가 요렇게 이쁠적에
> 느(네)어머니는 얼마나 이쁘랴
> 둥둥둥 내 딸이야

딸을 만경 고이길러

외손봉사를 하려나 볼까나

둥둥둥 내 딸이야

둥둥둥 내 딸이야

아, 이렇게 물 준 오이 자라듯 무럭무럭 자라서 앞집에 세월이, 뒷집에 네월이는 시집을 가서 아들딸 잘 낳고 잘 사는데. 가운데 집 배뱅이는 시집갈라고 남의 집에 예, 예장을 막 받아 놓고 시집갈 준비를 하는데. 낮에는 바느질 밤에는 물레질을 하면서 시집갈 궁리를 할 적에. 이때 마침 강원도 금강산에서 상좌중이 와서 대문간에서 염불을 하는 중이었다.

일심으로 정념은 극락세계

오호호 홈이로다

염불이면 동창

시방에 시주님을 평생 늘어

아고, 잘못 했네. 다 잊어 버렸어. 이, 인제 그만해요.

진천 석장리에서 태어난 이영남 장군

자료코드 : 09_08_FOT_20101224_LCS_IJS_0350

조사장소 : 충청북도 진천군 덕산면 석장리 이정수 자택

조사일시 : 2010.12.24

조 사 자 : 이창식, 최명환, 장호순, 김영선, 김보비

제 보 자 : 이정수, 남, 71세

구연상황 : 조사자가 이 마을에 전승되는 인물 이야기가 있느냐고 물어보자 제보자 이정수는 이영남 장군이 이 마을에서 태어났다고 하였다. 마을 곳곳에 이영남 장군과 관련된 지명들이 있다면서 구연해 주었다. 제보자 이정수는 개인적 관심으로도 이영남 장군 이야기를 찾아 수집하고 있다고 하였다.

줄 거 리 : 이영남 장군이 태어난 곳은 덕산면 석장리이다. 석장리에는 이영남 장군과 관
련된 지명이 여러 곳에 남아 있다. 갈티고개는 이영남 장군이 소년시절에 한
손으로 말갈기를 잡고 고개를 넘어 다녀서 생긴 이름이다. 도장골은 이영남
장군 도장이 있었던 곳이다. 초평면 오갑리 마두부락은 말머리인데 이영남 장
군이 말과 내기를 한 곳이었다. 이영남 장군이 화살을 쏘고 말을 달렸는데 화
살보다 말이 더 느렸다. 그래서 말의 머리를 칼로 내리쳤는데 뒤에 화살이 날
아왔다. 이영남 장군은 실수를 후회하고 병법을 배워 18살에 무과에 급제하
였다. 이영남 장군은 이순신 장군 밑에서 싸우다가 노량해전에서 같이 전사하
였다. 이영남 장군 시신을 옮길 때 전라도에서 오는데 석 달이 걸렸다. 그 때
이영남 장군의 시신을 이곳까지 옮긴 말도 그 자리에서 죽었다. 그래서 말무
덤을 만들어 주었다고 한다.

이영남 장군 이 냥반은.

(조사자 : 예.)

에, 열 그러니까 그, 원래 여기서 태어나셔 가지고. 그 참 갈티고개 거
가 왜 갈티냐 하면은. 이영남 장군님이 소년시절에 그, 그 말을 그, 즐기
기 위해서 한 손으로 다가서 말갈기를 잡고. 그 고개가 기가 막힌데. 그
고개를 기냥 넘어 다녔다 해서 갈티고개라는 이름이 있었고. 있고. 고 밑
에 동네가 그거 왜 도장골인데. 그 도장골이 이영남 장군 도장이 거기 있
었대요. 그 무도, 무술도장이.

(조사자 : 예.)

그래서 지금도 그 도장골이라는 이름이 거기 이, 있다고 그런 얘기를
우리 때 들었고. 고 밑에 내려가면 저 말머린데, 그 초평면 그 오갑리 마
두부락이라고 돼 있어요. 이 말머리를 왜 말머리냐 하면은. 이 양반이 그
도장골 그 도장에서 말을 타고 거 까지 가면 한 1.5km 돼요. 거 까지 타
고 갔다가 거기서 말머릴 돌려 오고 그래서 말머리라고 그란다는데. 하루
는 그 임연(이영남을 말함) 장군이 이제 그 무과에 급제하기 전에 그 말하
고 내기를 했대요.

"내가 이 화살을 쏴 가지고 니가 화살보담 늦게 오면 내가 네 모가지

치고 그란다."

너는 네 군, 군마로서는 화살보다 빨라야지 화살보다 느리면 안 된다고.

(조사자 : 예.)

그래서 그냥 도장골에서 활을 있는 대로 쏘고서 거기를 막 달려갔더니 화살이 없는 겨. 너 같이 이런 느린 말을 가지고 무슨 무과에 가겠느냐고 거기서 말머리를 칼로다가 쳐서 뚝 떨어졌다는 겨.

(조사자 : 예.)

말머리가 떨어지자마자 엉덩이에 와서 화살이 백히더라는 겨. 그래서 '아차 내가 이거 실수 했구나!'

그래 가지고. 한 번 실수는 병가상사라고 그때서부터 인제 병법 터득을 해서. 병법에는 모든 것은 서두르면은 폐가(廢家)의 원인이라는 것을 거기서 깨달았다는 그런 말씀.

(조사자 : 아.)

그래서 열여덟 살에 무과에 급제해 가지고 그 이순신 장군 그 밑에 들어가셔서. 그 인제 이, 같은 노량해전에서 인저 같이 전사를 해서 인제 돌아 가신 거지. 이, 이순신 장군하고 한날.

(조사자 : 예.)

그래 가지고 올적에 아마 한 그. 전설에 의하면 인자 그때 그 시신을 그 …… 그 인자 그, 집사, 그 집사라 그러지. 살림을 전체 다하는 양반을. 장군들이야 뭐 맨날 군에 가 살고 살림이라는 거는 뭐 디다(들여다)를 봐 그러니까 그런 집사가. 그 분이 인제 그 이순신 장군, 그 이영남 장군 말에다가 모셔 가지고 뭐 한 보름 이상 오셨는 모냥(모양)이야. 아마 그 저, 그, 저 전라남도서 여까지 모셔 올라니 …… 그래 옛날에 그때 염습하는 건 지금하고 틀린대 요거는. 이 저, 장거리 석 달 먼 데서 오면 석 달까지도 운구를 한다니까. 그렇게 운구할라면 부패가 되잖아.

(조사자 : 예.)

그래 그때는 이 관을 소나무 관을 크게 짜 가지고 거기다가 모시고서 이 숯이로다가 꽉 채운다는 겨.

(조사자 : 숯요, 숯?)

숯.

(조사자 : 까만 거?)

어.

(조사자 : 아, 숯.)

그라고서 인제 천계를 거 뚜껑을 덮고 옻칠을 한 그 관에다 뚜껑을 덮고 송진으로다가.

(조사자 : 아.)

두껍게 이 정도로 아마 그 엽전 두 개 두께는 되게 밀봉을 한다.

(조사자 : 송진으로 밀봉을.)

그라면 이것이 공기를 통하지 않으니까. 그 안에서 숯이 탄산가스를 발생하니까 부패가 안 된다는 겨. 옛날에는 그 많은 그 멀리 장거리 시신은 그렇게 운구를 했다고 그런 얘기가 있더라구. 그래서 여기 와 가지구 장례를 모시는 날, 그 말이 그냥 쓰러져 죽어 가지고 고 앞에 말 무덤도 있는데. 그것이 내가 볼 적에는 장군이 죽어서 말이 따라서 죽는다, 따라 죽는다 그것보다는.

'아마 그렇게 많은 먼 길을 운구를 해 오느라고. 말도 아마 너무 저그해서 같이 죽었지 않나.'

그렇게 생각이 들어요.

베 짜는 소리

자료코드 : 09_08_FOS_20101224_LCS_YJJ_0220
조사장소 : 충청북도 진천군 덕산면 합목1길 22
조사일시 : 2010.12.24
조 사 자 : 이창식, 최명환, 장호순, 김영선, 김보비
제 보 자 : 염정진, 여, 73세
구연상황 : 조사자들은 덕산면 합목리 목골에 위치한 하목노인정 할아버지방에 도착하여 제보자 박종섭, 윤종렬과 대화를 한 후 바로 옆인 할머니방으로 들어갔다. 제보자 염정진은 민화투를 하고 있다가 조사자가 옛날 소리를 요청하자 구연해 주었다.

오늘날도 허 심심허니
베틀이나 놓아 볼까
베틀다리는 네 다리요
내 다리는 두다릴세
잉앗 대는 삼형제요
눌림 대는 독신이라
낮에 짜는건 일광단이요
밤에 짜는건 월광단이라
일광단 월광단 다짜놓고
앉었으니 임이 오나
누웠으니 잠이 오나
이내 신세가 따분하네

베틀노래 그만하면 됐지 뭐. 아니 서방님이 바람이 나서 앉았어도, 앉

앉어도 임도 안 오고, 누웠어도 잠도 안 오고 신세도 따분하고 뭐.

[제보자의 웃음]

다리 뽑기 하는 소리

자료코드 : 09_08_FOS_20101224_LCS_YJJ_0226
조사장소 : 충청북도 진천군 덕산면 합목1길 22
조사일시 : 2010.12.24
조 사 자 : 이창식, 최명환, 장호순, 김영선, 김보비
제 보 자 : 염정진, 여, 73세
구연상황 : 조사자가 제보자 염정진에게 다리 뽑기를 하면서 불렀던 소리를 요청하자
　　　　　손바닥으로 바닥을 치면서 구연해 주었다.

이거리 저거리 각거리
천두 만두 수만두
짝 발래 쇠양강
오리김치 사래 육

샘 고사 지내는 소리

자료코드 : 09_08_FOS_20110415_LCS_OUH_0093
조사장소 : 충청북도 진천군 덕산면 초금로 709
조사일시 : 2011.4.15
조 사 자 : 이창식, 최명환, 장호순, 김영선, 김보비
제 보 자 : 오응환, 남, 84세
구연상황 : 조사자가 제보자 오응환에게 옛날 상쇠 할 때 불렀던 고사 풀이를 들려달라
　　　　　고 하자 제보자가 구연해 주었다.

뚫으세 뚫으세

샘구녕만 뚫으세

물주시오 물주시오

사해용왕 물주시오

장례놀이 하는 소리(1)

자료코드 : 09_08_FOS_20110415_LCS_LGS_0010
조사장소 : 충청북도 진천군 덕산면 초금로 709
조사일시 : 2011.4.15
조 사 자 : 이창식, 최명환, 장호순, 김영선, 김보비
제 보 자 : 이광섭, 남, 74세
구연상황 : 조사자가 발인 전날 빈 상여를 가지고 놀 때 부르는 소리를 요청하자 제보
자 이광섭이 구연해 주었다. 제보자는 빈 상여를 가지고 노는 놀이를 대돋움
이라고 하였다.

(조사자 : 그 대돋움 할 때, 어느 집에, 큰 집에 갔다.)

네.

(조사자 : 그럴 때 한 번 조금만 해 보세요.)

그런데 큰 집에 이렇게 가거든요. 이제 가면 그전에는 대돋움이를 어떻
게 하느냐면은.

유희 유희 유희야 에헤 유희야

천승세월은 인승수요 죽망건곤이 북망가라

유희 유희 유희야 에헤 유희야

여보시오 열두군정 이내말을 들어보소

유희 유희 유희야 에헤 유희야

천지지간은 만물중엔 사람밖에도 또있더냐

유희 유희 유희야 에헤 유희야

이렇게 ……. 에, 그거 할라면 한계도 없구.

보리 터는 소리

자료코드 : 09_08_FOS_20110415_LCS_LGS_0031
조사장소 : 충청북도 진천군 덕산면 초금로 709
조사일시 : 2011.4.15
조 사 자 : 이창식, 최명환, 장호순, 김영선, 김보비
제 보 자 : 이광섭, 남, 74세
구연상황 : 조사자가 보리타작 등의 일을 하면서 부르던 소리를 요청하자 제보자 이광
　　　　　 섭이 구연해 주었다.

(조사자 : 그리고 보리타작 같은 걸 하면서 노래 부르는 건 없나요?)
보리타작 할 적에 부르는 노래는 그, 저, 상쇠가.
(조사자 : 예.)
이제 상쇠가 인제 여기 때려라, 저기 때려라, 잘도 한다. 뭐 이렇게 이
런 소리, 이런 얘기만 하죠, 이제. 얘기로다가.
(조사자 : 얘기로 조금 해 보셔요.)
응?
(조사자 : 보리타작한다 생각하고.)
보리대를 타작하는데.

　　　여보시오 저손님들
　　　이내말을 들어봐라
　　　요기때리고 조기때려
　　　잘도한다 잘도하네

그라믄 인저 거기서 저 그 둘이 인저. 도리깨질을 둘이 하고 혼저 인제

상쇠를 이렇게 데려다가. 돌려간다 돌아간다. 인제 막 이렇게 돌려요. 막 이렇게 돌려친다요. 그러면 이게 돌아가는 대로 고 이삭을 보고 때리래는 거죠.

(조사자 : 아.)

　　돌어간다 돌어간다
　　이삭보고 때려봐라

각자 이렇게 하면서 인제 서로 말로다가 이렇게 막 하고 하는 거죠. 그 거는.

가래질하는 소리

자료코드 : 09_08_FOS_20110415_LCS_LGS_0035
조사장소 : 충청북도 진천군 덕산면 초금로 709
조사일시 : 2011.4.15
조 사 자 : 이창식, 최명환, 장호순, 김영선, 김보비
제 보 자 : 이광섭, 남, 74세
구연상황 : 조사자들은 제보자 이광섭에게 집터를 다질 때 부르는 소리를 먼저 들었다. 이어 제보자 이광섭이 흙을 모으는 가래질을 하면서 부르는 소리가 있다며 구연해 주었다.

　　에헤 가래이호
　　여보시오 동네분들
　　에헤 가래이호
　　이터전을 돋울 적에
　　에헤 가래이호
　　삼합이 맞아서 돋어야지

에헤 가래이호

앞뒷 줄을 달릴적에

에헤 가래이호

힘을 불끈 주서(줘서)달고

에헤 가래이호

잘두한다 잘두나 하네

에헤 가래이호

우리네 농부들 잘도하네

에헤 가래이호

운상하는 소리

자료코드 : 09_08_FOS_20110415_LCS_LGS_0038
조사장소 : 충청북도 진천군 덕산면 초금로 709
조사일시 : 2011.4.15
조 사 자 : 이창식, 최명환, 장호순, 김영선, 김보비
제 보 자 : 이광섭, 남, 74세
구연상황 : 조사자가 운상하면서 부르는 소리를 요청하자 제보자 이광섭이 구연해 주었다.

어허 어하 에헤이 어하

여보시오 열두군정 이내말을 들어보소

어허 어하 에헤이 어하

설악정토 피는꽃은 호랑나비가 날아들고

어허 어하 에헤이 어하

황금같은 꾀꼬리는 버들사이로 날아든다

어허 어하 에헤이 어하

꽃을찾는 벌나비는 향기를쫓아서 날아들고

어허 어하 에헤이 어하

깊은산중 두견새야 무슨설움에 너우느냐

어허 어하 에헤이 어하

이팔청춘 홀로된몸 설움겨워서 너우느냐

어허 어하 에헤이 어하

지붕처마는 넘실넘실 울음소리는 귀에쟁쟁

어허 어하 에헤이 어하

저승길이나 머다더니 대문에밖이나 저승이구

어허 어하 에헤이 어하

북망산천이 머다더니 건너산이나 북망일세

어허 어하 에헤이 어하

친한친구가 많다한들 어느친구가 동행하나

어허 어하 에헤이 어하

일가친척이 많다해도 어느뉘가 대신가나

어허 어하 에헤이 어하

불쌍하고도 가련하지 우리인생이 불쌍하네

어허 어하 에헤이 어하

꽃이라도 낙화되면 금년봄이면 다시피고

어허 어하 에헤이 어하

우리네인생 한번가면 움이나느냐 싹이나나

어허 어하 에헤이 어하

방아 찧는 소리

자료코드 : 09_08_FOS_20110415_LCS_LGS_0042

조사장소 : 충청북도 진천군 덕산면 초금로 709
조사일시 : 2011.4.15
조 사 자 : 이창식, 최명환, 장호순, 김영선, 김보비
제 보 자 : 이광섭, 남, 74세
구연상황 : 조사자와 대화를 하던 제보자 이광섭이 충주 마수리에서 방아를 찧을 때 부
르는 소리를 들었다면서 구연해 주었다.

　　　　　에헤 방아요
　　　　　산전에 가면 산전방아
　　　　　에헤 방아요
　　　　　들에 가면은 물레도방아
　　　　　에헤 방아요
　　　　　집에 오니나 디딜방아
　　　　　에헤 방아요
　　　　　혼자 찧는건 절구방아
　　　　　에헤 방아요
　　　　　돌고 도는 맷돌방아
　　　　　에헤 방아요
　　　　　방아 싹에는 안지내가지
　　　　　에헤 방아요
　　　　　슬금살짝에 씨려 넣어도
　　　　　에헤 방아요
　　　　　백양미 같이도 씨려넣고
　　　　　에헤 방아요

　　　아이구, 그라고 어떻게 해더라, 그.
　　　[잠시 생각을 한 후 다시 부름]

> 오시 같은 쌀에다가
> 에헤 방아요
> 앵두 같은 팥을넣고
> 에헤 방아요
> 박속 같은 토란국에
> 에헤 방아요
> 부모공양 하여 보세
> 에헤 방아요

이렇게 방아타령을 이게 방아에 대한 방아를 막 끌어다 대 가지고서고 방아타령이라는 거지.

(조사자 : 음.)

아주머니네들 그 절. 그라고서 거기다서 또 뭐라고 하냐면,

> 언제나 다찧고 밤마실 가나

이라면서 또 하는 거예요. 여러 곡조 있더구만요. 그 사람들 하는 거 또 보면. 아주머니들 하는 거 ······.

아라리

자료코드 : 09_08_FOS_20110415_LCS_LGS_0056
조사장소 : 충청북도 진천군 덕산면 초금로 709
조사일시 : 2011.4.15
조 사 자 : 이창식, 최명환, 장호순, 김영선, 김보비
제 보 자 : 이광섭, 남, 74세
구연상황 : 조사자가 제보자 이광섭에게 예전에 사람들이 모여 놀 때 잘 부르던 소리를
        요청하였다. 제보자는 아리랑을 잘 불렀다고 하면서 구연해 주었다. 소리를

마치고 나서 자신의 고향에서는 모를 찔 때 아리랑을 불렀다고 한다.

아리랑 아리랑 아라리요
아리랑 고개로 날넘겨주소

간다고 못가신다고 얼마나도 울었나
정거장 마당에는 한강수가 됐구나
아리랑 아리랑 아라리요
아리랑 고개로 날넘겨주세

담넘어 갈적에는 어경컹컹짓던 개
만뢰산에 호랭이야 꽉물어만 가거라
아리랑 아리랑 아라리요
아리랑 고개로 날넘겨주게

임품에 잠들적에 울든애 저닭은
야산에 쪽지비(쪽제비)야 꽉물어만 가거라
아리랑 아리랑 아라리요
아리랑 고개로 날넘겨주세

노다가거라 노다가세 노다만 가거라
경치좋고 놀기좋니나 노다나 가거라
아리랑 아리랑 아라리요
아리랑 고개로 날넘겨주소

놀다가 죽어두나 원통이나 헌데
일하다가 죽는다면 더 원통하지
아리랑 아리랑 아라리요
아리랑 고개로 날넘겨주게

강것을 추수이면은 오신다고나 허더니

행랑채를 다뜯어두나 아니나 오네

아리랑 아리랑 아라리요

아리랑 고개로 날넘겨주세

이런 노래는. 에, 그 전에 아리랑을 부를 적에는 저, 우리 고향에서는 모를 찌면서 그 노래를 했어요.

(조사자 : 아, 모 찌면서도요?)

예.

(조사자 : 예.)

우리 고향에서는 모를 찌면서 그 아리랑을 했어요.

방골 큰 아기 소리

자료코드 : 09_08_FOS_20101224_LCS_IJS_0302
조사장소 : 충청북도 진천군 덕산면 석장리 이정수 자택
조사일시 : 2010.12.24
조 사 자 : 이창식, 최명환, 장호순, 김영선, 김보비
제 보 자 : 이정수, 남, 71세
구연상황 : 조사자들이 용몽리 농요 기능보유자인 이정수 자택을 찾았을 때, 제보자 이정수는 부인과 함께 방에서 콩을 고르고 있었다. 서로 인사를 한 뒤 취지를 설명하였다. 조사자와 제보자 이정수는 지역 농요단의 이야기와 문화재 이야기 등을 하였다. 어느 정도 대화가 마무리되고 조사자가 소리를 요청하자 제보자 이정수가 구연해 주었다.

진천에 방골 큰아기는

납채를 받고서 죽었다네

납채를 받아서 염습하고

산치 술가시고 동성주네
아리랑 아리랑 아라리요
아리랑 고개로 날넘겨주소

진천에 방골 큰아기는
대사(大事)를 지내다 죽었다네
대사를 보려고 오신 손님
장사(葬事)를 보고서 눈물짓네
진천에

[잠깐 헷갈렸는지 다시 이어서 불렀다]

아리랑 아리랑 아라리요
아리랑 고개로 날넘겨주소

진천에 방골 큰아기는
연지에 곤지에 분바르고
꽃가마 타고서 시집가지
상여를 타고서 떠나가네
아리랑 아리랑 아라리요
아리랑 고개로 날넘겨주소

진천에 방골 큰아기는
초례청 고혼이 웬말인가
아이고야 어머니 나죽거든
인산말 뒷산에 묻어주오
아리랑 아리랑 아라리요
아리랑 고개로 날넘겨주소

초평 아리랑

자료코드 : 09_08_FOS_20101224_LCS_IJS_0310
조사장소 : 충청북도 진천군 덕산면 석장리 이정수 자택
조사일시 : 2010.12.24
조 사 자 : 이창식, 최명환, 장호순, 김영선, 김보비
제 보 자 : 이정수, 남, 71세
구연상황 : 조사자가 초평 아리랑을 요청하자 제보자 이정수가 구연해 주었다.

사람이살면은 몇백년 몇천년 사나요
한번 낳다하면 죽어지면은 영별종천
아리랑 아리랑 아라리요
아리랑 고개루다 나를 넘겨주소

니가먼저 살자하구 옆꾸리 꼭꼭찔렀지
내가먼저 살자구 사주단자 보냈나
아리랑 아리랑 아라리요
아리랑 고개루다 나를 넘겨주소

날가라네 날가라네 나를 가라하네
삼베질쌈 몬한다고 나를 가라하네
삼베질쌈 못하는건 배우면 하지요
아들딸 못낳는거는 백년두고 웬수
아리랑 아리랑 아라리요
아리랑 고개루다 나를 넘겨주소

죽으라는 본남편은 왜 안죽고
죽지말라는 김서방은 왜 죽어서
흰댕기를 들이자니 남이먼저 알구요
남모르게 삼베속곳을 입어나 볼까

아리랑 아리랑 아라리요
아리랑 고개루다 나를 넘겨주소

운상하는 소리

자료코드 : 09_08_FOS_20101224_LCS_IJS_0340
조사장소 : 충청북도 진천군 덕산면 석장리 이정수 자택
조사일시 : 2010.12.24
조 사 자 : 이창식, 최명환, 장호순, 김영선, 김보비
제 보 자 : 이정수, 남, 71세
구연상황 : 조사자가 제보자 이정수에게 상여 나갈 때 부르는 소리를 요청하자 구연해
　　　　　주었다. 앞소리와 뒷소리를 혼자서 주고받았다.

만당같은 내집두고 천금같은 자식두고
어허 허하 에헤이 어허
문전에옥답을 다버리고 열두군정의 어깨빌어서
어허 허하 에헤이 어허
만첩청산에 들어가서 구척의광중을 깊이파고
어허 허하 에헤이 어허
칠성으로다 요를삼고 뗏장으로다 이불삼으니
어허 허하 에헤이 어허

살은썩어서 물이되고 뼈는삭아서 흙이되어
어허 허하 에헤이 어허
산혼칠백이 흩어지니 어느친구가 날찾으랴
어허 허하 에헤이 어허
일락서산에 지는해는 지고싶어서 진다더냐
어허 허하 에헤이 어허

아고. 이제 그만하지.

땅 다지는 소리

자료코드 : 09_08_FOS_20101224_LCS_IJS_0360
조사장소 : 충청북도 진천군 덕산면 석장리 이정수 자택
조사일시 : 2010.12.24
조 사 자 : 이창식, 최명환, 장호순, 김영선, 김보비
제 보 자 : 이정수, 남, 71세
구연상황 : 조사자가 제보자 이정수에게 집을 짓기 전 땅을 다지면서 불렀던 소리를 요
　　　　　청하자 구연해 주었다.

　　　에헤 지댐이호
　　　이집터가 생겨날제
　　　에헤 지댐이호
　　　도선대사가 터를 잡고
　　　에헤 지댐이호
　　　무학대사가 좌향을 놓으니
　　　에헤 지댐이호
　　　천하의 명당은 여기로구나
　　　에헤 지댐이호
　　　함박산 주령이 뚝떨어져서
　　　에헤 지댐이호
　　　이집터를 마련하고
　　　에헤 지댐이호

　　　이 정도만 해 두면 …….

다리 뽑기 하는 소리

자료코드 : 09_08_FOS_20110421_LCS_CJY_0110
조사장소 : 충청북도 진천군 덕산면 산수3길 8-2
조사일시 : 2011.4.21
조 사 자 : 이창식, 최명환, 장호순, 김영선, 김보비
제 보 자 : 최진예, 여, 84세
구연상황 : 조사자들이 덕산면 산수리 매산마을 매산노인정을 찾았다. 많은 할머니들이
모여 이야기를 하고 있었다. 조사취지를 설명한 후 채록이 시작되었다. 제보
자 이영환, 최진예를 중심으로 소리와 이야기를 들을 수 있었다. 특히 옆 마
을인 인산리 방골 큰 아기가 납채를 받고 죽은 이야기는 대부분 알고 있었으
며, 방골 큰아기를 넣어 부르는 소리도 할 줄 알았다. 조사자가 어렸을 때 다
리를 헤면서 불렀던 소리를 요청하자 제보자 최진예가 구연해 주었다.

이거리 저거리 각거리
천두 만두 수만두
쫙 벌려 새양강
옥두 옥두 전라두
전라 감사 죽었네

이렇게. 이래지 뭐.

잠자리 잡는 소리

자료코드 : 09_08_FOS_20110421_LCS_CJY_0115
조사장소 : 충청북도 진천군 덕산면 산수3길 8-2
조사일시 : 2011.4.21
조 사 자 : 이창식, 최명환, 장호순, 김영선, 김보비
제 보 자 : 최진예, 여, 84세
구연상황 : 조사자가 잠자리를 잡을 때 불렀던 소리를 요청하자 제보자 최진예가 구연해
주었다.

나마리 동동

파리 동동

멀리멀리 가지마라

똥물먹고 뒈진다

방아깨비 부리는 소리

자료코드 : 09_08_FOS_20110421_LCS_CJY_0120
조사장소 : 충청북도 진천군 덕산면 산수3길 8-2
조사일시 : 2011.4.21
조 사 자 : 이창식, 최명환, 장호순, 김영선, 김보비
제 보 자 : 최진예, 여, 84세
구연상황 : 조사자가 방아깨비를 놀리면서 부르는 소리를 요청하자 제보자 최진예가 구
연해 주었다.

(조사자 : 한까치 다리를 이렇게 들고 찧잖아요.)

아침방아 쩌라

저녁방아 쩌라

아침방아 쩌라

저녁방아 쩌라

그랬어. 그러면 이렇게 끄떡끄떡하지 한까치가.

(조사자 : 방아를 찧는다고 그러지요.)

장례놀이 하는 소리(2)

자료코드 : 09_08_MFS_20110415_LCS_LGS_0011
조사장소 : 충청북도 진천군 덕산면 초금로 709
조사일시 : 2011.4.15
조 사 자 : 이창식, 최명환, 장호순, 김영선, 김보비
제 보 자 : 이광섭, 남, 74세
구연상황 : 조사자가 발인 전날 빈 상여를 가지고 놀 때 부르는 소리를 요청하자 제보
자 이광섭이 먼저 예전부터 부르던 장례놀이 하는 소리를 불렀다. 이어 제보
자 스스로 만든 사설이라면서 구연해 주었다.

부생모육 그은혜는 하늘같이도 높건마는

유희 유희 유희야 에헤 유희야

청춘남녀가 많은데도 효자효부가 없느니라

유희 유희 유희야 에헤 유희야

출가하는애 새악시는 시부모를 싫어하고

유희 유희 유희야 에헤 유희야

결혼하는 아들네는 살림나기가 바쁘도다

유희 유희 유희야 에헤 유희야

제자식이나 장난치면 싱글벙글 웃으면서

유희 유희 유희야 에헤 유희야

부모님이 훈계하니 듣기싫어 외면하네

유희 유희 유희야 에헤 유희야

시끄러운 아이소리 듣기좋아 즐겨듣고

유희 유희 유희야 에헤 유희야

이것을 할라면 인제 끝에 가서 조금 뒤를 불러 드릴게. 끝에 가서. 고건 저 할라면 한계가 없고. 인저 거 우리 부모한테 하는 저긴데. 고 끝에 가서는 이렇게 ……

(조사자 : 예.)

그거 다 해요?

(조사자 : 아, 예, 하셔요, 예.)

됐쥬?

(조사자 : 뒤에 끝에, 끝에 해 보셔요.)

끝에.

(조사자 : 예.)

끝에서는.

> 그대몸이 소중커든 부모은덕 생각하고
> 유희 유희 유희야 에헤 유희야
> 서방님이 소중커든 시부모를 존중하라
> 유희 유희 유희야 에헤 유희야
> 죽은후에 후회말고 살어생전 효도하면
> 유희 유희 유희야 에헤 유희야
> 자자손손 복을받고 자식들의 효도받네
> 유희 유희 유희야 에헤 유희야

요것이 끝에 가서 그게 인제 되는 소리고.

(조사자 : 아, 참 좋습니다.)

논 뜯는 소리

자료코드 : 09_08_MFS_20110415_LCS_LGS_0054
조사장소 : 충청북도 진천군 덕산면 초금로 709
조사일시 : 2011.4.15
조 사 자 : 이창식, 최명환, 장호순, 김영선, 김보비
제 보 자 : 이광섭, 남, 74세
구연상황 : 조사자가 제보자 이광섭에게 논농사할 때 부르는 소리를 순서대로 다 부르
도록 요청하였다. 제보자 이광섭은 '모 찌는 소리', '모심는 소리', '논매는 소
리'를 불렀다. 이어 자신이 만든 사설이라며 '논 뜯는 소리'를 구연해 주었다.
'논 뜯는 소리'는 두 번째 논매기, 곧 두벌매기를 할 때 부르는 소리다.

얼럴럴 상사데야

부생모육아 그은혜는

얼럴럴 상사데야

하늘같이도 높건마는

얼럴럴 상사데야

청춘남녀가 많은데도

얼럴럴 상사데야

효자효부가 없는지라

얼럴럴 상사데야

출가하는 새악시는

얼럴럴 상사데야

시부모를 싫어하고

얼럴럴 상사데야

결혼하는 아들네는

얼럴럴 상사데야

살림나기가 바쁘구나

얼럴럴 상사데야

내자식이나 장난을치면
얼럴럴 상사데야
싱글벙글 웃으면서
얼럴럴 상사데야
부모님이나 훈계하니
얼럴럴 상사데야
듣기싫어 외면허네
얼럴럴 상사데야
시끄러운 아이소리
얼럴럴 상사데야
듣기좋아 즐겨듣고
얼럴럴 상사데야
부모님이나 두말허면
얼럴럴 상사데야
듣기싫어 외면하네
얼럴럴 상사데야
자식들에 소대변은
얼럴럴 상사데야
맨손으로도 주무르나
얼럴럴 상사데야
부모님의 가르침은
얼럴럴 상사데야
더럽다고도 도망을가네
얼럴럴 상사데야
과자봉지를 들고나와서
얼럴럴 상사데야

아이손에다 쥐어주며
얼럴럴 상사데야
부모위해 고기한근
얼럴럴 상사데야
사올줄을 모르도다
얼럴럴 상사데야
개병들어서 쓰러지면은
얼럴럴 상사데야
가축병원을 데려가고
얼럴럴 상사데야
늙은부모가 병이나면
얼럴럴 상사데야
노병이라 생각허네
얼럴럴 상사데야
열자식을 키운부모
얼럴럴 상사데야
하나같이도 키웠건만
얼럴럴 상사데야
열자식은 한부모를
얼럴럴 상사데야
귀찮다고도 싫어하네
얼럴럴 상사데야
자식위해 쓰는돈은
얼럴럴 상사데야
계산없이도 쓰건마는
얼럴럴 상사데야

부모위해 쓰는돈은

얼럴럴 상사데야

계산허기가 바쁘구나

얼럴럴 상사데야

자식들은 데리고는

얼럴럴 상사데야

외출함도 자주하나

얼럴럴 상사데야

늙은부모를 모시고는

얼럴럴 상사데야

외출하기 싫어하네

얼럴럴 상사데야

그대몸이나 소중커든

얼럴럴 상사데야

부모은덕 생각을하고

얼럴럴 상사데야

서방님이나 소중커든

얼럴럴 상사데야

시부모를 존중하라

얼럴럴 상사데야

죽은후에 후회말고

얼럴럴 상사데야

뱃노래

자료코드 : 09_08_MFS_20110415_LCS_LGS_0077
조사장소 : 충청북도 진천군 덕산면 초금로 709
조사일시 : 2011.4.15
조 사 자 : 이창식, 최명환, 장호순, 김영선, 김보비
제 보 자 : 이광섭, 남, 74세
구연상황 : 조사자가 마지막으로 한 곡만 더 들려달라고 요청하자 제보자 이광섭이 구
연해 주었다.

어기야 디여차 어기야 디야
어기 여차 뱃놀이 가자네

부딪히는 파도소리에 잠을 깨우고
들려오는 노소리가 처량도 하구랴
어기야 디여차 어기야 디야
어기 여차 뱃놀이 가자네

촘촘한 끈에다 소주병 달고서
오동낭게 숨풀(숲)로다 임찾어 가는구나
어기야 디여차 어기야 디야
어기 여차 뱃놀이 가자네

만경창파에 두둥실 뜬 배야
한많은 이내몸을 싫고만 가자네
어기야 디여차 어기야 디야
어기 여차 뱃놀이 가자네

일녘서산에 해는 다 지는데
우리님은 어딜갔기에 아니나 오는가

어기야 디여차 어기야 디야
어기 여차 뱃놀이 가잔다

갈길이 머다기에 다꾸시 탔더니
되지못한 운전수가 날까시 하는구나
아이구 좋다
어기야 디여차 어기야 디야
어기 여차 뱃놀이 가자네

빨래널기가 좋길래 빨래를 갔더니
삼십먹은 노총각이 날까시 하는구나
아이구 좋다 참
어기야 디여차 어기야 디야
어기 여차 뱃놀이 가자네

이 뱃놀이가 에, 참 듣기는 또 좋지만은 제일 힘들어요, 힘들어.

3. 문백면

▌조사마을

충청북도 진천군 문백면 계산리

조사일시 : 2010.12.4
조 사 자 : 이창식, 최명환, 장호순, 김영선, 김보비

계산리 전경

계산리(溪山里)는 충청북도 진천군 문백면에 속하는 법정리이다. 낙계리(洛溪里)의 계(溪)자와 산직리(山直里)의 산(山)자를 따서 계산리라 하였다. 조선 말기 진천군 백락면에 속했던 지역으로, 1914년 일제의 행정구역 개편에 따라 산직리·낙계리·신리를 병합하여 계산리라 하고 문백면에 편입하였다. 환희산(歡喜山)과 국사봉(國師峰) 자락이 나지막한 구릉지를 형성하고 있다. 평야 지대는 적고 계곡이 많은 지형이다.

진천군청에서 남서쪽으로 약 15km 떨어져 있다. 2009년 8월 31일 면적은 5.33km²이며, 총 128가구에 307명(남자 167명, 여자 140명)의 주민이 살고 있다. 자연마을로 산직·낙계·신리 등이 있다. 평야 지대에서 벼농사가 이루어지고, 경사가 가파르지 않은 구릉지에서는 고추·잎담배·과수가 재배되며 가축 사육도 이루어지고 있다.

충청북도 진천군 문백면 구곡리

조사일시 : 2010.12.4, 2011.1.7
조 사 자 : 이창식, 최명환, 장호순, 김영선, 김보비

구곡리 전경

구곡리는 충청북도 진천군 문백면에 속하는 법정리이다. 굴티고개 밑에 있는 마을이므로 굴티 또는 구곡이라 하였다. 조선 말기 진천군 문방면에

속했던 지역으로, 1914년 일제의 행정구역 개편에 따라 내구리·외구리, 덕문면 차상리 일부를 병합하여 구곡리라 하고 문방면과 백락면의 이름을 딴 문백면에 편입하였다. 남서쪽으로 양천산(凉泉山) 자락이 구릉지를 이루고, 백곡천(栢谷川)이 남동쪽으로 흘러 마을 중심부에서 미호천(美湖川)과 합류한다. 백곡천 동쪽으로 덕문이들이 펼쳐져 있다.

진천군청에서 동남쪽으로 약 5.4km 떨어져 있다. 2009년 8월 31일 현재 면적은 2.59km²이며, 총 124가구에 257명(남자 140명, 여자 117명)의 주민이 살고 있다. 자연마을로 내구·중리·외구 등이 있다. 주요 농산물로 백곡천 주변에서 진천을 대표하는 고품질의 쌀이 생산되며, 구릉지에서는 고추와 콩 등이 재배된다. 문화재로는 충청북도 유형문화재 제28호인 진천농교(鎭川籠橋)이외에 은진송씨 열녀문(恩津宋氏烈女門), 임수전부자 충신문(林秀荃父子忠臣門), 최유경부자 효자문(崔有慶父子孝子門) 등이 있다.

충청북도 진천군 문백면 도하리

조사일시 : 2010.12.23
조 사 자 : 이창식, 최명환, 장호순, 김영선, 김보비

도하리(道下里)는 충청북도 진천군 문백면에 속하는 법정리이다. 하도장리(道長里)의 '도(道)'자와 하대음리(下大陰里)의 '하(下)'자를 따서 도하리라 하였다. 조선 말기 진천군 백락면에 속했던 지역으로, 1914년 일제의 행정구역 개편에 따라 하대음리·도장리·판량리 일부를 병합하여 도하리라 하고 문백면에 편입하였다. 동쪽의 환희산(歡喜山) 능선과 서쪽의 불당산(佛堂山) 사이에 형성된 골짜기로 성암천(聖岩川)이 흐르고 성암천 주변으로 농경지가 펼쳐져 있다. 대체로 평야 지대는 적고 계곡이 많으며 기후가 온난하고 수량이 풍부한 편이다.

도하리 전경

　진천군청에서 남서쪽으로 약 15km 떨어져 있다. 2009년 8월 31일 현재 면적은 5.92km²이며, 총 184가구에 439명(남자 237명, 여자 202명)의 주민이 살고 있다. 자연마을로 상대음·하대음·도장 등이 있으며, 국도 17호선이 남북으로 뻗어 있어 청주로 이어진다. 평야 지대에서 벼농사가 이루어지고, 경사가 가파르지 않은 구릉지에서는 고추와 과수가 재배되며, 가축 사육도 이루어지고 있다.

충청북도 진천군 문백면 봉죽리

조사일시 : 2010.12.3, 2010.12.24
조 사 자 : 이창식, 최명환, 장호순, 김영선, 김보비

　봉죽리(鳳竹里)는 충청북도 진천군 문백면에 속하는 법정리이다. 조선 말기 진천군 백락면에 속했던 지역으로, 1914년 일제의 행정구역 개편에

따라 어은리·봉암리·대상리·석보리·옥산리의 일부를 병합하여 봉죽리라 하고, 문방면과 백락면의 이름을 딴 문백면에 편입되었다. 동쪽의 환희산(歡喜山)과 서쪽의 양천산(凉泉山) 사이에 형성된 골짜기로 성암천(聖岩川)이 흐르고, 성암천 주변으로 농경지가 펼쳐져 있다. 대체로 평야 지대는 적고 계곡이 많으며, 기후가 온난하고 수량이 풍부하다.

봉죽리 전경

진천군청에서 남서쪽으로 약 11.3km 떨어져 있다. 2009년 8월 31일 현재 면적은 5.46km²이며, 총 322가구에 702명(남자 358명, 여자 344명)의 주민이 살고 있다. 자연마을로 석복·봉암·어은 등이 있으며, 국도 17호선이 남북으로 뻗어 있어 청주로 이어진다. 평야 지대에서 벼농사가 이루어지고, 경사가 가파르지 않은 구릉지에서는 잎담배와 고추가 재배되며, 가축 사육도 이루어지고 있다. 문화재로는 충청북도 유형문화재 제

187호인 송강정철 신도비(松江鄭澈神道碑)와 충청북도 기념물 제9호인 정
송강사(鄭松江祠)가 있다.

충청북도 진천군 문백면 옥성리

조사일시 : 2010.12.23
조 사 자 : 이창식, 최명환, 장호순, 김영선, 김보비

옥성리 전경

　옥성리(玉城里)는 충청북도 진천군 문백면에 속하는 법정리이다. 1914
년 행정구역 개편 당시 옥산리(玉山里)의 '옥(玉)'자와 두성리(豆城里)의
'성(城)'자를 따서 옥성리(玉城里)라 하였다. 조선 말기 진천군 백락면에
속했던 지역으로, 1914년 일제의 행정구역 개편에 따라 능동리·두성
리·판랑리·취라리·옥산리의 각 일부를 병합하여 옥성리라 하고 문백

년에 편입되었다. 북쪽으로 봉화산(烽火山), 동쪽으로 환희산(歡喜山), 남쪽으로 불당산(佛堂山), 서쪽으로 양천산(凉泉山) 등이 솟아 있고, 마을 중앙에 옥산저수지가 있다. 저수지 물은 남류하여 성암천(聖岩川)으로 흘러든다. 대체로 평야 지대는 적고 계곡이 많으며, 기후가 온난하고 수량이 풍부하다.

진천군청에서 남서쪽으로 약 12km 떨어져 있다. 2009년 8월 31일 현재 면적은 7km²이며, 총 249가구에 600명(남 306명, 여자 294명)의 주민이 살고 있다. 자연마을로 옥산·봉옥·두성 등이 있으며, 국도 17호선이 남북으로 뻗어 있어 청주로 이어진다. 평야 지대에서 고품질의 쌀이 생산되고, 경사가 가파르지 않은 구릉지에서는 잎담배와 고추가 재배되며, 가축 사육도 이루어지고 있다.

충청북도 진천군 문백면 평산리

조사일시 : 2010.12.4
조 사 자 : 이창식, 최명환, 장호순, 김영선, 김보비

평산리(平山里)는 충청북도 진천군 문백면에 속하는 법정리이다. 1914년 행정구역 개편 시 생긴 이름으로, 평산리는 평사(平沙)와 통산(通山)에서 한 자씩 따서 생긴 지명이다. 평산리는 본래 진천군 백락면 지역이었다. 1914년 일제의 행정구역 통폐합 정책에 따라 이티리·평사리·통산리를 병합하여 평산리라 하고 문방면과 백락면을 통합한 문백면에 편입하였다. 서쪽에는 양천산(350m)이 남북으로 뻗어 있고 동쪽에는 미호천이 남류한다. 미호천 주변과 평사에서 대박골, 성주머니로 이어지는 분지에는 평야가 발달하였다. 기후는 온난하고 수량은 풍부하다.

진천군청에서 남서쪽으로 약 18.4km 떨어져 있다. 2009년 8월 31일 현재 면적은 5.63km²이며, 총 91가구에 202명(남자 108명, 여자 94명)의

주민이 살고 있다. 자연마을로는 평사·안능·통산 등의 마을이 있으며, 주요 산물로 평야 지대에서는 쌀을, 구릉지에서는 고추·콩·과수 및 가축 사육 등을 하고 있다.

평산리 전경

▌제보자

남시우, 남, 1939년생

주 소 지 : 충청북도 진천군 문백면 양천길 281-4
제보일시 : 2010.12.4
조 사 자 : 이창식, 최명환, 장호순, 김영선, 김보비

제보자는 남지 묘소가 위치해 있는 문백
면 평산리 안능마을에 거주하고 있으며, 안
능마을 노인회장을 맡고 있다. 본관은 의령
이며 안능마을 토박이다. 안능마을은 의령
남씨 집성촌이다. 제보자는 남지의 18대손
이라고 한다. 예전에는 안능마을에 30여 가
구 정도가 거주하였지만, 현재는 7가구만
살고 있다. 그 가운데 의령 남씨가 5가구이
다. 4형제를 두어 모두 출가하였으며, 현재는 두 내외만 안능마을에 거주
한다.

제공 자료 목록
09_08_FOT_20101204_LCS_NSU_0055 안능마을에 잡은 남지(南智) 묘소
09_08_FOT_20101204_LCS_NSU_0057 의령 남씨 종손이 귀한 이유
09_08_FOT_20101204_LCS_NSU_0058 남지 묘소 자리에 자신의 묘를 쓰려 했던 이여송
09_08_FOT_20101204_LCS_NSU_0060 양천산의 유래
09_08_FOT_20101204_LCS_NSU_0061 의령 남씨 남두화의 묘 쓴 이야기
09_08_FOT_20101204_LCS_NSU_0067 중풍으로 고명(顧命)을 지키지 못한 남지(南智)

마정숙, 남, 1929년생

주 소 지 : 충청북도 진천군 문백면 봉죽길 60

제보일시 : 2010.12.3

조 사 자 : 이창식, 최명환, 장호순, 김영선, 김보비

제보자 마정숙은 봉죽리 봉암마을 토박이
다. 봉암마을에서 농사를 짓고 살고 있다.
23세에서 27세까지 군대를 다녀온 것을 제
외하고는 마을을 떠나 본 적이 없다고 한다.
봉암마을은 마씨 집성촌이기도 하다. 그는
3남매를 두었으며, 부인과는 사별하고 현재
혼자 살고 있다.

제공 자료 목록

09_08_FOT_20101203_LCS_MJS_0045 봉암마을의 지명 유래

09_08_FOT_20101203_LCS_MJS_0050 봉죽리에 자리 잡은 정철 무덤

09_08_FOT_20101203_LCS_MJS_0070 물고기가 숨을 수 있도록 만든 어은 소류지

09_08_FOT_20101224_LCS_MJS_0010 물고기를 숨기기 위해 만든 연못

09_08_FOT_20101224_LCS_MJS_0060 김유신 장군의 누이가 놓은 농다리

09_08_MPN_20101203_LCS_MJS_0075 어은 사람을 구휼해 준 마윤봉

09_08_FOS_20101224_LCS_MJS_0025 노랫가락(1)

09_08_FOS_20101224_LCS_MJS_0030 노랫가락(2)

09_08_FOS_20101224_LCS_MJS_0032 다리 뽑기 하는 소리

09_08_FOS_20101224_LCS_MJS_0040 화투풀이 하는 소리

서병희, 남, 1921년생

주 소 지 : 충청북도 진천군 문백면 봉죽3길 5-1

제보일시 : 2010.12.23

조 사 자 : 이창식, 최명환, 장호순, 김영선, 김보비

제보자 서병희는 문백면 봉죽리 어은마을
이 고향으로, 1979년 송강사 건립 당시에

봉암마을로 이주해 왔다. 농사를 지었는데 주로 논농사를 하였고 밭농사도 일부 지었다. 특수작물은 재배하지 않았다. 6남매(3남 3녀)를 두었으나 현재는 4남매만 생존해 있다.

제공 자료 목록

09_08_FOS_20101223_LCS_SBH_0020 사발가
09_08_FOS_20101223_LCS_SBH_0070 운상하는 소리
09_08_FOS_20101223_LCS_SBH_0075 논매는 소리(1)
09_08_FOS_20101223_LCS_SBH_0080 논매는 소리(2)

신상하, 남, 1933년생

주 소 지 : 충청북도 진천군 문백면 도하3길 113
제보일시 : 2010.12.23
조 사 자 : 이창식, 최명환, 장호순, 김영선, 김보비

제보자 신상하는 도하리 노인회장에게 소개를 받아 전날 미리 약속을 하고 조사자들이 집으로 찾아갔다. 도하리 토박이로 22세에 결혼을 하였으며, 23세에 군대에 갔다. 해방될 무렵이라 초등학교를 미처 졸업하지 못하였고, 14세에 선친께서 돌아가셨다. 어린 나이에 가장이 되어 농사만 지으며 살았다. 중년에 충주로 나가서 장사를 하기도 했지만, 2년 만에 장사를 그만두고 도하마을로 다시 돌아와 농사를 지었다. 그 이후에는 마을을 나가서 산 적이 없다고 한다. 도하마을 풍물패에서 상쇠를 맡았으며, 현재는 문백풍물단에서 상쇠를 하고 있다. 문백면 대표로 진천화랑축제에 나가기도 한다. 고사 풀이 하는 소리, 모심는 소리, 논매는 소리 등은 예전에도 불렀으나, 운상하는 소리 등은 부르지 않

왔다. 그런데 마을에 상이 나도 선소리를 할 사람이 없어서 작년까지 운
상하는 소리 등의 선소리를 불렀다고 한다.

제공 자료 목록
09_08_FOS_20101223_LCS_SSH_0025 태평가
09_08_FOS_20101223_LCS_SSH_0027 창부 타령
09_08_FOS_20101223_LCS_SSH_0028 청춘가
09_08_FOS_20101223_LCS_SSH_0035 밀양 아리랑
09_08_FOS_20101223_LCS_SSH_0050 어랑 타령
09_08_FOS_20101223_LCS_SSH_0055 모래집 짓는 소리

왕경수, 여, 1928년생

주 소 지 : 충청북도 진천군 문백면 옥산2길 38
제보일시 : 2010.12.23
조 사 자 : 이창식, 최명환, 장호순, 김영선, 김보비

　　제보자 왕경수는 증평이 고향으로 십여세
에 옥산마을로 시집을 왔다. 선친께서는 일
제강점기 무렵 전매청에 다녔으며, 6남매
가운데 둘째다. 일제강점기에 초등학교를
다녔는데, 그때 배웠던 일본 노래들을 기억
하고 있었다. 선친께서는 제보자가 일본 노
래 부르는 것을 싫어하셨다고 한다. 친정
동생들은 대부분 교직에 있었다. 현재는 여
동생 한 명만 생존해 있다. 시집와서 5남매(3남 2녀)를 두었다.

제공 자료 목록
09_08_FOT_20101223_LCS_WGS_0200 장마에 떠내려가다 되돌아온 왕씨네 족보
09_08_MFS_20101223_LCS_WGS_0170 학교 연애 소리

이순종, 남, 1938년생

주 소 지 : 충청북도 진천군 문백면 옥산2길 38
제보일시 : 2010.12.23
조 사 자 : 이창식, 최명환, 장호순, 김영선, 김보비

제보자 이순종은 옥산마을 토박이다. 26세까지 옥산마을에 살다가 서울로 이사를 갔다. 서울에서 영등포구청 쓰레기차 운전, 심야버스 운전 등을 하면서 30여 년간 살다가 다시 옥산마을로 내려왔다. 옥산마을로 다시 온 지는 21년이 되었다. 옥성리 마을회관 뒤에 거주하고 있으며, 마을회관 건립당시 자신의 땅 일부를 기부하기도 하였다.

제공 자료 목록
09_08_FOT_20101223_LCS_ISJ_0130 여장군이 쌓은 농다리
09_08_FOS_20101223_LCS_ISJ_0120 모래집 짓는 소리

임상조, 남, 1935년생

주 소 지 : 충청북도 진천군 문백면 농다리로 1020
제보일시 : 2011.1.7
조 사 자 : 이창식, 최명환, 장호순, 김영선, 김보비

제보자 임상조는 증평읍 남차리가 고향으로, 선친 때 문백면 구곡리 중리마을로 들어왔다. 제보자를 임석동이라고도 부른다. 5형제를 두었으며, 첫째 아들은 서울에 거주하고, 나머지 네 아들은 진천에 거주한다. 주로 논농사를 지었고 특용작물로 담배농사를

25년 동안 하였다. 아내와 사별 후에는 혼자 살고 있다. 예전에 마을에서 상이 나면 선소리를 주로 맡아서 하였는데 지금은 몸이 좋지 않아 하지 않는다. 기존부터 알고 있는 소리들도 있지만 최근에는 카세트테이프를 들으면서 소리를 배운다고 한다. 논을 맬 때도 선소리를 주었었는데 요즘은 논을 매지를 않아 소리를 거의 잊었다. 산판일도 했었는데 일을 하면서 목도 소리를 배웠다고 한다.

제공 자료 목록

09_08_FOS_20110107_LCS_ISJ_0105 운상하는 소리
09_08_FOS_20110107_LCS_ISJ_0125 화투풀이 하는 소리
09_08_FOS_20110107_LCS_ISJ_0130 아라리(1)
09_08_FOS_20110107_LCS_ISJ_0135 아라리(2)
09_08_FOS_20110107_LCS_ISJ_0140 아라리(3)
09_08_FOS_20110107_LCS_ISJ_0145 목도하는 소리
09_08_FOS_20110107_LCS_ISJ_0150 모래집 짓는 소리
09_08_FOS_20110107_LCS_ISJ_0155 아라리(4)
09_08_FOS_20110107_LCS_ISJ_0160 창부 타령

임필수, 남, 1932년생

주 소 지 : 충청북도 진천군 문백면 구곡3길 7-7
제보일시 : 2010.12.4
조 사 자 : 이창식, 최명환, 장호순, 김영선, 김보비

제보자 임필수는 구곡리 중리마을에서 4대째 살고 있는 토박이다. 본관은 상산이다. 중리마을은 상산 임씨네들의 집성촌이다. 농사를 짓고 살았으며, 주로 벼농사를 많이 하였다. 초평저수지가 생기기 이전에는 그곳에서 잡곡농사도 지었다고 한다. 자녀는

8남매(7남 1녀)를 두었으며, 현재 두 내외가 함께 살고 있다.

제공 자료 목록
09_08_FOT_20101204_LCS_IPS_0090 구산동의 유래
09_08_FOT_20101204_LCS_IPS_0095 세종대왕이 물을 마신 세습천
09_08_FOT_20101204_LCS_IPS_0100 청주 호족을 물리치고 구산에 터를 잡은 임희
(林曦)

정후택, 남, 1936년생

주 소 지 : 충청북도 진천군 문백면 송강로 245
제보일시 : 2010.12.4
조 사 자 : 이창식, 최명환, 장호순, 김영선, 김보비

제보자 정후택은 전날 약속을 정하고 조
사자들이 그의 집으로 찾아갔다. 그는 현재
장의사를 운영하고 있으며, 진천에서는 운
상하는 소리의 선소리꾼으로 꽤 이름이 나
있다. 30대 초반에 4남매를 낳은 부인과 사
별을 하였다. 그 충격으로 청주에 있는 한
사찰에서 무경 공부를 하여 법사가 되었고,
30대 후반까지 무경을 읽었다. 그러나 자녀
들 때문에 법사 일을 그만두었다. 그 후에는 풍수지리에 대한 공부를 하
였다고 한다. 조사자들이 운상하는 소리를 요청하자, 다음에 같이 일하시
는 분들을 모아 놓고 들려주겠다고 하였다. 마을 유래 등에 대해서만 구
연해 주었다.

제공 자료 목록
09_08_FOT_20101204_LCS_JHT_0040 말부리고개와 바사리의 유래
09_08_FOT_20101204_LCS_JHT_0041 잣고개

최병남, 남, 1935년생

주 소 지 : 충청북도 진천군 문백면 봉죽3길 5-1
제보일시 : 2010.12.24
조 사 자 : 이창식, 최명환, 장호순, 김영선, 김보비

제보자 최병남은 봉암마을 토박이다. 봉
암마을에서 농사를 지으며 살고 있다. 농사
는 주로 논농사를 하였고 밭농사도 일부 하
였다. 현재 봉암마을 노인회장을 맡고 있다.
어릴 때의 기억들을 비교적 잘 기억하고 있
었다.

제공 자료 목록
09_08_FOS_20101224_LCS_CBN_0034 모래집 짓는 소리

한상인, 남, 1934년생

주 소 지 : 충청북도 진천군 문백면 봉죽6길 11-6
제보일시 : 2010.12.3
조 사 자 : 이창식, 최명환, 장호순, 김영선, 김보비

제보자 한상인은 충청남도 천안시 동면이
고향으로 어려서 봉죽리로 이주해 왔다. 초
등학교를 봉죽리에서 다녔다고 한다. 처음
이주해 온 곳은 봉주리 은골마을이었다. 그
곳에서 살다가 1979년 무렵 마을에 송강사
가 건립되면서 번든마을로 마을 주민 모두

가 이주하였다. 그리고 마을 이름을 번든에서 다시 은골이라고 고쳐 불렀다. 이주 당시 번든에는 6가구 정도가 있었는데 지금은 19가구가 있다. 농사를 주로 짓고, 4남매를 두었으며, 현재 큰아들 내외와 함께 살고 있다.

제공 자료 목록
09_08_FOT_20101203_LCS_HSI_0005 어은(魚隱)의 유래
09_08_FOT_20101203_LCS_HSI_0020 말부리고개 유래

안능마을에 잡은 남지(南智) 묘소

자료코드 : 09_08_FOT_20101204_LCS_NSU_0055
조사장소 : 충청북도 진천군 문백면 양천길 281-4
조사일시 : 2010.12.4
조 사 자 : 이창식, 최명환, 장호순, 김영선, 김보비
제 보 자 : 남시우, 남, 72세
구연상황 : 남지(南智)의 묘가 있는 문백면 평산리 안능마을을 찾았다. 노인회장인 제보
자 남시우의 집을 찾았을 때, 마침 집에 있었다. 마을 토박이이면서 남지의
후손인 제보자 남시우에게 마을의 유래, 남지 관련 이야기, 시제 지낼 때 이
야기 등을 들을 수 있었다.
줄 거 리 : 남지는 머리가 좋았다. 아버지가 일찍 돌아가셨지만 할아버지에게 글을 배워
정승까지 지낸 인물이다. 남지가 관직에 올라 정사를 볼 때가 세종, 문종, 단
종의 시대였다. 남지는 단종을 보살피라는 고명을 받았다. 김종서와는 달리
눈이 어둡고 나이가 많아서 명을 따를 수가 없었다. 남지가 죽고 나서 문백면
평산리 안능마을에 그의 묘를 썼다. 그 후로 의령 남씨들이 안능마을에 터를
잡게 되었다고 한다. 남지는 의령이 본관으로 17세 때에 음보(蔭補)로 감찰이
된 뒤 세종을 모시면서 우의정에 오른 인물이다. 이어 문종 원년(1451)에 좌
의정을 지냈다. 단종을 잘 보필해 달라는 문종의 고명(顧命)을 받았으나, 그해
풍질(風疾)로 벙어리가 되어 정사를 볼 수 없게 되었다.

(조사자 : 그런데 남지 선생님 뭐 대단하지 않습니까?)

그렇죠. 예, 워낙 이 머리가 열등나셔 가지구.

(조사자 : 조선 초에 최고의 가문이신데.)

그, 그니까 이 양반들이 이 양반도 인제 정승이지만은 할아버지도 그렇
잖아요.

(조사자 : 예, 예, 예.)

할아버지가 저 성남경찰서 뒤엔가 거기에 산소가 계신데.

(조사자 : 예.)

그러니까 아버지는 인제 이 양반의 아버지는 일찍 돌아가시고.

(조사자 : 예, 예, 예)

할아버지가 가르치신 거죠.

(조사자 : 아.)

그러니까 손자도 정승을 만들은 거죠.

(조사자 : 예, 예, 음 그 당시 좌의정까지 지내셨죠?)

예, 예.

(조사자 : 좌의정, 우의정 다 인제 겸하신거죠.)

예, 예.

(조사자 : 근데 남지선생님이 어떻게 여기하고 연이 됐을까요?)

연이 된 것이 아니라 그전에 인제 돌아가셔가지고는.

(조사자 : 예.)

그때 무렵에, 거 엄청 소란할 때가 아니여? 단종 그 문단셀 적에.

(조사자 : 예, 예.)

그때 무렵에 인제 그 어린 단종을 보살피라는 어명을 받고는.

(조사자 : 예.)

그걸 못 하신 거죠.

(조사자 : 예, 예.)

인제 눈은 어둡고 연세는 많고 김종서니 그런 양반들한테 그냥 거기서 저기했는데.

(조사자 : 예, 예.)

이 할아버지는 그냥 저 명대로 사신 거죠.

(조사자 : 그러면은 문종조하고 단종 초까지 생존해 계셨잖습니까?)

예, 예.

(조사자 : 그 인제 보면 세종대왕께서 인제 단종을 보필하라고 인제.)

그렇죠.

(조사자 : 얘기를 하셨던 분 중에 한 분인데, 그러면 그 이후에 바로 이쪽에 내려오셨나요?)

그게 아니죠. 돌아가셔 가지고서는 인제 나중에 그 일리 인제 자리를 잡은 거죠. 자리를 잡어 가지고 그때는 산 같은 거를 인제 저 위쪽에는 하사를 받았다는 거.

(조사자 : 그렇죠, 예, 예.)

그 인제 산이 한 사십팔 정이 된다고 그래, 여기.

(조사자 : 예, 예, 예.)

여기 사, 산이.

(조사자 : 예, 예.)

그니까 빙둘러 다라고 볼 수가 있죠, 뭐.

(조사자 : 어, 근데 남지선생님이 여기 자리를 잡으신 유래가 어떻게 있으신가요?)

아이, 그거는 없고 그냥 어떻게 아마 산소자리가 좋아 가지고 아마 여기까지) 오신 거 같더라고.

(조사자 : 아, 그럼 그 후에 인제 의령남씨들이 이쪽으로 들어오게 되나요?)

그렇죠, 후에 들어 온 거죠.

(조사자 : 그다음에 제일 처음에 들어 오신은 몇 대조 되시는 분이 들어오셨나요?)

그건 모르죠, 뭐 몇 대가.

(조사자 : 어, 그래요?)

예, 예.

의령 남씨 종손이 귀한 이유

자료코드 : 09_08_FOT_20101204_LCS_NSU_0057
조사장소 : 충청북도 진천군 문백면 양천길 281-4
조사일시 : 2010.12.4
조 사 자 : 이창식, 최명환, 장호순, 김영선, 김보비
제 보 자 : 남시우, 남, 72세
구연상황 : 조사자가 남지의 묘소가 풍수적으로 좋은 자리라는 이야기를 들었다면서 그 이유를 물어보자, 제보자 남시우는 풍수하는 사람들이 이곳을 좋은 자리라며 많이 보러 온다고 하였다. 그러나 남지 묘와 관련된 이야기는 없고, 남지의 사위가 남지의 부인 묘를 쓸 때 이야기가 있다면서 구연해 주었다.
줄 거 리 : 남지 부인의 묘소를 쓸 때, 사위가 산소 자리의 흙을 팠다. 흙을 파는데 크고 넓은 돌이 나왔다. 지관은 그냥 돌 위에다 묘를 쓰라고 하였으나, 사위는 돌을 들어내라고 하였다. 돌을 들자 그 안에 학 세 마리가 놀고 있었다. 급하게 돌을 덮었는데 학이 그만 치어 죽었다고 한다. 그래서 남씨 가문에는 종손이 귀하다고 한다.

(조사자 : 근데 남지선생님 무덤 이 묘소자리가.)

예, 예.

(조사자 : 풍수적으로 아주 뛰어난 자리다라고 이야기를 하던데요?)

그래서, 그래 가지구서럼에 참 많이들 오시더라구요.

(조사자 : 그렇죠, 예.)

그 쇠를 가지고, 쇠 보는 양반들이 많이 오는데. 워낙 유명한 자리라고 이렇게 해서 여기 갖다 모셨다 그러더라구.

(조사자 : 혹시 그 자리 때문에 뭐 관련된 이야기 이렇게 전해져 내려오는 건 없습니까?)

그런 건 없구. 근데 이 할, 할, 할아버지의 그 따님이 저기 부말, 저 부마라 그러나? 임금에 저기로 했던 거 아니유.

(조사자 : 예.)

그래 가지구 인저, 산소를 인저 이렇게, 할머니 산소를 파는데 사위가

파는 저, 그 저기에 인저 돌이 있더랍니다. 인제 판판한 돌이.

(조사자 : 예, 예.)

그래서 인제 쇠를 보는 양반은 그냥 돌 위에다 모시라고 그러니까. 그 사우는(사위는) 그게 아니라고. 돌을 들어내고 하자, 쓰, 쓰라고.

(조사자 : 예.)

그 인저(인제) 돌을 드는 저기에 학이 세 마리가 놀더래요. 그 안에서. 그러니까 이 돌을 그걸 보고서럼에(보고서) 급하게 돌을 놓은 거죠. 놓으니까, 큰 학이 치여서 죽은 거죠.

(조사자 : 어.)

그래 가지구 여기는 종손이 없어요. 우리는.

(조사자 : 아 그래요?)

예, 종손을 양자로 해도 오래가지를 못해요. 어, 어디로 없어지고.

(조사자 : 예, 예, 예.)

종손이 없어요.

(조사자 : 그러면은 남지선생님 따님이니까.)

예, 예.

(조사자 : 따님의 남편 되시는 분이.)

예, 예, 그렇죠.

(조사자 : 인제 남지선생님 묘를 쓰실 때.)

예, 예.

(조사자 : 쓰실 때 인제 돌 위에다 써야 된다라고 이야기를 했는데.)

그거는 저기 그런 거지 쇠를 보는 양반이.

(조사자 : 쇠를 보는 사람이.)

예, 예 사위는 그 돌을 들어내라고 하고.

(조사자 : 예, 예, 예, 아 근데 들어내지 말았어야 되는데 결국 들어냈네요, 그러면은?)

그래, 그렇죠.

남지 묘소 자리에 자신의 묘를 쓰려 했던 이여송

자료코드 : 09_08_FOT_20101204_LCS_NSU_0058
조사장소 : 충청북도 진천군 문백면 양천길 281-4
조사일시 : 2010.12.4
조 사 자 : 이창식, 최명환, 장호순, 김영선, 김보비
제 보 자 : 남시우, 남, 72세
구연상황 : 조사자가 남지 묘에 자신의 묘를 세우려 한 이여송 이야기를 알고 있느냐고
　　　　　물어보자 제보자 남시우가 구연해 주었다.
줄 거 리 : 이여송이 증평 구정벌을 지나다가 말을 멈추었다. 그리고는 남지의 묘소 방향
　　　　　을 바라보고 자신이 죽으면 그곳에 묘를 쓰라고 하였다. 부하 중 한 명이 이
　　　　　여송이 가리키는 방향으로 가 보았더니 그곳에 남지 신도비가 있었다. 그래서
　　　　　자신의 묘를 쓰지 않았다고 한다.

(조사자 : 또 한 가지가 이여송하고 관련된 이야기도 있던데?)

이여송이하고 관계가 있지요. 이여송이가 저 구정벌이라는 데가 여기서 한 삼십리 될 껄요. 저 증평 쪽으로.

(조사자 : 구정벌.)

야, 야.

(조사자 : 구정벌.)

글리 가다가는 말을 멈추고는. 이리로 말을 돌리고서럼에 하니까. 그 거기서 인저 있던 높은 양반이,

"내가 여기서 죽을 테니 거 갖다 써라."

이 냥반, 거, 거 냥반은 인자 말을 타고 가다 인자 자리가 좋은 걸 알았 던가 보죠. 그래서 인저 그 부, 부하 밑에 있는 사람을 시, 더러 그런 얘기 하니까. 아니 가만있어 보라고, 내가 거기를 갔다 온다고.

(조사자 : 예, 예.)

그래서 말을 타고설람에 인제 여기를 오니까 신도비가 보이더래요. 저
밑에. 그래서 신도비를 가 보니까. 아하 남지 할아버지가 여기 계시구나
그랬다는 그, 그렇게 알았다는 겨 그게.

(조사자 : 아, 그러니까 이여송이가 지나가다 저기 내가 죽으면은.)

응, 응, 응.

(조사자 : '저 자리로 묘를 써라'라고 이야기를 했는데.)

응, 응, 그렇죠.

(조사자 : 그 신하가 와 보니까 이미 남지 선생님.)

이미 써 있는, 예, 남지할아버지가 계시더라.

양천산의 유래

자료코드 : 09_08_FOT_20101204_LCS_NSU_0060
조사장소 : 충청북도 진천군 문백면 양천길 281-4
조사일시 : 2010.12.4
조 사 자 : 이창식, 최명환, 장호순, 김영선, 김보비
제 보 자 : 남시우, 남, 72세
구연상황 : 조사자가 주변에 유명한 곳이나, 이야기가 전해지는 곳이 있느냐고 묻자, 마
　　　　　 을 뒤에 있는 양천산의 유래에 대해서 구연해 주었다.
줄 거 리 : 남지 묘 뒤에 있는 산을 양천산(凉泉山)이라고 부른다. 그곳에서는 아무리 가
　　　　　 물어도 물이 샘솟는다. 또한 그곳에 예전에 절이 있었다고 한다.

인저, 그래서 인저 이 뒷산을 양천산이라고 그라죠.

(조사자 : 양천산, 예, 예. 양천산.)

서늘할 양(凉) 자, 샘 천(泉) 자.

(조사자 : 예, 예, 예. 거기도 왜 거기를 양천산이라고 그러죠?)

그 꼭대기에 물이 나요. 저 위에, 산 위에

(조사자 : 산 꼭대기에요?)

예, 예, 그 인제 그 전에 절이 있었데요. 우린 절은 못 봤는데. 개왓장 같은 건 더러 봤더라고. 그래, 그 서늘할 양자, 샘 천자를 써 가지고서는 거 물이 난다고 해 가지고 양천산이라고.

(조사자 : 양천산.)

예, 예.

(조사자 : 어, 그러시구나. 그러면 거기에 뭐 얽힌 이야기 같은 건 없습니까?)

그래서 여기 그래서 인제 산소가 좋다고 그러는 거죠. 물이 거기 거, 꼭대기서 항상 가물어도 물은 나니까요. 거 우(위)에서.

의령 남씨 남두화의 묘 쓴 이야기

자료코드 : 09_08_FOT_20101204_LCS_NSU_0061
조사장소 : 충청북도 진천군 문백면 양천길 281-4
조사일시 : 2010.12.4
조 사 자 : 이창식, 최명환, 장호순, 김영선, 김보비
제 보 자 : 남시우, 남, 72세
구연상황 : 묘자리 쓸 때 이야기를 하다가 조사자가 물자리를 돌려 묘를 잡은 권근의 이야기를 들려주었다. 제보자 남시우는 자신의 선조 묘를 쓸 때도 비슷한 이야기가 있다면서 구연해 주었다.
줄 거 리 : 옥천 이백리에 남두화의 묘를 쓸 때의 일이다. 마침 그곳을 지나던 스님이 동자를 시켜 그곳에서 물을 떠 오게 하였다. 그러자 사람들은 스님에게 물자리를 돌려 달라고 부탁을 하였다. 스님은 산꼭대기를 파라고 하였는데 사람들이 산꼭대기를 파자 그곳에서 물이 나왔다. 사람들이 그곳에 돌을 두르고 남두화의 묘를 썼다. 지금도 그 자리에 돌 쌓은 흔적이 남아 있다고 한다.

그런 데가 더러 있나 봐요.

(조사자 : 예, 예 음성에도 그런 데가 있습니다.)

저희도 저 옥천 이백리라는데 십일 대, 십이 대 산소가 거기 계신데. 거기 그러니까 작은 아드님은 그 밑에 산이 이 이렇게 됐어요. 거 옥천 뒤엔데. 게 그러니까 아주 까, 까까름한 덴데. 그 동자, 어린 그러니까 스님이, 어린 동자를 시켜서,

"저기 가서 저 물 좀 가 떠 오라."

(조사자 : 예, 예)

그래 왜,

"물을 어디 가서 떠 오냐?" 그러니까.

"아 저기 저 묘 파는데 가서 물 좀 가 떠 오라고."

(조사자 : 예, 예.)

그러니까 인제 표주박을 주, 주더래요. 그러니까 인제 물을 인제 가서 물 좀 뜨러 왔다고 그래니까. 거기 사람들이

"그게 무슨 소리냐"

고 말이야. 그래서 그 스님을 오라고. 그래 인제 스님을 모셔다 놓고는. 그렇게 잘 아는 양반이

"물자리를 돌릴 수는 없느냐"

이렇게 물으니까. 맨 꼭대기에다가 여길 파라고 그러더래요. 아주 꼭대기에. 산소는 꼭대기 밑에고. 바로 밑이고. 그래 꼭대기를 돌을 쌓았어요. 이렇게. 돌을 물이 나 가지고. 지금도 봐 보면, 질퍽질퍽한데 그냥 돌 쌓은 형용은 지금도 있더라고.

(조사자 : 아 그래요?)

예.

(조사자 : 오, 그게 십일 대조 되시는 분이십니까?)

십일 대, 십일 대, 십이 대 산소가 계신데. 십일 대, 십이 대 할아버지에서 인제 작은 아드님. 작은집들이죠, 인제.

(조사자 : 예, 함자 성, 그럼 이름이 어떻게 되시는지 혹시?)

그러니까 화 자지유.

(조사자 : 화 자.)

예, 예.

(조사자 : 남화 자?)

예. 두 자 화 자

(조사자 : 남두화?)

예, 예.

중풍으로 고명(顧命)을 지키지 못한 남지(南智)

자료코드 : 09_08_FOT_20101204_LCS_NSU_0067
조사장소 : 충청북도 진천군 문백면 양천길 281-4
조사일시 : 2010.12.4
조 사 자 : 이창식, 최명환, 장호순, 김영선, 김보비
제 보 자 : 남시우, 남, 72세
구연상황 : 조사자가 남지와 관련하여 알고 있는 이야기를 더 해 달라고 요청하자, 제보
자 남시우는 남지가 말년에 병으로 고명을 지키지 못했다는 이야기를 구연해
주었다.
줄 거 리 : 임금이 단종을 보필해 달라고 남지와 같이 아끼는 신하들에게 고명을 하였다.
그러나 남지는 중풍이 나서 고명을 지키지 못했다고 한다.

(조사자 : 그때 세종이 인제 신하들을 고명신하들이죠?)

그렇죠.

(조사자 : 특별히 아끼는 신하들한테만 부탁을 했거든요?)

예.

(조사자 : 근데 남지선생님은 지키질 못하셨어요.)

그라지. 못 했죠.

(조사자 : 그렇죠, 예, 예, 예. 왜, 왜 그랬단 얘기를 혹시 내려오는 건

없습니까?)

　　그 풍이 났대잖아요.

　　(조사자 : 풍이 나서?)

　　예, 예. 사시는 거는 여든 둘인가 그렇게 사셨다나 보죠?

　　(조사자 : 예, 예 오래 사셨어요.)

　　야, 야. 풍이 나서 가지고는 걸 못 지켜신 거죠.

　　(조사자 : 아 그러니까 병환 때문에.)

　　야, 야, 야.

　　(조사자 : 예, 예, 예 못 지키시고.)

　　중풍이라 그랬나, 중풍이 나셔 가지고.

　　(조사자 : 그게 단종 1년인가 2년에 제가 돌아가신 걸로 제가 기억이 나
거든요, 남지선생님께서?)

　　야, 야.

　　(조사자 : 그 그러면 뒤에 수양대군이 단종을 쫓아낼 때.)

　　그렇죠.

　　(조사자 : 그럴 때는 이미 돌아가셨을 때가 되나요, 그러면은?)

　　그러니까 그러, 그렇죠. 그렇게 되겠네요.

　　(조사자 : 예, 예. 그러니까 단종 일 년 이 년에 돌아가셨으니까, 수양대
군이 나중에 단종 쫓아 낼 때는.)

　　(조사자 : 왕을 쫓아 낼 때는, 남지선생님이 이미 돌아 가셨겠네요, 그
럼.)

　　그럼, 이미 돌아가신 거죠. 보이질 않았다니깐요. 눈이 그 연세에.

　　(조사자 : 아 눈이, 눈이?)

　　야, 야. 그래 바늘을 들이대면서 이것도 안 보이냐니깐 안 보인다고.

　　(조사자 : 예.)

봉암마을의 지명 유래

자료코드 : 09_08_FOT_20101203_LCS_MJS_0045
조사장소 : 충청북도 진천군 문백면 봉죽길 60
조사일시 : 2010.12.3
조 사 자 : 이창식, 최명환, 장호순, 김영선, 김보비
제 보 자 : 마정숙, 남, 82세
구연상황 : 조사자들이 봉암에 도착하여 제보자 마정숙의 집을 찾았다. 마정숙은 마을 토박이로 마을 유래를 잘 알고 있었다. 조사자들은 간단한 인사와 취지를 설명한 후 방으로 들어갔다. 제보자 마정숙은 마을 지명에 관한 이야기를 재미있게 구연해 주었다.
줄 거 리 : 봉죽리 봉암마을 주변 지명에는 봉암, 말부리고개, 바사리, 가랭이, 소산, 대말 등이 있다. 봉암은 최봉암의 이름에서 유래한 것이다. 원래 최씨네들은 이곳이 아니라 내 건너에 살았는데 수해 때문에 현재 이 마을에 터전을 잡았다. 그 후에는 마씨네들이 들어와서 최씨네와 마씨네가 같이 살았다. 그런데 마을 앞에 도로를 내기 시작하면서 최씨네들이 길에서 양반행세를 하였다. 그것이 꼴보기 싫어서 말부리고개 쪽으로 길을 내자 최씨네들이 망했다고 한다. 그 이후로 마씨네가 조금 성했었다. 지금도 마을 지명에는 그 당시 이야기가 남아 있다. 말부리고개는 말을 타고 와서 짐을 내려놓고 쉬었기 때문에 생긴 것이고, 거기에서 바를 사린 곳을 바사리라고 한다. 현재 면사무소가 위치한 부근을 가랭이라고 부르는데 말을 풀어 놓았던 곳이다. 고속도로 부근 조그만 산인 소산을 말의 구유라고 하여 말구수라 한다. 게이트볼장 아래를 마씨네 큰집이 있어서 대말이라고 부른다고 한다.

최봉암.

(조사자 : 예, 예.)

예. 최봉암이라고 여기 있었어요.

(조사자 : 어떤 분이고 어떤 이야기가 있나요, 그 분에 관련돼서?)

여기가, 원래는 이 봉암부락이. 에, 처음에는 저 건너 있었는데, 내(川) 건너에 있었는데.

(조사자 : 예, 내 건너에.)

내 건너에 있었는데, 그것이 인제 그, 에, 아마 그 ……. 장마 지고 이

거쯤에 그 수해관계로다가 아마 일루 이사를 온 거 같아요, 저 동네가.

(조사자 : 아, 수해관계로 ……)

예. 수해관계로 일루 이사를 온 거 같은데. 여기 왔을 적에는 최씨네가 주로 예, 에 ……. 주도를 잡고서로다가 여기서 살았어요.

(조사자 : 아, 최씨네 토박이가요?)

예, 최씨네가. 그런데 그 최씨네가 여기서 살다가.

(조사자 : 예.)

음. 우리 에, 봉암에 이제 그, 그 후에는 마씨네들이 여기 와서 또 살고 있었거든요.

(조사자 : 예.)

예, 말 마(馬) 자(字), 마씨네들이.

(조사자 : 어르신이 그 후손인 거죠, 그러니까?)

예.

(조사자 : 예, 예, 그런데요?)

근데, 최씨네들이 그 망한 원인이 뭐야. 이건 내가 들은 얘기지유.

(조사자 : 예, 예, 들으신대로.)

들은 얘기인데. 최씨네가 망한 원인이 뭐냐. 이 앞에 지금 저기 새로 난 도로 있지유? 새로 난 도로로다가 에, 옛날에 거기다 도로를 낼라고 했던 거예요. 그런데 옛날에도 거기다가 도로를 낼라고 했던 긴데. 최씨네들이 양반 행세를 하느라고. 이 앞에서다가 도로를 내고서 그냥 말 타고 댕기고, 담뱃대 물고 댕기고 꼬락서니 보기 싫다고. 이 뒤를 갔다서다 끊어서다 이기를 질을 낸 겨. 이 말부리고개로다가.

(조사자 : 아, 말부리고개로다가.)

야.

(조사자 : 예, 예.)

뒤를 끌어서다가 말부리고개로다가 길을 냈단 말이여. 그 길 내는 바람에 최씨네가 홀랑 망하고서 인저 마씨가 조금 성하기는 성했었어요. 예.
그래서 거기에 말부랄이 있어요.

(조사자 : 말?)

부랄.

(조사자 : 말부랄?)

말부랄바우가 있어요, 거기 가면.

(조사자 : 아, 바위.)

예.

(조사자 : 지금도 확인할 수 있나요, 이 말부랄바위를?)

예, 거기 있어요. 지금.

(조사자 : 이, 말부랄처럼 생겼다고 말부랄바위인가요?)

야.

(조사자 : 바우가?)

그 인저 저 말부리고개. 말부리고개라는 것이 왜냐하면은.

(조사자 : 예.)

마씨네들이 여기서 살다 보니까. 마씨네들 성했거든. 근데, 에, 말을 타
고 와 가지고서. 말부리고개 와서 짐을 부려 놓고.

(조사자 : 아, 부려 놓고.)

응. 이 바사리는 왜 바사리라고 했느냐.

(조사자 : 예.)

짐을 풀면 바를 사려야 될 거 아녀. 그래서 바사리라고 이름을 지은
거고.

(조사자 : 예, 사리고.)

이 면사무소에 있는 데는 가랭이라고 그랴.

(조사자 : 가?)

가랭이.

(조사자 : 가래이.)

예.

(조사자 : 가랑이.)

예, 가랑이. 왜냐, 말을 갖다가 끌러 놨으니까는 풀어서 좀 놀 것이지. 들판에다 매놔야 될 거 아니야. 그래서 가랭이, 가랑들로다가 이름을 지은 겨, 그게.

(조사자 : 아.)

그렇하고. 요 앞에 조그만 산이 하나 보이지요? 그 저, 아이 여기 인저 이게 고속도로 나면서 그게 끊어, 끊구서는 조마한 산 하나 있는 거.

(조사자 : 아, 예, 예.)

그것을 소산이라고 그랬었어.

(조사자 : 소산.)

응, 소산이라고 그랬었는데, 그 소산은 왜 소산이라고 했느냐.

(조사자 : 예.)

그것을 말구수라고 했어요. 말구유.

(조사자 : 말구유.)

그거 인자 말 먹는 구수라고 그거를 이쪽에 했던 기고. 그리고 요 갈맞이에 요짝에 에, 지금 현재 게이트볼장이 있는데.

(조사자 : 예.)

게이트볼장 바로 고 아래가 대말이 있었어요, 대말.

(조사자 : 대말.)

예, 대말 동네가 있었어.

거기 한, 에 ……. 여닐곱 집 살았었지.

(조사자 : 열일곱 집?)

예. 거기가 마씨네 큰집이라고 이렇게 얘기가 있었었지요, 거기가.

봉죽리에 자리 잡은 정철 무덤

자료코드 : 09_08_FOT_20101203_LCS_MJS_0050
조사장소 : 충청북도 진천군 문백면 봉죽길 60
조사일시 : 2010.12.3
조 사 자 : 이창식, 최명환, 장호순, 김영선, 김보비
제 보 자 : 마정숙, 남, 82세
구연상황 : 조사자가 송강 정철의 무덤을 봉죽리에 쓰게 된 유래에 대해서 들어본 적이
있느냐고 묻자, 제보자 마정숙은 들은 전설이 있다면서 구연해 주었다.
줄 거 리 : 송강 정철이 중국에서 죽었는데 정철의 시체를 찾지 못하고 투구와 철갑만
찾았다. 그래서 그 투구와 철갑을 가져다가 송강사에 모셨다고 한다.

(조사자 : 현재 그러면은 어르신 저기 말부리고개 넘어가다 보면 송강사
가 있지 않습니까?)

예, 송강사 있지요.

(조사자 : 예, 예. 정철 선생님 묘가 어떻게 그 쪽으로 오게 됐단 얘기,
마을에서 하는 얘기가 없나요?)

정철 선생은 대단히 얘기 듣기에는. 그분이 에, 중국서 돌아가셨다고
그래요.

(조사자 : 중국에서요?)

중국에서 돌아가셔 가지고. 그, 말인 즉은 에, 시체를 찾지 못 하고.

(조사자 : 예.)

투구, 철갑만 갖다가 여기다 모셨다는 그 말이, 전설이 있었어요, 그게.

(조사자 : 아, 그래요?)

예, 예.

(조사자 : 투구, 철, 투구만?)

예, 예. 투구하고 철갑.

(조사자 : 아, 투구하고 철갑을.)

예, 그거를 갔다가 여기다가 모셨다는 그 전설은 있었어요.

물고기가 숨을 수 있도록 만든 어은 소류지

자료코드 : 09_08_FOT_20101203_LCS_MJS_0070
조사장소 : 충청북도 진천군 문백면 봉죽길 60
조사일시 : 2010.12.3
조 사 자 : 이창식, 최명환, 장호순, 김영선, 김보비
제 보 자 : 마정숙, 남, 82세
구연상황 : 정철 무덤에 대해서 이야기를 나누던 중 조사자가 은골 유래에 대해서 물어
　　　　　 보자 제보자 마정숙이 구연해 주었다.
줄 거 리 : 마을 뒷산을 나를 비(飛) 자, 고기 어(魚) 자를 써서 비어산(飛魚山)이라고 한
　　　　　 다. 이곳에서 물고기가 날아 숨을 은(隱) 자, 고기 어(魚) 자를 쓰는 은골에 숨
　　　　　 었다. 물고기가 숨었다고 해서 그곳을 어은이라고 부른다. 처음 송강사가 있
　　　　　 는 어은에는 물이 없었다. 그래서 물고기가 숨을 수 있도록 그 앞에 소류지를
　　　　　 만든 것이라고 한다.

(조사자 : 그 다음에 여기 넘어가면 인제 은골이라고 하는 데가 …….)

예. 은골.

(조사자 : 거기는 왜 은골이라고 부르지요, 거기는?)

그것이 어은인데. 에, 은골이라고 그라는 것은 왜냐하면은.

(조사자 : 예.)

이 앞산이. 이 앞산이 이것이 비어산입니다, 비어산.

(조사자 : 빙어산?)

비어산!

(조사자 : 비어산.)

나를 비(飛) 자, 고기 어(魚) 자 비어산(飛魚山)인데. 비어산인데, 고기가
날으면은. 고기가 날으면은 숨을 데가 없어. 그래서다가 저 은골.

(조사자 : 예, 예.)

어은이라고 하는 데 있죠?

(조사자 : 예.)

숨을 은(隱) 자, 고기 어(魚) 자. 그래서 어은이라고 거기다 이름을 지은

거에요, 그게.

(조사자 : 아.)

고기가 날아 가지고서 거기서 숨었다. 그래 가지고 그 정철 선생의 묘소 앞에 물이 안 보였었어요.

(조사자 : 물이요?)

예. 고기가 숨을라면 물이 있어야 숨는데.

(조사자 : 예, 예.)

물이 안 보여 가지고서 거기 조그맣게 소류지를 하나 막아 놨지요.

(조사자 : 아, 그래서.)

거기가 고기를 숨기 위해서 소류지를 막아 논 기라 그기요, 그게.

(조사자 : 그래서 소류지를 만들었다는 건가요?)

예, 예, 예.

물고기를 숨기기 위해 만든 연못

자료코드 : 09_08_FOT_20101224_LCS_MJS_0010
조사장소 : 충청북도 진천군 문백면 봉죽3길 5-1
조사일시 : 2010.12.24
조 사 자 : 이창식, 최명환, 장호순, 김영선, 김보비
제 보 자 : 마정숙, 남, 82세
구연상황 : 조사자들은 문백면 봉죽리 봉암마을 봉암노인정을 찾았다. 할아버지방에 들어가니 많은 마을 어르신들이 모여 있었다. 그중에 지난 조사에서 만났던 제보자 마정숙이 함께 있었다. 조사취지 등을 간단히 설명하자 제보자 마정숙이 조사팀을 알아보고 반겨 주었다. 먼저 제보자 마정숙에게 지난번에 물어보았던 이야기를 다시 해 달라고 하면서 조사를 시작하였다.

줄 거 리 : 봉암마을 앞에 비어산(飛魚山)이 있다. 비어산에서 물고기가 날아 숨어야 할 곳이 필요한 데 어은에는 물이 없었다. 그래서 물고기가 숨을 수 있도록 작은 연못을 만들어 주었다고 한다. 그 연못이 있는 곳은 물고기가 숨는 곳이라고

하여 어은이라고 부른다.

(조사자 : 이 앞에 산이 이름 뭐예요?)

(청중 : 비어산.)

요 산 이름? 비어산.

(조사자 : 왜 비어산입니까?)

나를 비(飛) 자, 고기 어(魚) 자.

(조사자 : 예. 왜 비어산이라 그럽니까?)

옛날에 우리 저, 이, 비어산이라고 이름을 겼는데. 이 안에 가면 어은이라는 부락이 있어요.

(조사자 : 예.)

어은이라는 부락이 있는데, 그것은 고기 어(魚) 자, 숨을 은(隱) 자예요. 그래서 여기서 고기가 날아서 어은에 가면 인제 숨는다 이거죠, 인저. 그래 가지고 어은에 물이 없었어요, 물이. 강이 있어야 고기가 숨을 텐에 물이 있어야지. 그래서 송강 선생 그 저 뒤에로 해 가지고서 거기다가 조그만한 방죽 하나 놔 놨지요, 거기.

(조사자 : 그 방죽 이름이 뭡니까?)

글쎄 뭐 저, 봉죽 저 소류, 소류, 소류지지 뭐. 그냥 방죽이라 그러면 돼.

김유신 장군의 누이가 놓은 농다리

자료코드 : 09_08_FOT_20101224_LCS_MJS_0060
조사장소 : 충청북도 진천군 봉죽3길 5-1
조사일시 : 2010.12.24
조 사 자 : 이창식, 최명환, 장호순, 김영선, 김보비
제 보 자 : 마정숙, 남, 82세

구연상황 : 제보자들과 여러 이야기를 하다가 문백면 구곡리에 있는 농다리 놓은 이야기를 알고 있느냐고 묻자 제보자 마정숙이 구연해 주었다.

줄 거 리 : 농다리는 김유신 장군의 어머니가 딸을 시켜 놓게 한 것이다. 김유신과 그 누이는 둘 다 장사였다. 어머니는 아들에게 청주 있는 산성을 쌓게 하였다. 그런데 아들이 질 것 같아서 누이에게 농다리를 놓게 하였다고 한다. 그래서 생긴 것이 농다리라는 것이다.

그래서 그 농다리는 에, 그 인저 옛날에 그, 저 전설의 말로는.

(조사자 : 예.)

전설의 말로는 김유신 장군.

(조사자 : 예.)

김유신 장군의 어머님이.

(조사자 : 예.)

김유신 장군을 낳고. 또 에, 김유신의 에, 누님 그러니까 딸을 또 낳다는 겨. 근데 딸도 장, 저, 장사고, 이 저 김유신 장군도 장사고. 두 장산데. 인제 뭐를 어떻게 인제 그 어머니가 저기를 시켰느냐면은. 농다리는, 농다리 놓는 것은 딸, 딸을 시켜서로 농다릴 놓게 하고. 에, 김유신 장군은 어디 성을 쌓 …… . 성 쌓은 게 저긴가 보다. 그, 저, 이, 청주 그 저 …… . 그 무슨 성이요, 그게.

(청중 : 산성.)

(조사자 : 상당산성.)

야. 산성, 저, 성을 쌓게 하고. 그렇게 해 가지구서. 에, 그 어머니가 그, 저기 시켰다는 겨. 그래 가지고서는 이 딸을, 아니 아들을 살려야 되겠는데. 까딱하면 아들을 저기해서 딸 저기, 딸을 더 저기 했. 뭐야 에 이기게 해 줬단 말이여. 그래서 농다리, 저 농다리를 그 딸보고 놓으라고 그래 가지고다가. 농다리를 딸 저, 딸에게 넘기고 산성은 김유신 장군이 쌓았다는 거예요, 그게.

(조사자 : 예.)

그래 가지고서 에, 아들이 이겨 가지고서 그래 장군, 그 딸은 저기가 되고. 에, 인자 그 김유신 장군은 그 저, 우리 옛날 역사 저기 다시 김유신 장군님께로 되고 그랬지. 그래서 인제 이 얘기는 아들을 위해서 인제 그렇게 했다는 거죠, 그게.

(조사자 : 예.)

아들을 살리기 위해서.

장마에 떠내려가다 되돌아온 왕씨네 족보

자료코드 : 09_08_FOT_20101223_LCS_WGS_0200
조사장소 : 충청북도 진천군 문백면 옥산2길 38
조사일시 : 2010.12.23
조 사 자 : 이창식, 최명환, 장호순, 김영선, 김보비
제 보 자 : 왕경수, 여, 83세
구연상황 : 제보자 왕경수는 기억력이 좋은 편으로 일제강점기에 초등학교를 마쳤다. 그 당시 기억을 비교적 소상하게 이야기해 주었다. 당시 학교에서 배웠던 이야기, 놀이 등을 채록할 수 있었다. 이어서 조사자가 제보자 왕경수의 선친에게 들은 이야기가 있느냐고 물어보자, 기억이 잘나지는 않지만, 할 수 있을 만큼만 이야기하겠다면서 구연해 주었다.
줄 거 리 : 왕씨네 족보가 많았었는데 어느 해 장마에 모두 떠내려갔다. 그런데 족보가 물에 휩쓸려 가다가, 물이 도는 자리에서 멈추더니 다시 원래 자리로 되돌아왔다. 그래서 왕씨네 족보를 잃어버리지 않았다고 한다.

(조사자 : 왕씨에 대해서 뭐라 그랬어요?)

뭐라고 했는데. 그전에 얘기가 있었는데 잊어 버렸어요, 다. 장마가 져서 다 떠내려가는데. 왕씨네 족보가 꽤 많은데 그걸 다 그냥 장마에 떠내려가는데. 저기 물이 뱅뱅 돌더니 그 자리로 오더래. 그것 밖에 못 들었어. 그래서 족보를 안 잃어 버렸다 소리는 들었어.

(조사자 : 왕씨네들이?)

응, 왕씨네 족보가 그렇게 많았었다데.

(조사자 : 음, 아, 그거 좋은 이야기 인데.)

그러지 않았으면 그게 죄 떠내려가서 족보도 없어지고 말았었다는 겨. 그런데 그게 물이 이렇게 돌더니 다시 오더랴. 족보가. 그 소리는 아버지한테 들었지.

(조사자 : 예.)

여장군이 쌓은 농다리

자료코드 : 09_08_FOT_20101223_LCS_ISJ_0130
조사장소 : 충청북도 진천군 문백면 옥산2길 38
조사일시 : 2010.12.23
조 사 자 : 이창식, 최명환, 장호순, 김영선, 김보비
제 보 자 : 이순종, 남, 73세
구연상황 : 조사자가 옆 마을인 구곡리 농다리와 관련하여 전해 내려오는 이야기를 들어 본 적이 있는지 물어보았다. 제보자 이순종은 예전에 어른들의 얘기를 들었던 것이 있다면서 들려주었다. 함께 있던 제보자 김용묵도 본인이 알고 있는 이야기를 구연해 주었다.
줄 거 리 : 문백면 구곡리에 있는 농다리와 관련해서 다양한 이야기들이 전승된다. 하나는 옛날에 여장군들이 앞치마로 돌을 날라 쌓았다고 하고, 또 다른 하나는 임연 장군이 쌓았다고 한다.

(보조 제보자 : 왜 농다리라고 하는지 모르지 뭐.)

그게 옛날에 어른들 얘기가 그래요. 그 왜정 땐가, 그 옛날 뭐 이거 하여튼 삼국시대 땐가. 그 다리에 돌을 이만큼한 걸 쌓아 놓은 거요. 그면 여장군이. 여자들이 앞치마로다가 그걸 싸다가 거기다 쌓다 그러는, 그러는 게 농다리.

(보조 제보자 : 근데 그게 그 …….)

쌓다, 전설이 있더라고요.

(보조 제보자 : 그 전설은 여장군들이 인제 싼게(쌓은 것이) 아니라, 임연 장군이 쌓았다는 거 아니여.)

몰라 그래서 그걸 쌓다 그러더라고.

(조사자 : 어떤 장군이요?)

(보조 제보자 : 임연.)

(조사자 : 임연 장군이요?)

(보조 제보자 : 응.)

(조사자 : 임연 장군은 어떤 장군 이예요?)

(보조 제보자 : 아 거 임씨네 거 얘기 하는 거야. 거기 가면, 거기 가면 임씨네들이 대승(大姓)이거든.)

임씨네들이 거기 가면 …….

(보조 제보자 : 그래 거기 가면 임연 장군이, 이 쌓았다는 얘기를 그 사람들이 하니까 알지. 우리가 뭐 누가 쌓은 걸 어떻게 알아.)

구산동의 유래

자료코드 : 09_08_FOT_20101204_LCS_IPS_0090
조사장소 : 충청북도 진천군 문백면 구곡3길 7-7
조사일시 : 2010.12.4
조 사 자 : 이창식, 최명환, 장호순, 김영선, 김보비
제 보 자 : 임필수, 남, 79세
구연상황 : 조사자들은 문백면 구곡리 중리에 도착하여 제보자를 찾았다. 구곡리는 진천 농다리가 있는 마을로 매년 농다리축제가 열린다. 농다리와 관련해서 이 마을 입향조인 상산 임씨 임희가 놓았다는 이야기를 비롯해서 다양한 이야기가 전승된다. 조사자들은 제보자 임필수의 집을 찾아 이야기를 들었다.

줄 거 리 : 문백면 구곡리를 구산동이라고 부른다. 임희가 구곡리에 터를 잡을 당시 농다리를 놓으면서 비석에 구산동(龜山洞)이라고 새겼다. 실제로 마을 아래쪽에는 거북바위가 위치하고 있다. 예전에 땅을 파다가 구산동이라고 새겨진 비석이 나와서 옛 지명이 구산이었다는 것을 알 수 있었다고 한다.

(조사자 : 그 여기가 구산이라고 하지 않습니까, 구산?)

아니, 요기 옆에는 일정 전에는 구산동이라고 그랬어, 구산동.

(조사자 : 예, 예, 예, 예, 구산동.)

고려 때 구산동.

(조사자 : 예, 예, 예, 구산동. 그, 왜 구산동이라 불렀습니까, 여기를?)

그때 인저 우리 인가(人家)가 여기 한 이백 호 살았시유. 옛날에는. 근데, 구산동이라는 건 그날, 그때 옛날 어른이 해놓은 것이지. 옛날 시조가.

(조사자 : 예, 예.)

희 자 할아버지가 시조여, 우리.

(조사자 : 예, 예.)

그 양반이 전, 져 났는데. 저 비석 하나 하고 그 농다리 놓을 때 갖다 났데, 그걸.

(조사자 : 예, 예.)

그런데, 그, 파 보니께 거기다 구산동이라 그랬단 말이야. 그, 그게 옛날이름이라 그래서 거기다 세워 놨지 우리가. 그, 우리가 여기서 한 천백년 됐어. 이, 우, 우리 이, 임가들이.

(조사자 : 그런데 여기 구산이라고 하는, 부르는 산이 있습니까, 실제로?)

여기가 인저 구산동이라는 게. 거북 구(龜) 자, 묘 (山) 자, 마을 동(洞) 자 거던.

(조사자 : 예, 예).

그것이 여기가 거북바위가 있어요, 저 아래.

(조사자 : 거북바위가 있습니까?)

있어요.

(조사자 : 예, 예, 예.)

그래서 구산동이라고 옛날에 부른 겨, 아마.

(조사자 : 아, 거기는 왜 거북바위라고 불렀죠?)

거북같이 생겨서 그렇지.

(조사자 : 바위가?)

야.

(조사자 : 혹시 그거하고 얽힌 이야기 전해져 내려오는 건 없습니까?)

전해져 내려오는 건, 저 어른들이 다 참 그 말씀 하셔서 그렇게만 알았지, 우리는.

(조사자 : 예, 예, 예. 그냥 거북이 모양처럼 생겼다고 해서 거북바위?)

예.

세종대왕이 물을 마신 세습천

자료코드 : 09_08_FOT_20101204_LCS_IPS_0095
조사장소 : 충청북도 진천군 문백면 구곡3길 7-7
조사일시 : 2010.12.4
조 사 자 : 이창식, 최명환, 장호순, 김영선, 김보비
제 보 자 : 임필수, 남, 79세
구연상황 : 구산동의 유래 구연에 이어서 조사자가 마을에 있는 세습바위에 대해 물어
보자, 제보자 임필수가 그 유래를 이야기해 주었다.
줄 거 리 : 문백면 구곡리를 지나던 세종대왕이 물을 마신 곳이 세습바위 또는 세습천이
다. 그곳에는 장마가 지나 가뭄이 오나 항상 같은 양의 물이 흐른다고 한다.

(조사자 : 그리고 여기 세습바위라고 하는 게, 세습바위.)

세습바위는 요기 있고.

(조사자 : 예, 예, 예.)

그 세. 뭐, 세, 세종대왕이 가시, 가. 그 지나다가 물 먹었다는 소리는 하는데, 그거는 실지루 인제 전해 오는 말이고.

(조사자 : 예, 예.)

세습바위는 장마지나 가물으나 항상 고 식으로 물이 내려와.

(조사자 : 예, 예, 예.)

항상 고 식으로 내려오고. 세습, 세습천이지, 세습천.

(조사자 : 세습천, 예, 예.)

거긴 물이 안 떨어져유.

(조사자 : 거긴 물이 안 떨어져요?)

예.

청주 호족을 물리치고 구산에 터를 잡은 임희(林曦)

자료코드 : 09_08_FOT_20101204_LCS_IPS_0100
조사장소 : 충청북도 진천군 문백면 구곡3길 7-7
조사일시 : 2010.12.4
조 사 자 : 이창식, 최명환, 장호순, 김영선, 김보비
제 보 자 : 임필수, 남, 79세
구연상황 : 조사자가 상산 임씨가 어떻게 구산동에 터를 잡았는지 물어보자, 제보자 임필
　　　　　 수는 상산 임씨의 시조 임희가 청주 호족을 물리치고 터를 잡았다고 하였다.
줄 거 리 : 상산 임씨의 시조는 임희이다. 그는 구산 출신으로 청주 호족을 물리치고 이
　　　　　 마을에 터를 잡게 되었다고 한다.

(조사자 : 근데 여기 임씨, 임자 희자 되시는 분이 처음 이 마을에 들어 오시게 됐나요?)

그 냥반이 여거 들어오셨지.

(조사자 : 왜 여기 이쪽으로 들어왔는지 그런 얘기는 못 들어 보셨습니

까, 혹시?)

그 얘기는 뭐냐면 저 그, 그 냥반이(양반이) 원래 태생이 여기유. 구, 구, 구산동.

(조사자 : 예, 예.)

근데 그 냥반이 으뜸 났어 아주. 임연 장군보담 더 으뜸 나, 으, 으, 으뜸나 가지구. 그 호적을 물리쳤담 말이여. 청주 호적이 세력이 있어서.

(조사자 : 예.)

여기를 물리치니께. 왕이 있다가 인저 그 희자 할아버지를 불러 가지고. 여기하고 죽산도 진천에 있었어. 그 전에는 옛날에는. 그래, 그 냥반이 거 다 물리치고 그래서 그 냥반을 여기 살았지.

(조사자 : 그러면은 여기는 그 더 윗대부터 여기에 들어와 계셨네요?)

아니여. 그 냥반이 시초여.

(조사자 : 아니, 여기서 태어 나셨다면서요?)

누가요?

(조사자 : 그 희자 되시는 분이.)

글쎄요, 들어오진 않았지. 그 냥반이 여기서부터 애초 살았지.

(조사자 : 아니, 그 아버님 대에도 여기서 사셨단 얘긴데 그러면은, 희자 쓰시는 분에.)

그렇겠지 뭐 여기 살었겠지. 시방 천백 년 됐으니까. 여기 살았지 뭐.

(조사자 : 지금 요 마을에 임씨가 한 몇 가구 정도 됩니까?)

시방, 한 팔십 호.

말부리고개와 바사리의 유래

자료코드 : 09_08_FOT_20101204_LCS_JHT_0040

조사장소 : 충청북도 진천군 문백면 송강로 245

조사일시 : 2010.12.4

조 사 자 : 이창식, 최명환, 장호순, 김영선, 김보비

제 보 자 : 정후택, 남, 75세

구연상황 : 제보자 정후택과 만날 약속을 정한 후 아침에 제보자의 집을 찾았다. 제보자
　　　　　정후택은 조사자들과 이야기하면서 우리의 소리, 탈춤의 유래, 운상하는 소리
　　　　　를 하는 이유 등 다양하게 구연해 주었다. 조사자들이 마을의 유래 등을 물어
　　　　　보자 말부리고개와 바사리, 잣고개, 옆둔재와 만뢰산 등과 관련한 이야기 등
　　　　　을 구연해 주었다.

줄 거 리 : 문백면사무소 뒤에 말부리고개가 소재한다. 그곳에는 큰 바위가 세 개 있는
　　　　　데, 원래 말불알이라고 불렀다. 그것이 변해서 말부리가 되었다고 한다. 또한
　　　　　문백면소재지에 바라리라는 곳이 있는데 그곳에서 말이 쉴 때 밧줄을 사려
　　　　　놓았다고 해서 유래되었다고 한다.

마, 문백의 면사무소 뒤에는 말, 그 말 말부리고개라 그래.

(조사자 : 예, 예.)

말부리 고개. 부리라는 것은, 부리라는 것은 입부리.

(조사자 : 예.)

발 뿌리. 요기도 뿌리라 그러지 그지? 쉽게 해서.

(조사자 : 예.)

거기는 말불알이 있어.

(조사자 : 아.)

지금도 있어요. 공장 뒤에 가면 말불알이 큰 게 이렇게 세 개가 있다고.

(조사자 : 예, 예)

그건 못 건 들여. 고개 이렇게 넘어슬라면 금성레미콘 이렇게 하면 고
꼭대기 가면 있어. 고게 산이 요렇게 지금 있지?

(조사자 : 예.)

그것 때문에 못 건 들이는 겨 그건.

(조사자 : 아.)

그래서 말불알고개여. 말불알인데, 불알이여, 말불알. 그런데 그것을 쉽게 해서 말부리. 바사리, 문(백면) 소재지를 바를 사려. 말이 와서 쉬어 가지고 바사리라는 겨. 바사리. 바를 사렸다.

잣고개

자료코드 : 09_08_FOT_20101204_LCS_JHT_0041
조사장소 : 충청북도 진천군 문백면 송강로 245
조사일시 : 2010.12.4
조 사 자 : 이창식, 최명환, 장호순, 김영선, 김보비
제 보 자 : 정후택, 남, 75세
구연상황 : 말부리와 바사리 유래에 대해서 구연이 끝난 후, 이어서 진천읍에서 사석리로 넘어 오는 고개를 잣고개라 하는데 그 유래가 있다면서 구연하였다.
줄 거 리 : 진천읍에서 사석리로 넘어 오는 고개를 잣고개라 한다. 고개를 넘을 때 사람들이 시장하면 고개 정상에서 무엇을 먹어(자셨다) 잣고개라고 부르게 되었다.

잣고개, 진천고개를 잣고개라 그러죠.

(조사자 : 잣고개, 예.)

응, 진천을 넘어 갔다 사석을 넘어 올 제, 한없이 시장하면 고개에서 뭘 자셨다 말이여.

엽둔재의 유래

자료코드 : 09_08_FOT_20101204_LCS_JHT_0042
조사장소 : 충청북도 진천군 문백면 송강로 245
조사일시 : 2010.12.4
조 사 자 : 이창식, 최명환, 장호순, 김영선, 김보비
제 보 자 : 정후택, 남, 75세

구연상황: 조사자가 진천군 지명에 관한 이야기가 더 있느냐고 묻자, 엽둔재 고개의 이름을 사람들이 잘못 알고 있다면서 구연해 주었다.

줄 거 리: 진천에서 입장으로 갈 때 넘는 고개가 엽둔재이다. 현재 사람들이 엽돈재라고들 말하는데 원래 엽둔재라고 해야 맞다. 머무를 둔(屯) 자, 입새 엽(葉) 자를 써서 엽둔이다. 안성에서 서풍이 불 때 나뭇잎이 재를 넘지 못하고 머문다고 해서 엽둔재라 불렀다.

진천서 입장을 넘어가려면 지금 그 사람들이 다 잘못 돼 있어. 엽돈재가 있어, 엽돈재.

(조사자 : 엽돈, 예, 예.)

엽돈재라 그려. 그런데 엽돈이 아니라 책에는 엽둔재라고.

(조사자 : 엽둔.)

응, 머무를 둔(屯) 자, 입새 엽(葉) 자. 고개가 한없이 저 드높잖여?

(조사자 : 예.)

안성서 바람이 서풍바람이 입장을 갖춰서 무쟈게 오다가도 고개를 못 넘어서 머물렀어.

(조사자 : 예, 예.)

입새가 못 넘어 왔다고, 입재가 못 넘어 와서 머무를 둔 자여. 엽둔재여, 엽둔재가 맞어.

(조사자 : 아.)

응, 엽둔재.

어은(魚隱)의 유래

자료코드 : 09_08_FOT_20101203_LCS_HSI_0005
조사장소 : 충청북도 진천군 문백면 봉죽6길 11-6
조사일시 : 2010.12.3
조 사 자 : 이창식, 최명환, 장호순, 김영선, 김보비

제 보 자 : 한상인, 남, 77세

구연상황 : 진천군 문백면 봉죽리에 위치한 정송강사를 찾았다. 정송강사(鄭松江祠, 지방
기념물 제9호)는 조선전기 문신이며 시인인 송강 정철(1536-1593)의 위패를
모시고 있는 사당이다. 원래 송강의 묘소는 경기도 고양에 있었는데 송시열이
현종 6년(1665)에 문백면 봉죽리로 옮긴 것이다. 현재의 정송강사는 1979년
새로 지은 것으로 앞면 3칸 옆면 2칸 규모이며, 지붕은 맞배지붕이다. 정송강
사에는 송강의 유품인 은배(銀杯), 옥배(玉杯)를 보관하고 있으며, 사당 맞은편
산에는 송강의 묘소와 시비, 비각 등이 있다. 정송강사 아랫마을인 은골에서
제보자를 찾다가 집에 있던 제보자 한상인을 만났다. 제보자 한상인은 마을의
유래, 우암 송시열이 현재 자리에 송강의 묘를 잡은 이야기, 송강 묘소 앞에
있던 샘의 유래 등을 구연해 주었다.

줄 거 리 : 정송강사가 위치한 곳은 문백면 봉죽리 어은마을이다. 이 마을의 이름은 물고
기 어(魚) 자, 숨을 은(隱) 자를 써서 어은(魚隱)이라고 한다. 고기가 숨는 고을
이기 때문에 마을 이름이 어은이 된 것이다.

(조사자 : 근데 어르신 여기가 어은이라고 하셨어요, 어은?)

예, 어은.

(조사자 : 한자로 어떻게 씁니까, 어은을?)

고기 어(魚) 자, 숨을 은(隱) 자.

(조사자 : 왜, 왜, 물고기 어 자에 숨을 은 자를 쓸까요?)

몰르지요, 뭐. 어떻게 알겠어요, 그걸.

(조사자 : 어, 그건 잘 모르시겠어요, 그거는? 왜 어은이라고 했는지.)

고기가 숨는 고을이라고 그래 가지고 뭐 어은이라고 그랬다고 그라
데요.

(조사자 : 고기가 숨는 고을이라고 해서?)

네.

(조사자 : 누가, 누가 고기가 숨는 고을이라고 했을까요?)

정철 선생님이 그랬는지 누가 그랬는지 그걸 모르겠어요.

(조사자 : 잘 모르시겠어요, 그거는.)

그거는 모르겠어요.

말부리고개 유래

자료코드 : 09_08_FOT_20101203_LCS_HSI_0020
조사장소 : 충청북도 진천군 문백면 봉죽6길 11-6
조사일시 : 2010.12.3
조 사 자 : 이창식, 최명환, 장호순, 김영선, 김보비
제 보 자 : 한상인, 남, 77세
구연상황 : 제보자 한상인은 정송강사 아래 있는 마을인 어은마을의 유래를 설명한 후, 정송강사에서 지내는 시향, 정송강사 밑에 사는 종손이야기, 송강 묘소 앞에 있던 함샘의 유래 등을 들려주었다. 조사자가 말부리고개 유래에 대해서 물어보자 송강의 묘소를 잡을 때 이야기라면서 구연해 주었다.
줄 거 리 : 문백면에서 환희산 옆을 지나 진천으로 가는 고개를 말부리고개라고 한다. 말부리고개는 우암 선생이 말을 타고 가다가 말이 섰기 때문에 이름이 붙은 지명이다. 우암이 말이 섰던 곳에서 보니 정송강사 부근의 풍수가 좋아서 송강의 묘소를 현재의 자리로 옮겼다고 한다.

(조사자 : 그 다음에 여기 말부리고개라고 하는 데가 있습니까, 말부리고개?)

말부리고개가 거, 고 근너고. 문백면에서 고 위로 올라가면은 진천 쪽으로 가는데.

(조사자 : 아, 여기 넘어가는 고개요, 여기요?)

예 고개 거기가 말부리고개예요.

(조사자 : 아, 거 왜 말부리고개라고 하죠, 거기를?)

그때 우암 선생이 저기서 말 타고 오다가. 그, 고, 고개 거기서 탁 스더래요. 저도 얘기를 들었기 때문에 알지요.

(조사자 : 예, 예, 예.)

그래 가지고 그 정철 선생 묘소를 거, 여기다 잡아 줬대요. 그 우암 선

생이.

(조사자 : 아.)

송강 선생이 여 거기다가.

(조사자 : 예, 예, 예, 예.)

그래서 일루 왔대요 저기. 정철 선생 묘소가.

(조사자 : 아, 우암 선생님이 말 타고 가다가 여기서 ……..)

예, 말이 탁 스더래요, 거기 와서. 그래 보니까 거기서 유명해요. 거기 서 빤히 보여요, 여기가 원래. 말부리고개가.

(조사자 : 말부리고개에서요, 어 …….)

거 산이 여기 아주 유명하게 생겼잖어, 여기가.

(조사자 : 그 산 이름이 어떻게 됩니까?)

환희산이에요, 환희산.

(조사자 : 아, 환희산.)

어은 사람을 구휼해 준 마윤봉

자료코드 : 09_08_MPN_20101203_LCS_MJS_0075
조사장소 : 충청북도 진천군 문백면 봉죽길 60
조사일시 : 2010.12.3
조 사 자 : 이창식, 최명환, 장호순, 김영선, 김보비
제 보 자 : 마정숙, 남, 82세
구연상황 : 조사자가 다른 이야기를 해 달라고 요청하자, 제보자 마정숙은 마윤봉이라는
　　　　　 인물이 있었다면서 구연해 주었다.
줄 거 리 : 어은 마을 입구 말부리고개에 마윤봉구휼비가 있다. 어은 사람들이 살기 어려
　　　　　 울 때 마윤봉이 식량을 대 주는 등 많은 도움을 주었다고 한다.

이 지금 현재 어은이란 동네가 하도 빈곤해 가지고

(조사자 : 빈곤해 가지고?)

마윤봉씨라고.

(조사자 : 마윤봉?)

예, 마윤봉씨. 윤달 (閏) 자, 받들 봉(奉) 잔데.

(조사자 : 아, 받들 봉, 예.)

마윤봉씨가 좀, 에 ……. 도지를 그, 그 전에 몇 대 받아들이고 했었
어요.

(조사자 : 아.)

그래 가지고서다가. 그 어은 부락에 주민들한테 식량도 대 주고 이렇게
해서로다 거, 저기를 해 가지고. 현재 그 말부리고개 가면 그 구휼비가 거
기 하나 있습니다.

(조사자 : 아, 구휼비가?)

예. 그 구휼비가 하나 있어요.

(조사자 : 아, 마윤봉씨가 그 이렇게 …….)

마윤봉씨.

(조사자 : 언제적 분인가요, 이 분은?)

예?

(조사자 : 마윤봉씨란 분은 언제적 분이에요, 근래 분이에요? 우리 어르신의 몇 대 선조 분이세요, 그러면은?)

그러니께, 내게는 조, 저기 저, 숙촌뻘이지요.

(조사자 : 아.)

예, 예.

(조사자 : 그 분이 어떻게 여기 부자였었어요, 여기 마을에?)

예, 여기서 그래두 좀 산다고 했었어요.

(조사자 : 예, 예, 예. 그래서 어둔골 사람들이 어려워 가지고 쌀을 이렇게 냈답니까, 그러면 그 분께서?)

뭐, 그 분 뭐 ……. 인심을 아주 얻어서다가 뭐 어디가서다가 뭐 남한테 저기는 ……. 해꼬지도 한 일도 없었고, 뭐.

노랫가락(1)

자료코드 : 09_08_FOS_20101224_LCS_MJS_0025
조사장소 : 충청북도 진천군 문백면 봉죽3길 5-1
조사일시 : 2010.12.24
조 사 자 : 이창식, 최명환, 장호순, 김영선, 김보비
제 보 자 : 마정숙, 남, 82세
구연상황 : 조사자가 제보자 마정숙에게 옛날 소리를 요청하자 구연해 주었다.

노자 젊어서 놀아

늙고 병들면 못노나니

화무 십일홍이요

저달 둥글면 기우나니

인생은 일장춘몽이

아니 노지는 못하리라

노랫가락(2)

자료코드 : 09_08_FOS_20101224_LCS_MJS_0030
조사장소 : 충청북도 진천군 문백면 봉죽3길 5-1
조사일시 : 2010.12.24
조 사 자 : 이창식, 최명환, 장호순, 김영선, 김보비
제 보 자 : 마정숙, 남, 82세
구연상황 : 조사자가 제보자 마정숙에게 다른 사설의 소리를 더 불러 달라고 요청하자
          구연해 주었다.

꽃같이 고운 애님을

열매같이나 맺어를 놓고

가지가지로 받은 정을

우리 같이나 깊었으니

아마도 백년이나 길도록

만수무강을 하옵소서

다리 뽑기 하는 소리

자료코드 : 09_08_FOS_20101224_LCS_MJS_0032

조사장소 : 충청북도 진천군 문백면 봉죽3길 5-1

조사일시 : 2010.12.24

조 사 자 : 이창식, 최명환, 장호순, 김영선, 김보비

제 보 자 : 마정숙, 남, 82세

구연상황 : 조사자가 그동안 사람들이 들어와 어수선한 자리를 정리하면서 채록 분위기
를 바꾸기 위해 놀이하는 소리를 유도하였다. 제보자 마정숙에게 다리 뽑기를
하면서 불렀던 소리를 요청하자 구연해 주었다.

이거리 저거리 각거리

천두 만두 수만두

짝 벌려 소양강

억두 억두 전라두

전라 감사 조개야

먼산에 호걸 거리고

청 산

이러면 오무리는 겨, 인저.

화투풀이 하는 소리

자료코드 : 09_08_FOS_20101224_LCS_MJS_0040
조사장소 : 충청북도 진천군 문백면 봉죽3길 5-1
조사일시 : 2010.12.24
조 사 자 : 이창식, 최명환, 장호순, 김영선, 김보비
제 보 자 : 마정숙, 남, 82세
구연상황 : 조사자가 놀이하면서 불렀던 소리를 유도하다가 자치기, 윷놀이, 숨바꼭질 등
의 놀이 이야기를 하였다. 그러자 제보자 마정숙이 화투놀이하면서 불렀던 소
리라며 구연해 주었다.

일월 속속들이 들인정을

이월 메주를 맺어놓고

삼월 사구라 산란한마음

사월 흑싸리 흩어노니

오월 난초 놀던나비가

유월 목단에도 춤을추고

칠월 홍돼지가 홀로누워

팔월 공산 바라볼제

구월 국화가 홀로피어

시월 단풍에는 다떨어지니

동지 섣달 서런풍은요

내품안으로 숨어든다

앉았으니 님이 오나요

누웠으니 잠이 오나

앉어생각 누워서 생각

생각 생각 임이로다

사발가

자료코드 : 09_08_FOS_20101224_LCS_SBH_0020
조사장소 : 충청북도 진천군 문백면 봉죽3길 5-1
조사일시 : 2010.12.24
조 사 자 : 이창식, 최명환, 장호순, 김영선, 김보비
제 보 자 : 서병희, 남, 90세
구연상황 : 조사자가 제보자들의 개인정보를 물어보면서 마을의 이야기를 물었다. 구연
현장에서 제일 연세가 많은 제보자 서병희에게 옛날 소리를 요청하자 목이
안 좋아 힘들다고 하면서 구연해 주었다.

석탄 백탄 타는데에

연기만 펑펑 나고요

요내 가슴 타는데는

연기도 줄불도 아니난다

[조사자 웃음]

운상하는 소리

자료코드 : 09_08_FOS_20101224_LCS_SBH_0070
조사장소 : 충청북도 진천군 문백면 봉죽3길 5-1
조사일시 : 2010.12.24
조 사 자 : 이창식, 최명환, 장호순, 김영선, 김보비
제 보 자 : 서병희, 남, 90세
구연상황 : 술자리가 마련되고 현장 분위기가 한결 부드러워졌다. 조사자가 제보자 서병
희에게 상이 났을 때 했던 소리를 요청하자 행상 갈 때 하던 소리를 해 보겠
다고 하였다. 서병희는 힘겨워하면서도 술 한 잔 마시고 소리를 시작하였다.

아침나질 성턴몸이 저녁내로 병이들어

부르나니 어머니요 찾느니 냉수로다

북망삼천이 얼마더니 건너앞산이 북망이오
저승길이 멀다더니 오늘날이나 당도했네
가네가네 나는 가네 이제가면은 그만이니
다시오기가 어려워요 다시오기가 어려워요

[제보자 웃음]

논매는 소리(1)

자료코드 : 09_08_FOS_20101224_LCS_SBH_0075
조사장소 : 충청북도 진천군 문백면 봉죽3길 5-1
조사일시 : 2010.12.24
조 사 자 : 이창식, 최명환, 장호순, 김영선, 김보비
제 보 자 : 서병희, 남, 90세
구연상황 : 조사자가 제보자 서병희에게 옛날 논을 매면서 불렀던 소리를 해 달라고 요
청하자 구연해 주었다.

일락서산에 해 떨어지고
월출동녁에 밤이 솟네

이렇게 하고.

논매는 소리(2)

자료코드 : 09_08_FOS_20101224_LCS_SBH_0080
조사장소 : 충청북도 진천군 문백면 봉죽3길 5-1
조사일시 : 2010.12.24
조 사 자 : 이창식, 최명환, 장호순, 김영선, 김보비
제 보 자 : 서병희, 남, 90세

구연상황 : 조사자가 제보자 서병희에게 앞서 부른 논매는 소리와 다른 사설로 논맬 때
불렀던 소리를 불러 달라고 요청하였다. 제보자 서병희는 예전에는 선소리를
잘 쳤는데 요즘은 몸이 안 좋아 소리를 못 하는 것이라면서 불러 주었다. 논
매는 소리 중간에 운상하는 소리 후렴구를 넣어서 구연해 주었다.

스무 마지기 논뺌미가
반달 만치만 남었구나
어하 허하 에헤이 어호

비척비척 가지 말고
오늘로 논을 매어보세
시간이 지내고 보니
점슴밥이가 또 들어온다

태평가

자료코드 : 09_08_FOS_20101223_LCS_SSH_0025
조사장소 : 충청북도 진천군 문백면 도하3길 113
조사일시 : 2010.12.23
조 사 자 : 이창식, 최명환, 장호순, 김영선, 김보비
제 보 자 : 신상하, 남, 78세
구연상황 : 조사자들이 전날 미리 제보자 신상하와 연락을 한 후 아침에 제보자의 집으
로 찾아갔다. 지난번 마을에 찾아왔을 때는 마침 집에 계시지 않아 만날 수
없었다. 제보자 신상하는 마을 토박이로 일찍 아버지를 여의고 어려서부터 일
을 하였는데, 어려서 들었던 소리들을 기억하고 있는 것이다. 조사자가 생각
나는 노래 한 구절만 해 달라고 부탁하자 제보자 신상하가 구연해 주었다.

얼씨구나좋다 기화자좋네 태평성대가 여기더냐
나를싫다고 나를마다고 박차고떠난 그사람은
잊어야지 버려야지 나도번연히 알면서도

어리석은 미련때문에 그래도못잊어 한이된다

기차떠난 서울역에는 검은연기만 남아있고
배떠나간 부산항구에 파도와물결만 남았지만
임떠나간 내가슴속에 그무엇이 남았으랴
얼씨구나좋다 기화자좋네 태평성대가 여기더냐

창부 타령

자료코드 : 09_08_FOS_20101223_LCS_SSH_0027
조사장소 : 충청북도 진천군 문백면 도하3길 113
조사일시 : 2010.12.23
조 사 자 : 이창식, 최명환, 장호순, 김영선, 김보비
제 보 자 : 신상하, 남, 78세
구연상황 : 조사자가 태평가 구연이 끝난 후 기억하고 있는 다른 소리를 불러줄 것을 요
청하였다. 제보자 신상하가 바로 구연해 주었다.

달아 뚜렷한 달아
임에 동창에 비친달아
임 홀로 누웠었느냐
어느 부량자 품었더냐
명월아 본대로 일러라
임에게서 사생결단

[제보자 웃음]
(조사자 : 아, 예.)

청춘가

자료코드 : 09_08_FOS_20101223_LCS_SSH_0028
조사장소 : 충청북도 진천군 문백면 도하3길 113
조사일시 : 2010.12.23
조 사 자 : 이창식, 최명환, 장호순, 김영선, 김보비
제 보 자 : 신상하, 남, 78세
구연상황 : 조사자가 청춘가는 어떻게 부르느냐고 묻자, 제보자 신상하는 방금 전 부른
소리와는 또 다르다면서 구연해 주었다. 그러나 소리는 서로 얼추 비슷하다고
하였다.

(조사자 : 청춘가는 어떻게 부릅니까?)

청춘가는 또 달라유. 그것도 인제 거 조, 얼추 얼추 비슷한데.

(조사자 : 예, 예.)

청춘 호강아 네자랑 말어라
덧없는 세월이 좋다 백발이되더라

무정한 방초는 년년이 오는데
한번간 우리님은 좋다 왜못오시나

세월아 네월아 가지를 말어라
아까운 청춘이 좋다 다늙어간단다

일본 대판이 얼마나 좋걸래
꽃같은 나를두고 좋다 연락선타더냐

그게 청춘가야.

(조사자 : 잘 하시네요.)

밀양 아리랑

자료코드 : 09_08_FOS_20101223_LCS_SSH_0035
조사장소 : 충청북도 진천군 문백면 도하3길 113
조사일시 : 2010.12.23
조 사 자 : 이창식, 최명환, 장호순, 김영선, 김보비
제 보 자 : 신상하, 남, 78세
구연상황 : 조사자가 아라리를 요청하자 제보자 신상하는 길게 빼는 소리라 힘들다면서
밀양 아리랑을 구연해 주었다. 밀양 아리랑을 부르면서 점점 신명에 겨워 간
단한 동작을 함께 하였다.

날좀보소 날좀보소 날좀보소
동지섣달 꽃본듯이 날좀보소
아리아리랑 스리스리랑 아라리가났네
아리랑 고개로 넘어간다

정든님이야 오셨는데 인사를못해
행주치마 입에물고 입만빵끗
아리아리랑 스리스리랑 아라리가났네
아리랑 고개로 넘어간다

어랑 타령

자료코드 : 09_08_FOS_20101223_LCS_SSH_0050
조사장소 : 충청북도 진천군 문백면 도하3길 113
조사일시 : 2010.12.23
조 사 자 : 이창식, 최명환, 장호순, 김영선, 김보비
제 보 자 : 신상하, 남, 78세
구연상황 : 조사자와 어렸을 때 불렀던 소리들에 대해서 이야기를 나누다가 제보자 신
상하가 어랑 타령을 불러 준다면서 구연해 주었다.

어랑타령 본 조정은 함경

아이 새로 해야겄네.

(조사자 : 예, 예.)

신고산이 우르릉 화물차떠나는 소리에
고무공장 큰애기 밤봇짐만 싼단다
어랑 어랑 어허야 어허야 디어라 내사랑아

니가 먼저살자고 지부럭 지엽쩍해였지
내가 먼저살자고 계약에 도장을찍었나
어랑 어랑 어허야 어허야 디어라 니가 내사랑이다

모래집 짓는 소리

자료코드 : 09_08_FOS_20101223_LCS_SSH_0055
조사장소 : 충청북도 진천군 문백면 도하3길 113
조사일시 : 2010.12.23
조 사 자 : 이창식, 최명환, 장호순, 김영선, 김보비
제 보 자 : 신상하, 남, 78세
구연상황 : 조사자가 모래 장난 하면서 불렀던 소리를 불러 달라고 요청하자, 제보자 신
상하가 구연해 주었다. 제보자는 두덕이가 두더지를 사투리로 말하는 것이라
고 하였다.

(조사자 : 모래에 이렇게 손에 넣고 모래무지 이렇게 할 때.)
그거 그런 노래도 있었고 다 있었어. 뭐 …….

두덕아 두덕아
뭐 네집

[조금 하고 끊어져서 조사자가 다시 유도]
(조사자 : 두딕아 두딕아, 예.)
음, 응.

　두딕아 두딕아
　네집 져주께
　내집 져다고

뭐 그렇게 그런 노래.
(조사자 : 예, 해 보셔요, 조금만 해 보셔요. 그걸 조금 해 보셔요).
손을 이렇게 집어넣고.
(조사자 : 두드리면서 해 보셔요.)
흙을 이렇게 수북하게 넣고 이렇게 다지면서.
[제보자가 왼손을 바닥에 대고 오른손으로 모래를 다지듯이 두드리면서 소리를 한다]

　두딕아 두딕아
　네집 져주께
　내집 져다고
　두딕아 두딕아
　네집 져주께
　내집 져다고

(조사자 : 두딕아는 뭡니까?)
두딕이라고 땅 일구는 거.
(조사자 : 아, 예.)
땅 일구는 거.

(조사자 : 두더, 두더지.)

응, 두더지. 그 인제, 그 인제 나는 인제 그. 내가 두덕이라는 건 사투리여 그건.

(조사자 : 예, 예.)

두더지 그건 표준말 쓰는 거고.

(조사자 : 아 두더지요.)

모래집 짓는 소리

자료코드 : 09_08_FOS_20101223_LCS_ISJ_0120
조사장소 : 충청북도 진천군 문백면 옥산2길 38
조사일시 : 2010.12.23
조 사 자 : 이창식, 최명환, 장호순, 김영선, 김보비
제 보 자 : 이순종, 남, 73세
구연상황 : 조사자들이 문백면 옥성리 옥산노인정을 찾았다. 할아버지방에 제보자 이순종, 김용묵이 앉아 있었다. 조사취지를 설명한 후 마을 이야기를 물어보다 모래 집 지으면서 불렀던 소리를 요청하자, 제보자 이순종이 구연해 주었다. 모래집을 지은 후 생긴 구멍에 여치나 방아깨비 등을 집어넣었다고 한다.

(조사자 : 이거 안 했습니까? 이거, 이거 모래 손을 넣고 이렇게 하는 거.)

왜.

"두껍아, 두껍아. 네 집 져 주께. 내 집 져다오."

이거 모래를 똑똑 해 놓고 이렇게 하면.

(조사자 : 그걸 소리로 한번 해 보세요. 다시 한 번 해 보세요, 다시.)

여기 저 이렇게, 이렇게 놓고 모래 이렇게 놓으면서 딱딱 이렇게.

[제보자가 자신의 손등을 치면서 소리를 하였다]

두껍아 두껍아

네집 져주께

내집 져다고

이렇게 딱딱 두들겼지.

(보조 제보자 : "니 집 져줄게 내 집 져다고 …….")

응. 이렇게 빼면은 뭐 구멍 나면 거기다 뭐 여치 같은 거.

(조사자 : 예.)

여치 뭐, 이런 거 때까치 그런 거 잡아다 요렇게 넣다 폭 무너지면 죽고 그러지 뭐. 그러면 그, 쪼그만 할 때 다 그런 거 했지. 안 하는 사람이 어디 있어요.

운상하는 소리

자료코드 : 09_08_FOS_20110107_LCS_ISJ_0105

조사장소 : 충청북도 진천군 문백면 농다리로 1020

조사일시 : 2011.1.7

조 사 자 : 이창식, 최명환, 장호순, 김영선, 김보비

제 보 자 : 임상조, 남, 77세

구연상황 : 조사자들이 제보자 임상조의 집에 찾아갔을 때는 문백면에 구제역이 한창 퍼져 위험한 상황이었다. 먼저 전화 연락을 하기는 했었지만 조심스럽게 제보자를 찾았다. 제보자 임상조는 아들 5형제를 두었는데 맏이를 제외한 모두가 가까이 살고 있다면서, 특히 근처 사는 한 아들이 축사를 하기 때문에 조심스럽기는 하지만 이렇게까지 찾아와 주니 반갑다고 하였다. 제보자 임상조와 이런저런 이야기를 하면서 조사가 시작되었다. 조사자가 상여를 옮길 때 하는 소리를 물어보자 구연해 주었다.

세상천지 만물중에 사람밖에 더있는가

여보시오 시주님네 이내말씀 들어보소

이세상에는 나온사람 뉘덕으로 나왔는가
석가여래 공덕으로 부모님전에 뼈를빌고
어머님전에 살을빌어 칠성님전에 명을빌고
제석님전 복을빌어 이내일신이 탄성(탄생)하니
한두살에는 철을몰러 부모은덕 못다갚어
어이읊고(어이없고) 애달프고 무정세월 여루하여
없던망령 절루난다 망령이라

[소리를 하던 도중 잘 못 했다면서, 잠시 생각을 하더니 앞 절부터 다시 불렀다]

음, 이게 무정세월이로구나. 무정세월, 무, 어, 어이읊고(어이없고). 어이읊고 애달프고, 요기 요, 요.

어이읊고 애달프고 무정세월 여루하야
원수백발 돌어오니(돌아오니) 없던망령이 절루난다
망령이나 슝을(흉을)보고 구석구석이 웃는모양
애달프고도 설움주고 절통하고 통부하다
한슴하다(한심하다) 한슴하다 호안백발 늙어가니
이인간이 이고통을 어누가 막을손가

화투풀이 하는 소리

자료코드 : 09_08_FOS_20110107_LCS_ISJ_0125
조사장소 : 충청북도 진천군 문백면 농다리로 1020
조사일시 : 2011.1.7
조 사 자 : 이창식, 최명환, 장호순, 김영선, 김보비
제 보 자 : 임상조, 남, 77세

정월 속속히 들은정은

이월 메주에 맹세하고

삼월 사구라 산란한마음

사월 흑싸리 흩어놓고

오월 난초에 놀던나비

유월 목단에 춤을춘다

칠월 홍돼지 홀로누워

팔월 공산을 구경가자

구월 국화 곱게나피어

시월 시단풍에 다떨어졌네

얼씨구 좋구나 지화자 좋네

아니 노지는 못하리라

아라리(1)

자료코드 : 09_08_FOS_20110107_LCS_ISJ_0130
조사장소 : 충청북도 진천군 문백면 농다리로 1020
조사일시 : 2011.1.7
조 사 자 : 이창식, 최명환, 장호순, 김영선, 김보비
제 보 자 : 임상조, 남, 77세
구연상황 : 제보자 임상조가 신세한탄 하는 소리 하나 하겠다면서 아라리를 구연해 주었다.

내가 인제(이제) 또 저기를 한번 할까?

(조사자 : 예.)

신세한탄 하는 그 노래를.

(조사자 : 아, 예, 그게 원래 나무하러 가는 소리예요.)

시살먹으서(먹어서) 어머니를 잃고
다섯살먹어서로 아버지를 잃었네

이구십팔 열여덟 살에
낭군님 요철(요절) 이별일세

이별별자를 누가 낳아났느
날같은애 여자가 원수로구나

아라리(2)

자료코드 : 09_08_FOS_20110107_LCS_ISJ_0135
조사장소 : 충청북도 진천군 문백면 농다리로 1020
조사일시 : 2011.1.7
조 사 자 : 이창식, 최명환, 장호순, 김영선, 김보비
제 보 자 : 임상조, 남, 77세
구연상황 : 조사자가 제보자 임상조에게 지게를 지고 가면서 불렀던 소리를 불러 달라고
요청하였다. 제보자 임상조는 예전에 나무하러 갈 때 불렀다고 하면서 구연해
주었다.

아둔매기 가는다리 쓰러진 골목
이웃집에 흰도령이 깔(꼴) 베러가세
깔(꼴)을 논에 비어다가 송아지주고
동백을랑(일랑) 따다가 큰애기 나주세
아리랑 아리랑 아라리가 났는데
아링아링 고개고개 다 넘어갔네

아라리(3)

자료코드 : 09_08_FOS_20110107_LCS_ISJ_0140
조사장소 : 충청북도 진천군 문백면 농다리로 1020
조사일시 : 2011.1.7
조 사 자 : 이창식, 최명환, 장호순, 김영선, 김보비
제 보 자 : 임상조, 남, 77세
구연상황 : 제보자 임상조가 소리를 하겠다면서 아라리를 구연해 주었다.

내 또 한 번 해 봐? 아리랑 아리랑, 그냥 저기 내 맛대로 그냥 한 번 해 봐?

(조사자 : 예, 예, 마음대로 하셔요.)

저기저기 저달속에 계수나무 박힌달을
옥도끼로다 찍어내여 금도끼로 다듬어서
초가삼칸을 집을짓고 양친부모를 모셔다가
천년이나 말년을(만년을) 살아나 볼까요
아리랑 아링아링 아라리가 났는데
아리랑 고개고개로 다 넘어갔네

목도하는 소리

자료코드 : 09_08_FOS_20110107_LCS_ISJ_0145
조사장소 : 충청북도 진천군 문백면 농다리로 1020
조사일시 : 2011.1.7
조 사 자 : 이창식, 최명환, 장호순, 김영선, 김보비
제 보 자 : 임상조, 남, 77세
구연상황 : 조사자가 목도할 때 소리를 아느냐고 묻자 제보자 임상조가 구연해 주었다.

(조사자 : 그 뭐, 옛날 목도도 한번 해 보셨어요, 목도소리?)

목도는 뭐 저기, 뭐냐 하믄(하면) 어기여 허여차 그거. 그 저 발 맞춰서
나가는 그것 빽에(밖에) 없지 뭐.

(조사자 : 예, 그거 조금 해 보셔요, 예.)

응.

어기여 허여차 어기여 허여차
허여허 여기는 올러가는다
내리가고 몸조심해서 잘하거라
어기여 허여차 허어 어허어허어허
어허 어기 여차 놓고

모래집 짓는 소리

자료코드 : 09_08_FOS_20110107_LCS_ISJ_0150
조사장소 : 충청북도 진천군 문백면 농다리로 1020
조사일시 : 2011.1.7
조 사 자 : 이창식, 최명환, 장호순, 김영선, 김보비
제 보 자 : 임상조, 남, 77세
구연상황 : 조사자가 제보자 임상조에게 모래집 지으면서 불렀던 소리를 요청하자 구연
해 주었다.

두껍아 두껍아
네집 지어주께
내집 지어다오

이거는 이렇게 했잖어.
(조사자 : 음).
그전에 그거는 그렇게 했지.

아라리(4)

자료코드 : 09_08_FOS_20110107_LCS_ISJ_0155
조사장소 : 충청북도 진천군 문백면 농다리로 1020
조사일시 : 2011.1.7
조 사 자 : 이창식, 최명환, 장호순, 김영선, 김보비
제 보 자 : 임상조, 남, 77세
구연상황 : 조사자가 제보자 임상조에게 권주가를 불러 달라고 하자 아라리를 구연해
주었다.

술이라고 먹걸랑은 취하지를 말고
임이라고 만나걸랑은 이별을 말어라
아리랑 아링아링 아라리가 났네
아링아링 고개고개로 다 넘어갔네

창부 타령

자료코드 : 09_08_FOS_20110107_LCS_ISJ_0160
조사장소 : 충청북도 진천군 문백면 농다리로 1020
조사일시 : 2011.1.7
조 사 자 : 이창식, 최명환, 장호순, 김영선, 김보비
제 보 자 : 임상조, 남, 77세
구연상황 : 조사자가 제보자 임상조에게 다른 소리를 들려줄 것을 요청하자 구연해 주었다.

높은산에 눈날리고
얕은산에 재날리고
억수장마 비퍼붓던
제천바다 몰려서
얼씨구좋네 기화자좋아
아니노지는 못하니라

모래집 짓는 소리

자료코드 : 09_08_FOS_20101224_LCS_CBN_0034
조사장소 : 충청북도 진천군 문백면 봉죽3길 5-1
조사일시 : 2010.12.24
조 사 자 : 이창식, 최명환, 장호순, 김영선, 김보비
제 보 자 : 최병남, 남, 75세
구연상황 : 조사자가 모래집 지으면서 불렀던 소리를 요청하자 제보자 최병남이 구연하였다.

두껍아 두껍아
헌집 주께
새집 저다오

이렇게 하고서는 인제 이, 이렇게 빼면은 요렇게 흙이 가만히 이게 쌓여 있다고.

학교 연애 소리

자료코드 : 09_08_MFS_20101223_LCS_WGS_0170
조사장소 : 충청북도 진천군 덕산면 옥산2길 38
조사일시 : 2010.12.23
조 사 자 : 이창식, 최명환, 장호순, 김영선, 김보비
제 보 자 : 왕경수, 여, 83세
구연상황 : 조사자들이 할아버지방에서 이야기를 하다가 마을에서 얘기 잘하는 사람들이 없냐고 물어보자, 옆 할머니방에 계시던 제보자 왕경수와 한경호를 불렀다. 조사자가 재미있는 이야기를 해 달라고 하자 연애하는 소리가 있다면서 제보자 왕경수가 구연해 주었다.

거기 대학, 친정에를 가면 대학생들이 거 충북대야.

(조사자 : 네.)

거기서 세, 셋, 많아. 셋방살이를 하는데 가만히 들으니까 이랴.

　　　국민핵교(초등학교) 연애는 눈깔사탕 연애

　　　중핵교(중학교) 연애는 손목잡는 연애

　　　고등핵교(고등학교) 연애는 실수하는 연애

　　　대학교 연애는 떡치고 애기낳는 연애

　　[제보자 웃음]

4. 백곡면

충청북도 진천군 백곡면 갈월리

조사일시 : 2011.2.17
조 사 자 : 이창식, 최명환, 장호순, 김영선, 김보비

갈월리 전경

갈월리(葛月里)는 충청북도 진천군 백곡면에 속하는 법정리이다. 갈월이라는 지명은 대부분 갈대가 많아서 붙은 이름이다. 갈월은 갈울에 대한한자 지명으로, 갈울의 갈은 한자 갈(葛)을, 울은 월(月)을 음차한 것으로여겨진다. 조선 말기 진천군 백곡면에 속했던 지역으로, 1914년 일제의행정구역 개편에 따라 노산리·신평리·흑석리·중로리·상로리·서수리를 병합하여 갈월리라 하고 백곡면에 편입하였다. 북쪽에 서운산(瑞雲山)

과 장군산(將軍山) 줄기가 남동쪽으로 뻗어 있고, 남쪽에 엽둔재·싸리재·만뢰산(萬賴山) 줄기가 남동쪽으로 이어져 있어 평지가 적고 구릉지는 발달하였다. 기후가 온난하고 수량이 풍부하다.

진천군청에서 서쪽으로 약 12.4km 떨어져 있다. 2009년 8월 31일 현재 면적은 9.36km²이며, 총 125가구에 251명(남자 125명, 여자 126명)의 주민이 살고 있다. 자연마을로 노신·강당·중노·상노·서수 등이 있으며, 국도 34호선이 남동 방향으로 뻗어 있어 안성과 진천으로 이어진다. 구릉지가 많은 지역 특성상 벼농사보다는 밭농사가 발달하여 콩 등의 잡곡류와 고추·잎담배가 많이 재배된다.

충청북도 진천군 백곡면 석현리

조사일시 : 2011.1.27, 2011.2.17
조 사 자 : 이창식, 최명환, 장호순, 김영선, 김보비

석현리는 충청북도 진천군 백곡면에 속하는 법정리이다. 석현리는 본래 백곡면 지역으로, 돌이 많은 고개가 있어서 돌고개 또는 석현이라 한 데서 유래되었다. 1914년 일제의 행정구역 통폐합 정책에 따라 개평리·용암리·저동리·백곡리·석현리·와조동을 병합하여 석현리라 명명하였다. 서쪽의 만뢰산과 장군산, 동쪽의 백석봉, 옥녀봉이 서로 마주 보며 펼쳐져 있다. 능선 사이에 구릉지와 계곡을 형성하고, 계곡에는 미호천 상류인 백곡천이 남동류하며 좁은 곡저평야를 이루고 있다. 이에 따라 평지는 적은 대신 구릉지가 발달하였다. 기후는 온난하며 강수량 또한 풍부하다.

진천군청에서 서쪽으로 약 8.0km 떨어져 있다. 2009년 8월 31일 현재 면적은 5.26km²이며, 총 187가구에 433명(남자 228명, 여자 205명)의 주민이 살고 있다. 자연마을로는 장대·용암·지곡 등의 마을이 있다. 주요 산물은 구릉지가 많은 지역적 특성으로 인하여 쌀농사보다는 밭농사가

발전하여 고추·엽연초와 콩 등 잡곡류를 많이 생산하고 있다. 현재 백곡
면사무소 소재지로서 진천경찰서 백곡치안센터, 백곡보건지소, 진천소방
서 백곡지역대 등이 있다.

석현리 전경

충청북도 진천군 백곡면 성대리

조사일시 : 2011.4.21
조 사 자 : 이창식, 최명환, 장호순, 김영선, 김보비

성대리는 충청북도 진천군 백곡면에 속하는 법정리이다. 1914년 일제
의 행정구역 통폐합으로 인해 생긴 지명으로, 성대리는 성대(城坮)와 대명
(大明)의 이름을 따서 생긴 지명이다. 성대리는 본래 진천군 백곡면 지역
이었다. 1914년 일제의 행정구역 통폐합 정책에 따라 성대리·상봉리·
대명동·모리와 행정면의 명암리 일부를 병합하여 성대리라 명명하였다.

동쪽에 서운산, 북서쪽에 무이산, 서쪽에 무제봉, 남쪽에 장군산 등에 둘러싸인 구릉지에 위치하여 평지는 적고 구릉지는 발달하였다. 기후는 온난하며 강수량 또한 풍부하다.

성대리 전경

진천군청에서 서쪽으로 약 12.6km 떨어져 있다. 2009년 8월 31일 현재 면적은 16.07km²이며, 총 136가구에 275명(남자 136명, 여자 139명)의 주민이 살고 있다. 자연마을로는 성터 · 상봉 · 대명 · 관동 등의 마을이 있으며, 주요 산물은 구릉지가 많은 지역적 특성으로 인해 쌀농사보다는 밭농사가 발전하여 고추 · 엽연초와 콩 등 잡곡류를 많이 생산하고 있다.

김길례, 여, 1934년생

주 소 지 : 충청북도 진천군 백곡면 장터길 5
제보일시 : 2011.1.27
조 사 자 : 이창식, 최명환, 장호순, 김영선, 김보비

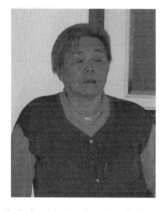

제보자 김길례는 충청남도 논산시 가야곡
면이 고향으로 6남매(3남 3녀) 중 막내딸로
태어났다. 현재 논산훈련소에 자신이 살던
집 자리가 있었다고 한다. 16세에 논산훈련
소가 생기고, 그 옆 마을로 이주해 살다가
23세 정도에 결혼하였다. 김길례는 고향 관
련 기억 가운데, 근처 논산시 양촌면 인천리
인내장터에 대한 추억이 제일 인상 깊다고
하였다. 결혼한 후에 전라북도 익산시에서 살았다. 현재 백곡면 석현리
장대마을에 살고 있다. 어머니가 베 짜고 명 잣는 것을 잘했었는데, 그때
들었던 소리 등을 기억하고 있었다.

제공 자료 목록
09_08_FOS_20110127_LCS_GGR_0200 부럼 깨물며 부르는 소리
09_08_FOS_20110127_LCS_GGR_0210 노랫가락

류재길, 남, 1940년생

주 소 지 : 충청북도 진천군 백곡면 용암1길 10
제보일시 : 2011.1.27
조 사 자 : 이창식, 최명환, 장호순, 김영선, 김보비

제보자 류재길은 진천군 석현리 용암마을 토박이다. 젊어서는 외지에 나가 택시 운전 등의 일을 하였다. 다시 용암마을로 돌아온 것은 10여 년 전이라고 한다. 외지에서 주로 택시 운전을 할 때, 손님들에게 들려줄 재미있는 이야기를 찾기 위해 책을 읽었다고 한다. 1차 조사에서 처음에는 말이 별로 없다가 이야기판이 흥겨워지자 육담(肉談)

등을 재미있게 구연해 주었다. 2차 조사에서는 미리 연락하고 제보자 류재길을 만났다. 조사자들이 알고 있는 이야기들을 더 들려달라고 요청하자, 미국에 간 한국대사, 요강을 보고 가습기를 만든 미국, 니은 자를 빼고 보낸 아들의 편지, 이응자를 빼고 보낸 아내의 편지를 구연해 주었다.

제공 자료 목록

09_08_FOT_20110127_LCS_RJG_0400 양기를 돋지 않고 기억력을 감퇴시키는 까마귀 고기
09_08_FOT_20110127_LCS_RJG_0402 이름 때문에 욕을 보인 주월이
09_08_MPN_20110217_LCS_RJG_0410 미국에 간 한국 대사
09_08_MPN_20110217_LCS_RJG_0411 요강을 보고 가습기를 만든 미국
09_08_MPN_20110217_LCS_RJG_0413 니은 자를 빼고 보낸 아들의 편지
09_08_MPN_20110217_LCS_RJG_0414 이응 자를 빼고 보낸 아내의 편지
09_08_FOS_20110127_LCS_RJG_0345 모래집 짓는 소리

신동순, 여, 1937년생

주 소 지 : 충청북도 진천군 백곡면 장터길 5
제보일시 : 2011.1.27
조 사 자 : 이창식, 최명환, 장호순, 김영선, 김보비

제보자 신동순은 진천군 이월면 노원리 논실마을이 고향이다. 백곡면

석현리 장대마을에 시집와서 남편과 함께
농사를 지었다. 백곡면에서 섰던 장 이야기
등을 상세히 기억하고 있었다.

제공 자료 목록
09_08_FOS_20110127_LCS_SDS_0131 잠자리 잡
는 소리

오영근, 남, 1941년생
주 소 지 : 충청북도 진천군 백곡면 성대리 상봉
제보일시 : 2011.4.21
조 사 자 : 이창식, 최명환, 장호순, 김영선, 김보비

제보자 오영근은 백곡면 성대리 상봉마을
토박이다. 마을에서 소리꾼으로 알려져 있
다. 상산축전 민속놀이경연대회에 마을 대
표로 참가하기도 하였다. 조사자들이 제보
자 오영근을 만난 날 그의 선대조 묘를 이
장하고 있었다. 소리 구연 등에 많은 장애
가 있었으므로 간단한 소리만 듣고 다음에
만나기로 하고 헤어졌다.

제공 자료 목록
09_08_FOS_20110421_LCS_OYG_0010 아라리(1)
09_08_FOS_20110421_LCS_OYG_0014 아라리(2)
09_08_FOS_20110421_LCS_OYG_0025 어랑 타령

이범학, 남, 1933년생

주 소 지 : 충청북도 진천군 백곡면 용암1길 10
제보일시 : 2011.1.27
조 사 자 : 이창식, 최명환, 장호순, 김영선, 김보비

　제보자 이범학은 진천군 백곡면 성대리
가 고향이다. 어린 시절에는 부모님의 농사
를 도우며 고향에서 살았다. 석현리 용암마
을로 이사 온 후에 한국전쟁이 일어났다고
한다. 그 후 용암마을에서 농사를 지으며
살고 있다. 이범학은 진천군 백곡면의 소리
꾼이다. 운상하는 소리, 묘 다지는 소리, 논
매는 소리, 유행가 등 다양한 소리를 구연
할 수 있었다. 제보자는 소리를 일부러 배운 것은 아니지만, 신명이 있어
서 부르게 되었다고 하였다. 근래에 여섯 번 수술을 해 건강이 좋지 않다
고 한다.

제공 자료 목록

09_08_FOT_20110127_LCS_IBH_0396 애를 배어 시집온 며느리
09_08_FOT_20110127_LCS_IBH_0401 머리는 좋으나 기억력이 안 좋은 까마귀
09_08_FOS_20110127_LCS_IBH_0330 창부 타령
09_08_FOS_20110127_LCS_IBH_0333 어랑 타령
09_08_FOS_20110127_LCS_IBH_0340 잠자리 잡는 소리
09_08_FOS_20110127_LCS_IBH_0352 다리 뽑기 하는 소리
09_08_FOS_20110127_LCS_IBH_0360 논매는 소리
09_08_FOS_20110127_LCS_IBH_0370 운상하는 소리
09_08_FOS_20110127_LCS_IBH_0385 묘 다지는 소리
09_08_FOS_20110127_LCS_IBH_0391 화투풀이 하는 소리

이주순, 여, 1937년생

주 소 지 : 충청북도 진천군 백곡면 장터길 5
제보일시 : 2011.1.27
조 사 자 : 이창식, 최명환, 장호순, 김영선, 김보비

　제보자 이주순은 서울이 고향으로, 어려서 안성시로 이사를 왔다. 안성시에서 24세에 진천군 백곡면 석현리 장대마을로 시집을 왔다. 채록현장에서 다리 뽑기 하는 소리, 아기 재우는 소리, 방아깨비 부리는 소리 등을 구연해 주었다. 성격이 맑고 밝았으며, 조사자들의 이야기에 귀를 기울여 주어 다른 제보자들의 집중을 유도해 주었다

제공 자료 목록
09_08_FOS_20110127_LCS_IJS_0162 아기 재우는 소리

장석분, 여, 1938년생

주 소 지 : 충청북도 진천군 백곡면 중노길 23-4
제보일시 : 2011.2.20
조 사 자 : 이창식, 최명환, 장호순, 김영선, 김보비

　제보자 장석분은 경상북도 문경시가 고향이다. 9세에 선친을 따라서 진천군 이월면으로 이사를 왔다. 이월면에서 결혼해 농사를 짓고 살다가 40여 년 전에 남편과 함께 백곡면 갈월리 중노마을에 들어왔다. 중노마을에서도 남편과 함께 농사를 지었다. 장

석분은 말하는 데 거침이 없었으며 조사자들의 이야기에 적극적으로 대답해 주었다.

제공 자료 목록
09_08_FOT_20110217_LCS_JSB_0225 호랑이가 지켜 준 중노마을 효녀
09_08_FOS_20110217_LCS_JSB_0215 아기 어르는 소리

조복상, 남, 1933년생

주 소 지 : 충청북도 진천군 백곡면 중노길 23-4
제보일시 : 2011.2.17
조 사 자 : 이창식, 최명환, 장호순, 김영선, 김보비

　제보자 조복상은 본관이 평양이다. 진천군 백곡면 갈월리에 24대째 살고 있는 토박이다. 갈월리에는 근래에 많이 살 때 24가구가 살았다고 한다. 주변 지명 등을 자세히 설명해 주었다.

제공 자료 목록
09_08_FOT_20110217_LCS_CBS_0210 안씨 부자(富者)가 살던 품목골

양기를 돋지 않고 기억력을 감퇴시키는 까마귀 고기

자료코드 : 09_08_FOT_20110127_LCS_RJG_0400

조사장소 : 충청북도 진천군 백곡면 용암1길 10

조사일시 : 2011.1.27

조 사 자 : 이창식, 최명환, 장호순, 김영선, 김보비

제 보 자 : 류재길, 남, 72세

구연상황 : 다른 제보자들의 이야기를 듣고 있던 제보자 류재길이 이야기를 하나 하겠다면서 구연해 주었다.

줄 거 리 : 옛날에 어떤 사람이 까마귀 고기를 먹으면 양기가 좋다고 해서 먹었다. 먹고 보니 그런 것 같아 초저녁에 일을 치렀고 새벽에 또 하였다. 밥만 먹으면 자꾸 하는 것이었다. 그 이유를 생각해보니 까마귀 고기가 양기에 좋은 것이 아니라 일을 치른 것을 자꾸 까먹어서 또 하는 것이었다고 한다.

아니 옛날에.

(조사자 : 예.)

아 참 먹고 살기도 바쁠 땐데.

(조사자 : 예.)

뭐 고기가 있어.

(조사자 : 예.)

고기라고는 뭐, 뭐 일 년에 한두 번뺵에 못 먹지. 근데 아 어떤 사람이 까마귀 고기 먹으면 양기가 좋다고 그런단 말이여.

(조사자 : 예, 예.)

그래 까마귀 고기를 참 해 먹었다고.

(조사자 : 예.)

해 먹었는데. 아, 저녁에 정말 까마귀 고기를 먹었는지 참 거, 거시기가

참 지랄발광을 하는 겨. 그래 발광을 하고 그라는데. 아이, 초저녁에 했는데. 또 새벽에 또 하는 겨. 아침에도 하고 저녁에도 하고 그냥 밥만 먹으면 하는 겨 그냥. 이게 까마귀 고기가 양기가 이게 좋은 게 아니라 까마귀 고기가 정신이 없어 가지구. 언제 거시기를 했는지 몰라 가지구.

[청중의 웃음]

이 놈에께 머리가 나빠진 거지. 양기가 좋은 게 아녀. 정신이 없어 가지구, 까마귀 정신이라구 그래 갖구 언제 거시기를 했는지 몰르구. 때도 몰르구 그냥 언제 핸 ……. 작년에 핸 건지, 올해 한 건지 몰라서 그냥 밥 먹고 나도 하구 그랴. 그래 까마귀 고기가 양기가 좋은 게 아니라 정신이 없는 겨.

이름 때문에 욕을 보인 주월이

자료코드 : 09_08_FOT_20110127_LCS_RJG_0402
조사장소 : 충청북도 진천군 백곡면 용암1길 10
조사일시 : 2011.1.27
조 사 자 : 이창식, 최명환, 장호순, 김영선, 김보비
제 보 자 : 류재길, 남, 72세
구연상황 : 조사자가 재미있는 이야기를 해 달라고 요청하자, 제보자 류재길이 구연해 주었다.
줄 거 리 : 예전에 뽕을 한창 칠 때 일이다. 이름이 주월이라는 다 큰 처녀가 뽕을 따러 냇가로 갔다. 그런데 머슴이 뒤를 따라가 딸을 덮치려고 하였다. 멀리서 그 모습을 본 처녀의 아버지가 딸의 이름을 부르며 정신을 차리라고 하였다. 그런데 딸은 아버지의 소리를 듣고 머슴에게 정조를 주었다. 딸이 돌아왔을 때 아버지가 왜 그랬냐고 묻자, 아버지가 정신 차리고 주라고 해서 주었다고 하였다.

그래 뽕, 누에를 쳤다고 그 전엔, 옛날엔 누에를 많이 쳤는데. 대게 냇가 건너에 이렇게 뽕나무가 쭉 있어서 이렇게 ……. 아 그럼 어떠켜(어떡

해). 뽕을 따야 누에를 멕일 거 아니여.

(조사자 : 예.)

그래 과년한 딸이 뽕을 따러 냇가로 갔단 말이여.

(조사자 : 예.)

건너편에서 아버지는 동네서 보니까. 아 이것이 머슴놈이 그냥 그 자기 딸내미를 덮칠라 그러는 거 아녀.

(조사자 : 예.)

하 이러니까 안 줄라니, 주느니 지랄발광 난 거지. 그러니까 아버지가. 이름이 마침 또 주월이여.

"애, 주월아, 주월아, 정신 차리고 주월아." 그러더래.

[조사자 웃음]

"거 봐라, 느 아버지도 주래는데 빨리 줘라."

어. 보니까. 정신차리고

"주월아." 하더라는 겨.

"여봐, 또 주라잖어." 그래서 줬다는 겨.

[청중 웃음]

그래 주고서 집에 오니까.

"너 거 머슴한테 그 뭐하는 거야."

"아, 아버지가 주라 그랬잖아요."

"주라는 데 내가 왜 못 줘요. 내 꺼 가지고."

하 이런 얘기가 있다는 얘기여.

[청중 웃음]

그래 이름이 더러워도 주, 주월이라는 말에 주라는 줄 알고 줬다는 말 이여. 이런, 나 ……

애를 배어 시집온 며느리

자료코드 : 09_08_FOT_20110127_LCS_IBH_0396
조사장소 : 충청북도 진천군 백곡면 용암1길 10
조사일시 : 2011.1.27
조 사 자 : 이창식, 최명환, 장호순, 김영선, 김보비
제 보 자 : 이범학, 남, 79세

구연상황 : 조사자가 제보자 류재길에게 재미있는 육담을 하나만 해 달라고 요청하였다.
그러던 중 앉은 자리에 있던 할아버지 한 명이 자리를 뜨면서 소리하는 분위
기가 서먹해졌다. 잠시 소강상태가 되는가 싶었는데 제보자 이범학이 자신이
아는 재미난 이야기가 있다면서 구연해 주었다. 이범학의 이야기를 시작으로
류진열, 류재길의 육담이 이어졌다.

줄 거 리 : 옛날 조금 모자란 아들이 장가를 갔다. 그런데 며느리가 아이를 배어 시집을
왔다. 그것을 안 시아버지가 한심해서 한탄을 했다. 밥을 하다 그 소리를 들
은 며느리가 문을 열고 들어와서 하는 말이, 친정에 걸어 다니는 애가 하나
더 있다고 하였다. 시아버지가 뭐라 할 수 없이 속만 끓이는데 부인은 그 소
리를 듣고 호박이 넝쿨째 들어왔다고 대꾸하였다. 또 아들은 손자 빨리 봐서
좋지 않으냐고 하였다고 한다.

거시기에 아버지가 며느리를 얻었는데 거시기가 인저 솔직히 우리 옛
날엔. 지금은 상관 없지면.

(조사자 : 예.)

저, 어떻게 하다가 에, 아들이 좀 모잘래는 모양이여.

(조사자 : 예, 예.)

아버지가 인저 부재해 있고 어머니 있는데.

(조사자 : 예.)

인저 저 아버지가 한심해서.

(조사자 : 예.)

어, 저 아들 장개든께. 어 애를 배 가지고 왔어.

(조사자 : 예, 예.)

어.

(조사자 : 예.)

배 가지고 왔어.

(조사자 : 예, 시집을.)

그럼 인저. 그래 저 아버지가, 시아버지가 참 한심하잖어.

(조사자 : 예.)

어? 남의 자식 아니여.

(조사자 : 예.)

지 손자 아니여. 그런데 인저. 아니 진짜 한심해서 인저 말을 저, 얘기어. 방에서 어머, 저 마누라가 있는데. 자식하고 있는데.

"에이구 제미 집안이 잘 될라니께 우리 집구석은 애를 배 갖고 오는, 오는 게 있나." 그랬단 말여.

(조사자 : 예.)

그래니까 이 저, 밥 해다 말고 메누리가 부엌에서 들었어.

(조사자 : 예.)

쪼르르 들어와서 문을 팍 열어.

(조사자 : 예.)

"아버님, 집에 걸어 댕기는 애 또 하나 있어유."

이거 환장하거든.

[조사자 웃음]

에. 그러니까 어머니는 메라는 지 알어?

(조사자 : 뭐예요?)

"호박이 넝굴째 굴른다."

[조사자 웃음]

그러니까 또 자식새끼도 하는 말이.

"아버지 손자 빨리 봐서 좋지유."

이런 예미 집구석 참. 그래 집구석이 그렇게 돼요, 그래.

(조사자 : 예.)

머리는 좋으나 기억력이 안 좋은 까마귀

자료코드 : 09_08_FOT_20110127_LCS_IBH_0401
조사장소 : 충청북도 진천군 백곡면 용암1길 10
조사일시 : 2011.1.27
조 사 자 : 이창식, 최명환, 장호순, 김영선, 김보비
제 보 자 : 이범학, 남, 79세
구연상황 : 방금 전 제보자 류재길의 까마귀 이야기를 듣고, 제보자 이범학이 답하는 이
야기를 한다면서 구연해 주었다.
줄 거 리 : 까마귀는 머리가 좋은데 기억력이 좋지 않다고 한다. 아침 해가 뜰 무렵 잡은
모이를 서쪽에 있는 나무 그늘에 숨겨 놓았다. 그리고는 저녁 무렵에 아침에
숨겨 놓은 모이를 찾기 위해서 동쪽 나무 그늘에 가서 찾았다. 해가 지면서
그늘이 바뀌었는데 그 사실을 모르고 찾을 무렵에 생긴 나무 그늘에서 모이
를 찾은 것이다.

그 고거에 내가 답을 해야지.

(조사자 : 예, 예.)

까마구(까마귀)가 머리는 좋아.

(조사자 : 예, 머리는 좋아요?)

어. 아주 저, 까마구가 정신이 읎지.

(조사자 : 예.)

그 생각성은 저긴데.

(조사자 : 예.)

아침 나절 동쪽에서 해가 뜨죠?

(조사자 : 예.)

어?

(조사자 : 예.)

그러면 어떻게 되냐면 아마 서쪽에 이게 그늘이 졌을 껴.

(조사자 : 예.)

나무 밑에 그러면 까마구가 새끼를 쳤어, 나무에다가.

(조사자 : 예, 예).

어? 그라믄 아침나절 인저 모이를 잡아다가 저녁나절 줄라고 인저 어?

(조사자 : 예.)

요, 아, 저 나무 밑에다 저 파묻었어.

(조사자 : 예.)

모이를.

(조사자 : 예.)

어, 저녁 때 서쪽에로 가니까 거기여, 딴 데지. 지랄하고 거기 가서 자꾸만 파니 있어. 엉뚱한 데로 가서 돌아갔는데. 까마구가, 까마구가 정신이 그렇게 없어.

호랑이가 지켜 준 중노마을 효녀

자료코드 : 09_08_FOT_20110217_LCS_JSB_0225
조사장소 : 충청북도 진천군 백곡면 중노길 23-4
조사일시 : 2011.2.17
조 사 자 : 이창식, 최명환, 장호순, 김영선, 김보비
제 보 자 : 장석분, 여, 74세
구연상황 : 조사자가 제보자들에게 마을의 유래와 인물 등에 대해 여러 가지 정보를 묻는 도중 제보자 장석분이 옛날이야기가 있다면서 구연해 주었다.
줄 거 리 : 중노마을에 살던 조서방네 딸이 엽둔재 넘어 마을로 시집을 갔다. 그런데 그 딸의 친정 부모가 다 아팠다. 조서방네 딸은 낮에는 시집에서 시댁식구를 봉양하고, 밤에는 엽둔재를 넘어 친정 부모를 봉양하였다. 그런데 밤중에 엽둔재를 넘어 다닐 때 호랑이가 따라다니며 지켜 주었다고 한다.

아니, 조서방네 딸이, 이 동, 여, 여기 살던 딸이.

(조사자 : 예.)

저 엽전 고개 지나서 저기 저 뭐, 곳간이? 글루다 시집을 갔는데.

(조사자 : 예.)

시어머니 시아버지가 많이 아팠대요.

(조사자 : 예.)

많, 아니 친정엄마, 친정아버지가 참 많이 아팠디야.

(조사자 : 예, 예.)

그래 가지구 시집에 살민서 밤으로 와 가지구. 인제 친정엄마, 친정아 버지 공경을 하고.

(조사자 : 예.)

또 그 밤에 그 또 넘어가야지 자기네 시어머니 시아버지 공경을 하 는데.

(조사자 : 예.)

호랑이가 그렇게 나타나서 데리고 온대요, 여기를.

(조사자 : 아.)

데리고 와 가지고는 인제 다 해 주구 가면은 또 나타난대. 데리고 가느 라고.

(조사자 : 예, 예, 예.)

그래 왔다 갔다 호랭이가 밤으로만 그렇게 …….

(보조 제보자 : 참 좋은 호랑인데 고만.)

안씨 부자(富者)가 살던 품목골

자료코드 : 09_08_FOT_20110217_LCS_CBS_0210

조사장소 : 충청북도 진천군 백곡면 중노길 23-4
조사일시 : 2011.2.17
조 사 자 : 이창식, 최명환, 장호순, 김영선, 김보비
제 보 자 : 조복상, 남, 79세
구연상황 : 조사자들이 백곡면 갈월리 중노마을 중노노인정에 도착했을 때 많은 마을
       어르신들이 모여 있었다. 조사자들이 채록 취지를 설명하자 제보자 조복상,
       장석분 등이 구연해 주었다.
줄 거 리 : 중노마을 맞은편 골짜기를 품목골이라 부른다. 옛날에 품목골에 안씨 부자가
       살았다. 얼마나 큰 부자인지 담배 모종을 심고는 그 모종들을 전부 놋그릇으
       로 덮어 놓았다. 안씨 부자가 망할 때 놋그릇을 샘에다 묻었다고 한다. 또는
       왜놈들이 뺏어갈까 봐 샘에 묻은 것이라고도 한다.

거기가 품목골이라는 데가.

(조사자 : 예.)

내가 듣기로는 옛날에 안 장자(부자)라는 사람이 살았어, 거기서.

(조사자 : 안.)

안 장자.

(조사자 : 안 장자.)

안 장자, 장자.

(조사자 : 아 부자, 안씨 부자.)

어, 백만장자라는. 안 장자가 살았는데.

거, 놋그릇을, 여 담배를 하면은 놋그릇을, 놋그릇으로다가 담배를 다
덮었다는 겨. 그 사람들이. 돈이 많으니까.

(조사자 : 아.)

(보조 제보자 : 죽지 말라고.)

그랬다가 인제.

(보조 제보자 : 이식해 놓고 죽지 말라고 덮어 …….)

그러다가 인제 그 사람들이 망하는 바람에 그 놋그릇을 그 샘에다 묻
었다는 얘기여.

(보조 제보자 : 아 왜놈들이 뺏어갈까 봐 묻었대매.)

그렇지. 그것도 얘기 되는 소리지.

(보조 제보자 : 어.)

왜놈들이 그려.

(보조 제보자 : 왜놈들이 뺏어갈까 봐 샘에다 다 넣고 묻었대매.)

(조사자 : 아.)

묻었다는데 그게 전설일 뿐이지.

(조사자 : 그 위치가 어딘지 알 수 있나요? 아, 그 샘이 있습니까 지금도?)

예 있어요.

미국에 간 한국 대사

자료코드 : 09_08_MPN_20110217_LCS_RJG_0410
조사장소 : 충청북도 진천군 백곡면 용암1길 10
조사일시 : 2011.2.17
조 사 자 : 이창식, 최명환, 장호순, 김영선, 김보비
제 보 자 : 류재길, 남, 72세
구연상황 : 조사자들이 백곡면 석현리 용암마을에 도착했을 때는 점심을 약간 넘긴 시간이었다. 이날은 음력 정월 대보름이라 마을 어르신들이 윷놀이 등을 하기 위해 모여 있었다. 기존 조사에서 만났던 제보자 류재길, 이범학 등과 인사를 나누었다. 조사자들은 제보자 류재길에게 지난 조사에서 미처 하지 못했던 이야기를 해 달라고 요청하였다. 제보자 류재길은 근처에 있던 제보자 오영근을 부른 후 이야기를 시작하였다. 모두 네 편의 이야기를 채록하였는데, 오영근과 함께 만담 형식으로 구연하였다.
줄 거 리 : 오십 년대에 우리나라 대사가 미국에 갔다. 호텔에 묵었는데 집 구조가 우리나라와 달라 엄청 생소하였다. 저녁 먹을 때는 칼과 포크를 주어서 결국 스테이크를 손으로 찢어 먹었다. 잠을 자야 하는데 침대가 어색해서 침대 밑에서 잤고, 베개가 너무 물렁해서 책을 베고 잤다. 아침에 일어나서 소변을 눌 때는 세면대에 누었고, 세수를 할 때는 좌변기의 물을 사용하였다. 대변을 봐야 하는데 어딘지 몰라 신문에 누고 밖으로 던졌는데, 신문지만 날아가고 똥은 천장에 붙었다. 그런데 아침 일찍 우리나라 대사를 모시러 온 미국사람이 천장에 붙은 똥을 보고 놀라 어떻게 한 건지 가르쳐 달라고 하였다. 또 하룻밤에 책 세권 반을 읽은 것을 보고 놀랐다. 그러면서 한국문화를 배워야겠다고 가르쳐 달라고 하였다.

한 이제 오십 년도 얘긴데. 너는 잘 모를 겨. 내가 얘기하면 알지만.

(보조 제보자 : 주, 주월이, 주월이 얘기.)

아냐, 아냐. 이 한국에서는 미국 대사 정도, 이렇게 뭐 신청을 하러 갔었어. 그때만 해도 갓을 쓰고 이렇게. 뭐 그때야 뭐 배 타고 갔는지 걸어

갔는지, 난 몰러 거. 갔는데, 미국을 갔는데 그 호텔이, 호텔이 거기가 어디여. 어디 호텔인데, 이십 층이랴.

(보조 제보자 : 아이, 가나마나호텔.)

어.

(보조 제보자 : 그때 가나마나호텔이여.)

그래고서는 오 층을 딱 해 줬는데. 거 뭐 미국 거, 고 또 국무총리가 어떤 줄 알어. 그때만 해도 지금은 국무총리만 해도 배웅을 할려고 …….

(보조 제보자 : 아 국무총리가 누군줄 알아야지.)

미친 새끼 너는 알어, 씨발.

(보조 제보자 : 니켈이던가, 니켈.)

아 그래 가 보니까, 아 대접을 잘 해야 할 것 아니여.

(보조 제보자 : 그렇지.)

근데 가서 보니까. 오층 올라가니까. 야 저 방바닥이 매끈매끈하고 잘 때 보니까 뭘 선반을 딱 해 났단 말이여.

(보조 제보자 : 뭘 해놔?)

선반.

(조사자 : 선반, 선반을.)

그게 침대여. 지금 생각해 보니까. 그걸 알었어? 한국 사람이.

(조사자 : 예.)

그러니까 그 미국 거 국무총리 쯤 되는 사람이.

(조사자 : 예.)

"여기서 쉬시고 내일 회담을 하자."

이라니까. 아 그렇게 하자고. 그러니까 혼자 남겨두고 싹 가잖어. 잘라는데 아니 저녁을 갖고 오는데 씨팔 뭘 …….

(보조 제보자 : 썹팔 소리는 왜 빼고 지랄이여.)

이거만한 데다가 칼 하고 소시랑을 갖고 왔단 말이여.

(보조 제보자 : 소시랑?)

아이 한국 사람한테 소시랑이지 뭐여. 포크. 이 양반아, 알어? 포크라는 거 알어? 그래서 아 이걸로다가 쳐서 내 비리라는 건가 보다. 그래서 보니까 칼을 이렁이렁하니까 세상 들어야지. 이놈의 칼이. 우리 양식 가면 칼이 안 들지 대개 왜. 미끌미끌하고 그라니까. 에휴, 이 새끼들 칼도 못 갈아서, 그런 놈들이라고. 미국 놈들이 아주 머리가 나쁘다 이거여.

(조사자 : 예, 예.)

(보조 제보자 : 그래 손으로 찢어서 이거로 콕 찍어 먹은 거여.)

어떡햐, 한국 사람이. 칼도 안 들지. 이거 뭐 소시랑을 갖다 놨지. 이거 우리나라로 말로 하면 소시랑이거든.

(조사자 : 그렇죠.)

거, 거름치는 거. 그래 쭉, 쭉. 쭉, 쭉 찌게(찢어) 먹었어.

(조사자 : 예.)

어 포크를.

(보조 제보자 : 이 양반아 포크가, 포크가 달리 있는겨.)

야, 어른 얘기할 때 가만 있어봐. 그란데 먹고 났는데, 잠을 자는데. 아 이놈의 시발 거 어째. 위에 장판같은 데 올라가니까 출렁 출렁하고 시발 잠이 안 오지. 그 한국 사람이 잠이 ……. 우리도 월남 가서 똥을 못 누고 설람에 저, 저 좌변기에 올라가서 똥을 눴는데. 안 나와서.

(조사자 : 예, 예.)

바닥에 하니까 잘 나오던데.

(보조 제보자 : 똥구녕을 이렇게 벌리면 나오는 거지.)

그 이, 침대 밑구녕에서 비고 잔겨. 이 어, 한국, 저 간 사람이 노인네가. 아 그러니까 잠이, 잠이 잘 오지 뭐여.

(조사자 : 그렇죠.)

아니 이 베개가 있어야지 또 보니까. 베개가 보니까 무어가 베게가 물렁물렁한 게 비나 마나여. 그래 가지고 집어 던지고설람에 요렇게 책꽂이를 보니까. 뭐 자기도 몰르고 나도 몰르고 그러는 책이 이만큼 있는 겨. 그래 서너 권을 빼서 딱 해니까 조금 얇어.

(조사자 : 예.)

그래 또 한 권을 빼 가서 반쯤을 이렇게 접으니까 딱 맞어.

(조사자 : 예, 예.)

그래 잔 겨, 그렇게. 뭐 토막이, 우리나라 사람은 토막이, 대가리가 단단하니까 좋지.

(조사자 : 예.)

그래 잠을 잤어. 아침에 일어나서는 떡 일어났더니.

(청중 : 얘기 좀 들어봅시다, 좋은 얘기 나오니까.)

에, 똥도 매렵고(마렵고) 뭐 또 세수도 해야겠고. 뭐 이렇게 우리나라 대표로 갔으니까.

(조사자 : 예, 예.)

이렇게 열어 보니까. 어허 요놈들 봐라. 아주 오줌 누는 데를 아주 제대로 해 놨단 말이여.

(조사자 : 예, 예.)

그게 세면대여. 아이 높어서 눌 수가 있어. 그래서 아 미국놈이 키가 크니까 좀 높게 해 놨나 보다해구설라무네 거기다 오줌을 눈 겨. 뭐 알어 한국 사람이. 오줌을 놓고 가만히 생각하니까.

(청중 : 세면대에 오줌을 눈다구요?)

아이 세수를 할라니 물이 나와.

(조사자 : 예.)

어 요래 보니까.

(청중 : 그려.)

좌변기에 물이 조금 있단 말이여. 아 요놈들 물도 애껴 쓰네. 해 놓고 고기다 세수를 한 겨.

(조사자 : 예.)

아이참 거기서 요 수염도 요렇게 하고. 요놈들 물도 아껴 쓴다고.

(보조 제보자 : 하이 참 거짓말. 어디서 순 거짓말만 하고.)

(청중 : 아니 거짓말을 해야 되는 겨.)

[청중들의 이야기가 끝나고 제보자 류재길이 이야기를 이어서 하였음]

아이 왜 또. 그나마 또 뭘 먹었으니 또 나와. 똥을 누려고 뒷간을 찾으니 뒷간이 있어. 우리나라 뒷간이거든 그게, 변소가. 없지. 뱅뱅 돌아댕겨도 없는겨.

'야 요 새끼들 쳐 먹고 어디다가 대변을 보나.'

가만 보니까 신문지 하나가 거기 떡 있더란 말이여. 그래 이 신문지 갖다 놓고선. 놓고선 ……. 방에서 뭔 상관있어. 누가 뭐 문 잠궜는데 알어. 똥을 눈 것을 똘똘 뭉쳤어.

(조사자 : 예, 예.)

어떻게 혀. 그래도 한국에서 와 가지고 대사로 간 사람인데. 창문을 열고서는 화딱 집어던진 거지 뭐여.

(조사자 : 예, 예.)

끝난 겨 똥을 눈 거. 이놈의 신문지는 날라가고 똥은 천장에 가 붙은 거 아니야. 그래 그 아침이 되니까. 미국 그 저, 저 높은 놈이 오더니 아유 잘 주무셨느냐고.

(조사자 : 예, 예.)

아 잘 잤다고. 탁 보니까 무릎을 딱 치면서

"아이구 대사님 천장에 똥 눟는 법 좀 가르쳐 주십시오."

제발 이것 좀 가르켜 달라구. 보니께, 자기도 모르게 똥이 묻었단 말이여. 아 또, 또 보니까. 아유 책을 그놈을 세 권 반을 읽은 거야. 하룻저녁에. 비고 잔 걸 보니까 세 권, 일, 이, 삼 권하고도 반 권 되니까. 아니 우리는 씨발 이거 몇 달 읽는데. 저 양반은 하룻저녁에 하, 세 권 반을 읽은 겨.

(조사자 : 예, 예.)

안 놀라졌어. 당신 같으면?

(보조 제보자 : 그렇지 놀라지.)

놀라지.

(보조 제보자 : 깜짝 놀라지.)

어. 그래서 아이구 한국문화 좀 많이 배워야겄다고.

(조사자 : 예, 예.)

아 그러니까. 무얼 배울게 무어 있느냐고. 아 내가 그 전에 한국 갔는데. 참 한국 사람은 참 지독한 사람이라고 그랬다는 겨. 뭐가 그렇게 지독하냐니까. 전부 집집마다 뺑끼공장 차려 놓고 국기는 다 달아 놨다는 겨. 아니 무슨 국기를 달았느냐니까. 아 시골가면 상지둥(기둥)에 수건 하나 걸어 놓고서 코 풀어서 부니께 그게 매낀매낀하니껜 애나멜처럼 반짝반짝하잖어. 그 전에 안 그랬어? 그라고 이 수건 있으니까 거기다 수건 하나 딱 걸어 놨다고. 그러면 온 식구들이 아침에 일어나면은. 온 식구들이 그냥 나와서 세수, 세수를 하고서 창문 간에 가서, 거 가서 기도를 하는겨.

(조사자 : 예, 예.)

어. 이 수건이니까 그렇게 닦는 건데. 온 식구가 다 닦었잖어, 그 전에. 형님은 안 닦었어? 야 한국 사람은 참 정신이 좋다 이거야. 온 식구가 한 군데서 그렇게 정결하게 얼굴을 씻구 와서 그거 수건에다가 마루에다가 뺑끼칠도 해 두고 말야. 하 그래서 지둥마다 애나멜이 다 된겨. 그러면서 그 애나멜을 좀 어떻게 구했으면 하느냐고.

(보조 제보자 : 거기서 나온 겨, 애나멜이?)

그래서 아 이 양반 당신 다 보고 와서 기술 다 배웠것네.

(제보자 웃음)

그래 가지고 미국 거게 개발핸 게 페인트 공장인 겨.

(조사자 : 음.)

그래서 우리는 지금 수입해 쓰지만. 걔들은 한국서 그걸 기술을 캐 간 거여. 아주 나쁜 놈들이여 그 놈들.

[청중 웃음]

요강을 보고 가습기를 만든 미국

자료코드 : 09_08_MPN_20110217_LCS_RJG_0411
조사장소 : 충청북도 진천군 백곡면 용암1길 10
조사일시 : 2011.2.17
조 사 자 : 이창식, 최명환, 장호순, 김영선, 김보비
제 보 자 : 류재길, 남, 72세
구연상황 : 제보자 류재길이 앞의 이야기에 이어 구연해 주었다.
줄 거 리 : 미국 사람들이 우리나라에 와서 페인트 기술, 가습기 기술 등을 훔쳐갔다. 옛 날 우리나라에는 집집마다 요강이 있었는데, 그것을 보고 가습기를 만든 것이 라고 한다.

미국 놈들이 우리나라 거 와서 다 비밀, 다 그 전에 오십 년 전에 다 빼 간 겨. 뺑끼공장 같은 거 뭐 이런 거. 또 그라고서 또 있어. 뭘 또 빼 갔느냐면은. 이거 왜 저 가습기.

(조사자 : 가습기, 예.)

가습기도 이놈 새끼들 우리나라에서 다 가져간 거야.

(조사자 : 아.)

왜냐. 딱 보니까 집집마다 보니까. 아 겨우내(겨울에) 우리나라 사람이 가습기가 집집마다 다 있는겨.

(조사자 : 예, 예, 예.)

아 그러니까 이 우리나라 사람한테. 아니 한국엔 어떻게 가습기가 집집 마다 있느냐니깐. 아니 무슨 가습기여 그러니까. 오강을 하나씩 났단 말 이여.

(조사자 : 예, 예.)

그 전에 오줌을 누면 그게 수증기가 돼서 코가 안 말, 말르지 않고서 감기도 안 걸리니까.

(조사자 : 예.)

야. 이거네. 이거 한국 놈들이 참 가습기를 벌써 놓고선 ……

[제보자 웃음]

한국 놈들은 벌써 오십 년대 가습기를 놓고 사니까. 미국은 그 칠십 년 대에 맹글었어.

(보조 제보자 : 그렇지, 그렇지.)

어. 그래서 가습기 빼내갔지. 뺑끼 빼갔지. 다 뺏긴 겨. 좋은 건. 이거로 마치지 뭘.

[제보자 웃음]

니은 자를 빼고 보낸 아들의 편지

자료코드 : 09_08_MPN_20110217_LCS_RJG_0413

조사장소 : 충청북도 진천군 백곡면 용암1길 10

조사일시 : 2011.2.17

조 사 자 : 이창식, 최명환, 장호순, 김영선, 김보비

제 보 자 : 류재길, 남, 72세

구연상황 : 제보자 류재길이 앞의 이야기에 이어, 자신이 베트남에서 겪었던 일이라면서 구연해 주었다.

줄 거 리 : 베트남 전쟁에 참전한 아들이 머리에 총을 스쳐 맞고 병원에 입원했다. 처음 에 아들은 부모님에게 걱정하지 말라고 편지를 보냈다. 두 번째 편지에는 부

모님과 가족이 보고 싶다는 편지를 보냈다. 그런데 두 번째 편지를 쓸 때 받침에 전부 니은 자를 빼고 썼다. 두 번째 편지의 내용 중에는 어머님 본지도 오래고, 누님 본지도 오래고, 이모님 본지도 오래구라는 내용이었다. 그 편지를 본 어머니는 애가 내 건 봤을지 몰라도, 지 이모 건 언제 봤느냐고 의아해했다고 한다.

이거 월남 가서 내가 겪은 건대.

(보조 제보자 : 응, 월남 가서 겪었다는 거.)

(조사자 : 아, 월남에서요?)

어, 실화예요, 이거는.

(조사자 : 예.)

아유, 아들이 군대를 갔는데 월남을 간 거 아니여. 아 근데, 전쟁 가서 실탄을 머리에 비쳤다고(스쳤다고).

(조사자 : 예, 예.)

비쳤으니까 병원에, 어 입원했을 거 아녀.

(조사자 : 예.)

그런, 아유 아버님 뭐 나 전쟁하다 머리를 조금 다쳤는데 별 이상 없다고.

(조사자 : 예, 예, 예.)

그래 편지를 했어. 그러니까 아 부모네들은 얼마나 걱정이 돼. 머리를 다쳤다니까.

(조사자 : 예, 예.)

그래 고 다음에 또 편지를 쓰는데. 아버님 본지도 오래구 부모님 본지도 오래구 뭐 누님 본지도 오랜데. 이 본지를 갔다가 니은을 다 뺀 거지.

(조사자 : 아.)

그 니은을 빼고 해 보자. 아버지. 어머니 보지도 까맣고.

[청중들 웃음]

이, 이모님은 더 까맣고. 본 제가 까맣다는 거지. 본 제가 오래 되었다는 얘긴데. 니은을 전부 빼논 겨.

(조사자 : 예, 예.)

어머님 본지도 까맣고 그러니까. 아 이놈의 새끼는 나는 나올 때 봤다지만 지 이모는 언제 봤길래 까맣대.

[청중들의 웃음]

이응 자를 빼고 보낸 아내의 편지

자료코드 : 09_08_MPN_20110217_LCS_RJG_0414
조사장소 : 충청북도 진천군 백곡면 용암1길 10
조사일시 : 2011.2.17
조 사 자 : 이창식, 최명환, 장호순, 김영선, 김보비
제 보 자 : 류재길, 남, 72세
구연상황 : 제보자 류재길이 앞의 이야기에 이어서 구연해 주었다.
줄 거 리 : 팔십 년대에 남편이 사우디아라비아에 돈을 벌러 갔다. 남편은 번 돈을 한국에 있는 아내에게 보내 아이들 학비에 보태 쓰도록 하였다. 아내는 남편이 고맙기도 하고 자신도 일을 해야겠다고 생각하여 봉지를 붙여서 파는 일을 하였다. 어느 날 아내는 남편에게 편지를 썼다. 자신도 봉지를 팔아서 조금이라도 보탬이 되도록 하고 있으니 열심히 일하라는 내용이었다. 그런데 편지를 쓸 때 급하게 쓰느라고 이응 받침을 빼고 썼다. 아내의 편지를 본 남편은 화가 나서 바로 돌아와 버렸다고 한다.

근제 죽어라고 사우디에 돈 벌러 갔는데 참. 열심히 부쳤지, 그때 전부들. 그때 백오십 만원씩 붙였어. 백오십 만원씩. 그때 돈으로 컸다고.

(조사자 : 예.)

아 그러니까. 붙였으니까. 여기 집에 있는, 고 한국에 있는 마누라는 참 고맙지 뭐. 여기 더운 데 가서 참 아스팔트 깔고 그러니까 그냥. 한 푼이라도 보태 갖고 애들 학비 대고 이러는데.

'아이고 나도 놀 게 아니라 저런 봉지래도 붙여 가지고 좀 보태 써야 겠다.'

(조사자 : 예, 예.)

아 그래서 봉지를 붙여서, 그 전에 붙여서 백장 이렇게 파는 게 있었 다고.

(조사자 : 있죠, 예.)

그래서 저도 그 아줌마도 인제 그리 저 급하게 쓰느라고. 나도 봉지 팔 아서 애들 학비 보태 쓰고 그라니 열심히 일 하시라고. 아니 봉지는 봉진 데. 이응 자를 또 뺐네. 또 그걸 갖다가.

[청중 웃음]

그라니께 신랑이 보더니.

"이런 우라질년 난 죽어라 일하는데, 뭘 팔아서 학비를 대."

에라 바로 와 버린 거 아녀.

부럼 깨물며 부르는 소리

자료코드 : 09_08_FOS_20110127_LCS_GGR_0200
조사장소 : 충청북도 진천군 백곡면 장대길5
조사일시 : 2011.1.27
조 사 자 : 이창식, 최명환, 장호순, 김영선, 김보비
제 보 자 : 김길례, 여, 78세
구연상황 : 조사자가 자리에 있던 제보자들의 신상을 확인하면서 각 제보자들의 친정마
을에서 배웠던 소리, 진천에 섰던 장 이야기 등을 들었다. 이야기 도중 제보
자 김길례가 베 짜면서 부르는 소리를 일부 구연하기도 하였다. 제보들과 풍
속 이야기를 하는 도중 제보자 김길례가 어릴 적 부럼(음력 정월 대보름날 새
벽에 한 해 동안 부스럼이 생기지 않게 해 달라고 축수하면서 깨물어 먹는
딱딱한 열매를 통틀어 이르는 말)을 깨물면서 불렀던 소리가 생각이 났다며
구연해 주었다.

옛날에는 약이 없어서.

(조사자 : 예.)

이제 보름날 저녁에, 나흘날 저녁에. 저, 부심(부럼).

　　부심목
　　부심목아 부심목아

이 밤을 깨밀으면서(깨물으면서), 밤을 깨밀으면서.

　　부심목
　　부심목 바짝깨밀자
　　부심목 바짝깨밀자

[청중들의 웃음]

그리고 옛날에 그런 거 했어요.

(조사자 : 아, 그래서 그걸 다시 한 번 해 보세요. 자 다시 시작.)

> 부심목
> 부심목 바짝깨밀자

이게 밤을 깨밀면서.

> 부심목 깨밀자바싹
> 부심목 깨밀자바싹

그러면서. 그저 그 전에는 약이 없어 가지고 부심목 나믄 그거 …….

노랫가락

자료코드 : 09_08_FOS_20110127_LCS_GGR_0210
조사장소 : 충청북도 진천군 백곡면 장대길5
조사일시 : 2011.1.27
제 보 자 : 김길례, 여, 78세
조 사 자 : 이창식, 최명환, 장호순, 김영선, 김보비
구연상황 : 조사자는 제보자 송숙현에게 한국전쟁 무렵 북한군에게 배웠다는 소리를 들었다. 이어 제보자 전미자가 어렸을 때 불렀던 소리를 채록하였다. 이때 제보자 김길례가 옛날에 불렀던 소리가 기억났다면서 노랫가락을 구연해 주었다.

> 녹두청강 흐르는 물이(물에)
> 배차 씻는 저처녀야
> 고대 곳잎 다젖히고
> 속이 속잎을 날빼주시오

당신이 언제 봤다고

고대 꽂잎을 다젖히고

속이 속잎을 빼달라오

한번 보이면 체면(초면)이오

두번 보이면은 귀면(구면)이오

얼씨구나좋다 절씨구나좋다

아니 노지는 못하리라

모래집 짓는 소리

자료코드 : 09_08_FOS_20110127_LCS_RJG_0345
조사장소 : 충청북도 진천군 백곡면 용암1길 10
조사일시 : 2011.1.27
조 사 자 : 이창식, 최명환, 장호순, 김영선, 김보비
제 보 자 : 류재길, 남, 72세
구연상황 : 조사자가 모래집을 지으면서 불렀던 소리를 요청하자 제보자 류재길이 구연
해 주었다.

두껍아 두껍아

헌집 주께

새집 져라

그런 거로 놀고.

잠자리 잡는 소리

자료코드 : 09_08_FOS_20110127_LCS_SDS_0131
조사장소 : 충청북도 진천군 백곡면 장대길5

조사일시 : 2011.1.27

조 사 자 : 이창식, 최명환, 장호순, 김영선, 김보비

제 보 자 : 신동순, 여, 75세

구연상황 : 조사자들이 백곡면 석현리 장대마을 장대노인정에 도착하였다. 많은 사람들이 노인정에 모여 화투와 이야기를 하고 있었다. 조사자들은 인사를 하고 잠깐 이야기를 하자면서 분위기를 이야기판으로 유도하였다. 제보자들이 화투판을 접고 조사자들에게 집중하였다. 조사자들은 분위기가 바로 살 수 있도록 놀이하면서 불렀던 소리 등을 요청하였다. 제보자 전미자, 이주순 등이 다리를 짚으면서 불렀던 소리, 살치기 놀이를 하면서 불렀던 소리 등을 구연하였다. 그 후 잠시 시간을 두어 방금 전 소리를 했던 사람들의 신상정보를 물으면서 명, 삼베 삶는 방법에 대해 이야기를 들었다. 이어 잠자리 잡을 때 했던 소리가 있느냐고 묻자 제보자 신동순이 구연해 주었다.

나마리 동동

파리 동동

멀리멀리 가지마라

앉을자리 좋다

이래지요.

아라리(1)

자료코드 : 09_08_FOS_20110421_LCS_OYG_0010

조사장소 : 충청북도 진천군 백곡면 성대리 상봉마을

조사일시 : 2011.4.21

조 사 자 : 이창식, 최명환, 장호순, 김영선, 김보비

제 보 자 : 오영근, 남, 71세

구연상황 : 조사자들이 제보자 오영근을 찾아 백곡면 성대리 상봉마을을 찾아갔을 때, 제보자는 선대 묘 이장 관계로 산에 간 후였다. 마을 맞은편 산 아래에서 제보자 오영근을 만날 수 있었다. 제보자는 소리를 하기에는 여러 가지로 상황이 여의치 않다고 하면서 조사자들의 질문에 성실히 답해 주었다.

산천초목은 나날이 젊어가는데

우리네 인생은 왜늙어가나

아라리(2)

자료코드 : 09_08_FOS_20110421_LCS_OYG_0014

조사장소 : 충청북도 진천군 백곡면 성대리 상봉마을

조사일시 : 2011.4.21

조 사 자 : 이창식, 최명환, 장호순, 김영선, 김보비

제 보 자 : 오영근, 남, 71세

구연상황 : 조사자들이 앞의 소리에 이어서 하나만 더 불러 달라고 하자 제보자 오영근
이 구연해 주었다.

산중의 기물은 머루다래

우리네 인간은 무엇인가

어랑 타령

자료코드 : 09_08_FOS_20110421_LCS_OYG_0025

조사장소 : 충청북도 진천군 백곡면 성대리 상봉마을

조사일시 : 2011.4.21

조 사 자 : 이창식, 최명환, 장호순, 김영선, 김보비

제 보 자 : 오영근, 남, 71세

구연상황 : 조사자가 마지막으로 소리를 하나만 더 불러 달라고 하자 제보자 오영근이
구연해 주었다. 다음번에 자리를 다시 마련하여 소리를 들려주기로 하였다.

어랑타령 잘하긴 맏동서 한명이 잘하고

말종자 잘하긴 시누에 잡놈이 잘한다

어랑 어랑 어랑 어허랑

창부 타령

자료코드 : 09_08_FOS_20110127_LCS_IBH_0330
조사장소 : 충청북도 진천군 백곡면 용암1길 10
조사일시 : 2011.1.27
조 사 자 : 이창식, 최명환, 장호순, 김영선, 김보비
제 보 자 : 이범학, 남, 79세
구연상황 : 조사자들은 방금 전 조사를 마친 장대마을과 큰길 하나를 사이에 두고 있는
석현리 용암마을 용암회관로 이동하였다. 방금 전 장대마을 제보자들에게 들
은 이야기를 잘한다는 제보자 류재길, 류진열이 있다는 마을이었다. 마침 방
에 들어가자 할아버지 다섯 분이 계셨다. 제보자 류재길, 류진열, 류재명, 이
범학 등 이었다. 조사취지를 설명한 후 용암마을의 유래를 묻자 제보자 이범
학이 설명해 주었다. 이어 용암 마을에 처음 정착한 류씨의 조상 이야기 등을
채록하였다. 이야기를 하면서 제보자 이범학이 옛날 소리에 탁월한 가창자인
것을 파악하고 논맬 때 불렀던 소리, 운상하면서 불렀던 소리 등을 확인하였
다. 주변 제보자들은 이범학이 이 마을의 소리꾼이라 알려 주었다. 사람들의
칭찬이 오가면서 제보자 이범학이 소리를 시작하였다.

아니아니 노지는 못하리라

어린아기 정들 적에는

과자봉지에서 정이 들고

총각처녀 정들 적에는

버드나무 밑에서 정이들고

아줌마아저씨 정들 적에는

술상 옆에서 정이들고

할아버지할머니 정들 적에는

아랫목에서 정이 든다

어랑 타령

자료코드 : 09_08_FOS_20110127_LCS_IBH_0333
조사장소 : 충청북도 진천군 백곡면 용암1길 10
조사일시 : 2011.1.27
조 사 자 : 이창식, 최명환, 장호순, 김영선, 김보비
제 보 자 : 이범학, 남, 79세
구연상황 : 조사자가 나무하러 갈 때 지게목발 두드리면서 불렀던 소리를 해 달라고 요청하였다. 제보자 이범학이 구연해 주었다.

어랑 어랑 어랑
어랑 어랑 어랑
어랑 어랑 어랑 어야
어허야 더허야 내사랑아
전기 다마는 멀고도
다마는 깨지면 고만인데
여자 얼굴이 고와도
남자가 싫다면 고만이라
어랑 어랑 어야
어허야 더허야 내사랑아

잠자리 잡는 소리

자료코드 : 09_08_FOS_20110127_LCS_IBH_0340
조사장소 : 충청북도 진천군 백곡면 용암1길 10
조사일시 : 2011.1.27
조 사 자 : 이창식, 최명환, 장호순, 김영선, 김보비
제 보 자 : 이범학, 남, 79세
구연상황 : 조사자가 제보자 이범학에게 잠자리 잡을 때 불렀던 소리를 요청하자 구연해

주었다.

나마리 동동
파리 동동
울넘어로 가지마라
똥물먹고 뒤진다

다리 뽑기 하는 소리

자료코드 : 09_08_FOS_20110127_LCS_IBH_0352
조사장소 : 충청북도 진천군 백곡면 용암1길 10
조사일시 : 2011.1.27
조 사 자 : 이창식, 최명환, 장호순, 김영선, 김보비
제 보 자 : 이범학, 남, 79세
구연상황 : 조사자가 제보자들에게 다리를 짚으면서 놀았던 소리를 요청하자 제보자 이
범학이 구연해 주었다.

한거리 두거리 각거리
천두 만두 수만두
짝발러 새양 강
놀이김치 장두 칼

논매는 소리

자료코드 : 09_08_FOS_20110127_LCS_IBH_0360
조사장소 : 충청북도 진천군 백곡면 용암1길 10
조사일시 : 2011.1.27
조 사 자 : 이창식, 최명환, 장호순, 김영선, 김보비
제 보 자 : 이범학, 남, 79세

구연상황 : 조사자가 제보자 이범학에게 논을 맬 때 불렀던 소리를 요청하자 구연해 주
　　　　　었다. 제보자 류재길이 뒷소리를 받았다.

　　에헤라 방아호
　　(보조 제보자 : 에헤라 방아호)
　　이논빼미를 빨리매고
　　건너논이로 건너가자
　　(보조 제보자 : 에헤라 방아호)
　　해는지고 어둔날에
　　꽃갓을하고 어딜가나
　　(보조 제보자 : 에헤 방아호)

　　고만 해요.

운상하는 소리

자료코드 : 09_08_FOS_20110127_LCS_IBH_0370
조사장소 : 충청북도 진천군 백곡면 용암1길 10
조사일시 : 2011.1.27
조 사 자 : 이창식, 최명환, 장호순, 김영선, 김보비
제 보 자 : 이범학, 남, 79세
구연상황 : 조사자가 운상할 때 부르는 소리를 요청하였다. 제보자 이범학이 앞소리를 주
　　　　　었고 제보자 류재길을 중심으로 청중들이 뒷소리를 받았다. 운상할 때 부르는
　　　　　소리를 구연하다가 제보자 류재길의 요청으로 상여를 빨리 운상하면서 부르
　　　　　는 소리를 이어 불렀다.

　　에헤이 어허 어이나갈까 노허
　　(청중 : 에헤이 어허 어이나갈까 어허)
　　이세상에 태어난들 누덕으로 생겨났나

(청중 : 에헤이 어허 어이나갈까 어허)

아버님전에 뼈를빌고 어머님전에 살을빌어

(청중 : 에헤이 어허 에헤 어허)

이세상에 탄생하니 한낮

[소리를 잊어버려 3초 정도 공백 후 다시 시작]

이세상에 탄생하여 부모은공 알을쏘냐

(청중 : 에헤이 어허 에헤이 어허)

한두살에는 철을몰라 열칠팔세나 당도하니

(청중 : 어허 어허 에헤이 어허)

[이 부분부터 제보자 류재길이 현장감을 살리기 위해 곡을 하면서 상황을 만들었다]

(보조 제보자 : 아이고 아이고 아이고 아이고)

부모은공 알을쏘냐 아침날이 돌아오니

(청중 : 어허 어허 에헤이 어허)

부르나니 어머니요 찾느니 냉수로다

(청중 : 에헤이 어허 에헤이 어허)

불쌍하고 가련하다 어린자식아 불쌍하다

(청중 : 에헤이 어허 에헤이 어허)

저승길이 멀다더니 대문밖이 저승일세

(청중 : 어허 어허 에헤이 어허)

울지말고 담담하라 내가가면 아주가나

(청중 : 에헤이 어허 에헤이 어허)

지는해가 지고싶어지나 가는임은 가고싶어가나

(청중 : 에헤이 어허 에헤이 어허)

어서가자 빨리가자 내집찾아서 빨리가자

(청중 : 어허 어허 어허이 어허)

잘모셔라 잘모셔라 열두군정들 잘모셔라

(청중 : 에헤이 어허 에헤이 어허)

이팔청춘 소년들아 백발을보구서 웃지마라

(청중 : 에헤이 어허 에헤이 어허)

엊그저께 청춘이더니 오늘날로다 백발일세

(청중 : 어허이 어허 어허이 어허)

어허 어하 어이야갈까 노허

(청중 : 어허 어하 어허이 어하)

높은산에는 밭을지고 깊은데는 논을지어

(청중 : 어허이 어허 에헤이 어허)

건답수답을 마련할제 높은데는 건답이고 짚은(깊은)데는 수답일세

(청중 : 어허이 어허 어허이 어허)

어허 허하 어이나갈까 노허

(청중 : 어허이 허하 에헤이 노허)

이제 면 언제오나 꽃다피고 잎다필제

(청중 : 에헤이 어허 에헤이 어허)

그때한번 다녀가나 울지말고 애통마라

(청중 : 에헤이 어허 에헤이 어허)

어서가자 빨리가자 우리집찾아서 어서가자

(청중 : 에헤이 어허 에헤이 어허)

(보조 제보자 : 가만 있어. 빨리 가는 거 있잖어. 어허 하면서. 빨리 가
자면서 하는 거 있잖아.)

(청중 : 에헤이 달궁)

해가뜨고 달이 뜨면

(청중 : 에헤이 달궁)

어두워서 못가겠네

(청중 : 에헤이 달궁)

어서가자 빨리 자

(청중 : 에헤이 달궁)

해가지기전에 빨리가자

(청중 : 에헤이 달궁)

우여

화투풀이 하는 소리

자료코드 : 09_08_FOS_20110127_LCS_IBH_0391

조사장소 : 충청북도 진천군 백곡면 용암1길 10

조사일시 : 2011.1.27

조 사 자 : 이창식, 최명환, 장호순, 김영선, 김보비

제 보 자 : 이범학, 남, 79세

구연상황 : 소리판이 흥겨워지자 제보자 이범학이 구연해 주었다.

아니아니 노지는 못하리라

정월 속속히 들인정을

이월 메주에 맺어놓고

삼월 사구라 산란한마음

사월 흑싸리 흩어놓고

오월 난초에 놀던나비는

유월 목단에 춤을춘다

칠월 홍돼지 홀로누워

팔월 공산에 구경가자

구월 국화 핀꽃은

시월 단풍에 떨어지고

오동지 섣달 겉은비는

오동짓달에

시월 단풍 녹음풍은

[소리가 잘 이어지지 않아 중언부언하다 이어짐]

오동지섣달 소란풍에

앉았으니 임이오나

누웠으니 잠이오나

앉어생각 누워서생각

생각생각이 생각이로다

아기 재우는 소리

자료코드 : 09_08_FOS_20110127_LCS_IJS_0162
조사장소 : 충청북도 진천군 백곡면 장대길5
조사일시 : 2011.1.27
조 사 자 : 이창식, 최명환, 장호순, 김영선, 김보비
제 보 자 : 이주순, 여, 75세
구연상황 : 조사자가 아기 재울 때 불렀던 소리를 요청하자 제보자 이주순이 구연해 주었다. 제보자 전미자가 같이 불렀다.

자장자장 자장자장

우리아기 잘도잔다

엄마장에 갔다돌아오면
엿사가지고 오신단다
자장자장 잘도잔다
우리아기 잘도잔다

아기 어르는 소리

자료코드 : 09_08_FOS_20110217_LCS_JSB_0215
조사장소 : 충청북도 진천군 백곡면 중노길 23-4
조사일시 : 2011.2.17
조 사 자 : 이창식, 최명환, 장호순, 김영선, 김보비
제 보 자 : 장석분, 여, 74세
구연상황 : 조사자가 아기 재우거나 어를 때 부르는 소리를 불러 달라고 요청하자 제보
자 장석분이 구연해 주었다.

불아불아 불무야
불아딱딱 불무야
은을주면 너를사랴
금을주면 너를사랴
불아딱딱 불아딱딱

그러지 뭐.

5. 이월면

증편 한국구비문학대계 ● 충청북도 진천군

5. 이월면

▌조사마을

충청북도 진천군 이월면 노원리

조사일시 : 2011.5.7
조 사 자 : 이창식, 최명환, 장호순, 김영선, 김보비

노원리 전경

　노원리(老院里)는 충청북도 진천군 이월면에 속하는 법정리이다. 1914년 행정구역 개편 당시 노곡리(老谷里)의 노(老)자와 서원리(書院里)의 원(院)자를 따서 노원리라 하였다. 조선 말기 진천군 이곡면에 속했던 지역으로, 1914년 일제의 행정구역 개편에 따라 노곡리·서원상리·서원하리·관동과 신흥리 일부를 병합하여 노원리라 하고 이곡면과 월촌면의 이름을 딴 이월면에 편입하였다. 옥녀봉(玉女峰) 자락 동쪽에 자리 잡고 있

다. 서쪽은 구릉지, 동쪽은 평야 지대이며, 마을 동쪽 끝에서 미호천(美湖川)이 남류한다. 기후가 온난하고 수량이 풍부한 편이다.

진천군청에서 약 8.9km 떨어져 있다. 2009년 8월 31일 현재 면적은 7.62km²이며, 총 275가구에 602명(남자 318명, 여자 284명)의 주민이 살고 있다. 국도 17호선이 마을 중앙에서 남북으로 뻗어 있어 서울·경기 지역과 진천 시가지로 이어진다. 평야 지대에서는 노원리의 대표 농산물인 쌀이 생산되고, 가파르지 않은 서쪽 구릉지에서는 고추·콩·잎담배 등이 재배된다. 문화재로 충청북도 유형문화재 제45호인 신잡영정9申磾影幀), 충청북도 문화재자료 제1호인 진천신헌고택(鎭川申櫶古宅), 충청북도 민속자료 제7호인 신화국묘지(申華國墓誌), 천연기념물 제13호인 진천 노원리 왜가리 번식지 등이 있다.

충청북도 진천군 이월면 사곡리

조사일시 : 2011.2.16, 2011.5.7
조 사 자 : 이창식, 최명환, 장호순, 김영선, 김보비

사곡리(沙谷里)는 충청북도 진천군 이월면에 속하는 법정리이다. 1914년 행정구역 개편 당시 사지(沙池)의 사(沙)자와 이곡(梨谷) 곡(谷)자를 따서 사곡이라 하였다. 조선 말기 진천군 이곡면에 속했던 지역으로, 1914년 일제의 행정구역 개편에 따라 중평리·반지리·상사지리·중사지리·하사지리·신흥리·도산리의 각 일부를 병합하여 사곡리라 하고 이곡면과 월촌면의 이름을 딴 이월면에 편입하였다. 옥녀봉(玉女峰) 자락 남동쪽에 자리 잡고 있다. 서쪽은 구릉지, 동쪽은 평야 지대로 이월면 평야 지대 남동부 지역에 해당한다. 기후가 온난하고 수량이 풍부한 편이다.

진천군청에서 북쪽으로 약 4.2km 떨어져 있다. 2009년 8월 31일 현재 면적은 7.38km²이며, 총 683가구에 1,607명(남자 847명, 여자 760명)의

주민이 살고 있다. 국도 17호선이 마을 중앙에서 남북으로 뻗어 있어 서울·경기 지역과 진천 시가지로 이어진다. 평야 지대에서는 사곡리의 대표 농산물인 쌀이 생산되고, 가파르지 않은 서쪽 구릉지에서는 고추·콩·잎담배 등이 재배된다. 문화재로는 충청북도 유형문화재 제124호인 진천 사곡리 마애여래입상(鎭川沙谷里磨崖如來立像), 충청북도 기념물 제134호인 김덕숭 효자문(金德崇孝子門) 등이 있다.

사곡리 전경

충청북도 진천군 이월면 송림리

조사일시 : 2011.1.20
조 사 자 : 이창식, 최명환, 장호순, 김영선, 김보비

송림리(松林里)는 충청북도 진천군 이월면에 속하는 법정리이다. 송현리(松峴里)의 송(松)자와 향림리(香林里)의 임(林)자를 따서 송림리라 하였

다. 조선 말기 진천군 이곡면에 속했던 지역으로, 1914년 일제의 행정구역 개편에 따라 구탄리·향림리·학동·송현리와 만승면 구암리 일부를 병합하여 송림리라 하고 이곡면과 월촌면의 이름을 딴 이월면에 편입하였다. 무제산9武帝山) 자락 서쪽에 자리 잡고 있다. 북쪽에 이월저수지가 있고, 저수지에서 흐르는 하천이 남류하면서 주변에 평야 지대를 형성하였다. 기후가 온난하고 수량이 풍부한 편이다.

송림리 전경

진천군청에서 약 8.8km 떨어져 있다. 2009년 8월 31일 현재 면적은 4.23km²이며, 총 1,043가구에 2,495명(남자 1,278명, 여자 1,217명)의 주민이 살고 있다. 이월면 소재지로 주요 기관과 상가가 밀집된 지역이다. 국도 17호선이 마을 중앙에서 남북으로 뻗어 있어 서울·경기 지역과 진천 시가지로 이어진다. 넓은 평야 지대에서는 송림리의 대표 농산물인 쌀이 생산되고, 서쪽의 경사가 완만한 밭과 과수원에서는 고추·콩·잎담배 등이 재배된다. 교육 기관으로 이월초등학교와 이월중학교가 있다.

▌제보자

박시양, 남, 1930년생

주 소 지 : 충청북도 진천군 이월면 송림5길 15
제보일시 : 2011.1.20
조 사 자 : 이창식, 최명환, 장호순, 김영선, 김보비

　제보자 박시양은 천안시 병천군 답원리가
고향이다. 12세에 고향을 떠나 진천군 동음
리로 이사하였다. 동음리로 이사한 후 얼마
지나지 않아 부모님께서 돌아가셨다고 한다.
그때부터 혼자 농사를 짓기 시작하였다. 22
세에 이월면 송림리 시장2구에 자리를 잡을
때까지 농사를 지었다. 시장2구에 거주하면
서 인근마을을 다니며 장사를 하였다. 박시
양은 어려서 들었던 소리들을 여러 가지 기억하고 있었다.

제공 자료 목록
09_08_FOS_20110120_LCS_BSY_0240 거북놀이 하면서 부르는 소리

신동순, 여, 1938년생

주 소 지 : 충청북도 진천군 이월면 신당길 38
제보일시 : 2011.5.7
조 사 자 : 이창식, 최명환, 장호순, 김영선, 김보비

　제보자 신동순은 이월면 내촌리가 고향이
다. 어려서 내촌리에 살다가 선친을 따라
백곡면으로 이사를 갔다. 그리고 중매결혼

으로 이월면 노원리 신당마을에 오게 되었다고 한다. 조사자들의 질문에 적극적으로 대답해 주었다. 이야기판이 제보자 심복순의 소리 위주로 가자 심복순의 구연에 도움을 주면서 이야기판을 주도하였다.

제공 자료 목록
09_08_FOS_20110507_LCS_SDS_0413 다리 뽑기 하는 소리

신영철, 남, 1930년생

주 소 지 : 충청북도 진천군 이월면 송림5길 15
제보일시 : 2011.1.20
조 사 자 : 이창식, 최명환, 장호순, 김영선, 김보비

제보자 신영철은 진천군 이월면 송림리 토박이이다. 지금은 이월면 송림리 송현2구 숫돌말에 살고 있다. 평산신씨 8대 대종손이기도 하다. 진천군 이월면 지역의 근현대 이야기를 자세히 알고 있었다. 조사자들에게 현재는 지내지 않기 때문에, 젊어서 봤던 각 마을의 동제 이야기를 상세히 알려주었다. 전체적으로 차분하고 조용하게 대화를 하는 편이었다.

제공 자료 목록
09_08_MPN_20110120_LCS_SYC_0270 늑대에 물렸다가 살아난 신옥균

심복순, 여, 1922년생

주 소 지 : 충청북도 진천군 이월면 신당길 38
제보일시 : 2011.5.7

조 사 자 : 이창식, 최명환, 장호순, 김영선, 김보비

제보자 심복순은 강원도 홍천이 고향이다. 한국전쟁 때 식구와 함께 피란을 다니다가 서울에 정착하게 되었다. 결혼 후 남편과 함께 진천군 이월면 노원리 신당마을에 자리를 잡았다. 아들 2명을 두었다. 심복순은 기억력이 상당히 좋았는데 아라리, 밭가는 소리 등을 구연해 주었다.

제공 자료 목록

09_08_FOS_20110507_LCS_SBS_0411 다리 뽑기 하는 소리
09_08_FOS_20110507_LCS_SBS_0416 아라리(1)
09_08_FOS_20110507_LCS_SBS_0418 아기 어르는 소리
09_08_FOS_20110507_LCS_SBS_0420 나물 뜯는 소리
09_08_FOS_20110507_LCS_SBS_0425 아라리(2)
09_08_FOS_20110507_LCS_SBS_0430 노랫가락
09_08_FOS_20110507_LCS_SBS_0435 아라리(3)
09_08_FOS_20110507_LCS_SBS_0440 밭가는 소리

이규례, 여, 1931년생

주 소 지 : 충청북도 진천군 이월면 사지길 64
제보일시 : 2011.2.16
조 사 자 : 이창식, 최명환, 장호순, 김영선, 김보비

제보자 이규례는 태평양전쟁 때 진천군 진천읍 행정리로 피난을 왔다. 피난 온 후 행정리에 정착하게 되었다. 17세에 맞은편 마을인 이월면 사곡리 사지마을로 시집을 갔다. 시할머니까지 모시고 시집살이를 하

였다고 한다. 남편과 같이 농사를 지으며 자녀들을 키웠다.

제공 자료 목록

09_08_FOT_20110216_LCS_LGR_0110 수컷 잉어를 잡아 어머니를 봉양한 김덕숭

이해수, 여, 1947년생

주 소 지 : 충청북도 진천군 이월면 은행정2길 10
제보일시 : 2011.5.7
조 사 자 : 이창식, 최명환, 장호순, 김영선, 김보비

　　제보자 이해수는 진천군 이월면 사곡리
이곡마을에서 남편과 함께 살고 있다. 앞집
에 사는 제보자 정경순을 양어머니로 모시
며 정겹게 산다고 하였다. 조사자들이 마을
을 찾았을 때 정경순의 집 앞에 앉아서 대
화를 하고 있었다. 조사자들이 어렸을 때 했
었던 소리를 요청하자 다리 뽑기 하는 소리
를 구연해 주었다. 그리 옆에 있던 양어머니
가 이야기를 구연하는 것을 도와주었다.

제공 자료 목록

09_08_FOS_20110507_LCS_LHS_0305 다리 뽑기 하는 소리

정경순, 여, 1936년생

주 소 지 : 충청북도 진천군 이월면 은행정2길 10
제보일시 : 2011.5.7
조 사 자 : 이창식, 최명환, 장호순, 김영선, 김보비

　　제보자 정경순은 진천군 이월면 사곡리 이곡마을에서 살고 있다. 앞집

에 사는 제보자 이해순을 양딸로 맞아 정겹
게 산다고 하였다. 조사자들이 마을을 찾았
을 때 정경순의 집 앞에 앉아서 대화를 하
고 있었다. 조사자들이 옆 사지마을에 위치
한 '김덕숭 효자비'에 관해 물어보자 강릉
김씨 효자이야기라면서 구연해 주었다.

제공 자료 목록
09_08_FOT_20110507_LCS_JKS_0310 잉어를 잡
아 봉양한 강릉 김씨

최운영, 남, 1934년생

주 소 지 : 충청북도 진천군 이월면 송림5길 15
제보일시 : 2011.1.20
조 사 자 : 이창식, 최명환, 장호순, 김영선, 김보비

　　제보자 최운영은 이월면이 고향으로 현재
이월면 송림리 증산3구 마산마을에 살고 있
다. 어려서부터 농사를 지었으며, 군 생활 5
년 외에는 외지에서 생활한 적은 없다. 이
월면 지역인 노곡리, 중산리 등에 전해지는
여러 가지 이야기들을 기억하고 있었으나
상세히 알고 있지는 못하였다.

제공 자료 목록
09_08_FOT_20110120_LCS_CUY_0211 생거진천의 유래
09_08_FOT_20110120_LCS_CUY_0230 방아깨비 부리는 소리

수컷 잉어를 잡아 어머니를 봉양한 김덕숭

자료코드 : 09_08_FOT_20110216_LCS_LGR_0110
조사장소 : 충청북도 진천군 이월면 사지길 64
조사일시 : 2011.2.16
조 사 자 : 이창식, 최명환, 장호순, 김영선, 김보비
제 보 자 : 이규례, 여, 81세
구연상황 : 조사자들이 이월면 사곡리 사지마을 사지노인정에 도착하였다. 노인정에는
여러 명의 할머니들이 있었다. 마을 위쪽에 김덕숭 효자비가 위치해 있어 제
보자 이규례에게 유래에 대해서 물어보자 구연해 주었다.
줄 거 리 : 옛날에 김덕숭의 어머니가 병환이 있었다. 김덕숭은 어머니를 위해 개울 앞에
서 무릎을 꿇고 있었다. 그때 개울 안에서 암컷 잉어가 한 마리가 나왔다. 김
덕숭은 암컷은 새끼를 쳐야 되기 때문에 살려 주었다. 그랬더니 이번에는 수
컷 잉어 한 마리가 나왔다. 그래서 그걸 가져다가 어머니 봉양을 하였다. 나
라에서 그 공을 높이 사 효자문을 세워준 것이라고 한다. 지금도 마을 위쪽에
는 김덕숭 효자문이 위치해 있는데, 충청북도 기념물 134호로 지정되었다.

아 부모, 글쎄 부모님이 편찮, 어머니랴. 어머니가 편찮으신데.

(조사자 : 예.)

옛날에 솜바지 입고 개울에 가서 이렇게 엎드려서 무릎을 꿇고 있었
는데.

(조사자 : 예.)

암놈 잉어가 솟더랴. 그래서 암놈 잉어는 새끼를 많이 쳐야 되니께. 이
걸 가져가면은 새끼가 배에 들은 게 다 저기 하다고.

(조사자 : 음.)

어. 도로 넣대요. 도로 넣는데 수놈이 나왔디야. 그래서 그걸 갖다 어머
니 봉양을 해, 해 드렸다고 그래서 나라에서 어, 큰 비를 세우고. 저, 고기

가면은 묘가 굉장히 큰 묘가 있어요.

　(조사자 : 음.)

　할머니 할아버지 내외분 모셨다고, 거기다.

　(조사자 : 어, 그 개울.)

　예.

　(조사자 : 개울은 요 앞에 이 개울이예요, 그러면은?)

　(보조 제보자 : 그 쪽 정문(旌門) 있는 고 위로 다 …….)

　정문을 요렇게 새웠으면 요기 또 개울이 쪼그만 거 있는데 고 위로 있어요. 능이 있어요.

　(조사자 : 예, 예. 아, 요, 요 쪼만한 개울에서 잉어를 잡았다는 거예요, 그러니깐?)

　아니죠. 강에서 잡았죠.

　(조사자 : 여기 어, 어느 강에서 잡으셨대요?)

　그건 내 확실히 모르겠어요.

　(보조 제보자 : 모르는데.)

　그건 확실히 몰라요.

잉어를 잡아 봉양한 강릉 김씨

자료코드 : 09_08_FOT_20110507_LCS_JKS_0310

조사장소 : 충청북도 진천군 이월면 은행정2길 10

조사일시 : 2011.5.7

조 사 자 : 이창식, 최명환, 장호순, 김영선, 김보비

제 보 자 : 정경순, 여, 76세

구연상황 : 조사자가 옆 마을인 사곡리 사지마을에 있는 효자문에 대해 물어보자, 제보
　　　　　자 정경순이 강릉김씨 효자이야기가 있다면서 구연해 주었다.

줄 거 리 : 이월면 사곡리에 강릉김씨 효자문이 있다. 부모가 많이 아팠는데, 잉어를 먹

으면 낳을 것 같다고 말했다. 아들은 얼음이 언 강 위에 가서 무릎을 꿇고 앉아 기도를 하였다. 그러자 무릎 닿은 데에 얼음이 녹고 그 자리에서 잉어를 잡아 부모를 봉양하였다. 그래서 효자문을 세운 것이라고 한다.

효자문이라구.

(조사자 : 예, 예, 예.)

저 강릉김씨들 효자문이랴.

(조사자 : 예, 예. 그 김씨 무슨 효잔지 얘기 들어보셨어요? 무슨 일 해서 효자문 받았대요?

(보조 제보자 : 어, 효자문을 왜 어떻게 해서 받았나 그거 아시냐고.)

그거 저기 그이는 옛날에 강릉김씨들 효자문을 왜 세웠냐면. 부모가 대단하게 편찮은데.

"나는 아무 거를 먹어도 못 일어나도 물에 들은 잉어를 잡어서 먹으면 나는 일어나겠다."

그래서. 두 무릎, 두 무릎을 꿇구 그 얼음에 가서.

(보조 제보자 : 얼음을 녹혔다.)

기도를 했는데.

(조사자 : 음.)

이 두 무릎 그 땅에 단 데. 얼음이 녹아 가지구. 거기서 잉어를 잡어서 먹어가 효자문 세운 겨.

(보조 제보자 : 음, 그 구멍으로 잉어를 잡아다 드렸구나.)

그래서.

(조사자 : 강릉김씨네.)

(보조 제보자 : 나 옛날에 책에서 읽은 거 같은데.)

그래 가지구서는 그 강릉김씨네 하면 그 효자문이여.

(보조 제보자 : 실지로 그런 일이 있었구나.)

생거진천의 유래

자료코드 : 09_08_FOT_20110120_LCS_CUY_0211
조사장소 : 충청북도 진천군 이월면 송림5길 15
조사일시 : 2011.1.20
조 사 자 : 이창식, 최명환, 장호순, 김영선, 김보비
제 보 자 : 최운영, 남, 78세

구연상황 : 조사자들이 이월면 송림리 송림노인정에 도착하였다. 노인정에는 할머니 한 분을 포함한 십여 명의 할아버지가 있었다. 한 무리는 구석에서 화투를 하고 있었고, 한 무리는 중앙에서 술을 마시며 이야기를 하고 있었다. 중앙에 있는 할아버지들에게 인사를 한 후, 조사취지를 설명하였다. 조사자가 생거진천의 유래에 대해 묻자 제보자 최운영이 구연해 주었다.

줄 거 리 : 옛날에 진천과 용인에 추천석이라는 동명이인(同名異人)이 살고 있었다. 어느 날 염라대왕이 진천 추천석을 잡아오라고 하였다. 그런데 실수로 용인 추천석을 잡아갔다. 염라대왕이 이를 알고 용인 추천석을 다시 돌려보냈는데 이미 매장을 마친 상태였다. 그래서 진천 추천석과 혼을 바꿔 살았다고 한다. 그래서 생거진천 사거용인이라는 말이 생겼다.

(조사자 : 우리가 생거진천 그러지 않습니까, 생거진천?)

생거진천이라 그러지.

(조사자 : 생거진천은 왜 생거진천이라 그럽니까.)

그게 저 ······.

(보조 제보자1 : 진천이 ······.)

(보조 제보자2 : 물 좋고.)

(보조 제보자1 : 에 ······.)

(보조 제보자2 : 들 좋고.)

아니, 물, 물 좋은 게 아니라 옛날에 추 ······.

(보조 제보자1 : 전통적으로다 생거진천이라는 게, 이게 ······.)

저기여, 내가 말씀드릴게요.

(보조 제보자2 : 아 생거진천, 죽어용인이라 그러잖어, 그러니께.)

글쎄 옛날에 추천석이라는 사람이 진천에도 살고 용인에도 살았는데. 용인에 있는, 인제 염라대왕이 용인 사람을 잡아, 잡아 가고.

(조사자 : 예.)

진천 추천석을 잡아오라는 거를 염라대왕서 용인 추천석을 잡아갔대요. 그래 거 가서 보니까, 그 추천석 잡아오라는 게 아니걸랑. 그,

"너 다시 가라."

그래 놓고서 진천 추천석을 잡으러 가니까. 그, 일단 그 매장을 한 겨.

(조사자 : 예.)

먼저 용인 추천석을 매장을 한 겨. 그래 가지고 혼이 ……

(조사자 : 예.)

아니 혼이 아니라 저기. 그래 가지고서 진천은 생거고, 용인 ……. 진천은 생거진천, 용인은, 용인은 사후용인 이렇게 말이 나온 거예요. 지가 표현을 잘 못 하는데. 그래서 용인은 사후용인, 죽은 ……. 진천은 생거진천.

늑대에 물렸다가 살아난 신옥균

자료코드 : 09_08_MPN_20110120_LCS_SYC_0270

조사장소 : 충청북도 진천군 이월면 송림5길 15

조사일시 : 2011.1.20

조 사 자 : 이창식, 최명환, 장호순, 김영선, 김보비

제 보 자 : 신영철, 남, 82세

구연상황 : 조사자들이 마을 동제 이야기 등을 듣다가 동티난 이야기가 있느냐고 물었다. 그러자 제보자 신영철이 늑대에 물렸던 사람이 있다면서 구연해 주었다.

줄 거 리 : 예전에 논실에 살던 고(故) 신옥균 씨의 어렸을 때 이야기라고 한다. 부모님을 마중하러 갔다가 늑대에 물렸다. 주머니칼로 늑대를 찔렀지만 소용이 없었다. 마을 고샅으로 끌려가면서 소리를 크게 지르자 마을 어른들이 사랑방에서 뛰쳐나왔다. 늑대는 놀라 도망갔지만 신옥균 씨의 얼굴에 상처가 났다고 한다.

저 논실에 신옥균씨가 어렸을 제,

(조사자 : 예.)

에, 그 부모님이 외출해 가지고선 안, 늦게 오시고 하니께.

(조사자 : 예.)

이제 논실 그 동네서 이제 부모님 마중을 나오다 늑대한테 물려서 그 왜……

[옆에 있던 청중들이 맞다고 호응을 해 주었다]

턱어리를 물려 가지고서 턱이 이렇게 찢어 가지고 살았는데.

(조사자 : 예.)

그 살은 원인이 뭐냐 하면은. 그래도 이게 늑대가 물구선 이러고 가는데. 칼 가지고 핵교, 국민핵교 댕기니께. 이 연필 깎는 칼이 있으니께. 이 놈 가지고 자꾸 찌르고 해도 그냥 막 물고 끌, 끌고 가고 이제 동네 고샅

으로 가고 하믄서. 시, 신옥균이 늑대가 물려간다 하고 소리를 질렀다는
기야 기냥 기냥.

(조사자 : 아.)

그러니께 인제 사랑방에서들 우르르 뛰어나오니께. 이거 이놈이, 이놈
이 기냥 물고 가다가 놓고선 이제 나간 겨. 그런데 그 양반이 얼굴이 이
렇게 찌그러졌어.

거북놀이 하면서 부르는 소리

자료코드 : 09_08_FOS_20110120_LCS_BSY_0240
조사장소 : 충청북도 진천군 이월면 송림5길 15
조사일시 : 2011.1.20
조 사 자 : 이창식, 최명환, 장호순, 김영선, 김보비
제 보 자 : 박시양, 남, 82세
구연상황 : 어르신들이 몇 분은 집으로 돌아가고 새로 소리판이 구성되었다. 제보자 최
운영을 중심으로 자리 잡은 가운데 옛날 소리에 대해 조사자들이 물어보았다.
제보자 박시양에게 거북놀이를 한 적이 있는지 묻자 옛날 기억을 더듬으면서
구연해 주었다.

(조사자 : 우리 어르신, 여기도 거북놀이 하셨어요?)

거북놀이?

(조사자 : 거북, 거북놀이, 그 추석 때.)

그런 거 옛날에 했지. 그런데 그 노랫소리를 몰러, 우린. 그런데 그 때
당시 그거 할 적에는, 나 불과 이십 안쪽일 껴.

(조사자 : 예, 청소년 때 했죠 여 수수깡을 덮었습니까, 여기도?)

바소쿠리 위에다가 저 수수깽이 ……..

(보조 제보자1 : 엮어 가지고서 했어.)

(보조 제보자2 : 그 거북놀이 했었어.)

(조사자 : 예.)

그렇게 거북놀이 했어. 그 어려서 한 거지.

(조사자 : 노래 있잖아요, 노래?)

(조사자 : 천석 거북아 뭐 …….)

거북아 거북아 놀어라 그거 했지.

(조사자 : 예, 그것 조금 해 보세요.)

　　거북아 거북아 놀아라
　　거북아 거북아 놀아라

(조사자 : 예.)
그 그거 이상 뭔 소리가 더 …….
(조사자 : 아니 다시 한 번 해 보세요. 한 번만 더 해 보세요.)

　　거북아 거북아 놀어라
　　거북아 거북아 놀어라
　　빨리 빨리 놀아라
　　뛰고 뛰고 놀어라

뭐 이렇게 했었지 뭐.
(조사자 : 그러면은 이렇게 집집마다 돌아다녔잖아요?)
그렇지, 맞지!
(조사자 : 그럼 뭘 줬어요, 집에서는?)
뭐 집집마다 다니면서 송편 같은 거, 인절미 같은 거. 그런 거 줬어요.

다리 뽑기 하는 소리

자료코드 : 09_08_FOS_20110507_LCS_SDS_0413
조사장소 : 충청북도 진천군 이월면 신당길 38
조사일시 : 2011.5.7
조 사 자 : 이창식, 최명환, 장호순, 김영선, 김보비
제 보 자 : 신동순, 여, 74세
구연상황 : 조사자가 제보자 신동순에게 다리 뽑기 하는 소리를 요청하자 구연해 주었다.

이거리 저거리 각거리

천두 만두 수만두

짝 발려 새양강

오리 짐치 사래육

다리 뽑기 하는 소리

자료코드 : 09_08_FOS_20110507_LCS_SBS_0411
조사장소 : 충청북도 진천군 이월면 신당길 38
조사일시 : 2011.5.7
조 사 자 : 이창식, 최명환, 장호순, 김영선, 김보비
제 보 자 : 심복순, 여, 90세
구연상황 : 조사자들이 이월면 노원리 신당마을 신당노인정에 도착했을 때, 다섯 분의
할머니가 화투놀이를 하고 있었다. 조사자들은 잠시 화투놀이를 멈추고 옛날
이야기를 해 달라고 요청하였다. 제보자 심복순이 중심이 되어 소리를 구연하
였다. 어렸을 때 다리를 헤면서 불렀던 소리를 요청하자 제보자 심복순이 구
연해 주었다.

오거리 저거리

종지만근 도만근

쩍바리 호양근

들깨짠찌 장두깨

동지섣달 무서리

대서리

아라리(1)

자료코드 : 09_08_FOS_20110507_LCS_SBS_0416

조사장소 : 충청북도 진천군 이월면 신당길 38

조사일시 : 2011.5.7

제 보 자 : 심복순, 여, 90세

조 사 자 : 이창식, 최명환, 장호순, 김영선, 김보비

구연상황 : 조사자들이 기억나는 소리를 하나 불러 달라고 요청하자 제보자 심복순이 구연해 주었다.

아우라지 뱃사공아 배좀 건너주서요

오도갑산 오도동박이 다떨어지네

아리 아리랑 아라리가 났네

아리랑 고개로 넘어만 가자

아기 어르는 소리

자료코드 : 09_08_FOS_20110507_LCS_SBS_0418

조사장소 : 충청북도 진천군 이월면 신당길 38

조사일시 : 2011.5.7

조 사 자 : 이창식, 최명환, 장호순, 김영선, 김보비

제 보 자 : 심복순, 여, 90세

구연상황 : 조사자가 아기를 어를 때 부르는 소리를 요청하자 제보자 심복순이 구연해 주었다.

둥둥둥둥 어하둥둥아

어하 둥둥

나라에는 충신되고

[제보자 웃음으로 잠시 끊김]

백성에는 노인되어

어서자자 어서놀자

나물 뜯는 소리

자료코드 : 09_08_FOS_20110507_LCS_SBS_0420
조사장소 : 충청북도 진천군 이월면 신당길 38
조사일시 : 2011.5.7
조 사 자 : 이창식, 최명환, 장호순, 김영선, 김보비
제 보 자 : 심복순, 여, 90세
구연상황 : 조사자가 제보자 심복순에게 다른 소리를 요청하자 구연해 주었다.

　　　모시대 사초싹
　　　씨러진 골로
　　　우리야 삼동세
　　　갈나물 가자

아라리(2)

자료코드 : 09_08_FOS_20110507_LCS_SBS_0425
조사장소 : 충청북도 진천군 이월면 신당길 38
조사일시 : 2011.5.7
조 사 자 : 이창식, 최명환, 장호순, 김영선, 김보비
제 보 자 : 심복순, 여, 90세
구연상황 : 조사자가 제보자 심복순에게 아무 소리나 하나 더 해 달라고 하자 구연해 주
　　　　　었다.

　　　한줌을 턱놔라 꿩그리 비네
　　　수십명 시서를 다살려 간다
　　　아리 아리랑 아라리가 났네
　　　아리랑 고개루 넘어만 가자

노랫가락

자료코드 : 09_08_FOS_20110507_LCS_SBS_0430
조사장소 : 충청북도 진천군 이월면 신당길 38
조사일시 : 2011.5.7
조 사 자 : 이창식, 최명환, 장호순, 김영선, 김보비
제 보 자 : 심복순, 여, 90세
구연상황 : 제보자 심복순이 환갑노래를 하겠다며 구연해 주었다.

환갑노래 해도 돼?

(조사자 : 예, 예. 해 보셔요.)

장부의 효자는 내아들이요

백년의 효부는 내자부라

금옥의 딸은 우리손녀요

내손자는 천지에 일월이요

우주의 순경은 내사우라

내집이 오신손님 뭘로나대접하랴

수수막걸리나마 많이많이 잡수시고

흐뭇허게 놀다가 가셔요

아라리(3)

자료코드 : 09_08_FOS_20110507_LCS_SBS_0435
조사장소 : 충청북도 진천군 이월면 신당길 38
조사일시 : 2011.5.7
조 사 자 : 이창식, 최명환, 장호순, 김영선, 김보비
제 보 자 : 심복순, 여, 90세
구연상황 : 조사자가 제보자 심복순에게 아라리를 하나 더 불러 달라고 하자 구연해 주었다.

저근네 묵밭은 작년에도나 묵더니

올해도 날과같이 또묵어지네

아리 아리랑 아라리가 났네

아리랑 고개로 넘어만 가자

밭가는 소리

자료코드 : 09_08_FOS_20110507_LCS_SBS_0440

조사장소 : 충청북도 진천군 이월면 신당길 38

조사일시 : 2011.5.7

조 사 자 : 이창식, 최명환, 장호순, 김영선, 김보비

제 보 자 : 심복순, 여, 90세

구연상황 : 조사자가 강원도 홍천이 고향인 제보자 심복순에게 소를 몰면서 밭을 갈 때 불렀던 소리를 기억하느냐고 물었다. 제보자 심복순이 구연해 주었다.

이려

마라소야 댕겨만 주게

안소는 저또랑을 천천히 돌아오게

이려 어 우어

마라소는 저들머리로만 쓱 넘어시게

안소는 더밑으루 쌱밀구만 나가세

이려 어 우어

쓱마라소는 밀고만 돌아오고

안소는 쉬어 서라

이려

마라소는 진 곳으로만 댕겨주게

안소는 어정어정 잘만나간다

이려

그거예요.

다리 뽑기 하는 소리

자료코드 : 09_08_FOS_20110507_LCS_LHS_0305
조사장소 : 충청북도 진천군 이월면 은행정2길 10
조사일시 : 2011.5.7
조 사 자 : 이창식, 최명환, 장호순, 김영선, 김보비
제 보 자 : 이해수, 여, 65세
구연상황 : 조사자들이 이월면 사곡리 이곡마을에 들어섰을 때 제보자 이해수와 정경순
을 만날 수 있었다. 제보자들은 집 앞 도로에 앉아 대화를 나누고 있었다. 조
사자가 어렸을 때 다리를 헤면서 불렀던 소리를 요청하자, 제보자 이해수가
구연해 주었다.

이거리 저거리 각거리

인사 만사 저만사

똘똘말아 주먼지 끈

하이경수 허리 빠

방아깨비 부리는 소리

자료코드 : 09_08_FOS_20110120_LCS_CUY_0230
조사장소 : 충청북도 진천군 이월면 송림5길 15
조사일시 : 2011.1.20
조 사 자 : 이창식, 최명환, 장호순, 김영선, 김보비
제 보 자 : 최운영, 남, 78세

구연상황 : 조사자가 메뚜기를 잡아서 놀던 소리가 있느냐고 물었다. 제보자 최운영은 이 곳에서는 메뚜기를 황까치라고 부른다며 구연해 주었다.

(조사자 : 어렸을 때 이렇게 메뚜기 있지 않습니까, 이렇게? 잡아 가지고 이렇게. 그 메뚜기를 여기서 뭐라고 그랬습니까?)

어, 황까치, 황까치라 그랬어요.

(조사자 : 황까치라고 그랬어요?)

예.

(조사자 : 그래 다리를 잡아 가지고 이렇게 하잖아요?)

그러면 암놈이 더 크고. 암놈을 이렇게 손가락 같이 굵은데 때까치라고 수놈은 가늘다란 게 쬐끄만 게 뒤에 붙어 있고 그래.

(조사자 : 그래서 다리를 잡아 가지고 방아를 찧잖아요?)

그래요. 방아 쩌라, 방아 쩌라고.

(조사자 : 예, 그, 그 한번 해 보셔요.)

요렇게 하고.

아침방아 쩌라
저녁방아 쩌라
잘도잘도 찐다

6. 진천읍

▌조사마을

충청북도 진천군 진천읍 교성리

조사일시 : 2011.1.20

조 사 자 : 이창식, 최명환, 장호순, 김영선, 김보비

교성리 전경

    교성리(校成里)는 충청북도 진천군 진천읍에 속하는 법정리이다. 조선 말기 진천군 남변면에 속했던 지역으로, 1914년 일제의 행정구역 개편에 따라 교동(校洞)·탑동(塔洞)·학당리(學堂里)를 병합하여 교성리라 하고 군중면에 편입하였다. 1917년 군중면을 진천면으로 개칭하였고, 1973년 진천면이 진천읍으로 승격함에 따라 진천읍 교성리가 되었다. 문안산(文案山) 줄기가 북서쪽에서 남서쪽으로 이어지고, 봉화산(烽火山) 줄기가 남

쪽에서 남동쪽까지 길게 이어지며 구릉지를 형성하고 있다. 기후가 온난하고 수량이 풍부한 편이다.

진천군청에서 동남쪽으로 약 800m 떨어져 있다. 2009년 8월 31일 현재 면적은 2.69km²이며, 총 2,380가구에 6,688명(남자 3,403명, 여자 3,285명)의 주민이 살고 있다. 북서쪽으로 진천읍 읍내리와 이웃하고 있어 같은 생활권에 속한다. 교육 기관으로 진천생명과학고등학교가 있고, 문화재로 충청북도 유형문화재 제101호인 진천향교(鎭川鄕校), 충청북도 문화재자료 제40호인 진천교성리석조연화대좌(鎭川校成里石造蓮花臺座)가 있다.

충청북도 진천군 진천읍 벽암리

조사일시 : 2011.1.20, 2011.4.16
조 사 자 : 이창식, 최명환, 장호순, 김영선, 김보비

벽암리(碧岩里)는 충청북도 진천군 진천읍에 속하는 법정리이다. 벽오(碧梧)와 수암(秀岩)의 이름을 따 벽암리라 명명하였다. 본래 벽암리는 진천군 북변면 지역이었다. 1914년 일제의 행정구역 통폐합 정책에 따라 수암리와 상리, 사랑리의 각 일부와 남변면 벽오리, 적현리를 병합하여 벽암리라 명명하고 군중면에 편입하였다. 1917년 군중면이 진천면으로 개칭되었고, 1973년 진천면이 진천읍으로 승격됨에 따라 벽암리는 진천군 진천읍에 속하게 되었다. 동남쪽으로는 문안산의 능선이, 북쪽으로는 백곡천이 서쪽으로는 진천군 진천읍 읍내리와 접하고 있다. 기후는 온난하고 강수량은 풍족한 편이다.

진천군청으로부터 약 1.2km 떨어져 있으며, 진천읍과 동일 생활권 범위 내에 있다. 2009년 8월 31일 현재 면적은 1.35km²이며, 총 458가구에 1,268명(남자 639명, 여자 629명)의 주민이 살고 있다. 자연마을로 적현,

수암, 사랑이 있다. 새마을사업의 일환으로 수암에는 마을회관이 건립되어 있으며, 1990년에는 적현경로당이, 1993년에는 수암경로당이 세워졌다.

충청북도 진천군 진천읍 상계리

조사일시 : 2011.1.8, 2011.1.19
조 사 자 : 이창식, 최명환, 장호순, 김영선, 김보비

상계리(上桂里)는 진천군 진천읍에 속하는 법정리이다. 1914년 행정구역 개편 당시 상목리(上沐里)의 상(上)자와 계양리(桂陽里)의 계(桂)자를 따서 상계리라 하였다. 조선 말기 진천군 서암면에 속했던 지역으로, 1914년 일제의 행정구역 개편에 따라 계양리·하목리·상목리·내산리를 병합하여 상계리라 하고 군중면에 편입하였다. 1917년 군중면을 진천면으

로 개칭하였고, 1973년 진천면이 진천읍으로 승격함에 따라 진천읍 상계리가 되었다. 북쪽으로 태령산(胎靈山), 남쪽으로 몽각산(夢覺山), 북서쪽으로 문안산(文案山)이 둘러싸고 있다. 기후가 온난하고 수량이 풍부하다.

상계리 전경

진천군청에서 서남쪽으로 약 8km 떨어져 있다. 2009년 8월 31일 현재 면적은 4.99km²이며, 총 81가구에 178명(남자 90명, 여자 88명)의 주민이 살고 있다. 임야 면적은 3.65km²로 상계리 전체 면적의 약 73%를 차지한다. 자연마을로 상목·하목 등이 있다. 문화재로는 사적 제414호로 지정된 김유신탄생지 및 태실이 있다.

충청북도 진천군 진천읍 연곡리

조사일시 : 2011.1.8

조 사 자 : 이창식, 최명환, 장호순, 김영선, 김보비

연곡리 전경

　연곡리(蓮谷里)는 충청북도 진천군 진천읍에 속하는 법정리이다. 보련리(宝蓮里)의 연(蓮)자와 상곡리(上谷里)의 곡(谷)자를 따서 연곡리라 하였다. 조선 말기 진천군 서암면(西岩面)에 속했던 지역으로, 1914년 일제의 행정구역 개편에 따라 상곡리·보련리·비립리를 병합하여 연곡리라 하고 군중면에 편입하였다. 1917년 군중면을 진천면으로 개칭하였고, 1973년 진천면이 진천읍으로 승격함에 따라 진천읍 연곡리가 되었다. 북쪽으로 만뢰산(萬賴山), 남쪽으로 몽각산(夢覺山), 동쪽으로 태령산(胎靈山)이 솟아 있고, 연곡저수지와 이웃하고 있다. 대부분이 산림 지역으로 평야지대는 적다. 기후가 온난하고 수량은 풍부하다.

　진천군청에서 서남쪽으로 약 10.2km 떨어져 있다. 2009년 8월 31일 현재 면적은 7.54km²이며, 총 44가구에 75명(남자 38명, 여자 37명)의 주

민이 살고 있다. 임야 면적은 6.56km²로 연곡리 전체 면적의 87%를 차지한다. 자연마을로 보련·비립 등이 있다. 문화재로 보물 제404호로 지정된 진천연곡리석비(鎭川蓮谷里石碑)가 있다. 진천읍 연곡리 483번지 보련산(寶蓮山) 자락에는 보탑사(寶塔寺)가 위치하며, 경내에는 삼층목탑이 자리하고 있다. 이 탑은 황룡사 구층목탑을 모델로 만든 탑으로, 1992년 대목수 신영훈을 비롯한 여러 부문의 장인이 참여하여 1996년 완공하였다. 높이 42.71m로 상륜부 9.99m까지 더하면 전체 높이가 무려 52.7m에 이른다.

충청북도 진천군 진천읍 읍내리

조사일시 : 2011.1.7, 2011.1.19, 2011.5.7
조 사 자 : 이창식, 최명환, 장호순, 김영선, 김보비

읍내리 전경

읍내리(邑內里)는 충청북도 진천군 진천읍에 속하는 법정리이다. 과거 진천군 남변면(南邊面) 지역을 읍내(邑內)라 부른 데서 유래된 것으로 여겨진다. 1914년 행정구역 개편에 따라 상리(上里)·하리(下里)의 각 일부와 남변면의 관문리·상장리를 병합하여 읍내리라 하고 군중면에 편입하였다. 1917년 군중면을 진천면으로 개칭하였고, 1973년 진천면이 진천읍으로 승격함에 따라 진천읍 읍내리가 되었다.

차령산맥(車嶺山脈) 줄기가 서쪽으로 무이산에서 만뢰산(萬賴山), 남쪽으로 문안산(文案山)에서 두타산(頭陀山), 동쪽으로 두타산에서 부용산(芙蓉山)으로 이어진다. 진천읍 중앙에서 이월면·광혜원면·덕산면에 걸쳐 넓은 진천평야가 펼쳐져 있고, 읍내리는 진천평야 남서부 지역에 자리 잡고 있다. 북동쪽으로 미호천(美湖川)의 지류인 백곡천(栢谷川) 등이 관통한다. 기후가 온난하고 수량이 풍부한 편이다.

진천읍 중앙부에 있는 마을로 진천군청에서 동쪽으로 약 1km 떨어져 있다. 2009년 8월 31일 현재 면적은 0.95km²이며, 총 2,286가구에 5,572명(남자 2,792명, 여자 2,780명)의 주민이 살고 있다. 읍내1리에서 읍내7리까지 7개 마을로 이루어져 있다. 진천군 경찰서, 충청북도 진천교육청 등 각종 관공서와 상가가 밀집되어 있어 진천군의 교육·문화의 중심 구실을 하고 있다.

충청북도 진천군 진천읍 장관리

조사일시 : 2011.2.16
조 사 자 : 이창식, 최명환, 장호순, 김영선, 김보비

장관리(長管里)충청북도 진천군 진천읍에 속하는 법정리이다. 사미 서쪽에 있는 마을로, 마을을 둘러싸고 있는 뒷동산의 모습이 긴 대나무와 같다고 하여 장관리라 하였다고 한다. 조선 말기 진천군 행정면에 속했던

지역으로, 1914년 일제의 행정구역 개편에 따라 구봉리, 북변면 상리 일부와 사미리를 병합하여 장관리라 하고 군중면에 편입하였다. 1917년 군중면을 진천면으로 개칭하였고, 1973년 진천면이 진천읍으로 승격함에 따라 진천읍 장관리가 되었다. 북쪽으로 옥녀봉(玉女峰), 동쪽으로 백곡저수지, 남쪽으로 백곡천, 서쪽으로 성석리와 이웃하고 있다. 기후가 온난하고 수량이 풍부하다.

장관리 전경

진천군청에서 서북쪽으로 약 3.2km 떨어져 있다. 2009년 8월 31일 현재 면적은 3.75km²이며, 총 786가구에 1,874명(남자 1,091명, 여자 783명)의 주민이 살고 있다. 임야 면적은 1.08km²로 장관리 전체 면적의 약 33%를 차지한다. 자연마을로 원장관·구봉·사미·지적 등이 있다. 국도 17호선이 서부 지역을 남북으로 관통한다.

충청북도 진천군 진천읍 지암리

조사일시 : 2010.12.24, 2011.4.15
조 사 자 : 이창식, 최명환, 장호순, 김영선, 김보비

　지암리(芝岩里)는 충청북도 진천군 진천읍에 속하는 법정리이다. 지장리(芝長里)의 '지(芝)'자와 가암리(加岩里)의 '암(岩)'자를 따서 지암리라 하였다. 조선 말기 진천군 서암면에 속했던 지역으로, 1914년 일제의 행정구역 개편에 따라 지장리·유점리·상가리·산직리·가암리·입장리·신리를 병합하여 지암리라 하고 군중면에 편입하였다. 1917년 군중면을 진천면으로 개칭하였고, 1973년 진천면이 진천읍으로 승격함에 따라 진천읍 지암리가 되었다. 동쪽으로 덕유산(德裕山), 서쪽으로 양천산(凉泉山), 북쪽으로 문안산(文案山)·봉화산(烽火山), 남쪽으로 환희산(歡喜山)이 솟아 있어 평지는 적고 구릉지가 많다. 기후가 온난하고 수량이 풍부한 편이다.

지암리 전경

진천군청에서 서남쪽으로 약 5.2km 떨어져 있다. 2009년 8월 31일 현재 면적은 6.67km²이며, 총 144가구에 332명(남자 168명, 여자 164명)의 주민이 살고 있다. 임야 면적은 3.79km²로 지암리 전체 면적의 약 57%를 차지한다. 자연마을로 놋점·입장·가슬·지장 등이 있다. 마을 서쪽으로 국도 17호선이 청주로 이어지고, 동쪽으로 국도 21호선이 천안으로 이어진다. 문화재로 충청북도 유형문화재 제216호인 진천지암리석조여래입상(鎭川芝岩里石造如來立像)이 있다.

충청북도 진천군 진천읍 행정리

조사일시 : 2011.5.7
조 사 자 : 이창식, 최명환, 장호순, 김영선, 김보비

행정리 전경

행정리(杏井里)는 충청북도 진천군 진천읍에 속하는 법정리이다. 내동에서 동북쪽으로 300m 지점에 있는 살구우물에서 유래한 이름이다. 조선 말기 진천군 행정면에 속했던 지역으로, 1914년 일제의 행정구역 개편에 따라 상내동·하내동·중리·상리·하리·취적리·괴형리·장관리 일부, 북변면 사랑리 일부를 병합하여 행정리라 하고 군중면에 편입하였다. 1917년 군중면을 진천면으로 개칭하였고, 1973년 진천면이 진천읍으로 승격함에 따라 진천읍 행정리가 되었다. 북동쪽으로 백곡저수지, 북서쪽으로 벽암리와 이웃하고 있고, 그 밖의 곳은 문안산(文案山) 자락에 둘러싸여 있다. 기후가 온난하고 수량이 풍부한 편이다.

진천군청에서 약 2.4km 떨어져 있다. 2009년 8월 31일 현재 면적은 4.80km²이며, 총 198가구에 497명(남자 257명, 여자 240명)의 주민이 살고 있다. 임야 면적은 2.83km²로 행정리 전체 면적의 약 59%를 차지한다. 자연마을로는 내동·중리·취적 등이 있다.

▌제보자

김동렬, 남, 1944년생

주 소 지 : 충청북도 진천군 진천읍 장관1길 2-3
제보일시 : 2011.2.16
조 사 자 : 이창식, 최명환, 장호순, 김영선, 김보비

　제보자 김동렬은 진천군 진천읍 장관리
원장관마을 토박이로 현재는 읍내리에 거주
하고 있다. 채록 당일은 원장관마을 동제를
지내는 날이라 들어온 것이라 하였다. 김유
신의 후손으로, 김유신 장군 이야기를 자세
하게 구연해 주었다.

제공 자료 목록
09_08_FOT_20110216_LCS_GDY_0255 중악석굴에서 검과 책을 받은 김유신
09_08_FOT_20110216_LCS_GDY_0260 진천에서 출생한 김유신 장군

김래순, 여, 1931년생

주 소 지 : 충청북도 진천군 진천읍 보련골길 40-4
제보일시 : 2011.1.8
조 사 자 : 이창식, 최명환, 장호순, 김영선, 김보비

　제보자 김래순은 연곡리 보련마을 토박이
로, 같은 마을에서 23세에 혼인해 지금까지
살고 있다. 제보자 김상래의 동생이다. 조사
자들이 연곡리 보련노인정 할아버지방에서
조사를 마치고 나왔을 때, 거실에서 화투놀

이를 하고 있었다. 제보자 이영희 요청으로 함께 소리를 구연해 주었다. 제보자는 이영희의 시누이기도 하다.

제공 자료 목록
09_08_FOS_20110108_LCS_GRS_0225 노랫가락

김병수, 남, 1938년생

주 소 지 : 충청북도 진천군 진천읍 상산로 62
제보일시 : 2011.5.7
조 사 자 : 이창식, 최명환, 장호순, 김영선, 김보비

제보자 김병수는 진천군 문봉리가 고향이다. 어려서 외가가 있던 진천읍 벽암리에 잠깐 살았다. 초등학교에 다닐 무렵에는 아산시로 이사를 갔다. 초등학교 4학년 때 한국전쟁이 일어났는데, 그때 인민군이 가르쳐 준 노래를 기억하고 있었다. 김병수의 조부는 지관이었고, 외조부는 길상사의 전신인 서발한사의 관리인이었다고 한다. 진천군에서 전승하는 김유신 관련 이야기, 농다리 이야기 등을 구연해 주었다.

제공 자료 목록
09_08_FOT_20110507_LCS_GBS_0110 네 번 옮긴 길상사
09_08_FOT_20110507_LCS_GBS_0115 임 장군이 놓은 농다리
09_08_FOT_20110507_LCS_GBS_0116 내기로 누이가 쌓은 농다리

김병천, 남, 1937년생

주 소 지 : 충청북도 진천군 진천읍 중앙서로 29

제보일시 : 2011.01.19
조 사 자 : 이창식, 최명환, 장호순, 김영선, 김보비

　제보자 김병천은 진천이 고향으로 현재
진천읍에서 인수당한약방을 운영하고 있다.
조부 김만희는 경기도 용인시가 고향으로
역시 의원이었다고 한다. 조부는 23세 무렵
강동군수를 지낸 민참판댁 안주인에 병을
치료하여 유명해졌었다고 한다. 조부가 돌
아가셨을 때, 많은 만장 등을 걸었던 기억에
생생하다고 한다.

　김병천은 셋째로 태어났으며, 8세에 아버지 김태원을 여의였다. 서울 당
숙모집에서 한양중학교에 다녔는데, 한국전쟁으로 진천으로 돌아오게 되었
다. 김유신의 후손으로 김유신 장군 관련 설화를 상세히 구연해 주었다.

제공 자료 목록

09_08_FOT_20110119_LCS_GBC_0211 신라의 귀족이 된 김유신 집안
09_08_FOT_20110119_LCS_GBC_0212 하늘이 이어준 김유신 부모
09_08_FOT_20110119_LCS_GBC_0213 하늘에서 동자가 내려오는 꿈을 꾸고 태어난
　　　　　　　　　　　　　　　　　　 김유신
09_08_FOT_20110119_LCS_GBC_0214 어머니 뱃속에서 팔십삼 년 만에 태어난 노자
09_08_FOT_20110119_LCS_GBC_0215 노자에게 큰절을 한 공자
09_08_FOT_20110119_LCS_GBC_0216 진천에서 어린 시절을 보낸 김유신
09_08_FOT_20110119_LCS_GBC_0217 화랑이 여성에서 남성으로 바뀐 이유
09_08_FOT_20110119_LCS_GBC_0218 진천에서 경주로 옮겨 간 김유신 가족
09_08_FOT_20110119_LCS_GBC_0219 지략이 뛰어난 김유신 장군
09_08_FOT_20110119_LCS_GBC_0220 아버지를 도와 상당산성을 함락시킨 김유신
　　　　　　　　　　　　　　　　　　 장군
09_08_FOT_20110119_LCS_GBC_0221 문무왕에게 유언을 남긴 김유신 장군
09_08_FOT_20110119_LCS_GBC_0222 진천에서 훈련한 김유신 장군
09_08_FOT_20110119_LCS_GBC_0223 비담에게서 무술 공부를 한 김유신 장군

김분태, 여, 1938년생

주 소 지 : 충청북도 진천군 진천읍 취적안길 2
제보일시 : 2011.5.7
조 사 자 : 이창식, 최명환, 장호순, 김영선, 김보비

제보자 김분태는 진천군 덕산면 중방마을
이 고향이다. 4남매(2남 2녀)를 두었으며 남
편 류제현과 함께 농사를 짓고 살았다. 절
에 다닌다며 천수경 등을 구연해 주기도 하
였다.

제공 자료 목록

09_08_FOS_20110507_LCS_GBT_0222 다리 뽑기 하는 소리
09_08_FOS_20110507_LCS_GBT_0224 거북놀이 하면서 부르는 소리
09_08_FOS_20110507_LCS_GBT_0228 잠자리 잡는 소리
09_08_FOS_20110507_LCS_GBT_0230 빠진 이빨 던지면서 부르는 소리
09_08_FOS_20110507_LCS_GBT_0232 모래집 짓는 소리
09_08_FOS_20110507_LCS_GBT_0240 학질 떼는 소리
09_08_FOS_20110507_LCS_GBT_0244 소 축원하는 소리
09_08_FOS_20110507_LCS_GBT_0250 아기 재우는 소리
09_08_FOS_20110507_LCS_GBT_0252 시집살이하는 소리

김상래, 남, 1930년생

주 소 지 : 충청북도 진천군 진천읍 보련골길 40-4
제보일시 : 2011.1.8
조 사 자 : 이창식, 최명환, 장호순, 김영선, 김보비

제보자 김상래는 진천읍 연곡리 보련마을
토박이로 3대째 살고 있다. 다른 곳에 나가
서 살지는 않았다. 5형제를 두었으며, 모두

출가를 시켰다. 선친께서는 89세에 돌아가셨다고 한다. 논농사보다는 밭
농사를 많이 하였다.

제공 자료 목록
09_08_FOS_20110108_LCS_GSR_0134 다리 뽑기 하는 소리

김순래, 여, 1946년생

주 소 지 : 충청북도 진천군 중앙북2길 6-24
제보일시 : 2011.1.7
조 사 자 : 이창식, 최명환, 장호순, 김영선, 김보비

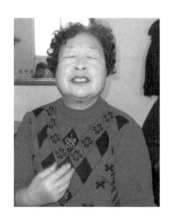

    제보자 김순래는 진천군 덕산면 어지미마
을이 고향으로 벽암리로 시집을 왔다. 마을
에서는 제보자를 용진댁이라고 부른다. 조사
자들이 조사를 하는 동안 옆에서 나물을 다
듬고 있었다. 잠시 후, 조사자들에게 찐빵을
건네고는 조사자들이 조사하는 것을 보니
옛날이야기가 생각난다면서 구연해 주었다.

제공 자료 목록
09_08_MPN_20110107_LCS_GSR_0009 병막애의 유래
09_08_FOS_20110107_LCS_GSR_0025 살치기 놀이 하는 소리
09_08_FOS_20110107_LCS_GSR_0035 빠진 이빨 던지면서 부르는 소리
09_08_FOS_20110107_LCS_GSR_0043 모래집 짓는 소리

김정득, 남, 1928년생

주 소 지 : 충청북도 진천군 진천읍 사랑재길5 김정득 자택
제보일시 : 2011.4.16
조 사 자 : 이창식, 최명환, 장호순, 김영선, 김보비

제보자 김정득은 본관이 김해로 중악석굴이 있는 이월면 사곡리 사지마을이 고향이다. 11세까지 사지마을에서 살다가 이월면 사곡4리 반지마을로 이사하여 농사를 지었다. 논산훈련소 1기생으로 군에 들어갔다가 강원도 홍천으로 발령을 받았다. 거기에서 부인을 만나 결혼하였으며 3남매(1남 2녀)를 두었다. 제대 후 28세에 진천읍 벽암리3반으로 이사를 나왔다. 주로 벼농사를 지었다. 모를 심으면서 선소리를 한 경험은 없으나 하는 방법은 알고 있다고 하였다. 또 나무하러 다니면서 불렀다는 아리랑타령 등을 구연해 주었다.

제공 자료 목록

09_08_MPN_20110416_LCS_GJD_0050 자녀들의 잘못을 깨닫게 한 어머니
09_08_FOS_20110416_LCS_GJD_0020 창부 타령(1)
09_08_FOS_20110416_LCS_GJD_0022 창부 타령(2)
09_08_FOS_20110416_LCS_GJD_0027 운상하는 소리
09_08_FOS_20110416_LCS_GJD_0035 다리 뽑기 하는 소리
09_08_FOS_20110416_LCS_GJD_0056 방아깨비 부리는 소리
09_08_FOS_20110416_LCS_GJD_0057 빠진 이빨 던지면서 부르는 소리
09_08_FOS_20110416_LCS_GJD_0058 잠자리 잡는 소리
09_08_FOS_20110416_LCS_GJD_0060 술래잡기 하는 소리
09_08_FOS_20110416_LCS_GJD_0062 아기 재우는 소리

김승회, 남, 1938년생

주 소 지 : 충청북도 진천군 진천읍 김유신길 26
제보일시 : 2011.1.19
조 사 자 : 이창식, 최명환, 장호순, 김영선, 김보비

제보자 김승회는 진천읍 문봉리 대막거리
마을이 고향이다. 현재 살고 있는 진천읍
상계리 연평마을은 문봉리 옆 마을이다. 지
금 사는 곳으로 이주한 지는 몇 해 되지 않
았다. 김승회는 초등학교 졸업 후 목수로
일하면서 농사도 함께 지었다. 지금은 목수
일을 그만두었으며, 독학으로 서예를 배우
고 있다. 서예는 어려서부터 할 줄 알았는
데, 할머니께서 장자는 축과 지방 정도는 쓸 줄 알아야 한다며 권했다고
한다. 청원군 오창에 위치한 한 서실을 다니고 있다. 현재 집 1층에 작업
실을 만들어 서예와 표구를 한다.

제공 자료 목록

09_08_FOT_20110119_LCS_GSH_0133 배를 타고 다니며 북을 친 북바위
09_08_FOT_20110119_LCS_GSH_0171 대막거리마을의 괴질을 치료해 준 허준

류제현, 남, 1939년생

주 소 지 : 충청북도 진천군 진천읍 취적안길 2
제보일시 : 2011.5.7
조 사 자 : 이창식, 최명환, 장호순, 김영선, 김보비

제보자 류제현의 본관은 문화로 진천군
진천읍 행정리 취적마을 토박이다. 이 마을
에 자리 잡은 지 200여 년이 된다고 한다.
4남매(2남 2녀)를 두었으며, 부인 김분태와
함께 농사를 짓고 살았다. 마을 지명, 주변
인물 이야기 등을 잘 알고 있었다. 행정리

에서 논농사할 때에도 선소리를 주었고, 상이 났을 때도 요령을 잡았다. 그 외에 유행가 등의 다양한 소리를 할 줄 알았다. 류제현은 기억력이 좋았는데 어머니 김흑철이 불렀던 소리라며 구연하기도 하였다.

제공 자료 목록

09_08_FOS_20110507_LCS_RJH_0205 논매는 소리
09_08_FOS_20110507_LCS_RJH_0210 운상하는 소리
09_08_FOS_20110507_LCS_RJH_0215 장례놀이 하는 소리
09_08_FOS_20110507_LCS_RJH_0220 다리 뽑기 하는 소리
09_08_FOS_20110507_LCS_RJH_0235 모래집 짓는 소리
09_08_FOS_20110507_LCS_RJH_0237 귓물 빼는 소리
09_08_FOS_20110507_LCS_RJH_0255 베 짜는 소리

박경애, 여, 1933년생

주 소 지 : 충청북도 진천군 진천읍 지암7길 25-1
제보일시 : 2010.12.24
조 사 자 : 이창식, 최명환, 장호순, 김영선, 김보비

제보자 박경애는 청원군 옥산면 덕절마을이 고향이다. 오송읍 용산리에서 살다가 지암리 지장골마을로 20세에 시집와서 현재까지 살고 있다. 현재 82세인 남편과 함께 거주하고 있으며, 자녀는 5남매(2남 3녀)를 두었다. 지장골에서 주로 농사를 짓고 살았다.

제공 자료 목록

09_08_FOS_20101224_LCS_BGA_0130 태평가

박안호, 남, 1928년생

주 소 지 : 충청북도 진천군 진천읍 포석길 7
제보일시 : 2011.4.16
조 사 자 : 이창식, 최명환, 장호순, 김영선, 김보비

　제보자 박안호는 진천군 진천읍 벽암리가
고향이다. 고조부 때부터 진천에서 살았다
고 한다. 3형제 중 둘째로 태어났다. 자녀는
5남매(4녀 1남)을 두었다. 충청북도 도청에
서 공무원으로 27년 동안 근무하고 정년퇴
직하였다. 본가는 진천읍 벽암리에 있었으
나 청주에서 자취를 많이 하였다고 한다.

제공 자료 목록
09_08_FOT_20110416_LCS_BAH_0110 생거진천의 유래

박영순, 여, 1922년생

주 소 지 : 충청북도 진천군 진천읍 포석길 11
제보일시 : 2011.1.20
조 사 자 : 이창식, 최명환, 장호순, 김영선, 김보비

　제보자 박영순은 청주 흥덕구 내곡동 소
래울마을이 고향이다. 15세에서 17세 사이
에 증평주씨인 남편을 만나 결혼하였다고
한다. 처음 살림을 난 곳은 음성군 대소면이
었다. 그때 땅을 많이 샀으나 남편이 노름을
하여 모두 탕진하였다고 한다. 6남매(2남 4
녀)를 두었는데 모두 출가하여 다른 지역에

서 살고 있다. 진천읍 벽암리 수암마을에 정착한 것은 35년 정도 되는데, 남편은 3년 전에 작고하였다.

제공 자료 목록
09_08_FOS_20110120_LCS_BYS_0140 아라리

변창숙, 여, 1939년생

주 소 지 : 충청북도 진천군 진천읍 중앙북2길 6-24
제보일시 : 2011.1.7
조 사 자 : 이창식, 최명환, 장호순, 김영선, 김보비

변창숙 제보자는 진천읍 연곡리 보련골이 고향으로 17세에 벽암리로 시집을 왔다. 친정 동생인 변상렬(58세)은 시조창을 잘한다. 다음날 조사자들이 보련골에 가서 만났다. 마을 이장(이영환)이 나가자, 성격이 활달한 제보자가 구연 현장을 주도하였다. 마을 주민들은 원환댁이라도 부른다.

제공 자료 목록
09_08_FOS_20110107_LCS_BCS_0011 다리 뽑기 하는 소리
09_08_FOS_20110107_LCS_BCS_0015 꼬리치기 하는 소리
09_08_FOS_20110107_LCS_BCS_0041 모래집 짓는 소리

서복순, 여, 1935년생

주 소 지 : 충청북도 진천군 진천읍 중앙북2길 6-24
제보일시 : 2011.1.7
조 사 자 : 이창식, 최명환, 장호순, 김영선, 김보비

제보자 서복순은 충청남도 천안시 입장면 홍청마을이 고향이다. 당시 고향에서 들었던 이야기를 구연해 주었다. 17세에 벽암리로 시집을 왔으며, 4남매(3남1녀)를 두었다. 마을 주민들은 제보자를 손씨네로 부른다.

제공 자료 목록

09_08_FOS_20110107_LCS_SBS_0050 이 빠진 아이 놀리는 소리

09_08_FOS_20110107_LCS_SBS_0060 아이 재우는 소리

09_08_FOS_20110107_LCS_SBS_0068 다리 뽑기 하는 소리

서호준, 남, 1934년생

주 소 지 : 충청북도 진천군 김유신길 117-3
제보일시 : 2011.1.19
조 사 자 : 이창식, 최명환, 장호순, 김영선, 김보비

제보자 서호준은 진천읍 상계리 하목마을이 고향으로 4대째 하목마을에서 살고 있다. 어려서 달리 배운 것이 없기 때문에 농사를 지었다고 한다. 서호준은 하목마을 노인회장을 맡고 있다. 상계리 계양마을에서 태어난 김유신 관련 이야기 등을 어려서부터 들었다고 한다. 또한 상계리 주변 지명 등에 대해서도 상세히 알고 있었다. 현재 눈이 안좋아 글씨 등을 잘 보지 못한다고 한다.

제공 자료 목록

09_08_FOT_20110119_LCS_SHJ_0111 진천에서 태어난 김유신 장군

소삼례, 여, 1933년생

주 소 지 : 충청북도 진천군 진천읍 포석길 11
제보일시 : 2011.1.20
조 사 자 : 이창식, 최명환, 장호순, 김영선, 김보비

　제보자 소삼례는 진주가 본관으로, 선친
께서 전라도에서 진천군 이월면 중산리로
이사한 후 태어났다. 이월면 중산리에서 어
린 시절을 보냈으며, 그때 불렀던 소리와
들었던 이야기들을 기억하고 있었다. 21세
에 진천읍내로 시집을 와서 살다가 진천읍
벽암리 수암마을에 정착한 것은 48년째이
다. 현재 남편과 함께 살고 있다.

제공 자료 목록
09_08_FOS_20110120_LCS_SSR_0131 노랫가락
09_08_MFS_20110120_LCS_SSR_0170 아라리

신동순, 남, 1930년생

주 소 지 : 충청북도 진천군 진천읍 장관1길 2-3
제보일시 : 2011.2.16
조 사 자 : 이창식, 최명환, 장호순, 김영선, 김보비

　제보자 신동순은 진천군 진천읍 장관리
원장관마을에 5대째 살고 있는 토박이다.
원장관마을 노인회장을 맡고 있으며, 장관
리 주변 지명을 구체적으로 알고 있었다.
옛날부터 지속적으로 지내오고 있는 원장관

마을 동제를 주관하고 있다. 조사자들이 마을을 찾은 날도 동제를 지내는 날이었다. 이장과 미리 연락한 후 노인회장을 찾은 것이라 그런지 조사자들의 질문에 자세하게 대답해 주었다. 그리고 자신이 들었던 설화도 구연해 주었다.

제공 자료 목록

09_08_FOT_20110216_LCS_SDS_0250 장수가 옮겨 놓은 장수바위

안규열, 남, 1934년생

주 소 지 : 충청북도 진천군 진천읍 보련골길 40-4

제보일시 : 2011.1.8

조 사 자 : 이창식, 최명환, 장호순, 김영선, 김보비

제보자 안규열은 충주시 살미면이 고향으로, 선친께서 진천읍 연곡리 보련마을로 이주해 왔다. 먼저, 5세 무렵 진천군 이월면 중산리로 이사했다가 6·25한국전쟁 무렵에 보련마을로 들어왔다. 당시에 제보자는 군대에 가 있어서 선친께서 보련마을로 이사 온 것을 몰랐다. 제대 후에야 알 수 있었다. 그 후 다시 영장이 나와 군대에 재입대  했다. 6·25참전용사에 명단에 빠져 있음을 아쉬워하였다. 논농사보다는 밭농사를 많이 하였다.

제공 자료 목록

09_08_FOS_20110108_LCS_AGY_0151 해 부르는 소리

이귀선, 여, 1933년생

주 소 지 : 충청북도 진천군 진천읍 상계길 122
제보일시 : 2011.1.8
조 사 자 : 이창식, 최명환, 장호순, 김영선, 김보비

제보자 이귀선은 광혜원읍이 고향으로 소
리 구연을 현실감 있게 해 주었다. 조사자
들이 이상협의 소개로 상목경로당에 들어가
조사를 시작하면서 다리를 헤면서 불렀던
소리를 기억하는지 물어보자, 제보자 이영
순과 함께 시연을 하며 불러 주었다.

제공 자료 목록
09_08_FOS_20110108_LCS_LGS_0321 다리 뽑기 하는 소리
09_08_FOS_20110108_LCS_LGS_0325 살치기 놀이 하는 소리
09_08_FOS_20110108_LCS_LGS_0353 해 부르는 소리

이기세, 남, 1924년생

주 소 지 : 충청북도 진천군 진천읍 김유신길 640
제보일시 : 2011.1.8
조 사 자 : 이창식, 최명환, 장호순, 김영선, 김보비

제보자 이기세는 연곡리 비선마을 토박이
로 12대째 살고 있다. 본관은 전의이다. 7남
매(2남 5녀)를 두었으며, 지금은 모두 출가
시켰다. 밭농사를 지었는데 보리와 밀농사
를 많이 하였다. 5년 전까지 소를 키웠다.
제보자의 조부는 100세까지 살았고, 선친은
84세까지, 형은 88세까지 산 장수하는 집안

으로 소문이 나 있다. 일제강점기 당시 몸무게 미달로 징용을 가지 않았다고 한다. 상산학교를 3학년까지 다녔다. 제보자는 지역의 지명 유래에 대해서 비교적 상세하게 알고 있었다. 구연해 준 소리는 선친께서 불렀던 것을 기억하고 있는 것이라고 한다. 현재 진천복지관을 다니며 서예를 배운다.

제공 자료 목록

09_08_FOT_20110108_LCS_IGS_0020 복수혈에 자리 잡은 이영길 묘소
09_08_FOT_20110108_LCS_IGS_0025 김유신의 태를 묻은 태령산
09_08_FOT_20110108_LCS_IGS_0030 만뢰산에서 왜적을 물리친 유창곡 장군
09_08_FOT_20110108_LCS_IGS_0050 생거진천의 유래
09_08_FOS_20110108_LCS_IGS_0040 농부가
09_08_FOS_20110108_LCS_IGS_0060 담바구 타령
09_08_FOS_20110108_LCS_IGS_0062 어랑 타령
09_08_FOS_20110108_LCS_IGS_0065 밭가는 소리
09_08_FOS_20110108_LCS_IGS_0068 십회훈 외는 소리

이상협, 남, 1947년생

주 소 지 : 충청북도 진천군 진천읍 상계길 122
제보일시 : 2011.1.8
조 사 자 : 이창식, 최명환, 장호순, 김영선, 김보비

제보자 이상협은 진천읍 상계리 상목마을 토박이로 3대째 살고 있다. 조사자들이 상목마을에 도착했을 때, 노인정 앞에서 조사자들과 만났다. 조사자들이 제보자에게 조사 목적을 이야기해 주었고, 상목경로당으로 들어가 조사자들을 마을 사람들에게 소개해 주었다. 본관은 청주이다.

제공 자료 목록

09_08_FOT_20110108_LCS_ISH_0310 함흥차사로 간 이거이(李居易)

09_08_FOT_20110108_LCS_ISH_0315 빈대 때문에 망한 상목리 절(寺)

이영순, 여, 1938년생

주 소 지 : 충청북도 진천군 진천읍 상계길 122

제보일시 : 2011.1.8

조 사 자 : 이창식, 최명환, 장호순, 김영선, 김보비

제보자 이영순은 진천읍 행정리가 고향이
다. 조사자들이 이상협의 소개로 상목경로
당에 들어가 조사를 시작하면서 다리를 헤
면서 불렀던 소리를 기억하는지 물어보자,
제보자 이귀선과 함께 시연을 하며 불러 주
었다.

제공 자료 목록

09_08_FOS_20110108_LCS_IYS_0320 다리 뽑기 하는 소리

09_08_FOS_20110108_LCS_IYS_0328 풍감 묻기 하는 소리

이영환, 남, 1941년생

주 소 지 : 충청북도 진천군 진천읍 중앙북2길 6-24

제보일시 : 2011.1.7

조 사 자 : 이창식, 최명환, 장호순, 김영선, 김보비

제보자 이영환은 진천읍 벽암리 이장을
맡고 있다. 조사자들이 읍내리 1구 경로당
에서 조사를 하고 있을 때 중간에 들어왔다.
조사자들이 조사 목적을 이야기하고 도움을

요청하자 적극적으로 도와주었다. 벽암리 토박이로 마을 지명 등에 대해서 잘 알고 있었다. 구연 도중에 일이 있어서 자리를 일찍 떠났다.

제공 자료 목록

09_08_FOT_20110107_LCS_IYH_0005 광대백이의 유래

이영희, 여, 1933년생

주 소 지 : 충청북도 진천군 진천읍 보련골길 40-4
제보일시 : 2011.1.8
조 사 자 : 이창식, 최명환, 장호순, 김영선, 김보비

제보자 이영희는 조사자들이 연곡리 보련 노인정 할아버지방에서 조사를 마치고 나왔을 때, 거실에서 화투놀이 하는 것을 보고 있었다. 조사자들이 제보자 옆에 앉아 다리 혜는 소리를 아는지 물어보았다. 소리 구연 후 마을에서 지내는 산신제에 대해 설명해 주었다. 제보자 김상래의 부인이며 5형제를 두었다. 제보자 김래순의 올케이기도 하다.

제공 자료 목록

09_08_FOS_20110108_LCS_IYH_0206 다리 뽑기 하는 소리

이종남, 여, 1944년생

주 소 지 : 충청북도 진천군 진천읍 중앙북2길 6-24
제보일시 : 2011.1.7
조 사 자 : 이창식, 최명환, 장호순, 김영선, 김보비

제보자 이종남은 읍내리1구 경로당 총무를 맡고 있다. 조사자들이 조사

를 마칠 무렵 경로당으로 들어왔다. 조사자
가 녹음을 남기기 위한 소리를 요청하자,
다른 제보자인 유갑순과 함께 다리 헤는 소
리를 시연하면서 불러 주었다.

제공 자료 목록
09_08_FOS_20110107_LCS_IJN_0066 다리 뽑기
하는 소리

이충호, 남, 1922년생

주 소 지 : 충청북도 진천군 진천읍 문화로 74
제보일시 : 2011.1.20
조 사 자 : 이창식, 최명환, 장호순, 김영선, 김보비

제보자 이충호는 진천읍 장관리가 고향이
다. 장관리에서 3대째 살고 있으며 진천향
교의 전교였다. 조사자들이 진천읍 교성리
향교회관에서 제보자를 만났을 때 많은 이
야기를 들려주었다. 기억력이 좋았으며 사
람을 편하게 하는 말투와 인상이었다. 한학
과 인물에 관한 이야기를 비교적 상세히 알
고 있었으나 몸이 좋지 않아 장시간 구연에
는 힘들어하였다.

제공 자료 목록
09_08_FOT_20110120_LCS_ICH_0015 정철 묘소를 잡아 준 송시열

장정현, 여, 1935년생

주 소 지 : 충청북도 진천군 진천읍 상계길 122
제보일시 : 2011.1.8
조 사 자 : 이창식, 최명환, 장호순, 김영선, 김보비

제보자 장정현은 조사자들이 조사하는 것
을 옆에 앉아 듣고 있었다. 제보자 정두해가
아기 재우는 소리를 구연하고 나서, 조사자
가 제보자에게 잠자리를 잡으면서 불렀던
소리를 아는지 물어보자, 수줍어하면서 구
연해 주었다.

제공 자료 목록
09_08_FOS_20110108_LCS_JJH_0341 잠자리 잡는
소리
09_08_FOS_20110108_LCS_JJH_0342 잠자리 시집보내는 소리
09_08_FOS_20110108_LCS_JJH_0401 모래집 짓는 소리

장해순, 여, 1923년생

주 소 지 : 충청북도 진천군 진천읍 중악북2길 6-24
제보일시 : 2011.1.7
조 사 자 : 이창식, 최명환, 장호순, 김영선, 김보비

제보자 장해순은 경상북도 상주가 고향으
로 선친을 따라서 벽암리로 이주해 왔다.
마을 주민들은 제보자를 진만댁이라고 부른
다. 읍내1구 경로당에서 최고령자이다. 조사
자들이 잠자리 잡으면서 불렀던 소리를 요
청하자, 기억을 더듬으며 구연해 주었다.

09_08_FOS_20110107_LCS_JHS_0032 잠자리 잡는 소리

정경임, 여, 1931년생

주 소 지 : 충청북도 진천군 진천읍 지암7길 25-1
제보일시 : 2010.12.24
조 사 자 : 이창식, 최명환, 장호순, 김영선, 김보비

　제보자 정경임은 청주시 비하동 강서마을
이 고향으로 본관은 동래이다. 현재 남편과
함께 거주하고 있으며, 7남매(1남 6녀)를 두
었다. 지장골에서는 주로 논농사를 지으며
살았다. 제보자는 유년 시절의 놀이와 노래
등을 잘 기억하고 있었다. 구연에 적극적으
로 참여하여 조사 분위기를 주도하였다.

제공 자료 목록

09_08_FOS_20101224_LCS_JGI_0116 풍감 묻기 하는 소리
09_08_FOS_20101224_LCS_JGI_0117 다리 뽑기 하는 소리
09_08_FOS_20101224_LCS_JGI_0132 노들강변
09_08_FOS_20101224_LCS_JGI_0134 강원도 아리랑

정두해, 여, 1935년생

주 소 지 : 충청북도 진천군 진천읍 상계길 122
제보일시 : 2011.1.8
조 사 자 : 이창식, 최명환, 장호순, 김영선, 김보비

　제보자 정두해는 이월면 삼용리가 고향으
로 21세에 상계리 상목마을로 시집을 왔다.

4형제를 두었으며, 시집올 당시를 상세하게 기억하고 있었다. 제보자는 옆에서 조사하는 광경을 지켜보고 있다가 주술적인 소리를 주로 해 주었다. 젊어서는 소리를 했지만, 해 본지가 오래되어 잘 못 한다고 한다.

제공 자료 목록

09_08_FOS_20110108_LCS_JDH_0357 물건 찾는 소리

09_08_FOS_20110108_LCS_JDH_0359 다래끼 떼는 소리

09_08_FOS_20110108_LCS_JDH_0360 삼 잡기 하는 소리

09_08_FOS_20110108_LCS_JDH_0362 학질 떼는 소리

09_08_FOS_20110108_LCS_JDH_0390 이 빠진 아이 놀리는 소리

09_08_FOS_20110108_LCS_JDH_0393 빠진 이빨 던지면서 부르는 소리

정수해, 여, 1929년생

주 소 지 : 충청북도 진천군 진천읍 지암3길 68-1

제보일시 : 2011.4.15

조 사 자 : 이창식, 최명환, 장호순, 김영선, 김보비

제보자 정수해는 안성시 금강면이 고향이다. 16세 되던 해 2월에 진천군 진천읍 지암리 던바위마을로 시집을 왔다. 자녀는 8남매(5남 3녀)를 두었으며 남편과 함께 농사를 지었다. 던바위마을에 처음 왔을 때 총 10가구가 살고 있었는데 현재는 6가구만 남았다고 한다. 1988년에 남편과 사별하였다. 정수해는 시집오자마자 베 짜는 것을 배워서 베틀을 하기도 하였으며, 갈도 꺾어 봤다면서 관련된 소리를 구연해 주었다.

제공 자료 목록

09_08_FOT_20110415_LCS_JSH_0228 남사고가 묘를 쓴 이야기

09_08_FOS_20110415_LCS_JSH_0215 모래집 짓는 소리
09_08_FOS_20110415_LCS_JSH_0222 다리 뽑기 하는 소리
09_08_MFS_20110415_LCS_JSH_0220 성주풀이(1)
09_08_MFS_20110415_LCS_JSH_0224 성주풀이(2)

조을선, 여, 1928년생

주 소 지 : 충청북도 진천군 진천읍 지암7길 25-1
제보일시 : 2010.12.24
조 사 자 : 이창식, 최명환, 장호순, 김영선, 김보비

제보자 조을선은 진천읍 가산리가 고향이
다. 영일 정씨인 남편과 1991년 사별하였다.
남편 생전 시, 남편이 정송강사에 가서 제
를 지냈기 때문에 제물을 준비하기 위해서
제보자도 정송강사에 자주 갔었다고 한다.
주로 농사를 지었으며, 벼·들깨 농사를 많
이 하였다.

제공 자료 목록
09_08_FOS_20101224_LCS_JES_0140 창부 타령
09_08_FOS_20101224_LCS_JES_0156 모래집 짓는 소리
09_08_FOS_20101224_LCS_JES_0162 빠진 이빨 던지면서 부르는 소리
09_08_FOS_20101224_LCS_JES_0165 방아깨비 부리는 소리

조중욱, 남, 1921년생

주 소 지 : 충청북도 진천군 진천읍 지암3길 64-6
제보일시 : 2011.4.15
조 사 자 : 이창식, 최명환, 장호순, 김영선, 김보비

제보자 조중욱은 진천군 진천읍 지암리 던바위마을에서 증조부 때부터 살고 있는 토박이다. 6남매(3남 3녀) 중 둘째로 평생 농사를 지었다고 한다. 지금은 몸도 안 좋고, 더구나 눈이 멀어서 아무것도 하지 못하고 있다. 7남매(3남 4녀)를 두었으며 8년 전에 부인과 사별하였다고 한다.

제공 자료 목록

09_08_FOT_20110415_LCS_JJU_0260 생거진천의 유래

하순성, 여, 1942년생

주 소 지 : 충청북도 진천군 진천읍 상계길 122
제보일시 : 2011.1.8
조 사 자 : 이창식, 최명환, 장호순, 김영선, 김보비

제보자 하순성은 경상북도 문경시 점촌동 하신기마을이 고향이다. 17세에 혼인을 하고, 19세에 이월면 중산리로 이사를 갔다가, 27세에 진천읍 상계리 먹소마을로 이주하였다. 상목마을에서 농사를 짓고 살았다.

제공 자료 목록

09_08_FOS_20110108_LCS_HSS_0397 모래집 짓는 소리

중악석굴에서 검과 책을 받은 김유신

자료코드 : 09_08_FOT_20110216_LCS_GDY_0255
조사장소 : 충청북도 진천군 진천읍 장관1길 2-3
조사일시 : 2011.2.16
조 사 자 : 이창식, 최명환, 장호순, 김영선, 김보비
제 보 자 : 김동렬, 남, 78세
구연상황 : 조사자가 옆 마을인 이월면 사곡리에 위치한 중악석굴과 관련한 김유신 이야기가 있느냐고 묻자, 제보자 김동렬이 구연해 주었다.
줄 거 리 : 중악석굴에서 김유신이 어떤 노인에게 장검하고 책을 받았다. 그걸 받아서 김유신 장군이 승승장구했다고 한다.

(조사자 : 중악석굴에 김유신 장군에서 관련된 얘기 혹시 들어보신 적 있나요?)

거기서.

(조사자 : 예.)

거기서 이제 기도하고서.

(조사자 : 예, 예.)

이 저기, 나도 이름을 잊어버렸네. 이 저, 노인 양반이 나와서.

(조사자 : 예.)

그 이름을 내가 잊어버렸네. 이, 검, 장검하고.

(조사자 : 예.)

이 저 책을 줬다는 거야.

(조사자 : 아, 노인이.)

비법. 싸우는 비법을. 그걸 받아 가지고. 김유신 장군이 이렇게 승승장구 했다는 거예요.

(조사자 : 아.)

진천에서 출생한 김유신 장군

자료코드 : 09_08_FOT_20110216_LCS_GDY_0260
조사장소 : 충청북도 진천군 진천읍 장관1길 2-3
조사일시 : 2011.2.16
조 사 자 : 이창식, 최명환, 장호순, 김영선, 김보비
제 보 자 : 김동렬, 남, 68세
구연상황 : 제보자 김동렬이 김유신 장군이 진천에서 태어났다면서 구연해 주었다.
줄 거 리 : 김유신의 증조부인 가야국 구여왕이 신라 법흥왕에게 나라를 양위하면서부터 김유신 장군이 태어나 삼국을 통일한 후 흥무대왕의 칭호를 받기까지의 이야기다. 김유신의 증조부는 가야국 구여왕이다. 신라 법흥왕에게 나라를 바친 후 가야 왕족들은 신라에서 진골 대접을 받았다. 김유신의 조부인 김무력은 옥천 지역에서 백제를 크게 물리쳐 신라에 큰 신임을 얻었다. 김유신의 일가가 성골에게 배척을 받기 시작한 것은 아버지인 김서현 때부터이다. 김서현을 좋아하던 만명공주는 성골로, 숙흘종의 딸이었다. 성골과 진골은 혼인을 할 수 없었기 때문에 숙흘종은 꾀를 내었다. 김서현을 신라의 최전방인 만노군 태수로 보내는 것이었다. 만노군은 지금의 진천 지역이다. 그리고 만명공주를 가두었다. 김서현이 만노군 태수로 부임하는 날, 갇혀 있던 만명공주에게 이변이 일어났다. 만명공주를 지키고 있던 방문에 큰 벼락이 내려쳐 만명공주가 도망친 것이다. 김서현과 만명공주는 만노군에서 살았는데, 두 사람은 같이 큰 별이 안기는 꿈을 꾸었다. 그 후 20개월 만에 김유신을 낳았는데, 기골이 장대하였다. 김유신은 십오 세에 경주에 가서 화랑이 되었다. 그 후 청주 낭비성 전투에서 큰 전과를 올렸으며, 후에 백제와 고구려를 병합하는 데 큰 공을 세웠다. 벼슬이 대각간까지 올랐는데, 그것도 모자라서 태대각간의 칭호를 받았다. 김유신 사후에는 흥무대왕이라는 칭호를 받았다.

김유신 장군이 우리 진천에 태어난 얘기는 있어요.

(조사자 : 아, 그거 아시는 대로 좀 부탁드릴게요.)

김유신 장군이 이 저기 ……. 가야국에 김수로왕이 서기 42년에 가야국

을 김해에다 세웠잖아요?

(조사자 : 예.)

근데 가야국이 잘 되다가 10대 구여왕이라고 있어요. 십대 구여왕이 신라하고 계속 전투를 벌이다 보니까.

(조사자 : 예.)

도저히 신라를 이길 승산은 없는데 자기네 병사가 자꾸 죽어. 그래서 신라 법흥왕한테 나라를 바쳤어요. 490년 만에.

(조사자 : 예.)

532년에 그러니깐. 532년에 나라를 바치니깐 신라에서 그 나라를 받아 가지고 그라면서 신라왕족은 그땐 저 신분제도가 있는데 성골. 가야왕족은 진골, 두 번째. 인제 고맙다고 두 번째 벼슬도 할 수 있는 이런 자리를 줬어요. 그래가주 있는데. 김유신 장군 그 할아버지라는 거지. 그 10대 임금이 그랬어. 이는 13대인데. 10대 임금이 그랬는데. 11대에 김무력이라고 인저 훌륭한 장군이 나와 백제 땅을 많이 빼앗았대요.

(조사자 : 김무 …….)

김무력, 김무력.

(조사자 : 무력.)

예. 옥천 땅에 그 구진벼루에서 거기서 크게 승리를 한 거요. 옥천 땅에서.

(조사자 : 예.)

그래 백제 땅을 많이 뺏으니께 대각간까지 올라갔어. 최고 벼슬인데.

(조사자 : 예.)

그러다가 김유신 장군 아버지는 저 김서현이라고 경주에서 이, 저기 소판이라는 벼슬을 했어요.

(조사자 : 예, 예.)

그런데 키도 크고 잘 생겼어. 그러니까 그 경주에서 진흥왕의 조카딸.

만명공주라는 아가씨가 이 김서현이를 좋아하는 겨. 그 둘이 연애를 하는데, 도저히 그때는 성골하고 진골하고 결혼을 하면 안 돼요. 안 되니까. 이, 그 아버지가. 공주 아버지가, 숙흘종이라고 공주 아버지가. 이, 저기 임금한테 가서. 그때 진평왕인데. 진평왕한테 가서

"우리 딸년이 이런데 어떻게 하면 좋겠습니까?" 그러니까.

"아이, 고 놈을 만노군 태수로 보내야겠다."

만노군이 여기 진천이여.

(조사자 : 아 만노군.)

만노군, 신라시대 만노군이 진천이여. 그때는 진천은 백제가 됐다, 고구려가 됐다, 신라가 됐다. 연실 싸움질 하잖어. 최전방이여, 여기는.

(조사자 : 예.)

그래 여기는 죽으러 오는 자리여. 여기는. 근데, 그 이저 쫓겨 보낸 거지. 그러게 글로 발령을 냈어. 냈는데. 그 만명공주가 제일 걱정이지. 자기 제일 좋아하는 저 애인이 저 최전방으로 ……. 신라시대에 여기는 다산으로 따라와.

(조사자 : 그렇죠.)

저, 595년도 이 양반이 낳았으니까.

(조사자 : 예.)

1500년 전일 거라구. 그런데 그래 가지구 이 발령을 받어 가지구 출발하는 날, 만명공주가 따라갈까 봐. 인제 문 가장자리를 병사를 지키게 한거여. 임금이.

(조사자 : 예.)

"오늘 가 꼭 지켜라." 그랬는데.

그날따라 경주시내에 그냥 천둥번개가 바로 막 그냥 야단나더니 그 아가씨를 지키는 문 가 자리를 벼락이 때렸다는 겨. 때리니까.

(조사자 : 예.)

아가씨는 그래도 못 나와서 안달 났는데. 보따리 싸 가지고 안달이 났는데, 보니까 문 가 자리가 부서지고 병사가 다 졸도를 했거던. 그래 쫓아 나와서 김유신 장군 출발 한다는 이제 그 길목을 가니까 안 갔어. 그 말을 탔으니까 그 만노군이 여기를 온 거여.

(조사자 : 음, 말을 타니까요.)

그렇지. 그러니깐 근데 공주가 여기 왔다는 거는 있을 수도 없는 일이지. 최전방이고 여기는. 그래 가지고 이 진천 상계리라는 데가 인저, 저기 인저 만노군 그 관사. 저 군수관사가 있는데. 거기서. 진천 상계리라고 있어요. 탄생지가 있어요, 거기에는.

(조사자 : 예, 예.)

거기에 와서 뭐 아주 저 특별난 꿈을 꿨다는 겨. 큰 별이 저. 만명공주한테는 큰 별이 자기 품에 와서 안기는 품을 꾸고. 이 김유신 장군 아버지 김서현이도 그런 꿈을 꾸고. 그러더니, 이십 개월 만에 또 났다는 겨. 그래 사람이 열 달 만에 낳는데, 이십 개월 만에 났다는 겨.

(조사자 : 이십 개월 만에.)

예.

(조사자 : 예.)

그래 특별하게 낳는데. 그 당시에 그래서 막, 경주에 왕족들이 이 김유신 장군, 가야왕족 굉장히 미워했다는 거예요.

(조사자 : 예.)

결혼도 못 하게 했는데. 저, 거서 데리고 나와서 거기서 애기를 낳으니까. 굉장히 미워했는데. 그래도 나중에 인저. 태가 태, 태실이 거기 있어요.

(조사자 : 예.)

여 상계리 가면 태실하고 연모정이라고 그 당시 우물터가 있어요. 우물도 있고, 여 태실도 있고. 그래 가지고 인저, 그렇게 돼 가지고 낳아서 인저. 워낙 또 특별한 사람을 낳아요. 이, 저 뼈도 굵고 아주 우락부락하게 생기고 그랬는데. 그런 사람을 낳아서, 아 그래도 자기 자식이니까. 그 신라에서 신라왕족들이 받아 줘서. 십오 세 때 가서. 저기 화랑공부를 하고와 가지고. 여기서 저기 낭비성전투라고, 청주에 가면 낭비성이 있어요.

(조사자 : 예.)

거기 성터가 잘 남어 있어요. 낭비성 전투에서 고구려를 크게 무찔른 겨. 그래서 5000명을 사, 이 삼국사기 그 5000명을 사살시키고 1000명을 사로잡았다는 기록이 있어요. 그래 가지고 그 때부터 인제 김유신 장군이 인제 승승장구한 거죠. 그래서 삼국을 통일해 가지고 김유신 장군은 대각간이라는 벼슬이 모잘라서. 그 분이 저 660년에 저 백제를 뺐고 저 668년에 고구려를 다 뺐었는데. 대각간이라는 벼슬이 모자라서 태대각간이야 태대각간. 그래 태대각간이라는 건 없는데, 앞에 태자가 더 붙어진 겨. 그래 태대각간인데도 또 역사적 평가로 해 볼 적에 도저히 태대각간으로는 안 돼. 그래 가지고 835년에 흥덕왕 때 흥무대왕이라는 칭호를 줬어요. 흥무대왕. 흥무대왕 칭호를 받어 가지고 지금두 여기 길상사 김유신 장군 사당에 흥무전이여. 큰 집 전(殿) 자, 임금들만 쓰는 전이여.

(조사자 : 아, 그래서.)

어, 흥무전이여.

네 번 옮긴 길상사

자료코드 : 09_08_FOT_20110507_LCS_GBS_0110
조사장소 : 충청북도 진천군 진천읍 상산로 62
조사일시 : 2011.5.7
조 사 자 : 이창식, 최명환, 장호순, 김영선, 김보비
제 보 자 : 김병수, 남, 72세

구연상황 : 조사자들이 진천을 조사하면서 소개 받은 제보자 김병수와 오전에 만날 약속을 하고 제보자의 사무실을 찾았다. 김병수는 차분하게 조사자들의 질문에 답해 주었다. 제보자 김병수는 현재 길상사가 네 번 옮긴 것이라며, 자리를 잡는 과정에 대해서 구연해 주었다.

줄거리 : 원래 길상사는 김유신이 출생한 상계리에 있었다. 그 후에 길이 새로 나면서 잣고개 부근으로 옮겼다. 그리고 그 사당 앞에서는 하마(下馬)를 하도록 되어 있었다. 어느 날 충청감사가 충주를 돌아 청주로 가는 도중 사당 앞을 지나게 되었다. 역부가 하마해야 한다고 말했으나, 충청감사는 무시하고 가려 하였다. 그런데 말이 움직이질 않았다. 화가 난 충청감사는 말의 목을 베어 버렸다. 그 당시 사당에는 김유신 내외와 김유신 아들 내외의 목상(木像)이 있었다. 충청감사는 피가 흐르는 말의 목을 사당에 가져가서 목상에 뿌렸다. 그런 후 충청감사는 다른 말을 타고서 가다가 근처 대막거리 부근에서 물에 빠져 죽었다고 한다. 그날 혼령이 진천현감에게 현몽을 하여 충청감사가 사당을 더럽혔으니 다른 곳으로 옮겨야 한다고 하였다. 그리고 현감에게 내일 아침 등청하는 대로 하얀 백지장 두 개를 던져서 앉는 곳으로 옮겨 달라 하였다. 진천현감이 말대로 하니 백지 한 장은 하늘로 올라가고 한 장은 잣고개에서 가까운 곳에 떨어졌다. 그곳에 지금 길상사의 전신인 서발한사를 세웠다고 한다.

길상사가.

(조사자 : 예.)

길상사 ……. 거, 그 원래 상계리에 탄생하셔 가지고 거기에 그 사당이 있다가.

(조사자 : 예.)

그 사당이 이쪽으로 한, 이 ……. 옮겨졌을 적에가 그, 그 길. 지금 말씀을 드린 그 길. 그 잣고개, 그 길이죠.

(조사자 : 예, 잣고개.)

그 길 옆에 있었다가 이제 그, 이 진천. 아 충청감사가 지나가다가 그 사당 앞에서는 하마(下馬)를 하도록 그렇게 돼 있던 건데.

(조사자 : 음.)

충청감사가 충주 쪽을 돌아서 청주로 가는 길에 현정에 이르렀는데. 그

인제 역부가 하는 얘기가

"여기서는 하마를 해서 걸어가셔야 됩니다."

무슨 얘기냐. 그 인제 그 신라의 명장이었던 그 김유신 장군의 사당이 있는데. 여기서는 하마를 하도록 돼 있어 했다 하니까. 대거 충청감사가

"행차를 하는데 어서 말을 내, 내리란 소리가 있느냐."

근데 그 앞에 가더니 진짜 그건 전설이죠.

(조사자 : 예.)

말이 네 굽이 딱 붙어 가지고 움직이질 않으니까.

(조사자 : 아.)

이 충청감사가 화가 나 가지고 칼을 뽑아 가지고 말을 목을 비었답니다.

(조사자 : 아.)

그래서 그, 그 당시에 거기에 그 사당에는 그 김유신 장군 내외하고 고 아들.

(조사자 : 내외랑?)

예, 내외가 있었는데. 네 분을 모셨었는데. 목상으로 해서 모셨답니다. 그 당시에는.

(조사자 : 예.)

보지는 못했어요. 그래서 거기 말, 말 목을, 피가 흐르는 말 목을 가지고 가서 그. 그 목상. 모셔 논 목상에 갖다가 피칠을 해 가지고서. 해 놓고서. 딴 말을 가져오게 해 가지구서 타구서 가다가. 그 대막거리를 지나서 지금 저쪽으로 가는데 성암천이 있거든요.

(조사자 : 예.)

거기를 건너다가. 깊지도 않은 물인데 거기에서 빠져서 죽었답니다.

(조사자 : 아.)

감사가.

(조사자 : 충청감사가요?)

예. 그런데 그 날, 그 날 저녁에 진천현감에 현몽을 해 가지고. 현감이 자는데. 그래서 그 하는 말이,

"그 못된 충청감사를 지나가다가 이렇게 해 가지고. 내 이 정기를 갖다가 이렇게 더럽혀 놨으니."

(조사자 : 예.)

"옮겨 달라."

(조사자 : 아 옮겨 달라고.)

예. 이제 뭐 그러니까 그 진천현감이,

"어디로 옮겼으면 좋겠습니까?"

했더니.

"내일 아침에 동원에 등청하는 대로 하얀 백지장을 두 장을 띄워라."

(조사자 : 하얀 백지장.)

예.

"그 백지장을 두 장을 띄우면 그 종이가 날라가서 앉는 곳이 있을 것이다."

그래 인제 그대로 해 가지고 인제 현몽한대로 등청을 해 가지고 했더니. 한 장은 높이 날러서 날라가고. 한 장이 낮이 떠서 쭉 가던 자리가 옛날에 있었던 자리 고 위에 ……. 지금 길상사의 전신이죠.

(조사자 : 예.)

이 지금 잣고개 도로에서 약 ……. 딱 직선거리로 재면 약 한, 한 150미터, 200미터?

(조사자 : 네.)

150미터 정도 내에, 길상사 쪽으로. 거기 서발한사우라고.

(조사자 : 서?)

발한.

(조사자 : 발한.)

예. 서발한사라 해 가지구 사당을 거기다 지었었어요.

임장군이 놓은 농다리

자료코드 : 09_08_FOT_20110507_LCS_GBS_0115
조사장소 : 충청북도 진천군 진천읍 상산로 62
조사일시 : 2011.5.7
조 사 자 : 이창식, 최명환, 장호순, 김영선, 김보비
제 보 자 : 김병수, 남, 72세
구연상황 : 조사자가 농다리 만들 때 이야기가 있지 않으냐고 묻자, 제보자 김병수가 구
연해 주었다.
줄 거 리 : 현재 농다리가 있는 곳에 흐는 물은 세금천이다. 예전에 농다리가 없을 때
이야기다. 임장군이 아침에 세금천에 가보니 한 아낙이 울고 있었다. 이유를
물어보니 자신의 아버지가 돌아가셨는데 물을 건너지 못해 울고 있는 것이라
하였다. 그 얘길 듣고서 임장군이 하루 만에 다리를 놓았는데 그것이 농다리
라고 한다.

(조사자 : 그 농다리 그 만드는 얘기 있잖아요?)

거 농다리 글쎄 그건. 거, 거기는 옛날에 세금천이라 그랬다는데.

(조사자 : 세금천. 예, 예, 예.)

세금천에 거시기 다른 데랑 똑같은 거예요. 근데.

(조사자 : 들은 얘기 해 보세요.)

아침에 그 나가서 보니까. 어떤 젊은 아낙네가 울고 있어 가지고.

"거서 왜 이렇게 아침부터 그 여기 나와서 울고 있느냐?"고 이러니까.

"친정에 아버님이 작고를 하셨다 그래서 갈려고 그러는데. 이 하천을
건널 수가 없어 가지고 가질 못해 가지고 이렇게 울고 있다."

고 그래 가지고 하니까. 그 얘길 듣고서 돌을 날러다가 그 임장군이 다

리를 하루아침에 놨다. 그래서 인제 무사히 건너가서 그 친정아버지 그 상을 마칠 수 있도록 그렇게 해서. 그게 놔진 다리다 인제 이렇게 해는 거고.

내기로 누이가 쌓은 농다리

자료코드 : 09_08_FOT_20110507_LCS_GBS_0116
조사장소 : 충청북도 진천군 진천읍 상산로 62
조사일시 : 2011.5.7
조 사 자 : 이창식, 최명환, 장호순, 김영선, 김보비
제 보 자 : 김병수, 남, 72세
구연상황 : 조사자가 농다리를 만든 것과 관련해서 다른 이야기가 더 있느냐고 묻자, 제보자 김병수는 전설이라면서 앞서 한 이야기와 다른 설화를 구연해 주었다.
줄 거 리 : 두 남매가 내기를 했다. 동생은 활을 쏜 곳까지 갔다가 돌아오고, 누이는 돌을 날라 다리를 쌓는 내기였다. 그래서 그 누이가 쌓은 것이 농다리라고 한다.

두 남매가.

(조사자 : 예, 아시는 대로, 기억나시는 대로.)

어. 남매가 거기서 내기를 해서. 활, 그 동생이 활을 쏘고.

(조사자 : 예.)

그래서 거기서 활을 쏴서 떨어진 자리까지 갔다가 돌아오고 그 누이는 돌을 날러다가 다리를 놓는데. 해 가지고 해서 이겼다는 거 아니예요, 그게?

(조사자 : 어, 예.)

그런 얘기가 있고.

(조사자 : 동생이 누구라는 건가요, 그럼? 동생이.)

이름은 모르죠.

(조사자 : 동생 이름은 없고.)

예, 전연 그런 건 없고.

(조사자 : 그래서 그 누이가 쌓은 게 뭐 농다리다.)

농다리. 그렇죠, 예. 돌, 다리를 놓은 것이 농다리다. 그런 전설도 있는데 그건.

신라의 귀족이 된 김유신 집안

자료코드 : 09_08_FOT_20110119_LCS_GBC_0211
조사장소 : 충청북도 진천군 진천읍 중앙서로 29
조사일시 : 2011.1.19
조 사 자 : 이창식, 최명환, 장호순, 김영선, 김보비
제 보 자 : 김병천, 남, 75세
구연상황 : 조사자들은 오전에 미리 진천군 향토사 단체인 상산고적회에 들러, 김유신의
　　　　　이야기를 자세히 알고 있는 분을 소개해 달라고 하였다. 상산고적회 김용기
　　　　　회장의 연락으로 오후에 진천읍 읍내리에 위치한 제보자의 한약방을 찾았다.
　　　　　제보자 김병천은 차분하고 상세하기 이야기를 구연해 주었다.
줄 거 리 : 김유신의 조상은 가락국 김수로왕의 십 이세 손인 구양왕이다. 구양왕은 가락
　　　　　국을 신라와 합병하고, 귀족의 지위를 얻었다. 구양왕의 아들 김무력 장군이
　　　　　백제 성왕의 목을 벤 공로로 벼슬을 높게 받았다고 한다.

그 김유신 장군이 우리 조상이야, 직접. 그라고 가락국 시조 김수로왕의 십 삼 세손인데.

(조사자 : 예, 예.)

가락국이 백제하고 신라하고 고 중간에 끼어 있었거든, 쪼끄만 나라가. 그러니까 맨날 양쪽에서 침범을 받아. 그러니 도저히 시, 그 ……. 마지막 임금이 왕이 구해왕, 구양왕.

(조사자 : 예.)

이랬는데. 그 구양왕 때, 그 양반이, 착한 양반이 민주주의로 정치를 해왔어. 백성을 사랑하고. 하루는 중신들을 뫄 놓고 상의를 했어.

"내가 임금 자리를 내 놓으면은 이 농사를 짓다말고 전쟁터에 나가고 백성들이 많이 수탈을 당하고 죽고. 이런 일이 없을 것 아니냐. 그러니 우리나라를 어느 나라던지 선택을 해서. 백제 아니면 신라 선택을 해서 그 합병을 좀 해야 되겠다."

(조사자 : 예.)

"내가 임금노릇 안 하면 될 거 아니냐. 그러면 우리나라 백성들이 좀 편할 거 아니냐."

이래 가지고 선택한 것이, 신라를 선택을 했어요. 그 신라를 선택을 해 가지고 그 김수로, 김수로왕의 십삼, 이대 손 그 양왕이. 양왕이라 하기도 하고 구양왕이라고도 하는데. 그 양반이 신라하고 합병을 했는데. 신라에서는 그 가락국의 왕족들을, 왕족들을 그, 귀족 대우를 해 줬어.

(조사자 : 예, 예.)

근데 신라시대에는, 신라시대에는 성골, 진골, 범골.

(조사자 : 예.)

품계가 있어 가지고. 지금 인도의 그 뭐 카스트제돈가 그런 것이 있듯이. 품계가 있어 가지고. 혼인을 성골은, 왕족은 왕족끼리, 진골은 벼슬아치들 진골끼리 또 범골은 평민들끼리 이렇게 혼인을 했는데. 그 인제 그 구양왕의 그 후손들이 김무력 장군이 있었거든. 아들이. 그, 김무력이 백제 성왕을 쳐 들어가 가지고 성왕 모가지를 짤라다가. 목을 베다가 신라에다가 바치고서 올라댕기는 그 궁, 계단에다가 묻었어요. 그런 그 공로로다가 참 벼슬을 높게 받아서. 무, 김무력, 김무력.

(조사자 : 김무력, 예, 예.)

그 양왕의 아들이.

(조사자 : 예, 예, 예.)

그 아들이 인제 누구냐면은 김서현이야.

(조사자 : 그렇죠, 예.)

하늘이 이어준 김유신 부모

자료코드 : 09_08_FOT_20110119_LCS_GBC_0212
조사장소 : 충청북도 진천군 진천읍 중앙서로 29
조사일시 : 2011.1.19
조 사 자 : 이창식, 최명환, 장호순, 김영선, 김보비
제 보 자 : 김병천, 남, 75세
구연상황 : 제보자 김병천이 앞의 이야기에 이어서 구연해 주었다.
줄 거 리 : 김무력 장군의 아들이 김서현 장군이다. 김서현 장군은 무관이 되었는데, 숙흘종의 딸과 연애를 하였다. 숙흘종은 왕의 동생이다. 김서현과 숙흘종 딸의 연애 이야기가 경주 시내에 파다하게 퍼졌다. 숙흘종은 둘을 못 만나게 하기 위해서 김서현을 변방인 만로군(진천군의 옛 명칭) 태수로 보내버렸다. 그리고 딸이 김서현을 따라가지 못하게 광에 가두었다. 그런데 마침 경주 시내에 뇌성벽력이 치면서 딸을 가둔 광만 부수어 버렸다. 숙흘종의 딸은 김서현을 쫓아서 북으로 도망가 버렸다. 정신을 차린 경비병들이 숙흘종에게 보고하자, 숙흘종은 하늘의 뜻이라며 그냥 두었다고 한다.

백제 성왕을 쳐 들어가 가지고 성왕 모가지를 짤라다가. 목을 베다가 신라에다가 바치고서 올라댕기는 그 궁, 계단에다가 묻었어요. 그런 그 공로로다가 참 벼슬을 높게 받아서. 무, 김무력, 김무력.

(조사자 : 김무력, 예, 예.)

그 양왕의 아들이.

(조사자 : 예, 예, 예.)

그 아들이 인제 누구냐면은 김서현이야.

(조사자 : 그렇죠, 예.)

김서현이, 에 인제 참 그, 무관이 됐는데. 무관이 됐는데, 지금으로 말하자면 육군 사관생도 쯤 됐겠지. 그 숙흘종(肅訖宗).

(조사자 : 예.)

왕족의 딸하고 자꾸 밤에 연애를 해요. 숙흘종은 임금의 동생인데. 그 조카딸하고, 임금의 조카딸하고 자꾸 밤으로 연애를 한다고 경주 시내가

파다하게 소문이 났어.

(조사자 : 예.)

근데 그때에 경주의 인구가 백만이었다고 합니다. 백만이었다고 하니까, 지금 청주 정도 조금 더 컸겠죠.

(조사자 : 그죠, 예.)

소문이, 아 숙흘종의 딸하고 김서현하고 연애를 한다. 저녁마다 연애를 한다고 소문이 파다하게 퍼지니까. 숙흘종이 그 자기 딸을.

(조사자 : 예.)

뭐 머리를 깎아 놓고 별 짓을 다 해도 안 돼요. 어, 그래서. 에, 얘길 했어. 왕한테 얘길 해 가지고.

"서현, 김서현이를 어디 멀리 보내야 되겠다. 변방으로 보내야 되겠다."

그래서 선택한 것이 진천.

(조사자 : 예.)

그때 당시에는 진천을 만로군이라 이렇게 표현을 했습니다. 만로군이라.

(조사자 : 예.)

그 인제 그 김서현이를 진급을 시켜 가지구 만로군 태수로다 보냈어. 태수라고 하면, 태수라고 하면 지금 군수나 도지사하고 고 중간쯤 되는 고런 계급이야. 태수로 진급을 시켜 가지구 보내서 발령을 해 가지구 보냈는데. 보낼 때 그냥 보낸 게 아니고. 숙흘종의 딸을 광에다 가두고 보초병을 세워 놓고 절대로 누구도 내보내지, 내 출입을 못하게 하라구선. 그라고 보냈단 말이여. 행차가 떠났는데. 행차가 떠났는데 별안간 경주 시내가 벼락을 치고 천둥번개가 고만 막 유성벽력이 야단을 하더니. 사람들이 경주 시내가 다 부서지는 것 같이 야단해서 막 사람들이 이불을 뒤집어쓰고 꼼짝을 못 하고 있고. 심지어는 혼비백산을 해 가지고서는 전부 보초병들도 죄(모두) 가 숨고 난리가 났었는데. 별안간 짜자작 하고 벼락을 치더니. 그 숙흘종의 딸을 가둔 광문을 부셔 났단 말이야. 바자작 하고 부서진 거야.

(조사자 : 예, 예.)

이때다 하고 거 숙흘종의 딸이 버선발로다가 내뛴 거야, 내가 볼 때. 광문을 부서진 걸 보고서. 막 뛰어 가지고 북쪽으로, 북쪽으로 쫓아간 거여.

(조사자 : 예.)

가니 몇 시간이 지났을까. 막 인자 그라고서 천둥번개, 뇌성벽력이 그쳤는데. 보초병들이 정신을 차려 가지고 보니까, 그래 해 놨으니까. 숙흘종한테 가서 얘기를 한 거야.

"아유 이걸 어떻게 해야 되겠습니까? 아가씨께서 도망을 가셨습니다."

그러니까 숙흘종이 가만히 생각을 해니.

"저희들에게 자가용을 주시면, 저들이 자가용을 타고 쫓아가서."

(조사자 : 예.)

그러니까.

"따님을 데려 오겠습니다. 갔는 데를 알게, 짐작합니다."

그러니까 숙흘종이 생각을 하고서.

"내버려 둬라. 이 경주시내가 다 뇌성벽력에 부서지는 줄 알았더니, 우리 집 그 광문만 부서졌다고 하는 것은 이건 하늘의 뜻이니라. 하늘의 뜻이니라."

고것이 삼국유사, 일연이 쓴 유사에 기록이 되어 있습니다.

(조사자 : 예.)

그 후로 어디서 만냈다고 하는 기록은 모르겠고, 만내 가지고서 진천까지 와 가지고.

하늘에서 동자가 내려오는 꿈을 꾸고 태어난 김유신

자료코드 : 09_08_FOT_20110119_LCS_GBC_0213
조사장소 : 충청북도 진천군 진천읍 중앙서로 29
조사일시 : 2011.1.19
제 보 자 : 김병천, 남, 75세
조 사 자 : 이창식, 최명환, 장호순, 김영선, 김보비
구연상황 : 제보자 김병천이 앞의 이야기에 이어 구연해 주었다.
줄 거 리 : 김유신 장군의 부모는 만로군 관아에서 결혼 생활을 하였다. 두 내우가 어느
날 이상한 꿈을 꾸고 잠에서 같이 깼다. 동자가 갑옷을 입고 하늘에서 구름을
타고 내려오는 꿈이었다. 그 후로 임신이 되어 이십 개월 만에 김유신을 낳았
다고 한다.

그래 인제 거기서 에 꿈을 꿨는데.

(조사자 : 예.)

하루는 자다 깼어, 두 내우가. 깨다가,

"우째 깼소?"

그러니까. 내가 하도 이상한 꿈을 꿨다. 이몽(異夢)을 꿨다. 특이한 꿈을
꿨다.

"그래 무슨 꿈을 꿨냐니까."

이러저러한 꿈을 꿨다. 그 인제 그 서현, 그 장군께서, 태수께서도 나도
하도 꿈이 이상해서 깨, 깼느니라. 그것이 인자 동자가 갑옷을 입고서 하
늘에서 구름을 타고 내려오는 꿈을 꿨다.

(조사자 : 예.)

하는 기고, 하나는 또 무슨 꿈을 꾸고 이렇게 해서 이상해서. 그 후로
임신이 돼 가지구서 이십 개월 만에 낳았어요.

(조사자 : 예, 예.)

어머니 뱃속에서 팔십삼 년 만에 태어난 노자

자료코드 : 09_08_FOT_20110119_LCS_GBC_0214
조사장소 : 충청북도 진천군 진천읍 중앙서로 29
조사일시 : 2011.1.19
조 사 자 : 이창식, 최명환, 장호순, 김영선, 김보비
제 보 자 : 김병천, 남, 75세
구연상황 : 제보자 김병천이 앞의 이야기에 이어 구연해 주었다.
줄 거 리 : 옛날 중국 큰 부잣집에서 며느리가 임신을 하였다. 그 후 팔십 삼년 만에 머
리가 하얗게 센 아기를 낳았다. 부모가 유명한 학자를 초빙해서 가르치려 했
으나 아무도 그를 가르칠 수 없었다. 그 아버지 역시 대단한 학자인데도 자신
의 아들을 가르칠 수가 없었다. 그 아이가 바로 노자(老子)라고 한다.

저 중국 고사에 보면은.

(조사자 : 예, 예.)

중국의 큰 대갓집에서, 부잣집에서 며느리가 애기를 뱄는데 팔십 삼년
만에 애기를 놔 낳어.

(조사자 : 어.)

팔십 삼년 만에 낳는데, 하얀 노인네를 놔 낳단 말이야. 하얀 노인네를
낳어, 애기를. 머리가 하얗게 새었어.

(조사자 : 예, 예.)

그래 그 애기를 갔다가 공부를 시킬라고 참 유명한 여, 큰 부자집이니
까. 선생님을 구해다가, 학식이 높은 선생님을 모셔다 놓구서 공부를 시
키니까. 한 며칠 가리키더니 그 선생님이,

"아이구, 내가 도저히 못 가리키겠습니다."

"왜 그라쇼."

그라니까.

"당신이 여기서 유명한 선생님이라 그래서 모셔다 놨는데 왜 못 가리킨
다고 합니까?"

하니까.

"나보다 더 많이 앎니다. 더 많이 앎니다."

뭐 할 수 없지, 뭐 어떻해. 그래서 또 다른 선생님, 또 그 유명하다는 그 선생님을 또. 어, 구해 가지고서 또 모셔다 놓고서 가리켜 보더니만 아이 선생님도 또 역시 마찬가지여. 며칠 가리키더니,

"아유, 안되겠습니다. 제 상식, 제 지식으로는 못 가리키겠습니다."

"그러냐."

그 또 몇 사람을 그래도 마찬가지여.

(조사자 : 예, 예.)

근데 저절로 다 알어. 그 아버지가 시험을 해 보니까 알어.

(조사자 : 예.)

그 아버지도 상당한, 학력이 대단한 양반인데. 아들을 딴 쪽으로 물어 보면 다 알어. 다 알어. 더 가르킬 게 없어.

(조사자 : 예.)

그게 누구냐 하면은 우리가, 역, 중국 역사에 고사에 보면 노자라고 하는 인사야. 늙을 노(老) 자, 아들 자(子) 자, 노자라고 있어.

노자에게 큰절을 한 공자

자료코드 : 09_08_FOT_20110119_LCS_GBC_0215
조사장소 : 충청북도 진천군 진천읍 중앙서로 29
조사일시 : 2011.1.19
조 사 자 : 이창식, 최명환, 장호순, 김영선, 김보비
제 보 자 : 김병천, 남, 75세
구연상황 : 제보자 김병천이 앞의 이야기에 이어 구연해 주었다.
줄 거 리 : 노자가 공자보다 나이가 몇 살 위이다. 둘은 서로의 학식에 대해 소문을 듣고 만나고 싶어 했다. 공자가 먼저 노자에게 편지를 보냈고, 노자가 답장을 하였

다. 그렇게 서로 약속을 정해서 두 사람이 만났다. 노자가 먼저 약속 장소에 나가 공자를 기다렸는데, 공자가 노자를 보자마자 큰절을 하였다. 둘은 서로 강론하면서 며칠을 보낸 후 헤어졌다. 후일 공자에게 노자를 보자마자 큰절을 한 이유에 대해 제자들이 물었다. 공자는 학식이 가득한 사람은 그 앞에 오는 사람들이 저절로 고개가 숙여지게 마련이라면서, 자신이 노자의 위엄에 눌린 것이라 하였다. 노자는 어머니 뱃속에 팔십 삼년 동안 있으며 세상의 이치를 이미 익힌 것이었다.

노자가 공자보다는 나이가 몇 살 위에여.

(조사자 : 그렇죠, 예.)

에, 위엔데. 공자가 아, 그 노자라고 하는 양반이 도학, 도학에는 일인자라 그랴. 전부 다 일인자라 그랴. 또 노자가 들으니까 공자가 또 학문의 일인자라 그랴.

(조사자 : 예, 예.)

그래, 서로 한번 만내 보자. 그 중국이 여간 넓은 땅입니까. 소문만 그래 들어서 서로 두 사람이, 두 학자가 한번 만내 보자 하니까. 알, 정보를 벌써 들어서 이미 공자는 나이가 몇 살이고 학문이 어느 정도고 제자가 얼마나 많고.

(조사자 : 예.)

노자는 나이가 몇이시고 그 양반은 제자가 얼마나 많으시고 어떠나. 서로 안단 말이여. 그래 편지를 썼어. 공자가 먼저 노자한테다 쓰고 노자가 공자한테 쓰고, 서로 편지를 주고. 한번, 고 편지를 써서

"거 이번에 저 남쪽 서안쪽으로 가면은. 응, 자네가 언제쯤 도착하면은 이걸 노자에게 좀 주게."

아 노자가 그걸 편지를 읽고서 또 편지 답장 써 가지구 또 그거를.

"산동성 어디로 가면은, 곡부에 가면은 자네 이거를 좀 전해 주게 하면은."

한 일 년쯤 가서 또 접하고. 이 약속을 하기를, 노자와 공자가 며칠 날,

며칠 날 어디서 우리가 만납시다. 이런 저, 양쪽 제자들이 만나는 장소를 터를 닦었어.

(조사자 : 예.)

자, 장소를. 닦아 놓구서 노자가 와서 먼저 도착을 해 가지구서 앉어서 기다리고 인자 했는데. 공자가 인저 제자들을 또 쫙 거느리고서, 전국에서 내노라하는 제자들을 거느리고서 딱 갔단 말이여. 갔는데. 노자가 앉어서 기다리고 있는데, 공자가 가더니 갑자기 대뜸 쫓아가서 절을 했어. 크게 절을, 부처님에게 절을 하듯 큰, 대배를 올렸어.

(조사자 : 예.)

공자가. 그러니까 쫓아갔던 제자들도 같이 절을 할 수밖에. 그래서 앉어서 얘기를 하고 나서 며칠을 했는지 거기서 강론을 서로 학문을 토론하고서 헤어졌는데. 제자들이 물었어. 천하의 공자가 노자를 보고서 대, 쫓아가서 대번 절을 했으니. 그, 이, 조금 수치스러운 일 아닌가.

(조사자 : 예.)

그러니까 인저 제자들이,

"선생님 우째 노자를 보시자마자 절을 했습니까?"

이러니까.

"어, 그 어른, 내가 위엄에, 위엄에 내가 눌렸다."

위엄에. 사람이 학식이 속에, 뱃속에 가득하면은 저절로 오는 사람이, 그 앞에 오는 사람이 고개가 숙어지게 마련이여.

"내가 그 양반 외풍에, 내가 눌렸느니라."

그렇듯이 노자가 그렇게 팔십 삼년 만에 났는데. 뱃속에서 태교로다가, 태교로다가 이미 뱃속에서 이 세상의 이치를 다 학문을 익혀 가지고 나왔어.

진천에서 어린 시절을 보낸 김유신

자료코드 : 09_08_FOT_20110119_LCS_GBC_0216
조사장소 : 충청북도 진천군 진천읍 중앙서로 29
조사일시 : 2011.1.19
조 사 자 : 이창식, 최명환, 장호순, 김영선, 김보비
제 보 자 : 김병천, 남, 75세
구연상황 : 제보자 김병천이 앞의 이야기에 이어 구연해 주었다.
줄 거 리 : 진천 상계리에서 김유신 장군이 태어났다. 진천 상계리에는 김유신 장군이 말
달리던 치마대, 활 쏘는 연습을 하던 습사대 등이 남아 있다. 김유신 장군이
언제 경주로 떠났는지는 몰라도 이러한 지명 등을 통해서 어린 시절을 진천
에서 보냈음을 알 수 있다.

그, 그래서 이십 개월에 낳았는데. 여기서 몇 살에 진천에서 경주로 떠
났다는 기록은 없습니다.

(조사자 : 아.)

없고. 그 양반이, 그 치마대라고 있어. 고 상계리를 가면.

(조사자 : 예.)

말을 타고 달리던 고 코스가 이렇게. 지금 자동차 운전 연습하듯이 그
렇게 코스가 있어.

(조사자 : 예.)

고 치마대라 하는 고 요렇게 길이 있었어.

(조사자 : 예, 예.)

옛날에, 산에.

(조사자 : 예.)

그 말 타고서 그 하는 연습.

(조사자 : 예.)

그리고 인저 어, 치마대가 아니고 습사대.

(조사자 : 습사대. 활, 예, 예.)

활 쏘는 습사대.

(조사자 : 예.)

치마대, 습사대가 있었는데.

(조사자 : 예.)

그 치마대, 습사대가 지금은 흔적이 ……. 그쪽엔 저기 저 바위가 습사
대다.

(조사자 : 예, 예.)

습사대다.

(조사자 : 예.)

저 바위가. 이래 가지고 탄생지 집터에서 보면은 고 개울 건너 투구같
이 생긴 바위가 있어요.

(조사자 : 예, 바위 하, 하나 있습니다.)

그 투구같이 생긴, 그게 습사대여, 그게.

(조사자 : 아.)

거 과녁이 있었어, 거기에. 과녁이 있었어, 거기에 그래서 습사대여.

(조사자 : 예.)

인제 그런 거로 봐서 한두 살 때 떠난 거는 아니다. 치마대가 있었고
습사대가 있었다고 하면은.

(조사자 : 예, 예.)

응, 김유신 장군이 아주 애들 적에 떠난 건 아니다.

(조사자 : 예, 예.)

적어도 상당한 연령이 되어서 떠났는데.

(조사자 : 예.)

그 양반이 가서 화랑이 됐거든.

(조사자 : 예.)

화랑이라고 하면은 열다섯 살 이상이래야 된단 말이여.

(조사자 : 예, 그렇죠, 예.)

화랑이 여성에서 남성으로 바뀐 이유

자료코드 : 09_08_FOT_20110119_LCS_GBC_0217
조사장소 : 충청북도 진천군 진천읍 중앙서로 29
조사일시 : 2011.1.19
조 사 자 : 이창식, 최명환, 장호순, 김영선, 김보비
제 보 자 : 김병천, 남, 75세
구연상황 : 제보자 김병천이 앞의 이야기에 이어 구연해 주었다.
줄 거 리 : 김유신이 성장하여 화랑이 되었다. 신라에서 화랑을 만든 것은 미륵세계에서
오는 미륵을 맞이하기 위해서다. 원래 화랑은 여자였다. 그런데 여자들이 싸
우다가 얼굴에 상처를 내 남자가 화랑이 되었다고 한다.

그 양반이 가서 화랑이 됐거든.

(조사자 : 예.)

화랑이라고 하면은 열다섯 살 이상이래야 된단 말이여.

(조사자 : 예, 그렇죠, 예.)

근데 화랑이라고 하는 것은 신라 시대에, 처음에 그 화랑을 에, 꾸몄을
적에는 미륵세계가 온다. 미륵세계가 오면은 누가 그 미륵님을 맞이하느냐.

(조사자 : 예.)

이래서 나라에서 화랑을 키워서, 여자 둘을 키웠어.

(조사자 : 예, 예.)

키웠는데 여자들 둘이, 나라에서 곱게 날마다 목욕을 시키고 분단장을
하고 이렇게 곱게, 곱게 해서 키워서. 나중에 미륵, 미륵세계 와서 미륵님
이 오, 어. 내림을 하시면은 가서 맞이해라 하고 그래서 키웠는데, 화랑을
키웠는데.

(조사자 : 예.)

아, 하루는 이게 둘이 싸우다가, 싸우다가 얼굴을 서로 할펴(할켜)가지고서 죄 상처가 났어. 안 되겠다. 여자들은 투기심이 많다. 투기심이 많아 안 되겠다. 이래선 남자로 한 것이, 남자가 화랑이 됐는데.

(조사자 : 그렇죠, 예.)

지금으로 말한다면은 내가 볼 적에는 육군사관생도 정도.

(조사자 : 그렇죠.)

에 이렇게 봐요, 내가.

(조사자 : 예, 예.)

그래 화랑을 많이 키웠으니까.

진천에서 경주로 옮겨 간 김유신 가족

자료코드 : 09_08_FOT_20110119_LCS_GBC_0218
조사장소 : 충청북도 진천군 진천읍 중앙서로 29
조사일시 : 2011.1.19
조 사 자 : 이창식, 최명환, 장호순, 김영선, 김보비
제 보 자 : 김병천, 남, 75세
구연상황 : 제보자 김병천이 앞의 이야기에 이어 구연해 주었다.
줄 거 리 : 만로태수 김서현의 아들 김유신이 훌륭한 인재라는 소문이 경주에까지 들렸다. 김유신의 외할머니, 곧 숙흘종의 부인이 손자를 보고 싶어 하였다. 그래서 만로태수로 있던 김서현을 경주 가까이에 있는 양산 도독으로 임명하여 불러들였다. 외할머니는 재매정에 집을 마련하여 김유신 가족이 살게 하였다. 그 후 김유신은 화랑이 되어 훌륭하게 되었다고 한다.

그 외할머니가, 숙흘종의 부인이 소문에 자꾸 그 김유신이가 아주 기골이 장대하고, 장대하고, 잘 나고, 머리가 영특하고. 활도 잘 쏘고, 말도 잘 쏘고 참말로 인제 훌륭한 인재가 났다. 신라에 앞으로 큰 인재가 났다고 소문이 자꾸 들려오거던.

(조사자 : 예.)

그러니까 그 할머니가, 외할머니가 자꾸 영감한테 애길 해 가지고,

"제발 저 만로태수를 고만 데리고 오시오."

"외손자 보, 구경 좀 합시다."

(조사자 : 예, 예.)

이래서 간 거야.

(조사자 : 아.)

간 건데. 그때 가기를 여기서 직접 경주로 들어간 건 아니고, 경주 옆에 양산이라고 있습니다.

(조사자 : 양산, 예, 예.)

양산도독으로 갔어요.

(조사자 : 예.)

양산도독이라 한다면은 아마, 에, 만로태수보담은 또 그것도 한 계급쯤, 올, 높았겠지. 도독이라고 하면은. 양산 도독으로 가셨어. 그라고 인저 집은 거 외할머니가 마련을 해줘 가지고. 경주시내에서 이렇게 남쪽으로다 바라보면은 들 복판에 재매정이라고 하는 집이 있습니다.

(조사자 : 예, 예.)

그 재매정이라고 하는 집을, 거기가 시내 복판이었던 모양이라. 집을 지어주어서 인자 그리로 이사를 갔는데. 그 집이 그 우물이 하도 좋아 가지고 동네 사람이 전부 그 우물을 먹었어.

(조사자 : 예.)

지금도 우물터가 있어.

(조사자 : 예, 예.)

있어요. 우물 정(井) 자 이렇게 돼 가지고. 거기 인제 그 우물이 좋아 가지고 택호가, 집 이름이 재매정이여.

(조사자 : 재매정.)

재매정. 우물이 좋은 집이여.

(조사자 : 교동에 있죠.)

맞아요, 야. 어딘지는 모르겠는데, 있어요. 하여간에 내 보긴 봤는데.

(조사자 : 예, 예.)

그러니까 인제 재매정에서 자랐는데. 그 정말로 인물이 잘 났어 그렇게. 인물이 잘 나고 활 잘 쏘고 말 잘 타고 화랑이 돼 가지고 그렇게 훌륭하게 됐단 말이여.

지략이 뛰어난 김유신 장군

자료코드 : 09_08_FOT_20110119_LCS_GBC_0219
조사장소 : 충청북도 진천군 진천읍 중앙서로 29
조사일시 : 2011.1.19
조 사 자 : 이창식, 최명환, 장호순, 김영선, 김보비
제 보 자 : 김병천, 남, 75세
구연상황 : 제보자 김병천이 앞의 이야기에 이어 구연해 주었다.
줄 거 리 : 김유신 장군이 화랑이 되어 출세를 한 후, 평생 동안 수백 번 전쟁터에 나가
한 번도 져 본 일이 없었다. 오만 군사를 이끌고 백제를 치러 갔는데, 바로
백제로 가지 않고 고구려 쪽으로 북진하였다. 그러자 신라의 공격을 대비하고
군사를 모으던 백제는 신라군이 안 올 것으로 생각하였다. 김유신 장군은 군
사를 돌려 황산벌로 들어가 백제를 멸망시켰다. 김유신 장군은 뛰어난 지략으
로 전쟁에서 승리한 것이다.

그래서 인제 화랑이 돼 가지고 이제 출세를 했는데. 인제 그 후에, 인제 그 신라에 가서 승승장구 했는데. 그 양반이 평생 동안에 수백 번 전쟁터에 나가서 평생 동안 한 번도 져 본 일이 없는 분이야.

(조사자 : 예, 예.)

한 번 져 본 일이 없고. 얼마나 지략이 대단한 양반이냐 하면은, 백제

를 치러 가는데. 황산벌에서 인저 그 나당연합군이 인저 백제를 인저 연합을 하지 않, 침, 침범을 하지 않습니까.

(조사자 : 예, 예.)

그런데 거기 오만 군사를 실, 경주에서 이끌고서 고구려를 치러 간다고 진천을 거쳐 가지고서, 남천정을 갔어.

(조사자 : 아.)

남천정이 어디냐면은 여기서 한, 70리 80리 올라가면은 이천이라고 있어요.

(조사자 : 이천 있습니다.)

이천에 올라갔어. 거기 고구려 땅이야, 거기는. 남천정이.

(조사자 : 예.)

올라가니까 백제에서, 농사짓던 사람들이 전부 농부들을 모집을 해 가지고. 신라군이 쳐, 올, 올라온다고 막 대비를 하고 있는데. 계백 장군이 대비를 하고 있는데 아 이게 백제를 안 들어오고서 그냥 거쳐서 올라, 북진해 올라가거든.

(조사자 : 예.)

그러니까,

"다 흩으러져라."

이런 거여. 신라군은 여기 안 들어온다.

(조사자 : 예, 예.)

이래 가지구서 돌려 가지고, 고 군사를 돌려 가지구서는 들이, 황산벌로 쳐들어간 거야. 그러니까 그 김유신 장군이 지략이 뛰어난 분이다 이거여.

(조사자 : 예, 예.)

지략이 뛰어난 분이다, 지략이 뛰어난 분이다.

(조사자 : 예.)

아버지를 도와 상당산성을 함락시킨 김유신 장군

자료코드 : 09_08_FOT_20110119_LCS_GBC_0220
조사장소 : 충청북도 진천군 진천읍 중앙서로 29
조사일시 : 2011.1.19
조 사 자 : 이창식, 최명환, 장호순, 김영선, 김보비
제 보 자 : 김병천, 남, 75세
구연상황 : 제보자 김병천이 앞의 이야기에 이어 구연해 주었다.
줄 거 리 : 신라가 고구려에게 청주에 있는 상당산성을 빼앗겼다. 신라는 만로태수로 청
       주 지리를 잘 알고 있던 김서현 장군을 보내 상당산성을 함락시키도록 하였
       다. 김서현 장군이 오래도록 상당산성을 함락시키지 못하자, 김유신이 그 소
       문을 듣고 첫 출정을 하였다. 결국 김유신 장군이 앞장서서 상당산성을 함락
       시켰다고 한다.

지금 우리가 볼 적에는 그, 그 당시에 전쟁이라는 거는. 우리가 참 보면 아이 유치하지 뭐.

(조사자 : 그렇죠, 예.)

그 김유신 장군 그 아버지 그 무력이라고 하는 양반은. 무력이라고 하는 양반은.

(조사자 : 예, 예.)

아니 그 서현, 김서현 장군이 이 청주에 그 상당산성을 함락을 할라고 올라왔어요.

(조사자 : 예.)

올라와 가지고서는, 그 진천 태수로 있다가 그 내려갔는데, 뺏겨 가지고 인자 상당산성 까지 뺏겼다 하니까. 거기 고구려 군사가 들어와 있다고 하니까. 그거를 뺏을라고 김서현 장군이 올라왔는데.

(조사자 : 예, 예.)

풍토와 지리, 병리를 잘 아니까 가거라 해서 왔는데.

(조사자 : 예.)

거기서 전생을 상, 상당산성을 공략을 해도 영 함락을 못 해.

(조사자 : 예.)

못 해.

(조사자 : 예.)

경주에 있던 김유신 장군이 그 소리를 듣고,

"내가 나간다, 내가 나간다."

[헛기침을 하면서]

어험 하고 나왔어. 그 때 처음으로 출정한 것이 나이가 삼십여 세여.

(조사자 : 아.)

나이가 많아서 몇 살 젊은 애들 적에 출정한 것이 아니야. 첫 출전이야.

(조사자 : 예.)

상당산성에 가서 아버지께서 이렇게 출전을 하셔서 전쟁을 하시는 게. 벌써 월요를 두고서도 적을 함락을 못 하니,

"내가 한 번 가겠, 진군하겠습니다."

하고 나섰어.

(조사자 : 예.)

말을 타고 가는데. 뒤에 군사들이 따라가니까 앞에서도 막 가는데. 웬만한 장군이면은 뒤에서 지휘를 하고 소리를 지를 텐데. 앞장을 서서 나가는데, 그 상당산성에 쳐들어갔는데. 위에서 활을 쏠 거 아니야, 밑으로 내려다보고서.

(조사자 : 예, 예, 예.)

이 칼로다가 화살이 오는 거를 막는데. 눈이 얼마나 밝았겠어요.

(조사자 : 예, 예.)

화살 오는 걸 막고 칼을 휘두르며 들어가는데, 요 상당산성에 들어가는데. 들어가는데 마치 표현하기를 은독을 쓰고 들어가는 것 같더라.

(조사자 : 은독을, 아.)

은으로 맨든 독을 쓰고 들어가는 것 같더라. 그러니께 칼을 휘두르는 것이 화살이 들어가질 못 하게.

(조사자 : 틈이 없게끔.)

음.

(조사자 : 예, 예.)

은독을 쓰고 들어가는 것 같으더라. 상당산성을 함락을 해서 들어가서 쳐 버리니, 장수 목을 딱 비어 가지고 그랬는데. 그러니까 다른 신하들도 다 그냥 ……. 그래서 첫 번 승리를 한 거여.

(조사자 : 예, 예.)

아버지의 그 군사들을 사기를 충천을 시키고.

(조사자 : 예, 예.)

그러니 인정을 받아서 이제 출전하기 시작한 것이지.

(조사자 : 예.)

그래서 김유신 장군이 출세를 하고, 출세를 하고.

문무왕에게 유언을 남긴 김유신 장군

자료코드 : 09_08_FOT_20110119_LCS_GBC_0221
조사장소 : 충청북도 진천군 진천읍 중앙서로 29
조사일시 : 2011.1.19
제 보 자 : 김병천, 남, 75세
조 사 자 : 이창식, 최명환, 장호순, 김영선, 김보비
구연상황 : 제보자 김병천이 앞의 이야기에 이어 구연해 주었다.
줄 거 리 : 김유신 장군이 병석에 누워 있을 때, 문무왕이 문병을 왔다. 문무왕이 김유신에게 나라를 다스리는 데 필요한 조언을 구하자, 김유신은 두 가지 당부를 하였다. 하나는 시작과 끝이 같아야 한다는 것이고, 또 다른 하나는 인심을 잃지 말라는 것이었다.

그래서 김유신 장군이 출세를 하고, 출세를 하고 나중에 에, 무열왕은 남매간이고 또 문무왕은 생질이란 말이여. 조카란 말이여.

(조사자 : 예.)

그 무열, 문무왕이, 문무왕이 김유신 장군한테 물었어. 김유신 장군이 병석에, 칠십이 넘어서 병석에 누워서 돌아가게 됐다 하니까. 문무왕이 개인 사절을, 문병을 간 거야. 왕이 원래 사절 안 가는 거거든. 가서, 외삼촌이니까. 가 가지고,

"앞으로 내가 나이가 어린 내가 임금 노릇을 할라면은 어떻게 해야 되겠다고 생각을 하십니까? 한 가지라도 좀 말씀을 남겨 주십시오."

하니까. 김유신 장군 말씀이,

"시작과 끝이 같아야 되느니라."

(조사자 : 아.)

"임금이 될 때 마음과, 임금이 될 때 마음과 끝이 같아야 하느니라."

그 유언을 남기셨어.

(조사자 : 예, 예.)

문무왕한테, 조카한테다가.

"시작과 끝이 같아야 하느니라. 그라고 사람한테 인심을 잃지 말아라."

인심을.

"적진에 가서나 아군에, 국내에서나 인심, 사람의 마음을 잃지 말아라."

그걸 유언으로 남기셨어.

(조사자 : 예, 예.)

문무왕 한테다가.

"시작과 끝이 같아야 하느니라."

[제보자 웃음]

그것 참 아주 훌륭한 말씀이야.

(조사자 : 예, 예.)

문무왕 조카 들으라고.

진천에서 훈련한 김유신 장군

자료코드 : 09_08_FOT_20110119_LCS_GBC_0222
조사장소 : 충청북도 진천군 진천읍 중앙서로 29
조사일시 : 2011.1.19
조 사 자 : 이창식, 최명환, 장호순, 김영선, 김보비
제 보 자 : 김병천, 남, 75세
구연상황 : 제보자 김병천이 앞의 이야기에 이어 구연해 주었다.
줄 거 리 : 진천 광혜원면을 비롯해서 진천 지역에는 김유신과 관련된 유적지가 무수히
　　　　　많다. 특히 광혜원면에 있는 지명을 살펴보면 무기창고였던 병무관, 군사훈련
　　　　　장이었던 화랑벌 등이 있다. 또 광혜원면에 예전에 화랑 후아무개(일명 화랑
　　　　　후비)라고 세 명의 이름이 새겨진 비석이 있었다고 하나 지금은 소실되었다.

　(조사자 : 저희가 인제 지난, 지지난 준가 병무관(광혜원면 구암리 마을
지명)을 들어갔다 왔습니다.)
　병무관.
　(조사자 : 예, 병무관.)
　음, 음, 병무관.
　(조사자 : 그 안쪽에 들어갔더니 그, 이렇게 이정표 …….)
　군사훈련장.
　(조사자 : 예, 예.)
　군사훈련장, 지금 화랑 군사훈련장.
　(조사자 : 김유신하고 관련된 유적지가 스물두 군데가 요렇게 있더라구
요.)
　[제보자 웃으면서]
　허허, 것 참 그래 유적지가.

(조사자 : 그런 이야기 좀 해 주십시오.)

어.

(조사자 : 진천에는 또 어떤 게 있는지.)

광혜원에는 저 그 유적지가 많아요. 이게 차령산맥인데 이렇게. 거기서 부터 광혜원서부터 죽 요, 요, 요기, 이게 차령산맥이여 이렇게.

(조사자 : 예, 예, 차령산맥.)

차령산맥인데, 쭉 광혜원서부터 저 사뭇 내려가면서, 공주까지 내려가 면서 차령산맥인데. 거기에 인저 이 요 요, 중간에 만뢰, 진천서 이렇게 오면 진, 마, 진천군에 진산이 만뢰산이거던.

(조사자 : 예, 예.)

진산이.

(조사자 : 예.)

그 만뢰산에서 능선을 경계로 성을 쌓았어. 이렇게.

(조사자 : 아.)

이렇게 능선을 경계로.

(조사자 : 예, 예.)

그라고서 만뢰산성을 쌓고, 토성이여. 서쪽으로는 백제, 북쪽으로는 고 구려.

(조사자 : 예.)

북쪽으로는 고구려.

(조사자 : 예.)

여기가 최전방 요새지역이여. 그러니까 김유신 장군이 …….

[얘기를 하는 도중 건빵을 파는 사람이 들어오면서 이야기가 끊어짐. 건빵을 사고 45초 정도 후에 이야기가 이어짐]

그 병무관이란 데 보면은 그 삼태미같이 이렇게 생겼어 아주. 어, 또 화랑벌이라고 또 있습니다.

(조사자 : 화랑벌, 예.)

화랑벌.

(조사자 : 예, 예.)

화랑벌도 군사 그 훈련장, 군사 훈련장.

(조사자 : 예, 예.

고 병무관은 무기를 갔다가 저장해 났던 데다, 감춰났던 데다 이렇게 하고 뭐. 병무관.

(조사자 : 예.)

또 병무관이 있고, 화랑벌이 있고. 거기 그 화랑후비라고 하는, 비라고 하는 비석이 있어요. 화랑후.

(조사자 : 비석이 지금도 있습니까?)

없어요, 그거를 못 찾아요.

(조사자 : 아.)

본 사람은 많어.

(조사자 : 아, 그 비석을요?)

그 비석을 본 사람은, 화랑후, 화랑후 김아무개, 화랑후 최아무개, 화랑후 누구 누구. 이름을 세 사람을 써 놓고는 그라고서 비석의 높이가 요 정도, 요 정도 되는 데.

(조사자 : 예.)

고것이 어려서 나도 봤어.

(조사자 : 예, 예.)

어디 있었느냐 하면 지금 그 터미널 있는데.

(조사자 : 예, 예.)

고 옆에 가면은 그 농협 마트가 있어요. 농협 마트에 언덕에 거, 옛날에 삼각형으로 된 연못이 이렇게, 연못 옆에 거기 있었어, 그게.

(조사자 : 아.)

근데 그걸 본 사람이 많은데 그 연못을 메우고 거기를 도시개발하고서 어두로 없어졌는지 없어졌어. 그래, 광혜원 사람들이 그래 가지고 현상거린데.

(조사자 : 예, 예.)

화랑후 아무개, 화랑후 누구누구, 화랑후 누구.

(조사자 : 그런 게 없거든요, 지금.)

그게 아주 국보급이다 이거여. 그 비석만 나오면 그게 국보급이다 이거여.

(조사자 : 예.)

바로 거기가 화, 그 화랑벌 고 가새(근처)여.

(조사자 : 예, 예.)

화랑벌이랑. 그거 어떤 사람들은 아 그거 옮겨가지고 저 짝에 갖다 났다고 그 파묻었다고 그라는 사람도 있고. 아니라고 그게 그 연못 메울 때 그리로 들어갔다는 사람도 있고.

(조사자 : 예.)

여러 가지 사람들이 있는데. 그걸 본 사람들은 많은데, 그 화랑후비를 본 사람들은 많은데 어디 있는지 그거를, 이구각설(異口各設)이여, 그게.

(조사자 : 아.)

그래 그런 게 있고.

(조사자 : 예.)

병무관도 인제 거기가 참 그, 병무관 병무관 옛날부터 그러니까. 저 훈, 훈련장 무기창고였었다 이런 말이 있고.

(조사자 : 예.)

그 화랑벌은 군사훈련장, 그래서 인제 지금은 아주 단지가 되어 버렸어.

(조사자 : 아파트단지가 들어서 가지고?)

맞아요, 예, 그렇게 됐어요.

(조사자 : 예.)

그렇게 됐고. 인제 역사 사학가들이 볼 적에는 참 그게 중요한 자룐데. 애뜻, 애서롭게도 없어졌고.

비담에게서 무술 공부를 한 김유신 장군

자료코드 : 09_08_FOT_20110119_LCS_GBC_0223
조사장소 : 충청북도 진천군 진천읍 중앙서로 29
조사일시 : 2011.1.19
조 사 자 : 이창식, 최명환, 장호순, 김영선, 김보비
제 보 자 : 김병천, 남, 75세
구연상황 : 제보자 김병천이 앞의 이야기에 이어 구연해 주었다.
줄 거 리 : 진천 이월면 사곡리에 장수굴이 있는데 김유신 장군이 무술 공부를 한 곳이다. 김유신 장군이 무술 공부를 하기 위해서 경주를 떠날 때, 아버지가 어디로 가겠느냐고 묻자 비담을 찾아간다고 하였다. 기록에 김유신 장군은 죽령을 넘어 십여 일이 걸려 스승이 있는 곳을 찾았다고 한다. 비담은 김유신을 3년 동안 가르치고 비검을 주었다. 김유신은 그 검으로 큰 바위를 갈랐다. 기록에는 김유신이 공부한 곳이 중악석굴이라고 하였는데, 그곳이 진천 이월면 사곡리의 장수굴이다.

진천 여, 저, 장수굴이라고 또 있죠.

(조사자 : 장수굴, 예, 예, 예.)

장수굴은 김유신 장군이 에, 무술 공부를 한다.

(조사자 : 예.)

이래서 무술 공부를 한다고 자기 아버지한테 이야기하니까.

"어디 가서 하겠느냐?"

그러니깐. 아, 어디 어디를 가면은 추담이라고 하는 그 …….

(조사자 : 예.)

추담, 비담?

(조사자 : 추담, 예, 예, 예.)

아니 추담, 비담?

(조사자 : 예, 예, 예.)

그 선생이 있다던데,

"거 가서 공부를 하겠습니다."

(조사자 : 예, 예.)

[잠시 밖에 나갔다 왔던 제보자가 다시 들어왔고, 별 무리 없이 이야기 판은 계속 이어졌다]

"하겠습니다."

이라고서는. 그러니까.

"그거 해라."

이래 가지고서. 에, 그 선생을 찾어 갔어.

(조사자 : 예.)

선생을 찾어 갔는데, 물어물어 찾아갔는데. 참 어렵게 찾았는데. 그 찾아가는 길이.

(조사자 : 예.)

단양에 그 무슨 고개?

(조사자 : 죽령.)

죽령을 넘어서 십여 일, 죽령을 넘어서 십여 일이 걸려서 거기 도달을 했어. 선생님 있는 데를. 단양을 거쳐서. 그러니까 경주에서 출발을 해서 죽령을 넘어서 십여 일이 걸려서 도착을 했다.

(조사자 : 예.)

그래서 선생님을 만내 가지고 무술공부를 3년을 했는데.

(조사자 : 예.)

[제보자 김병천은 말은 계속 하면서 조사자들에게 커피를 타 주었다]

그 선생님이 가르키고서는 비검을 줬어.

(조사자 : 아.)

"내가 이거 애끼는 칼이다."

(조사자 : 예, 예.)

"니가 써라."

(조사자 : 예.)

비검을 주셨는데. 그 비검으로다가 하여튼 칼질하는 연습을 했는데 큰 바윗덩어리가 쭉 갈라졌다고 하는 기록이 있는데.

(조사자 : 예.)

그건 사실인지는 모르겠으나, 우리가 볼 적에는 이해가 안 가지만은. 그 중악석굴에 가서 공부를 했다 이거여. 중악석굴.

(조사자 : 예.)

중악석굴이 어디냐. 그러니까 경상북, 남도, 아니 경상북도 울진인가 어디 있다 이래고. 울진.

(조사자 : 예.)

아니다, 팔공산에 있다, 팔공산에 있다.

(조사자 : 예.)

기록상으로 보면 아니다.

(조사자 : 예.)

어떻게 팔공산에 있는 거를 죽령을 넘어서 거기 되로 내려왔느냐. 팔, 팔, 팔공산을. 이래저래 안 맞는다. 사학가들이 그걸 여러 사학가들이 조사를 했는데.

(조사자 : 예.)

진천에 있는 중악석굴이 제일 근사하다.

(조사자 : 예, 예.)

근사하다.

(조사자 : 예.)

가깝다.

(조사자 : 예.)

그 인제 장수굴이 인제 가 보면 그 굴이 이렇게 있는데, 이 넓이가 이만한데.

(조사자 : 예, 예.)

높이는 앞 전실은 이만하고 밑은 저쪽에서 이렇게 됐어, 이렇게.

(조사자 : 예, 예.)

거기 인제 발굴 지표조사를 했어요. 했는데 신라시대 토기, 고려시대 자기, 이조시대 자기, 토기 등이 발굴이 됐고. 그 바위 절벽을 이렇게 보면은 여기 구녕이 이렇게 있는데. 에 여기 전실로다가 지어서 못을, 아니 저 이런 기둥을 박았던.

(조사자 : 예, 예.)

석가래를 박았던 그런 흔적이 있어.

(조사자 : 아.)

그리고 그 옆에는 또 바위벽에다가 마애불을 조각을 했어, 이렇게. 마애불을. 그 인제 그것이 전설에 김유신 장군이 거기서 무예 공부를 했고. 또 에 거기다가 통일 후에 마애불을 기도를 하기 위해서 거기다가 새긴 것이다 이렇게 얘기하는데. 그 마애불은 볼 때 나중에 보니까, 사학가들이 보니까 마애불 그 외형으로 봐서 고려시대 마애불이다.

(조사자 : 예, 예.)

오, 옷자락으로 봐서. 그렇게 추단, 추정을 하더라고. 여기서, 여기서 한 8킬로쯤 돼요.

(조사자 : 팔 킬로쯤 되구요.)

응.

(조사자 : 예, 예, 예. 거기가 무슨 리입니까? 장수굴 있는 데가?)

이월면 사곡리. 거기 가서 장수굴 어디 있느냐면 다 알아요. 경주에 가면 김유신 장군 그 능묘 밑에 숭모전이라고 하는 사당이 있어요. 길상사 같이.

(조사자 : 예.)

그 숭모전 고 해설 이렇게 비석에, 와비에 가 보면은. 충청북도 진천군 이월면에 있는 중악석굴에서 무예를 닦으시고 이래 써 있다고.

(조사자 : 예, 예.)

'그래서 사학가들이 그 당시에 그, 어, 조사를 한 것을 거의 잘 기록을 했구나!'

이렇게 생각을 합니다.

'거 틀림이 없구나.'

(조사자 : 그러면은 그 굴은 김유신이 진천을 떠난 다음에.)

그렇, 다시 와 가지고 무예 공부를 한 거야.

(조사자 : 다시 와 가지고 인제 무예 공부를 한 걸로 …….)

그렇지. 그렇다고 봐야지.

(조사자 : 예.)

다시 와 가지고서, 그렇지.

(조사자 : 어, 그러시구나.)

배를 타고 다니며 북을 친 북바위

자료코드 : 09_08_FOT_20110119_LCS_GSH_0133
조사장소 : 충청북도 진천군 진천읍 김유신길 117-3
조사일시 : 2011.1.19
조 사 자 : 이창식, 최명환, 장호순, 김영선, 김보비
제 보 자 : 김승회, 남, 74세

구연상황 : 제보자 김승회가 자신이 원래 문봉리 사람이라면서 문봉리 지명 이야기를 구연해 주었다.

줄 거 리 : 문봉리 대막거리에 북바위와 용소매기가 있다. 용소매기는 원래 큰 못이었다. 거기에서 배를 타고 다니면서 북을 쳤다고 해서 북바위라는 지명이 생겼다고 한다.

거기 인저 북바위가 있고.

(조사자 : 예, 예.)

대막거리 북바위가 있구. 용소막이라는 데가 있어요. 용소매기는 내가 탄생진데. 여기서.

(조사자 : 예.)

예전에는 그 앞이 전부 못이었었대요.

(조사자 : 예, 예.)

못이 인저, 배가 이렇게 인저 태고(타고) 다니는 큰 소였었대요.

(조사자 : 예.)

그 인저 그래서 인저 그 소에서 이렇게 배 타고 댕기면서 북을 쳤다 그래서 북바위가 있고.

(조사자 : 북바위가 있고, 예.)

북바위가 있고 그래요.

(조사자 : 어.)

그 용소매기 주변에 유래는 또 그런 게 있어요.

대막거리마을의 괴질을 치료해 준 허준

자료코드 : 09_08_FOT_20110119_LCS_GSH_0171
조사장소 : 충청북도 진천군 진천읍 김유신길 26
조사일시 : 2011.1.19
조 사 자 : 이창식, 최명환, 장호순, 김영선, 김보비

제 보 자 : 김승회, 남, 74세
구연상황 : 상계리 하목경로당에서 조사를 마친 후, 제보자 김승회를 따라서 바로 아래
동네인 상계리 연평마을에 갔다. 조사자들은 김승회의 집에 들어가 마을의 유
래 등을 물어 보았다. 경로당에서 구연하였던 이야기를 다시 해 줄 것을 요청
하자, 제보자 김승회가 구연해 주었다.
줄 거 리 : 진천읍 문봉리에 대막거리라는 마을이 있다. 옛날 허준이 길을 가다가 대막거
리 주막에서 잠시 쉬었는데, 그때 마을의 괴질을 막아 주었다고 한다.

(조사자 : 그 문봉리 살다 오셨다 그랬잖아요?)

예.

(조사자 : 아까 대막거리 그.)

예, 예, 대막거리.

(조사자 : 허준 이야기 한 번만 다시 해 주세요. 너무 시끄러워 같고요,
아까는.)

그 허준 선생님이 여기를, 에 어디 이렇게 행차하시다가.

(조사자 : 예.)

인제 거기 가면 거, 그 비문에 다 있는데.

(조사자 : 예.)

행차하시다가 인저 에 여기를 와서 인제 주막에서 인제 유 해 가실라
고 하니까.

(조사자 : 예.)

이, 이 동네에 전부 괴질이 들었단 말이여. 괴질이 들어서 어떻게 할
수가 없어서 그래.

"이 괴질을 막아주시오."

이렇게 했다는 유래가 있어요.

(조사자 : 어 그래서 지금 무슨 비 같은 게 세워 있나요?)

예, 있어요. 거기다 맨들어 놓고 거기다 인자 거기에 주막도 맨들어
놓고.

(조사자 : 예, 예.)

그 인저 손으로 이렇게 저 맥 짚는 거. 그것도 해 놓고, 고 밑에다 인저 유래, 유래비가 거기 있어요.

(조사자 : 그 문봉리 대막거리라는 마을에 그런 일이 있었다는 거죠?)

예, 예.

생거진천의 유래

자료코드 : 09_08_FOT_20110416_LCS_BAH_0110
조사장소 : 충청북도 진천군 진천읍 포석길 7
조사일시 : 2011.4.16
조 사 자 : 이창식, 최명환, 장호순, 김영선, 김보비
제 보 자 : 박안호, 남, 84세
구연상황 : 조사자가 생거진천의 유래를 묻자, 제보자 박안호가 옛날에 들었던 풍월이라며 구연해 주었다.
줄 거 리 : 옛날에 지관을 하던 사람이 진천에 살았다. 그 지관의 부인이 죽어서 가묘로 만들어 두었던 곳에 시신을 묻으려 하였다. 가묘의 널을 올리자 새 두 마리가 용인 방면으로 날아갔다. 지관이 새를 따라 용인으로 가 보니 그곳도 살기가 좋았다. 그래서 생거진천이라는 말이 생겼다고 한다.

우리가 듣기에는, 옛날에 ……

(조사자 : 예.)

우리도 저기 지관 하시던 분이 진천에 살았대요.

(조사자 : 예.)

그래 상당히 생활이, 거 살림하기가, 살기가 좋고.

(조사자 : 예.)

한해(寒害)도 없고 한발(旱魃)도 없고. 아주 그 기운두 적중해서. 그랬는데 그 부인이 죽었답니다. 돌아가셔서 이렇게 인자 영정을 모실라고 해서

우선 가묘를 해다가, 쌍묘를 했는데. 그 널을 떠들으니까.

(조사자 : 예.)

새가 두 마리가 찍찍하고 나오더래요. 전설에 그랬었대는데. 그래서 용인 방면으로 훌렁 날러갔다. 그래 인제 할아버지도 그리 따라갔다는 거예요. 용인 방면으로. 가 보니께. 살기 좋고, 어 참 선대 묘도 많이 쓰고 그래서 그런 얘길 하더래요.

"살어서는 진천이고 죽어서는 용인이다."

생거진천. 그래서 그런 전설이. 들은 풍월이죠.

진천에서 태어난 김유신 장군

자료코드 : 09_08_FOT_20110119_LCS_SHJ_0111
조사장소 : 충청북도 진천군 진천읍 김유신길 117-3
조사일시 : 2011.1.19
조 사 자 : 이창식, 최명환, 장호순, 김영선, 김보비
제 보 자 : 서호준, 남, 78세
구연상황 : 조사자들이 진천읍 상계리에 있는 김유신 생가터와 투구바위, 연모정 등 김유신 관련 유적을 돌아본 후, 상계리 하목경로당에 들어갔다. 하목경로당 앞에서 만난 제보자 김승회의 도움으로 마을 노인회장인 서호준과 인사를 나누었다. 노인회장은 조사자들을 반갑게 맞이해 주었다. 조사자가 김유신 관련 이야기를 묻자, 제보자 서호준이 구연해 주었다.
줄 거 리 : 김유신 장군 탄생지는 진천읍 상계리 계량마을이다. 상계리에는 김유신 관련 유적이 많이 있다. 태를 묻은 태령산, 물을 마신 연모정, 말을 타고 넘던 질마재 고개, 투구처럼 생긴 투구바위 등이 김유신 때문에 생긴 지명이라고 한다.

에, 저희 부락이 옛날 상계리라고 하는 유래는 거기까지는 어떻게 잘 몰라도.

(조사자 : 예, 예.)

에, 우리 부락 계량이라고 하는 데가. 지금 현재 김유신 장군 탄생지가

그 …….

　(조사자 : 계량요?)

　계량.

　(조사자 : 계량.)

　제량이라고도 하고, 계량이라고도 합니다.

　(조사자 : 예, 예, 예.)

　거기에 김석원(김서현을 말함) 장군의 그 아드님이 태어난 곳이.

　(조사자 : 예.)

　김유신 장군이 태어난 곳이 거깁니다.

　(조사자 : 아.)

　에, 상계리 21번지.

　(조사자 : 예, 예.)

　거기서 김유신 장군이 태어난 곳입니다.

　(조사자 : 예, 예.)

　그래서 태어나서, 옛날에 장사가 나면은 그 날러간다고 그러지 않습니까.

　(조사자 : 예, 예.)

　그래 가지고서 그 양반이 태어나 가지고서, 에 그 태를 묻은 데가 태령산 이, 태령산이 요겁니다.

　(조사자 : 예, 예, 예.)

　태를 거기다 묻었어요. 그라고서 인저 그 양반이 태를 묻고서. 그 가면 연모정이라는 그 샘물, 그 못이 있습니다. 그게 있고. 인제 그 양반이 그 김유신 장군 태를 묻고서. 자라서 그 연모정이라는 데 그 인자 거기 물을 마시고서, 그 인제 질마재라는 데가 있어요.

　(조사자 : 질마재.)

　질마재.

(조사자 : 예, 예.)

인제 거기는 에 인제 말을 타고서 댕기면서 질마재라는 게 거기가 있고 투구바위라는 것이 있지 않습니까. 투구바위가 에, 지금 에 우리 동네 고 마을 입구. 지금 에, 여기, 그 연모정 밑에 고기에 가면은 그 앞에 투구바 위 있습니다. 그래 투구바위라고 하는 거예요. 그걸 투구바우라 하는 …….

(조사자 : 그걸 왜 투구바우 …….)

[투구 모양을 손으로 설명한다]

투구, 투구 …….

(조사자 : 아 투구처럼 생겨서.)

예, 투구바우라 그래요. 예. 그렇게 돼 가지고서 이 역사라는 것이 저 에 우리 부락의 ……. 에 인저 그, 김유신 장군 아버지가 김석원, 그 저기 고. 김유신 장군이 그 탄생을 해 가지고서 에 이런 정도로. 제가 배우질 못해 상식이 없어서, 이런 정도로 제가 알고 있고.

(조사자 : 예, 예.)

장수가 옮겨 놓은 장수바위

자료코드 : 09_08_FOT_20110216_LCS_SDS_0250
조사장소 : 충청북도 진천군 진천읍 장관1길 2-3
조사일시 : 2011.2.16
조 사 자 : 이창식, 최명환, 장호순, 김영선, 김보비
제 보 자 : 신동순, 남, 80세
구연상황 : 조사자들은 진천읍 장관리 원장관 마을에서 음력 정월 보름에 지내는 동제를 참관하기 위해 관계자들과 미리 연락한 후 찾아갔다. 마을 이장과 노인회장을 비롯한 마을사람들이 동제를 준비하고 있었다. 마을 뒤에 위치한 상산(常山) 중턱에서 보름에 지내는 동제에 대한 여러 가지 이야기를 들으면서, 옛 이야기를 물어보았다. 이 설화는 노인회장인 신동순이 구연해 준 것이다.
줄 거 리 : 마을 뒤에 위치한 상산에 장수바위라 불리는 큰 바위가 있다. 옛날에 장수가

그 바위를 소매-또는 도포자락-에 넣어 산잔등에 얹어 놓으려 하였다. 그런데 산을 오르는 도중 소매가 찢어져 상산 중턱에 놓이게 된 것이라고 한다.

옛날에 저기는 그 장수가 뭐 그걸 소매에다 넣고 갔다는 거예요. 그 바위를.

(조사자 : 소매에다?)

예, 소매에다.

(보조 제보자 : 도포자락에다.)

어.

(조사자 : 도포자락에다.)

어. 그래 인제 도포자락에다 넣고서 이렇게 올라가고 그라는데.

(조사자 : 예.)

올러가다 그 잔등에다 갖다가 놓을 건데.

(조사자 : 예.)

가다가 거기서 이 도포자락이 찢어져 가지고선 말야. 거기다 났다고 말야. 그런, 전설이 말야. 그래 가지고 저기하는 말은 있어요.

(조사자 : 아.)

복수혈에 자리 잡은 이영길 묘소

자료코드 : 09_08_FOT_20110108_LCS_IGS_0020
조사장소 : 충청북도 진천군 진천읍 김유신길 640
조사일시 : 2011.1.8
조 사 자 : 이창식, 최명환, 장호순, 김영선, 김보비, 여진수
제 보 자 : 이기세, 남, 88세
구연상황 : 조사자들이 아침 일찍 진천읍 연곡리 비선동 보탑사(寶塔寺)를 찾았다. (보탑사는 충북 진천군 연곡리 만뢰산 자락 보련산 아래 비선동에 위치한 사찰이다. 고려시대 절터로 전해지는 곳인데, 현재 1996년 창건한 보탑사가 자리 잡

고 있다. 고려 초기에 만들어진 것으로 추정되는 보물404호 백비가 있던 자리에 보탑사를 세웠다.) 마을회관에 있던 사람과 주민들의 도움을 받아 제보자 이기세의 집을 찾아갔다. 제보자 이기세와 그의 부인이 조사자들을 맞아 주었다. 노부부는 많은 나이임에도 차분하게 조사자들의 이야기를 들어주었고, 조사자들이 요청하자 이야기와 소리를 구연해 주었다.

줄 거 리 : 진천읍 연곡리 비선동에 처음 들어와 터를 잡은 전의 이씨의 선조는 역옹 이영길이다. 임진왜란 때 박상의 도선이 이영길의 묘를 잡기 위해서 오창에서부터 물을 먹어 보며 올라왔다. 그러다 비선동이 손을 엎은 형국의 복수혈인데, 그 가운데 손가락에 이영길의 묘를 쓰게 하였다고 한다. 그 후로 전의 이씨들이 이곳에 터를 잡게 되었다.

(조사자 : 그리고 우리 그 할아버지는, 선대 조상이 여 몇 대째 여 들어 왔습니까?)

여기 온 조상님이 내게 십이 대조, 저 건너 누공(역옹) 할아버지라는 양반이.

(조사자 : 예.)

임진왜란 때.

(조사자 : 예.)

원래는 오창이 ○○○○○ 산소가 계셔요, 오창.

(조사자 : 예.)

오창 가곡이라는 데, 거기 오래된 이제 묘가 계신데. 그 여기 오신 양반이 아주 호가 누공이라고 이 밑에 비알 세운 데.

(조사자 : 예.)

그, 그 양반이 아주 유명한 학자였는데.

(조사자 : 예.)

그 박상의 도선이 하면 정부에서, 아주 나라에서 이름난 거 지관이고 학잔데. 그를 데리고 오창서 여기 물 마셔 봐 가면서 찾아와 가지고, 여꺼정 와 보니께. 여기가 됐다고. 여기 피난 곳이고 여기다 자리를 잡으라고.

그래서 십이 대조 어, 되는 할아버지가 여기 와서 자리 잡았 ……

(조사자 : 그 비 세운 할아버지 함자가 어떻게 됩니까?)

영자 길자요.

(조사자 : 영자 길자.)

꽃부리 영(英) 자(字), 길할 길(吉) 자(字), 영길.

(조사자 : 예, 어디 이씨입니까?)

우리 전의요.

(조사자 : 전주?)

전의, 전의.

(조사자 : 아, 전의.)

저 천안서 조치원 갈라면 중간에 전의 있는데요, 지금은.

(조사자 : 예, 예, 예.)

거기가 인자 우리 저 이십구 대 되는 할아버지가 거기 계셔요.

(조사자 : 예.)

거기 있는 거에요.

(조사자 : 예, 옛날엔 전의이씨가 이 마을에 좀 많이 좀 살았습니까?)

옛날부텀 십이 대조 이하 그러니까, 임진왜란 전부텀 여기 아주 이때서 살고. 이 토지산천이 다 아주 동산으로다 이 그 할아버지 앞으로다 돼 있어. 저, 여기는 오래됐지.

(조사자 : 그 이영길 할아버님 얘길 한 번만 다시 해 주세요. 아까 도선 국사라고 그랬나요?)

응?

(조사자 : 그니까, 이영길 할아버님 여기에 터를 잡기 시작할 때 얘기를 다시 한 번 만요. 잘 못 들어 갔구요. 그니까 임진왜란 때 …….)

임진왜란 때 박상의라는 나라 풍수, 그, 그가 같이 와 가지고 여기가 됐다고 그래 가지고 ……

(조사자 : 박상의요, 박상의라는 풍수가?)

박상의라는, 여기 책에도 그 많이 나오고 하는 분이예요, 그 분이.

(조사자 : 예, 예, 예. 어, 풍수가랑 같이 여길 들어 왔다는 거예요?)

그렇지. 그가 인저 다 잡아 준 거지. 인제 우리 인저 십이 대조 할아버지는 워낙 학자고.

(조사자 : 예.)

인자 그 양반은 지관으로다 아주 나라에서.

(조사자 : 예.)

그 박상의 도선이 하면은 나라에서 아주, 저기 허가 맡아 가지구서 다니는 그 …….

(조사자 : 여길 들어와서 뭘 보고선 들어 왔다는 거예요? 뭘 물을 마셨다는 거예요, 여기서 어떻게?)

물을 마시면서. 오창, 이 물이 오창으로 내려가요, 청주로다가.

(조사자 : 아.)

근데 거기서부터 물을 잡사(드셔)봐 가며 여기까지 올라오셨다는 …….

(조사자 : 아, 이제 박상의랑 같이 여기까지 물 마셔봐 가면서 올라왔다가 …….)

어.

(조사자 : 박상의 입니까?)

박상의. 희라 그라는지 의라고 그라는지, 그냥 글자는 잘 모르겠네.

(조사자 : 예.)

박상의라고 그냥 그러 …….

(조사자 : 그래서 결국 여기가 피난 곳이니까.)

어.

(조사자 : 여기서 인저 터를 잡아라!)

그렇지, 인저. 산소 자리도 그 때 인저 정해서. 이십사혈을 정해 가지고서는 누공 할아버지 쓴 산소자리가 오는 복수혈이라고 손을 엎은 형국인데. 이 가운데 손가락 이, 이 자리에 쓰라고 그래서 그 할아버지 하나는 확실히 저기하고. 다른 데는 인저 저 박상의 그 양반이 노인이었데요.

(조사자 : 예)

그래서 근력이 다 되고 하니까 멀리 안 올라가고. 둘러보면서 고 어디도 있겠다, 어디도 있겠다 가르쳐 가지고. 이십사혈을 짚어 주고서는 했는데. 이제 그 뒤에 인저 자손들이 인저 무한이 만나면 어디 가면 좋은 자리 있단다고 해서 얼추하다 새로 썼지요. 다른 데는 인저 일일이 무슨 혈이라는 건 저기하고. 생각 못 하고. 그 누공 할아버지 그 온 양반 그 양반 국사봉이라고, 산 이름이 국사봉인데. 거기 이제 복수혈이라고 손을 엎은 형국이라고 그렇게 ……. 저 건네 건네다 보이는 저 건너여. 빤히 보여.

(조사자 : 이영길, 그니까 선조분 때부터 여기 묘가 쭉 있겠네요, 여기에 그러면은.)

그, 그렇지요. 그 양반 산소 있고 저 건너.

(조사자 : 국사봉은 쪼금 밑에 저 쪽 도화리 아니 계산리, 봉죽리 요기랑 연결된 데 아닌가요?)

계산리, 저기 은골이라는 데. 은골 정서방네 있는데, 거기도 국사봉이 있고.

(조사자 : 정송강사 있는데요.)

응.

(조사자 : 예, 그렇죠.)

거기도 국사봉이 있고, 거기는 문백면이고.

(조사자 : 예, 예.)

여기는 진천면인데, 인제 진천읍이라고 그라는데. 여기서는 여기가 국사봉이고.

(조사자 : 아, 여기는 여기 국사봉이고, 저기는 저기 국사봉이고요?)

그렇지, 다 달르지.

김유신의 태를 묻은 태령산

자료코드 : 09_08_FOT_20110108_LCS_IGS_0025
조사장소 : 충청북도 진천군 진천읍 김유신길 640
조사일시 : 2011.1.8
조 사 자 : 이창식, 최명환, 장호순, 김영선, 김보비, 여진수
제 보 자 : 이기세, 남, 88세
구연상황 : 조사자가 연곡리 아랫마을인 상계리에 있는 태령산에 대해 아느냐고 묻자, 제
　　　　　보자 이기세가 태령산의 유래에 대해서 구연해 주었다.
줄 거 리 : 진천읍 상계리에 위치한 태령산은 김유신 장군의 태어났을 때 그곳에 그의
　　　　　태를 묻어서 태령산이라 부른다고 한다.

(조사자 : 여가 인자 저, 요 밑에 가면은 화랑 그, 태 묻은 태령산도 있
고 그렇잖아요?)

네.

(조사자 : 그래서 그, 왜 거를 태령산이라고 그랍니까.)

태령산은.

(조사자 : 예.)

저 김유신 장군이 거기 낳다고 그라지유(그렇지요)?

(조사자 : 예.)

거기서 낳는데, 태를 갖다가 묻었다는 겨. 거 저기 그 전에 어디냐면
태 저기해서 태워 내버리고 이러는데. 그, 좀 크게 되고 나라에 저기한 이
들은 태를 태우덜 않고, 갖다 묻는데요. 여기뿐 아니라. 그래, 태를 갖다
묻었다고 태령산이라고, 태령산.

(조사자 : 예, 그 김유신 장군이 그러면은 거, 태를 묻었다는 얘기는 신

라 땐 데 어떻게 그게 오늘날까지 그래 전해집니까?)

그거야, 인저 김유신 장군이 잘 돼 가지고 이름이 났기니께. 이 아래 저기 저 해 놓고. 태령산 쪽에는 아주 이때 내려온 얘기고.

만뢰산에서 왜적을 물리친 유창곡 장군

자료코드 : 09_08_FOT_20110108_LCS_IGS_0030
조사장소 : 충청북도 진천군 진천읍 김유신길 640
조사일시 : 2011.1.8
조 사 자 : 이창식, 최명환, 장호순, 김영선, 김보비, 여진수
제 보 자 : 이기세, 남, 88세
구연상황 : 조사자가 김유신 말고 진천에서 유명한 인물에는 누가 있느냐고 묻자, 제보자 이기세는 만뢰산에서 왜적을 막았던 유창곡 장군이 있다면서 구연해 주었다.
줄 거 리 : 임진왜란 무렵 만뢰산에서 유창곡 장군이 왜적을 맞아 싸웠다. 유창곡 장군은 만뢰산에, 왜적은 원진에 진을 쳤다. 이때는 한창 여름이라 물이 귀할 때였다. 유창곡 장군은 지혜를 발휘해서 말에게 목욕시키는 것처럼 쌀을 뿌렸다. 그 광경을 본 왜적은 더 이상 맞서 싸울 수 없다고 판단하고 항복하였다. 왜적이 항복하고 물러나면서 장군을 보기를 청하였다. 싸움에서 항복을 받은 터라 왜 군들 앞에 유창곡 장군이 나섰다. 그 때 왜적 한 명이 독화살을 쏘았다. 그리 고는 물러갔다. 화살을 맞은 유창곡 장군은 봉화를 올려 승전보를 전하고, 한 양을 향해 가다가 수원에서 돌아가셨다고 한다. 현재 만뢰산에는 유창곡 장군 이 마셨던 샘터가 남아 있다.

이게 만뢰산.

(조사자 : 예.)

만뢰산이 진천서 최고 높은 산인 줄 알지유?

(조사자 : 예.)

이 산은, 왜 만뢰산이라 하냐는고 하면은, 유창곡 장군이라고 이 살구 우물(진천읍 행정리 자연마을 명칭) 문화유씨가 많이 살아요.

(조사자 : 유창?)

유창곡.

(조사자 : 곡 장군.)

예, 유창곡 장군이라고. 그 양반이 임진왜란 때 만뢰산에서 진을 치고, 거기서 또 마주 보이는 원진이라는 데가 그 건너 있시유.

(조사자 : 원진?)

거기서 왜놈들이 그 때 임진왜란 때 그 때 와 가지고서는. 그 왜놈들이 팔장(八將)이, 여덟 장사가 와 가지고서는 싸우는데. 여름 한복 더위에, 이 저기 유창곡 장군은 만뢰산에서 하고. 인저 왜놈들은 인저 그 녀석들은 이 원진이라는 데서 인제 맞들여다보고 인제 전쟁을 하는데. 그 사람네는 팔장이고 유창곡 장군은 그렇게 많덜 못 하고 부하도 없고 그런데. 한참 뜨겁고 여름 그 더울 적에. 말을 잔등에다가 세워 놓고서는 저 놈들 보게 좀 해야겠다고 쌀을 이렇게 말에다 껴 얹으니께. 이 건너에서 보기에 더우니께 말을 먹 감기는 거 같아.

(조사자 : 아.)

그래서 그 사람네가 아, 이 저, 저렇게 저기 한분을 안 되겠다고 우리가 항복하고 말아야겠다고. 그래 가지고서는 그 사람들이 안 되겠다고 그냥 항복을 인저 우리가 아 인저 졌다고 간다고 인저 그러다가는. 또 다시 그 만뢰산 중허리로 올러오더래요.

(조사자 : 아.)

올라오면서는 우리가 졌지만은 장군님 얼굴이라도 좀 보자고. 그러는데, 그 양반이 인저 항복 받고 이랬으니께. 끝이 났으니께. 이게 왜놈이 활 끝에다 독약을 칠해 가지고 쐈다는 기예요.

(조사자 : 아.)

그라는 바람에, 가찹게 와서 그라는 바람에 어깨를 맞아 가지고서, 해는데. 인제 그 놈들은 인제 그렇하고 가고. 이 양반은 이제 그걸 맞으면은 그 독약 칠 한 거는 썩어 들어가니께. 건 죽는 거지 못 사는 거란 말이여.

(조사자 : 예.)

그래 인제 여기서, 만뢰산 저기 전장에 유창곡 장군이 여 승리했다고 인저 기별이 가니께. 그때는 이 봉화산이라는 데서 봉화 들면은. 이제 또 그 맞은편에서 들고 이렇게 연방해 가지고서는 금방 이렇게 전하고 지금은 전화를 하고 전보를 하지만. 그전에는 그렇게 봉화산이라는 건 그 봉화든다 그래서로 통하는 거요.

(조사자 : 예.)

그래 가지고서 나라에서 불러서 가다가 저 수원인가 거기꺼정 가다가 그냥 돌아가셔 가지고서는 그냥 운명을 했잖아요. 그런 전설은 있지요.

(조사자 : 음.)

진천이 그래요. 그래 인제 김유신 장군하고 유창곡 장군 그 이 저기하고 했다고 그런 얘기는 있지요.

(조사자 : 예, 유창곡 장군 그 대한 여기 저 만뢰산 어디 거 바위라든가 올라가다보면 그 지켰던 성터 같은 게 있습니까, 혹시?)

성터는 없어도. 고 밑에 물 잡삽다던데 그 원 고개 그 맨 꼭대기에 올라가서 조금 내려오면은.

(조사자 : 예.)

거기 물 잡숩꼬 그랬다는 물은 있는데 있었지요.

(조사자 : 예.)

생거진천의 유래

자료코드 : 09_08_FOT_20110108_LCS_IGS_0050
조사장소 : 충청북도 진천군 진천읍 김유신길 640
조사일시 : 2011.1.8

조 사 자 : 이창식, 최명환, 장호순, 김영선, 김보비, 여진수
제 보 자 : 이기세, 남, 88세
구연상황 : 조사자가 진천을 생거진천이라고 부르는 이유를 물어보자 제보자 이기세가
구연해 주었다.
줄 거 리 : 옛날 한 할머니가 용인에서 자식을 낳고 살다가 진천으로 이사 와서 살다가
돌아가셨다. 돌아가신 후에 다시 용인으로 가셨다고 해서 살아서는 진천, 죽
어서는 용인, 곧 생거진천 사거용인 이라는 말이 생겼다고 한다.

(조사자 : 거 생거진천 그러잖습니까? 우리 어르신 왜 생거진천이라 그
럽니까?)

살라면 진천 와 살라는 건 에 옛날에 에, 생거진천 사거용인이라고 하
는 건. 그 어떤 할머니가 용인서 살다가 거기서 인제 자손도 낳고 이라고
서는. 진천 와서 또 살고 인저 살고 진천서 돌아가셨는데. 돌아가셔서는
도로 용인으로 어 거, 먼저 저기 한 데로 갔다고 그래서. 그래서 진천은
살아서는 진천서는 생거진천이 됐고. 인저 사거는 돌아가서는 용인으로
갔다고. 그런 얘기는 들었지요.

(조사자 : 예.)

생거진천 사거용인.

(조사자 : 예.)

함흥차사로 간 이거이(李居易)

자료코드 : 09_08_FOT_20110108_LCS_ISH_0310
조사장소 : 충청북도 진천군 진천읍 상계길 122
조사일시 : 2011.1.8
조 사 자 : 이창식, 최명환, 장호순, 김영선, 김보비, 여진수
제 보 자 : 이상협, 남, 65세
구연상황 : 조사자들이 진천읍 상계리 상목마을 상목노인정에 도착하였다. 상목노인정
앞에 있던 제보자 이상협을 만나 조사취지를 설명하였다. 제보자 이상협은 우

선 노인정으로 들어가도록 권하였다. 노인정으로 들어가자 할머니들 몇 분이 화투를 하고 있었다. 조사자들을 소개만 시키고 나가려던 제보자 이상협에게 옛날이야기를 물으면서 같이 앉도록 권하였다. 마을 위로 더 올라가면 무엇이 있느냐고 묻자, 이거이 묘소가 있다면서 제보자 이상협이 구연해 주었다.

줄 거 리 : 진천읍 상계리 상목마을에는 이거이 묘소가 있다. 이거이(李居易, 1348-1412) 는 조선의 개국공신이며 이성계의 사돈으로 사병을 칠백여 명이나 거느렸다. 왕자의 난으로 이성계가 함흥으로 떠나 돌아오지 않았는데, 이성계를 모시러 간 사람들도 돌아오지 못해 함흥차사라는 말이 생겼다. 이 때 이거이가 이성계를 모시러 갔다. 이성계는 이거이가 사돈이라서 차마 죽이지 못하고 돌려보냈다고 한다.

(조사자 : 그러면, 이리로 계속 올라가면 뭐가 있습니까?)

뭐 인제 여기, 여기 그 저 보이잖아. 그 저 묘소 하나, 거 있는, 이거이 묘소라고.

(조사자 : 예, 예.)

옛날에 그 저 어 이씨 …….

(조사자 : 쪼금만 앉으셔요, 잠깐만. 이거이?)

예, 묘, 묘.

(조사자 : 그 분이 언제 분입니까?)

게 이조 저기지 뭐, 개국공신 처음 저기 했을 적에.

(조사자 : 아, 이성계?)

이성계하고 같이 할 적에, 난, 그 난에 같이 인제 …….

(조사자 : 예, 예. 그 전해오는 이야기로는 어떤 게 있습니까?)

글쎄, 그 양반으로 그라면은 옛날에 인자 사병이 그렇게 많았었대요. 사병이 한 700명 됐었대니까.

(조사자 : 예.)

그러니까 그 양반이 한 번 건사를 할라면은 칠백 명에 대한 저기를 해 줘야 되잖아?

(조사자 : 예.)

이 인제 저 그런데. 에 인제 저, 난을 일으켜서 그 양반이 인저 나왔는데. 저 뭐야 밑에 정조되신 그 저 뭐야. 임금이 인저 그 인저 그 양반도 어 아들 오형제, 이 양반들도 인제 사형제에 따님 한 분 이렇게 해 가지고. 어 사돈을 맞은 거야, 사돈을.

(조사자 : 아.)

그 인제 그 큰, 이가 인제,

[헛기침을 하고]

어험 그 이제 뭐야 이제 하고. 셋째가 또 ……. 그니께 옛날엔 겹사돈을 했더라고.

(보조 제보자 : 옛날에도 겹사돈도 했댜.)

[청중 웃음]

게 인제 이제 방원이란 사람이 인제 장, 왕자의 난 할 적에.

(조사자 : 예.)

에, 저기 그 먼저 우선으로 방원의 편을 들었어야 했는데. 방관이 편을 들었다고 해 가지고 그 큰 매제, 매, 저 매부 되는 사람을 처형을 한 거야 그게. 그라고 인저 그, 으 이성계씨가 인저 다 아들, 딸들이 인저 그래 하니까 함흥차사로 떠나갔잖아. 그라고 돌아오덜 않으니까. 나중에 그 결과적으로 방원이가 인저 이 사돈 양반을 등극을 시켜서 자기 아버지를 모셔 오라고 그랬는데. 갔는데. 그 양반이 사돈은 사돈지간이니까 해할 수 없는데. 간 사람을 전부 다 인저 그거 죽여서 하나도 못 와서 함흥차사라고 하는데. 이 양반만큼은 같은 연배고 그러니까.

"목숨만은 살려 줄 테니까 뒤도 돌아다보지 말고 그냥 가시오."

그러더래는 얘기여. 그래서 인제 여기 와서 돌아가셔 가지고 여기 묘가 이렇게 있는 것이여.

(조사자 : 그 분이, 이거이.)

예, 이거이.

빈대 때문에 망한 상목리 절(寺)

자료코드 : 09_08_FOT_20110108_LCS_ISH_0315
조사장소 : 충청북도 진천군 진천읍 상계길 122
조사일시 : 2011.1.8
조 사 자 : 이창식, 최명환, 장호순, 김영선, 김보비, 여진수
제 보 자 : 이상협, 남, 65세
구연상황 : 조사자가 상목 마을 위에 오래된 절이 있지 않았냐고 물어보자, 제보자 이상
협이 구연해 주었다.
줄 거 리 : 옛날에 진천읍 상계리 상목 마을 위에 절이 하나 있었다. 스님들이 시주를
하고 절로 돌아오니까 보지 못했던 대들보가 서 있었다. 가서 보니 전부 빈대
였다. 빈대들이 사람을 뜯어 먹어서 살 수 없어 폐허가 되었다. 후에 그 스님
들은 그곳에 있던 부처님을 모시고 진천군 초평면 영수암으로 자리를 옮겼다
고 한다.

그 절 섰던 터가 허물어져 가지고 그게 있는데. 절이 뭐 이제 전해 내
려오는 얘기로는.

(조사자 : 예.)

어, 스님들이 시주를 하고 오니까.

(조사자 : 예.)

이 대들보가 없었대요. 예전에 그 저기가.

(조사자 : 예.)

근데 그 대들보가 있어서 봤는데. 그게 사람이 들어가니까 전부 봤는데
벌레래. 이게 사람 뜯어 먹는 빈대라는 겨.

(조사자 : 예.)

빈대.

(조사자 : 예, 예.)

그래 인제 사람이 살 수가 없으니까 인제 폐허가 돼 가지고 다 저기한 거지. 없어진 거지. 그라고 여기서 있던 양반들이 어, 초평 가면 영수암절이라고 있어. 영수암.

(조사자 : 예, 영수암 있어요.)

에 그 양반들이 여기서 그 부처님 이런 분들을 모셔다가 거기다 해 놓고 영수암이라고 해서 그리로 이사를 간 거야.

(조사자 : 예, 영수사, 영수암.)

영수암.

(조사자 : 예.)

광대백이의 유래

자료코드 : 09_08_FOT_20110107_LCS_IYH_0005
조사장소 : 충청북도 진천군 진천읍 중앙북2길 6-24
조사일시 : 2011.1.7
조 사 자 : 이창식, 최명환, 장호순, 김영선, 김보비, 여진수
제 보 자 : 이영환, 남, 70세
구연상황 : 조사자들이 진천읍 벽암리 읍내1구 경로당에 들어갔을 때, 많은 어르신들이 부엌이 딸린 방에 모여 감자를 깎거나 나물을 다듬는 등 점심을 준비하고 있었다. 조사자가 좁은 곳에 비집고 들어가서 취지를 말하면서 이야기판이 시작되었다. 처음에는 흥미 없이 듣던 제보자들이 점차 흥미를 보였다. 제보자들이 큰 방으로 나물 등을 옮겨 조사가 시작될 무렵, 마을 이장인 제보자 이영환이 들어왔다. 다시 채록취지를 설명하는 등 어수선해진 가운데 이영환의 이야기로 구연이 시작되었다.
줄 거 리 : 벽암리 아래 회나무거리에 광대백이라는 곳이 있다. 예전에 그곳에 광대들이 모여서 살았기 때문에 광대백이라고 부른다.

(조사자 : 그 회나무거리가, 거리가 있던데 어딥니까?)

회나무거리가 저 아래 저나, 요 앞에 가보믄 회나무가 큰 게 있어. 하나 오백년 묵은 게.

(조사자 : 예.)

고기는 회나무거리고.

(조사자 : 예.)

요 위로는 광대백이.

(조사자 : 광대백이?)

예.

(조사자 : 예.)

그 유래를 보면은 옛날에 그 광대들이.

(조사자 : 예.)

광대들이 모여서 거기서 인제, 옛날에 광대하면은 천민들이거든.

(조사자 : 음.)

천민들.

(조사자 : 예.)

그 사람들이 모여서 살던 곳이라서 광대백이라고 유래가 있더라고 진천 유래에는.

(조사자 : 예, 그 광대는, 막 노는 사람들 아니예요?)

예.

(조사자 : 그럼 남사당을 이야기 합니까?)

그렇지. 그 사람들이 살던 곳, 옛날에 살던 곳이라 그러더라고 유래가.

(조사자 : 예, 광대거리가.)

예.

정철 묘소를 잡아 준 송시열

자료코드 : 09_08_FOT_20110120_LCS_ICH_0015
조사장소 : 충청북도 진천군 진천읍 문화로 74
조사일시 : 2011.1.20
조 사 자 : 이창식, 최명환, 장호순, 김영선, 김보비, 여진수
제 보 자 : 이충호, 남, 90세
구연상황 : 조사자들이 진천읍 교성리 향교회관에 도착했을 때, 봉원기 전교를 만날 수 있었다. 조사 취지를 설명하고 송강 선생 묘소 잡을 때 이야기를 들려달라고 하자 구연해 주었다. 제보자 봉원기가 송강 선생 묘 잡은 이야기를 마칠 무렵 이충호 전 전교와 오상근 충청북도광복군동지회 회장이 들어왔다. 봉원기 전교의 소개로 인사를 한 후, 제보자 봉원기가 제보자 이충호에게 송강 이야기를 다시 물었다. 제보자 이충호가 구연해 주었다.
줄 거 리 : 송강의 묘를 쓸 때 이야기다. 원래 송강의 묘는 강화도에 있었다. 현재 진천 문백면에 있는 송강의 묘소는 송시열이 잡은 것이다. 송시열이 문백면 소재지에 있는 말부리고개를 넘다가 풍수가 좋은 곳을 발견하고 그곳에다 송강의 묘를 썼다고 한다.

(조사자 : 저, 우리 어르, 우리 전교님. 뭐 옛날부터 이렇게 내려오는 송강 선생에 대해 들은 이야기는 있습니까, 혹시?)

(보조 제보자 : 뭐 들은 얘기보다도 그가 여기, 여기 지역에선 살진 않았었어.)

(조사자 : 예.)

(보조 제보자 : 살진 않았었고. 그래서 여기 문중들이 있었고. 그 저 송강사 글루다가, 송강 선생님 글루 산소를 모시게 된 내력 자세히 아세요?)

그거 거.

(보조 제보자 : 우떻게해서 일루 왔는가? 그 양반 돌아가시긴 강화도에서 돌아가셨는데.)

거, 그, 거기 있었는데.

(보조 제보자 : 일루 올 때 그, 저 이율곡 선생이 자리를 잡아 줬다는

말이, 그런 말이 있죠?)

　저기, 송시열.

(조사자 : 아, 송시열 선생님.)

　그 선생님이.

(보조 제보자 : 송시열, 참 송시열.)

　여기, 저 고개를. 저, 뭐여. 문백 소재지 고, 고개 있어요. 배론 고 고개서 요렇게 보고서 저기가 좋다고. 그래서 거기 올라가서 어, 자리를 이렇게 잡아 줬다는 거예요. 그래서 글루 이전을 했다는 거야.

(보조 제보자 : 이율곡이 아니라 거 송시열이예요, 송시열.)

(조사자 : 예.)

(보조 제보자 : 어, 송시열 선생이 그 양반은 인저 저쪽 강화도 쪽에서 거기서 모셔 있었는데.)

(조사자 : 예.)

(보조 제보자 : 글루다가 인제 지방으로다가 모셔야 되겠으니까. 그 지나다 보니까 그 산에. 저, 인제 풍수상, 그 풍수지리상 산에 혈이 요렇게 참 좋더래요. 그 송강 선생 있는 그 묘소에 가보면 요렇게. 거기도 아까 얘기한 그 청룡백호가 참 뚜렷하고 이렇게 아늑하게 있는데. 가운데가 이렇게 쏙 나왔거든.)

(조사자 : 예.)

(보조 제보자 : 송, 송강 선생 산소 있는 데가. 그 옛날에 그 산소는 이렇게 청룡백호하고 인저 산의, 산의 혈이 요롱게 나와 있을 것 같으면 이거를 좋은 터로다 봐요들.)

(조사자 : 예.)

(보조 제보자 : 동네가 인제 이렇게 산, 산, 산, 산이 이렇게 줄기가 뻗어 있고 앞이 확 트이고. 그라고 인제 다시 이렇게 산이 이렇게 가운데. 그래 이짝은 청룡우백호라고 그랴. 그래 명당이라 하면 요 가운데가 명당

이라는 겨. 그래 그 양, 그 양반 그, 산소 쓴 자리를 가 보면은 아주 그런 아늑하고. 아늑한 가운데 인저 그 산, 산이 요렇게 산맥이 죽 이렇게 나와 있어. 그래 고 위에다가 산소를 모셨어. 그리고 인저 그 옆에다가 사당을 따로 옆에다 따로 지었고.)

(조사자 : 예.)

(보조 제보자 : 그라고 그게 송시열 선생이 지나다가 참 자리를 잡았다고 그라는 겨 그게.)

(조사자 : 혹시 그 고개 이름이 뭐 말부리고개 뭐 이렇게 되는 …….)

예, 말부리고개.

(조사자 : 아, 그 얘길 한 번만 다시 해 주시겠어요? 말부리고개 얘기.)

글쎄 …….

(보조 제보자 : 말부리고개가 이짝 이짝에서 넘어 가는 거 말부리고개야?)

그 왜, 저기.

(보조 제보자 : 이쪽에서 넘어 가는 거야?)

문백면. 문백 소재지 고, 고. 여기서 갈라면 고개 넘어서 내려가야지.

(보조 제보자 : 문백 소재지에서 넘어 가는 고개가 말부리고개야?)

말부리재에서 그 송시열 선생이 거길 쳐다봤다는 거지. 고기서, 거서 자리를 잡았다는 거야.

(보조 제보자 : 그 말부리고개 그런 건 그 저기 가서, 지금 얘기한 정훈택이 그 사람한테 얘기하면 그런 걸 잘 알거야.)

그려.

(조사자 : 예.)

훈택이.

(보조 제보자 : 정, 정훈택이.)

정훈택이.

(보조 제보자 : 지금 얘기한 사람 …….)

남사고가 묘를 쓴 이야기

자료코드 : 09_08_FOT_20110415_LCS_JSH_0228
조사장소 : 충청북도 진천군 진천읍 지암3길 68-1
조사일시 : 2011.4.15
조 사 자 : 이창식, 최명환, 장호순, 김영선, 김보비
제 보 자 : 정수해, 여, 83세

구연상황 : 조사자와 이야기를 나누던 제보자 정수해가 예전에 아랫집 할아버지에게 들었던 이야기라면서 구연해 주었다. 예전 같으면 하나도 빼지 않고 다 얘기했을 텐데 이제는 잘 기억이 나지 않는다고 한다.

줄 거 리 : 옛날에 토정 이지함, 정도전, 박문수, 남사고 등 여섯 명의 유명한 인물이 있었다. 이들은 풍수를 잘 봤다. 그런데 자기네 조상 묘를 쓰면 다 좋지 않은 자리만 잡았다. 그중 남사고의 이야기이다. 남사고가 어느 날 아홉 명이 등천할 자리를 찾았다. 자기 조상들의 묘를 파다가 묻으니까 하늘에서 소리가 들렸다. "남사고야! 남사고야! 거기는 아홉 명이 등천하다가 떨어져 죽은 자리이니 하지 말라."는 것이었다. 그래서 남사고가 비석을 써서 그 자리에 묻었다고 한다.

옛날 정승판서 지내 잡순 양반들. 뭐 저기 옛날 그, 아이고. 여섯 분들 몰려댕기며 이 양반들. 토정 선생이 이름이 지함 선생이래유.

(조사자 : 예, 예, 예.)

지함 선생. 저기 저 박문수 선생.

(조사자 : 예.)

도선, 도전 선생님, 남사귀, 남구만. 또 한 분은 누군가 잊어버렸네. 여섯 분 이름을 다 가리켜 주시기에 예서 많이 들었는데. 저기 도전 선생님이 저, 고씨네 어머이, 아들이래나. 뭐, 도전 선생이 고씨네 아들이랴.

(조사자 : 예, 예.)

그······.

(조사자 : 우씨네, 우씨네.)

어, 고씨네.

(조사자 : 우씨네.)

에, 고 그 냥반 묘이를 파 가지고. 그, 그전에 남사고 선생님, 남구만 선생님, 도전 선생님. 조상들을 남, 남 묘 자리를 봐 주면 다 천하대지를 봐 주고 잘 됐는데. 자기네 할아버지, 선조 조상 해믄. 해고 보믄 다 망핼 자리랴. 그 여섯 분들이 만날 그 조상 파 가지고 댕기다가 그냥 고만 세월 다 가고 돌어갈 제. 남사고 선생님은 그 한 군데를 가니께. 아홉 명이 등천 해는 자리가 있어서. 조상들을 파다가 파 묻으니께. 공중에서 홀연히 들리는 말이.

"남사고야! 남사고야! 너 거기 아홉 명이 등천 해는 줄 알고 해지만 아홉 명이 등천 해다 떨어져 죽은 자리여. 너는 인저 아주 ……."

이 죄 해다 또 잊어버렸어. 저기 됐으, 말년이 됐으니께.

"더 이상 해지 말어라,"

그래서. 그 저기가, 남사고 선생님이 저기랴. 지석을 하나 쓰기를 남사고는 개정봉축이라. 써 가지고 산소 앞에다가 돌을, 지석을 묻으면서 ……. 그래 이전에 그런 분들은 그렇게 해 놓으면 파 보면은, 알믄 지나가는 사람이 대강 안대. 그 산소를 이렇게 알게 써 놓으면 그 옛날에 잘 된 사람 심술 놓는다고 판대. 그러니께 애장마냥 돌 쌓아 놓거나 기냥 산소 뚱그렇게 그냥 뭐 저기 애총마냥 해 놓거나 그 앞에다가. 그 아는 사람은 크게 핸 분들은 지나가면 저 묘가 틀림없이 옛날에 정승판서 지내먹은 묘라고 파 보라고 그러면은. 그래서 파 보니께 아닌게 아니라 남사고가. 남사고는 개봉봉축이라. 우리 조상을 나중에 음, 한식답이라도 사서 금초라도 하게 해 달라고. 거기서 해서 묻어서 이 나라에서 그렇게 했다는 얘기.

생거진천의 유래

자료코드 : 09_08_FOT_20110415_LCS_JJU_0260
조사장소 : 충청북도 진천군 진천읍 지암3길 64-6
조사일시 : 2011.4.15
조 사 자 : 이창식, 최명환, 장호순, 김영선, 김보비
제 보 자 : 조중욱, 남, 91세

구연상황 : 진천읍 지암리 던바위마을에서 처음 만난 제보자 정수해의 추천으로 아랫집
에 살고 있는 제보자 조중욱의 집을 찾았다. 마침 제보자가 집에 있어 이야기
를 들을 수 있었다.

줄 거 리 : 진천은 살기가 좋아서 생거진천이라고 한다. 또 옛날에 용인에서 살던 여자가
남편을 잃고 진천에 있는 남자에게 개가(改嫁)를 하였다. 이 여자는 용인에서
낳은 아들도 있고 진천에서 낳은 아들도 있었다. 이 아들들이 장성해서 서로
어머니를 모시려고 하였다. 결국 군수가 판결을 하기를 "생거진천 사거용인
하라."고 하였다. 그래서 생거진천이라는 말이 생겼다고 한다.

(조사자 : 여 왜 생거진천이라 그럽니까?)

생거진천.

(조사자 : 예.)

여가 생거진천이라고 했는데. 생거진천 사거용인이라고 옛날에 어른들
말씀이 그랬었는데.

(조사자 : 예.)

그게 우리 진천이 살기가 좋아서 생거진천이라고도 하고. 또 옛날 어른
들 말씀 들으면. 어, 생거진천 사거용인이라고 했잖어.

(조사자 : 예.)

용인서 ……. 그런 말도 내 들었어. 어른들한테.

(조사자 : 예.)

여자가 이제 상부(喪夫)를 하구서. 남편이 돌아가구서 거기서도 아들을
낳구. 저 후부(後夫)루다 진천 와서, 진천 와서 또 아들을 낳는데. 이제 아
들들이 장성하니까.

(조사자 : 예.)

용인서루 데려갈라고 했다는 거 아녀.

(조사자 : 예.)

그 정한 이치지. 그 부모 데려갈려는 거. 모셔서 데려갈려고 하는 거 정한 이치 아녀유. 그랬는데 인저 여기서는 아들이 안 놓을라고 하고.

(조사자 : 예.)

여기 아들이. 그래서 옛날에는, 뭐여 판결을 군수가 했다는 거 아녀.

(조사자 : 예.)

지금은 저 판사고 뭐 좀 저 있지만. 그래서 그런 말을 했어. 어, 군수께서 말씀하시기를,

"생거진천하고 사거용인하라. 살어서는 진천서 살구 죽어서는 용인으로 가거라."

(조사자 : 예.)

그런 말이 있었다구 그런 얘기도 들은 적이 있구. 그래서 또 지금은 그런 거 저런 거 따질 것 없이. 우리 진천이 옛날부터 곡창이라 살기가 좋아서 생거진천이라구두 했다고 그런 얘기는 내가 들은 적이 있어요.

(조사자 : 음.)

병막애의 유래

자료코드 : 09_08_MPN_20110107_LCS_GSR_0009
조사장소 : 충청북도 진천군 진천읍 중앙북2길 6-24
조사일시 : 2011.1.7
조 사 자 : 이창식, 최명환, 장호순, 김영선, 김보비, 여진수
제 보 자 : 김순래, 여, 66세
구연상황 : 제보자 이영환의 지명 이야기를 듣고 있던 제보자 김순래가 자신이 알고 있
　　　　　는 벽암리 지명 이야기가 있다면서 구연해 주었다.
줄 거 리 : 벽암리 읍내리1구 경로당이 있던 자리를 병막애라고 한다. 한국전쟁 때 환자
　　　　　들이 모여 살았기 때문에 생긴 지명이라고 한다.

　여기는 병막애야. 병자들이 여기 살던 곳이예요, 여기. 그래서 여기 병
막애고.
　(조사자 : 병막애. 예, 병막애.)
　어.
　(조사자 : 병막애 있어, 예, 예.)
　병막애가 왜냐하면은 6·25 때.
　(조사자 : 예.)
　그전에 저기, 여기 인저 그전에 문딩이 환자들. 뭐 이게 나병. 아니, 그
거보다도 저기 환자들이 있잖어.
　(조사자 : 장티푸스 있잖어.)
　(보조 제보자 : 걸인, 걸인들?)
　(조사자 : 예, 장티푸스.)
　장티푸스 있구. 그런께 그런 환자들이 모여 있었대고. 또 인제 난리 나
고서러메. 전쟁 나고서러메 인제 저기해서 못 사는 사람들 많이 여와 모

여 살고. 모여서 있던 데고. 그래서 병막애여, 여기가.

자녀들의 잘못을 깨닫게 한 어머니

자료코드 : 09_08_MPN_20110416_LCS_GJD_0050
조사장소 : 충청북도 진천군 진천읍 사랑재길5 김정득 자택
조사일시 : 2011.4.16
조 사 자 : 이창식, 최명환, 장호순, 김영선, 김보비
제 보 자 : 김정득, 남, 84세
구연상황 : 조사자와 자녀들에 대해 이야기하던 중 제보자 김정득이 부모를 모시지 못해
　　　　　서 나온 이야기가 있다며 구연해 주었다.
줄 거 리 : 아들이 시골에 살던 어머니의 재산을 정리하게 하고 서울로 모셔 왔다. 그런
　　　　　데 아들은 외식하러 갈 때마다 어머니를 모시고 가지 않았다. 어머니가 생각
　　　　　하니 자신은 집을 지키는 개와 같은 신세였다. 그래서 하루는 아들네가 외식
　　　　　하러 갔을 때, 개집에 들어가 아들을 기다렸다. 외식을 하고 돌아온 아들네가
　　　　　어머니를 찾다가 개집에서 발견하고 왜 그러고 있느냐고 물었다. 어머니는 집
　　　　　만 지키고 있으니 내가 개와 다를 게 뭐가 있느냐고 했다고 하였다.

　　논밭 뭐 해서 팔어 가지구 인저 올러가 가지고. 아이고 집에서 노인네
가 뭔 농사 짓구, 어머이 농사 짓고 그랴. 전부 팔어 가지고 서울 올라와
서 우리하고 같이 편안하게 살어. 살살 꼬셔 가지고.

　　(조사자 : 그래 가지고 다 못 살어요. 못 살고 막 그러셔.)

　　그렇게 해 가지고 올러갔는데. 집에서 집만 지키는 겨, 세퍼트 마냥.

　　(조사자 : 예.)

　　응? 그렇게 하는데 이놈의 새키들은 오면은 제 새끼들 하고 차가 있으
니께 타고 날라가서 외식하고. 이건 짜장면이나 시켜서 갖다 주구. 그래
서 한 번은

　　'아따 요, 요놈 새끼들 안되겠다.'

　　개집에 가서 인제, 그, 근데 개, 집만 지키고 있으니까 세파트, 개지 뭐.

[조사자 웃음]

개여.

(조사자 : 예.)

그래서 개집에 가서 들앉아 있으니까. 이놈들이 와서 보니까. 외식하고 들어와서 보니까 아무것도 없지. 휘 그냥 사방 돌아다니며 보니까 개집에 가서 들앉아 있더랴.

"어유, 어머니 왜 여 개집에 이래 ……."

"왜 이놈들아. 너희는 너희끼리 가서 먹고 난 짜장면 시켜다 먹고 하도 그냥 집 보니까 개 아니냐."

어? 난. 이런, 이 ……. 사실 그런 거여.

(조사자 : 예, 예.)

시방.

노랫가락

자료코드 : 09_08_FOS_20110108_LCS_GRS_0225
조사장소 : 충청북도 진천군 진천읍 보련골길 40-4
조사일시 : 2011.1.8
조 사 자 : 이창식, 최명환, 장호순, 김영선, 김보비, 여진수
제 보 자 : 김래순, 여, 81세
구연상황 : 조사자가 제보자 이영희와 이야기판을 재미있게 이끌어 나가면서 옛날 소리
를 요청하자, 제보자 이영희가 자신의 회갑연에 이 소리를 들었다면서 구연해
주었다. 음원이 좋지 않아 다시 요청하자, 제보자 이영희가 시누이인 김래순
에게 소리를 부탁하였다. 제보자 김래순이 구연해 주었고 제보자 이영희가 함
께 불렀다.

청남에화초는 내아들
백년어부는 내자손
천지일월은 내손자요
음성에화초는 내딸이라
요주손경은 내사위
돌이왔어 돌이왔어
내예상에나 돌이왔네
불로초로 술을빚고
인삼녹용을 재수하여
여러친지를 모셔놓고

[소리를 계속 잊지 못하고 끊어졌다]
잊어버렸네.

다리 뽑기 하는 소리

자료코드 : 09_08_FOS_20110507_LCS_GBT_0222
조사장소 : 충청북도 진천군 진천읍 취적안길 2
조사일시 : 2011.5.7
조 사 자 : 이창식, 최명환, 장호순, 김영선, 김보비
제 보 자 : 김분태, 여, 74세
구연상황 : 제보자 류제현의 다리 뽑기 하는 소리를 들은 후, 제보자 김분태에게 다리를
헤면서 불렀던 소리를 요청하자 구연해 주었다.

　　이거리 저거리 각거리
　　천두 만두 두만두
　　짝 벌려 새양강
　　오리김치 사래 육

거북놀이 하면서 부르는 소리

자료코드 : 09_08_FOS_20110507_LCS_GBT_0224
조사장소 : 충청북도 진천군 진천읍 취적안길 2
조사일시 : 2011.5.7
조 사 자 : 이창식, 최명환, 장호순, 김영선, 김보비
제 보 자 : 김분태, 여, 74세
구연상황 : 조사자가 거북놀이를 하면서 불렀던 소리를 요청하자, 제보자 김분태가 구연
해 주었다.

　　거북아 거북아 놀어라
　　장작 거북아 놀어라
　　뭐, 뭐를 주께 놀어라

　그랬는데, 뭐를 준다는 건지 모르겠네.
　(조사자 : 그걸 거북놀이라 그러셨어요?)

야.

잠자리 잡는 소리

자료코드 : 09_08_FOS_20110507_LCS_GBT_0228
조사장소 : 충청북도 진천군 진천읍 취적안길 2
조사일시 : 2011.5.7
조 사 자 : 이창식, 최명환, 장호순, 김영선, 김보비
제 보 자 : 김분태, 여, 74세
구연상황 : 조사자가 잠자리를 잡을 때 불렀던 소리를 요청하자, 제보자 김분태가 구연해
　　　　　주었다.

　　나마리 동동
　　파리 동동
　　멀리멀리 가지말고
　　일루일루 와라

　그럼 잠자리가 그냥 뱅글뱅글 돌아가며 쫓아온다고. 그래서 잠자리 많
이 잡았지.
　(조사자 : 예.)

빠진 이빨 던지면서 부르는 소리

자료코드 : 09_08_FOS_20110507_LCS_GBT_0230
조사장소 : 충청북도 진천군 진천읍 취적안길 2
조사일시 : 2011.5.7
조 사 자 : 이창식, 최명환, 장호순, 김영선, 김보비
제 보 자 : 김분태, 여, 74세
구연상황 : 조사자가 이빨이 빠졌을 때 소리를 하지 않느냐고 묻자, 제보자 김분태와 류

제현이 구연해 주었다.

헌이는 너갖고
새이는 나다고

(보조 제보자 : 획 집어 내버리는 거야.)
(조사자 : 그리고 획 집어 던집니까?)
그라고서.
(조사자 : 그 실이 감긴 채로 던집니까.)
야.
(보조 제보자 : 그렇지, 그렇지, 그렇지. 지붕에다가.)
집어 던져요.
(조사자 : 음, 집어 던지고, 어.)

모래집 짓는 소리

자료코드 : 09_08_FOS_20110507_LCS_GBT_0232
조사장소 : 충청북도 진천군 진천읍 취적안길 2
조사일시 : 2011.5.7
조 사 자 : 이창식, 최명환, 장호순, 김영선, 김보비
제 보 자 : 김분태, 여, 74세
구연상황 : 조사자가 강가에서 모래 장난을 하며 불렀던 소리를 요청하자, 제보자 김분태
　　　　　가 구연해 주었다.

두껍아 두껍아
너의집 져주께
내집 져다고

(조사자 : 그리고 손을 이렇게 빼요?)

그라면 요런 모래가 요렇게 집을 지었지.

(조사자 : 예, 그걸 뭐라 그럽니까? 지금 조금 전에 한 거를.)

두꺼비집.

학질 떼는 소리

자료코드 : 09_08_FOS_20110507_LCS_GBT_0240
조사장소 : 충청북도 진천군 진천읍 취적안길 2
조사일시 : 2011.5.7
조 사 자 : 이창식, 최명환, 장호순, 김영선, 김보비
제 보 자 : 김분태, 여, 74세
구연상황 : 조사자가 학질을 떼면서 했던 소리를 요청하자, 제보자 류제현과 김분태가 구
연해 주었다.

쪽다리를 구, 구멍으로 빠져나가라고 그라고서는 할아버지가 질거름에
서서. 아이 고 구렁이 있다고 얼른 나오라고 소리를 지른다고.

(조사자 : 예.)

그라면 그냥 딩겁을 해서 나오지.

(조사자 : 예, 그 할아버지가 그렇게 인제, 애한테 그런다고 하고 한번,
한번 소리 질러 보세요. 소리 질러 보세요.)

(보조 제보자 : 왁)

[조사자가 제보자 김분태를 보고 다시 요청]

(조사자 : 예. 소리 한번 질러 보세요, 한번. 예.)

　　구렁이 봐라
　　얼른 나와라

(조사자 : 어.)

그러지.

소 축원하는 소리

자료코드 : 09_08_FOS_20110507_LCS_GBT_0244
조사장소 : 충청북도 진천군 진천읍 취적안길 2
조사일시 : 2011.5.7
조 사 자 : 이창식, 최명환, 장호순, 김영선, 김보비
제 보 자 : 김분태, 여, 74세
구연상황 : 조사자가 농사를 잘 지을 수 있게 소에게 여물을 주면서 축원하는 소리를 요
청하자, 제보자 김분태가 구연해 주었다.

　　올핼랑은 건강하고
　　천석농사 짓고
　　만석농사 지어라

아기 재우는 소리

자료코드 : 09_08_FOS_20110507_LCS_GBT_0250
조사장소 : 충청북도 진천군 진천읍 취적안길 2
조사일시 : 2011.5.7
조 사 자 : 이창식, 최명환, 장호순, 김영선, 김보비
제 보 자 : 김분태, 여, 74세
구연상황 : 조사자가 제보자 김분태에게 아기를 재울 때 부르는 소리를 요청하자, 구연해
주었다.

　　자장자장 우리애기
　　잘두잔다
　　우리애기 자는데는

꼬꼬닭도 울지마라

멍멍개두 짓지마라

우리애기 잘두잔다

시집살이 하는 소리

자료코드 : 09_08_FOS_20110507_LCS_GBT_0252

조사장소 : 충청북도 진천군 진천읍 취적안길 2

조사일시 : 2011.5.7

조 사 자 : 이창식, 최명환, 장호순, 김영선, 김보비

제 보 자 : 김분태, 여, 74세

구연상황 : 조사자가 제보자 김분태에게 시집살이할 때 불렀던 소리를 요청하자, 구연해
주었다.

시집온제 삼일만에

물동이가 웬말이냐

시집살이 말도마라

언니언니 시집살이가 어떤가요

시집살이 말도마라

고추보더 더독하다

다리 뽑기 하는 소리

자료코드 : 09_08_FOS_20110108_LCS_GSR_0134

조사장소 : 충청북도 진천군 보련골길 40-4

조사일시 : 2011.1.8

조 사 자 : 이창식, 최명환, 장호순, 김영선, 김보비, 여진수

제 보 자 : 김상래, 남, 82세

구연상황 : 조사자들이 진천읍 연곡리 보련마을 경로당에 들어갔을 때, 거실에서 할머니
들이 화투를 하고 있었다. 인사를 하고 방으로 들어가자 제보자 김상래, 안규
열을 비롯한 할아버지들이 몇 분 계셨다. 조사취지를 설명하자 제보자들은 옛
날이야기 등을 잘 모른다고 하였다. 조사자들이 지난 조사 때 소개받은 변상
렬씨를 찾자, 제보자 김상래는 마을 이장이라면서 불러 주었다. 마을 이장을
기다리면서 제보자 김상래에게 옛날 어렸을 때 불렀던 소리를 요청하자 구연
해 주었다.

한거리 두거리 밭거리
천두 만두 두만두
짝벌려 새양 강

샅치기 놀이 하는 소리

자료코드 : 09_08_FOS_20110107_LCS_GSR_0025
조사장소 : 충청북도 진천군 진천읍 중앙북2길 6-24
조사일시 : 2011.1.7
조 사 자 : 이창식, 최명환, 장호순, 김영선, 김보비, 여진수
제 보 자 : 김순래, 여, 66세
구연상황 : 조사자들이 제보자들에게 계속 놀이하면서 불렀던 소리들을 요청하였다. 제
보자들은 이것저것 기억하면서 조사자들에게 들려주었다. 제보자 김순래가
샅치기 놀이 하면서 불렀던 소리가 생각났다면서 구연해 주었다.

샅치기 샅치기 샅빠빠

"지연이."
[다른 사람을 지목하면서]

샅치기 샅치기 샅빠빠

"창기."

[다른 사람을 지목하면서]

이렇게 했어. 그래서 얼른 인저 그 사람이 불러서럼에 또 다른 사람을 지목을 해야 되는데. 못 대면은 가 밥 훔쳐 오고 그렇게 했지. 그렇게 허고 그랬어.

(조사자 : 거기는 살치기를 하면서 누구를 지적하면, 그 사람이 또 …….)

그렇지, 그 사람이 다른 사람을 지목을 해야지. 그래서 연이어서 계속 했던 겨.

(조사자 : 아.)

인제서 다 기억이 나네. 아이고 무지하게 했어. 머슴애 저기 뭐냐, 여자 모여 가지고. 아이고 나 인제 생각이 나네.

빠진 이빨 던지면서 부르는 소리

자료코드 : 09_08_FOS_20110107_LCS_GSR_0035
조사장소 : 충청북도 진천군 진천읍 중앙북2길 6-24
조사일시 : 2011.1.7
조 사 자 : 이창식, 최명환, 장호순, 김영선, 김보비, 여진수
제 보 자 : 김순래, 여, 66세
구연상황 : 조사자가 이빨이 빠졌을 때 소리를 하지 않았느냐고 묻자, 제보자 김순래가 어렸을 때 많이 했다면서 구연해 주었다.

아유, 그랬잖어. 이빨 이렇게 던지면서.

헌이는 너가져가고
새이는 나다고

그라며 던졌잖어. 나 그때 많이 했어.

모래집 짓는 소리

자료코드 : 09_08_FOS_20110107_LCS_GSR_0043
조사장소 : 충청북도 진천군 진천읍 중앙북2길 6-24
조사일시 : 2011.1.7
조 사 자 : 이창식, 최명환, 장호순, 김영선, 김보비, 여진수
제 보 자 : 김순래, 여, 66세
구연상황 : 조사자가 제보자 김순래에게 모래집 짓는 놀이를 하면서 불렀던 소리를 요청
하자 구연해 주었다. 제보자는 서로 손등에 모래를 얹어 모래집을 짓고, 손을
뺄 때 안 무너지는 사람이 이기는 놀이라고 하였다. 벌칙으로는 물에 뛰어 들
어가기 등을 하였다.

어 저기 뭐야.

두껍아 두껍아
네집 져주께
내집 져다고

그렇게 해서. 손을 빼 면은 요 집이 안 무너지면은 저긴 거고. 집이 무너
지면은, 그 저기 뭐여. 어, 진 사람이 벌칙 받고 그랬어. 개울에 가 놀면서.
(조사자 : 주로 벌칙 어떤 걸 받았어요?)
아유, 물에 뛰어 들어 갔지, 물에 뛰어 들어가서 물에 가서 그냥 저.
(조사자 : 물에 뛰어 들어가요?)
물에 뛰 들어가서 물에 가서 그.

창부 타령(1)

자료코드 : 09_08_FOS_20110416_LCS_GJD_0020
조사장소 : 충청북도 진천군 진천읍 사랑재길5 김정득 자택
조사일시 : 2011.4.16

조 사 자 : 이창식, 최명환, 장호순, 김영선, 김보비
제 보 자 : 김정득, 남, 84세
구연상황 : 조사자가 채록 전날 제보자 김정득과 연락하여 제보자의 자택에서 만나기로
하였다. 오전 10시경 제보자의 집에서 만나 채록 취지 등을 설명하고, 옛 소
리를 요청하자 구연해 주었다. 제보자는 옛날에 지게를 지고 나무하러 갈 때
불렀던 소리라고 하였다.

아리랑 아리랑 아라리요

아리랑 고개로 넘어간다

아리랑 고개 열두나고개

넘어갈적 넘어갈적 눈물나네

얼씨구 절씨구 기화자좋구나

아니아니 노지는 못하리라

이산 저산 도라지꽃이

남물이 들었네 남물이 들었네

한두 뿌리만 캐어도

정든님 반찬이 되는구나

그래 고만해요, 인제.

창부 타령(2)

자료코드 : 09_08_FOS_20110416_LCS_GJD_0022
조사장소 : 충청북도 진천군 진천읍 사랑재길5 김정득 자택
조사일시 : 2011.4.16
조 사 자 : 이창식, 최명환, 장호순, 김영선, 김보비
제 보 자 : 김정득, 남, 84세
구연상황 : 조사자가 옛날 나무하러 갈 때 불렀던 소리를 더 불러 달라고 요청하자, 제
보자 김정득이 앞의 창부타령에 이어 구연해 주었다.

아리랑 아리랑 아라리요

아리랑 고개로 넘어간다

뒷동산의 할미꽃은

늙으나 젊으나 꼬부러지고

얼씨구 절씨구 절씨구라

아니아니 노지는 못하리라

뻐드렁 갈퀴는 낭구는안고

얼씨구나 절씨구나

저산에 아지랑이는 아질아질을하구나

운상하는 소리

자료코드 : 09_08_FOS_20110416_LCS_GJD_0027
조사장소 : 충청북도 진천군 진천읍 사랑재길5 김정득 자택
조사일시 : 2011.4.16
조 사 자 : 이창식, 최명환, 장호순, 김영선, 김보비
제 보 자 : 김정득, 남, 84세
구연상황 : 조사자가 상여 나갈 때 불렀던 소리를 요청하자, 제보자 김정득이 구연해 주었다.

어허 어하 에헤이 어허

잘살어라 잘살어라

나는가면은 언제오나

싹이나나 움이나나

어허 어하 에헤이 어허

저승길이 멀다해도

대문밖이 저승일세

에헤이 어하 에헤이 어허

동기간에 우애좋게

잘살어라 잘살어라

나는가면 언제오나

다리 뽑기 하는 소리

자료코드 : 09_08_FOS_20110416_LCS_GJD_0035
조사장소 : 충청북도 진천군 진천읍 사랑재길5 김정득 자택
조사일시 : 2011.4.16
조 사 자 : 이창식, 최명환, 장호순, 김영선, 김보비
제 보 자 : 김정득, 남, 84세
구연상황 : 조사자가 다리를 헤면서 불렀던 소리를 요청하자, 제보자 김정득이 구연해 주었다.

이거리 저거리 각거리

천두 만두 수만두

짝 벌려 새양강

오리김치 사래 육

방아깨비 부리는 소리

자료코드 : 09_08_FOS_20110416_LCS_GJD_0056
조사장소 : 충청북도 진천군 진천읍 사랑재길5 김정득 자택
조사일시 : 2011.4.16
조 사 자 : 이창식, 최명환, 장호순, 김영선, 김보비
제 보 자 : 김정득, 남, 84세
구연상황 : 조사자가 방아깨비를 잡아 놀릴 때 부르는 소리를 요청하자, 제보자 김정득이

구연해 주었다.

아침방아 쪄라
저녁방아 쪄라

이렇게 하면 다리 그, 한까치.
(조사자 : 예.)
이렇게 쥐고서.
(조사자 : 예.)
이렇하면 *끄떡끄떡* 해.

아침방아 쪄라
저녁방아 쪄라
아침방아 쪄라

이라면 *끄떡 끄떡 끄떡*해요, 이게.

빠진 이빨 던지면서 부르는 소리

자료코드 : 09_08_FOS_20110416_LCS_GJD_0057
조사장소 : 충청북도 진천군 진천읍 사랑재길5 김정득 자택
조사일시 : 2011.4.16
조 사 자 : 이창식, 최명환, 장호순, 김영선, 김보비
제 보 자 : 김정득, 남, 84세
구연상황 : 조사자가 이빨 빠졌을 때 했던 행동과 소리를 요청하였다. 제보자 김정득은
이빨을 지붕에 던지면서 소리를 한다며 구연해 주었다.

헌이는 너갖고
새이는 나다고

이래면서 헌 이를 지붕 위에다가 던져.

(조사자 : 음.)

잠자리 잡는 소리

자료코드 : 09_08_FOS_20110416_LCS_GJD_0058
조사장소 : 충청북도 진천군 진천읍 사랑재길5 김정득 자택
조사일시 : 2011.4.16
조 사 자 : 이창식, 최명환, 장호순, 김영선, 김보비
제 보 자 : 김정득, 남, 84세
구연상황 : 조사자가 잠자리를 잡을 때 했던 소리를 요청하자, 제보자 김정득이 구연해
주었다.

나마리 동동
파리 동동
나마리 동동
파리 동동

요기 인제 앉아 있어, 나마리가.

(조사자 : 예, 예, 예.)

나마리 동동
파리 동동
나마리 동동
파리 동동

날개 죽지를 여를 이렇게 잡는 거지.

(조사자 : 예.)

술래잡기 하는 소리

자료코드 : 09_08_FOS_20110416_LCS_GJD_0060
조사장소 : 충청북도 진천군 진천읍 사랑재길5 김정득 자택
조사일시 : 2011.4.16
조 사 자 : 이창식, 최명환, 장호순, 김영선, 김보비
제 보 자 : 김정득, 남, 84세
구연상황 : 제보자 김정득이 숨바꼭질을 할 때, 술래가 불렀던 소리라며 구연해 주었다.

　　　꼭꼭 숨어라

　　　머리카락 보인다

　　　꼭꼭 숨어라

　　　머리카락 보인다

　[조사자가 소리를 다시 한 번 해 달라고 요청함]

　　　꼭꼭 숨어라

　　　머리카락 보인다

　　　꼭꼭 숨어라

　　　쥐가물어도 꼼짝마라

　이런 기지 뭐. 거 그렇게 잡고.

아기 재우는 소리

자료코드 : 09_08_FOS_20110416_LCS_GJD_0062
조사장소 : 충청북도 진천군 진천읍 사랑재길5 김정득 자택
조사일시 : 2011.4.16
조 사 자 : 이창식, 최명환, 장호순, 김영선, 김보비
제 보 자 : 김정득, 남, 84세

구연상황 : 제보자 김정득이 아기를 재울 때 부르는 소리라며 구연해 주었다.

잘도잔다 잘도잔다

우리애기 잘도잔다

먹고자고 먹고자고

먹고자고 잘도잔다

토닥토닥 잘도잔다

논매는 소리

자료코드 : 09_08_FOS_20110507_LCS_RJH_0205

조사장소 : 충청북도 진천군 진천읍 취적안길 2

조사일시 : 2011.5.7

조 사 자 : 이창식, 최명환, 장호순, 김영선, 김보비

제 보 자 : 류제현, 남, 73세

구연상황 : 지난 진천읍 행정리 취적노인정 조사에서 만났던 제보자 류제현과 미리 약속을 잡은 후, 취적마을에 위치한 제보자의 집을 찾았다. 집에서는 류제현의 부인인 김분태가 딸과 함께 김장을 준비하고 있었는데, 류제현은 잠시 밖에 나갔다고 하였다. 취적노인정에서 제보자 류제현과 만나기로 하고 제보자의 집을 나왔다. 취적노인정에서 제보자 류제현과 인사를 하고 있을 때, 제보자 김분태가 노인정으로 들어왔다. 두 명의 제보자와 대화를 하면서 채록을 하였다. 제보자 류제현에게 논을 맬 때 불렀던 소리를 요청하자 구연해 주었다.

어허 어허 엥 헤이

논잘매서 벼잘되나

장잎이펄러덩 영화로구나

그럼 나머지 또 인제 또 하구. 인제 일어난 사람이 또 하구.

그럼 그 이제 그 엥 헤 또 해 가지고 해야 되나요?

(조사자 : 예, 예.)

(조사자 : 계속 해 보세요, 예.)

에헤 에헤
먼데사람 듣기좋게
옆에사람 일하기좋게

그럼 또 후렴 또 하고.
(조사자 : 예.)
또 후렴 또 해야 되요.
(조사자 : 예. 후렴을 인제 한다 생각하시고 쭉 그냥 불러 보세요.)
예.

어허 에헤이
팔에다가 힘쓰지말고
허리에다 힘을써요

이제 그람 또 저 노래 사람들 또 하고.

사람마다 벼슬하면
농군될사람 누가있나
의사마다 병다곤치면
북망산천이 왜생겼소
드문드문 찍더라도
삼백줄자리로만 찍어줘요

(조사자 : 예, 그러면은 인제 후렴을 이제는 받고 또 이렇게 하고. 그
러면은 대개 앞에서 저, 뭐야. 선소리하는 분들은 논 안에서, 저 앞에서
인제.)

서서.

(조사자 : 예, 북, 북을 쳐 주는 거야.)

예.

(조사자 : 그럼 그 사람은 매지 않고 인제 앞에 이끌고 나가면서.)

그 내, 내가 주로 인제 북을 쳤어요.

(조사자 : 그래서 이렇게 하는 사람도 후렴을 받고.)

또 어떤 사람은 일어나서 막 그냥 호맹이 들고 이렇게 소리하고.

(조사자 : 예, 예.)

소리하고.

(조사자 : 소리도 한 번 하고. 휘유 하기도 하고)

춤도 추고 그라죠.

(조사자 : 예 춤도 추고 휘유 하기도 하고.)

그렇죠. 그렇죠.

(조사자 : 예, 예, 예. 방금 이 소리는 논, 모심을 때 하시는 소리 …….)

아니예요, 논맬 때. 그라고 이제 그.

(조사자 : 요게 초벌이죠, 주로?)

그렇죠. 근데 이거를 인제 주로 이제 그 일들이, 일들이 끝나가잖아. 논
빼미를 타고 거의, 거의 다 할 땐.

(조사자 : 예, 예, 예.)

다 일이 다 끝나가고, 논빼미서 일 다 끝나갈 땐. 첫 번에 나갈 때 이
래요.

　　　어하어야 올커덩이다
　　　어하허야 얼커덩이다

이러면서 이 두, 두 패가 하며 나가죠.

(조사자 : 아, 예, 한 번만 더 해 보셔요. 예.)

그 뭐? 지금 했던 거?

(조사자 : 예, 조금 전에 했던 거요. 얼커덩이 예.)

    어하허야 올커둥이다

    올커둥이야 올커둥이다

    올커둥이야 올커둥이다

그라면 전부 죄 우 하고 물러 나가죠 그냥.

(조사자 : 음.)

그라면 인제 끝났다, 다 됐다 하고 인저.

(조사자 : 예.)

운상하는 소리

자료코드 : 09_08_FOS_20110507_LCS_RJH_0210
조사장소 : 충청북도 진천군 진천읍 취적안길 2
조사일시 : 2011.5.7
조 사 자 : 이창식, 최명환, 장호순, 김영선, 김보비
제 보 자 : 류제현, 남, 73세
구연상황 : 조사자가 제보자 류제현에게 상여를 장지로 메고 갈 때 부르는 소리를 요청
          하자 구연해 주었다.

그 인제 마당에서 인제.

(조사자 : 네.)

행여를 인제 밀 때 인제 그 이 그 상두꾼들 인제 다 어깨 줄 메고 이럴
때, 일어나쿨 때.

(조사자 : 예.)

인제 그 종을 이렇게 흔들면서.

　　우여 우여 우여 우여 우여 우여 우여 우여

이러면서 죽 데리고 나가거든 인제.
(조사자 : 예.)
하여튼 인제 에, 첫 번에 인제 그 첫 매디(마디)를 하면.

　　어허 어하 에헤이 어허

그렇게 시작합니다. 이 첫 번에 발을 맞출라 그래니까 인제.
(조사자 : 소리로 이렇게 맞추는 거죠.)
예.

　　발맞춰요 발맞춰요
　　열두군졸에 발맞춰요
　　어허 어하 에헤이 어허

　　이세상에 나온사람
　　뉘덕으로 나왔는가
　　어허 어하 에헤이 어허

　　아버님전에 뼈를빌고
　　어머님전에 살을빌어
　　어허 어하 에헤이 어허

됐고요, 고만 할래요.
(조사자 : 하시는 대로 조금만 더 해 주세요. 조, 조금만 더 하세요,
예. 예.)

에, 이걸 다 할라면 한정도 없고, 그죠.

(조사자 : 예, 조금만 더 해 보세요, 예.)

에 이걸 어디부터 할까.

[잠시 공백이 있다가 소리를 다시 함]

　　　어제오늘 성튼몸이
　　　저녁나절 병이들어
　　　어허 어하 에헤이 어허

　　　선승약질에 가는몸에
　　　태산같은 병이들어
　　　어허 어하 에헤이 어허

　　　부르느니 어머니요
　　　찾는것이 냉수로다
　　　도허 어하 에헤이 어허

(조사자 : 소리를 이렇게 계속 하시면서 가다가. 인제 행여를 메는 사람들 앞에서 계속 하는 거잖아요?)

예.

(조사자 : 가다 이제 조금 쉴 때.)

예, 쉬죠, 쉬죠.

(조사자 : 어떻게 멈추나요? 쉴 때.)

그냥 쉬어서 갑시다. 인제.

[소리]

우여 우여 우여

인제 내려놓죠.

(조사자 : 우여 우여 우여.)

내려놓고. 인제 하기 전에, 가기 전에. 인제 뭐. 담배주려 모은 재산 먹고 가고 쓰고 가고 …….

(조사자 : 노잣돈 좀 받아 내고.)

저승길이 먼 줄 알았더니 저 대문 앞이 저승일세. 인제 그런 거고.

(조사자 : 중간에 빨리 가야할 때, 높히 가야 할 땐 또 다르잖아요?)

아.

어허
어허
어허
어허
어허
어허

장례놀이 하는 소리

자료코드 : 09_08_FOS_20110507_LCS_RJH_0215

조사장소 : 충청북도 진천군 진천읍 취적안길 2

조사일시 : 2011.5.7

조 사 자 : 이창식, 최명환, 장호순, 김영선, 김보비

제 보 자 : 류제현, 남, 73세

구연상황 : 조사자가 제보자 류제현에게 운상하는 소리에 이어 상여를 메기 전날 빈 상여를 들고, 친척들을 찾아가서 노는 소리가 있느냐고 물었다. 제보자 류제현은 여기서는 빈 상여 노는 것이라고 한다며 구연해 주었다.

우리인생이 한번가면

6. 충청북도 진천군 진천읍   423

다시오기는 어려워라

담배주려 모은재산

먹고가며 쓰고가세

나죽었다고나 설워말고

여러형제 잘살어라

다리 뽑기 하는 소리

자료코드 : 09_08_FOS_20110507_LCS_RJH_0220
조사장소 : 충청북도 진천군 진천읍 취적안길 2
조사일시 : 2011.5.7
조 사 자 : 이창식, 최명환, 장호순, 김영선, 김보비
제 보 자 : 류제현, 남, 73세
구연상황 : 조사자가 다리를 헤면서 불렀던 소리를 요청하자 제보자 류제현이 구연해
주었다.

이거리 저거리 각거리

천두 만두 두만두

짝 발러 새양강

모리김치 사래 육

모래집 짓는 소리

자료코드 : 09_08_FOS_20110507_LCS_RJH_0235
조사장소 : 충청북도 진천군 진천읍 취적안길 2
조사일시 : 2011.5.7
조 사 자 : 이창식, 최명환, 장호순, 김영선, 김보비
제 보 자 : 류제현, 남, 73세

구연상황 : 제보자 김분태의 모래집 짓는 소리를 들은 후, 조사자가 제보자 류제현에게 모래집을 지으면서 불렀던 소리를 요청하자 구연해 주었다.

두껍아 두껍아

너의집 져주께

내집 져다고

귓물 빼는 소리

자료코드 : 09_08_FOS_20110507_LCS_RJH_0237
조사장소 : 충청북도 진천군 진천읍 취적안길 2
조사일시 : 2011.5.7
조 사 자 : 이창식, 최명환, 장호순, 김영선, 김보비
제 보 자 : 류제현, 남, 73세
구연상황 : 조사자가 제보자 류제현에게 강에서 멱을 감다가 해가 숨었을 때, 해를 부르는 소리를 요청하였다. 제보자 류제현은 그런 소리가 있었는데 기억이 잘 안 난다고 하였다. 그러면서 귀에 물이 들어갔을 때 물을 빼면서 불렀던 소리가 있다며 구연해 주었다.

귀머거리 딱딱

귀머거리 딱딱

귀머거리 딱딱

야 물나갔다

베 짜는 소리

자료코드 : 09_08_FOS_20110507_LCS_RJH_0255
조사장소 : 충청북도 진천군 진천읍 취적안길 2
조사일시 : 2011.5.7

조 사 자 : 이창식, 최명환, 장호순, 김영선, 김보비
제 보 자 : 류제현, 남, 73세
구연상황 : 조사자가 베를 짜면서 불렀던 소리를 요청하였다. 제보자 류제현이 어렸을 때
　　　　　 어머니가 불렀던 것을 기억하고 있다며 구연해 주었다.

이게 첫 번에 이렇게 하더라구.

(조사자 : 예, 예.)

　　구름이 둥실뜨는날
　　바람이 솔솔부는날

[잠시 생각하다가 다시 부름]

　　사방을 둘러보니
　　하실일이 전혀없어
　　옥난간이 비었구나
　　벼틀놓세 벼틀놓아
　　옥난간에 벼틀놓세
　　앞다릴랑 돋어놓고
　　뒷다릴랑 낮춰놓고
　　앉을깨에 앉은선녀
　　그양깨비에 꿈이로다
　　부테허리 두른양은
　　만첩산중 높은봉에
　　어리안개 두른듯이
　　재모졌다 버기미는
　　올올이 갈라놓고
　　가리새라 저는양은

[잠시 생각하다가 다시 부름]

용두머리 울음소리
새벽소리 찬바람에
외기러기 짝을잃고
엄마찾아 부는듯고

[잠시 생각하다가 다시 부름]

잉앗대는 삼형제요
눌림대는 홀아비라

[잠시 생각하다가 다시 부름]

도투마리 노는양은
늙은신네 병이런가
앉었으랑 누웠으랑
절로절로 늙어간다
한낱두낱 배태이는
도수원의 숟갈이냐

태평가

자료코드 : 09_08_FOS_20101224_LCS_BGA_0130
조사장소 : 충청북도 진천군 진천읍 지암7길 25-2
조사일시 : 2010.12.23
조 사 자 : 이창식, 최명환, 장호순, 김영선, 김보비
제 보 자 : 박경애, 여, 78세
구연상황 : 조사자가 제보자 박경애에게 소리를 해 줄 것을 요청하자, 처음에는 못 부른

다고 하다가 조사자가 지속적으로 부탁하자 구연해 주었다.

짜증은 내어서 무엇하나
성화를 받혀서 무엇하나
속상한일도 하도나 많으니
놀기나 하면서 살아가세
니나노 닐니리야닐니리야 니나노
얼싸좋다 얼씨구나 좋다
벌나비는 이리저리로 훨훨
꽃을 찾아서 날아간다

꽃을 찾는 벌나비는
향기를 쫓아서 날아가고
황금 같은 꾀꼬리는
버들 사이로 날아든다
니나노 닐니리야닐니리야 니나노
얼싸좋다 얼씨구나 좋다
벌나비는 이리저리로 훨훨
꽃을 찾아서 날아간다

아라리

자료코드 : 09_08_FOS_20110120_LCS_BYS_0140
조사장소 : 충청북도 진천군 진천읍 포석길 11
조사일시 : 2011.1.20
조 사 자 : 이창식, 최명환, 장호순, 김영선, 김보비, 여진수
제 보 자 : 박영순, 여, 90세
구연상황 : 조사자들이 제보자 소삼례에게 아무거나 하나 더 해 달라고 부탁하였다. 제보

자 소삼례가 현대 유행가를 불렀고, 그 노래가 끝나자 제보자 박영순이 바로
구연하였다.

정선 읍내 물레방아는
빙글떡빙글떡 잘도 도는데
우리집에 임은 나하고
돌줄을 왜 모르요.

다리 뽑기 하는 소리

자료코드 : 09_08_FOS_20110107_LCS_BCS_0011
조사장소 : 충청북도 진천군 진천읍 중앙북2길 6-24
조사일시 : 2011.1.7
조 사 자 : 이창식, 최명환, 장호순, 김영선, 김보비, 여진수
제 보 자 : 변창숙, 여, 73세
구연상황 : 조사자가 옆에서 나물을 다듬고 있던 제보자 변창숙에게 다리 뽑기를 할 때
불렀던 소리를 들려달라고 하자 구연해 주었다. 변창숙은 어렸을 때 다리 뽑
기 하는 소리 외에도 놀이하면서 불렀던 소리가 많다며 구연해 주었다.

한거리 두거리 각거리
천두 만두 두만두
짝 벌려 쇠양강
워리 김치 사래육
육두 육두 절래유
아랭이 따랭이
호박잎 불려라
방울이 빨랑

꼬리치기 하는 소리

자료코드 : 09_08_FOS_20110107_LCS_BCS_0015
조사장소 : 충청북도 진천군 진천읍 중앙북2길 6-24
조사일시 : 2011.1.7
조 사 자 : 이창식, 최명환, 장호순, 김영선, 김보비, 여진수
제 보 자 : 변창숙, 여, 73세
구연상황 : 제보자 변창숙과 이야기하는 도중 꼬리치기 하는 소리가 있다고 하자 불러
달라고 하였다. 제보자 변창숙이 구연해 주었다.

　　　동아야 임자는 어디갔네

　　　청춘의 방이로(방으로) 놀러갔네

　　　어허 동실 동아따세

그라고서는 막 돌었어 그냥. 그라고서 막 따는 겨 인제.

(조사자 : 꼬리를 하나씩 따 가면은 ······.)

응. 사람을 하나씩 인제 잡으면 떨어지는 겨.

(조사자 : 아 떨어지는 거예요?)

응 그 사람 인제 떨어져 나가고 인자, 또, 또 해는 거여. 그 소리, 그 노
래 불르면서 또 해는 겨.

(조사자 : 또 하고.)

그러면 또 하나 하면 또 떨어지고.

(조사자 : 또 떨어지고.)

한 여남은씩, 여남은씩 꽁지 딱 붙어 같고 이렇게 해는 거고. 지다랗게
꼬리 붙어 가지고.

(조사자 : 그거를 꼬리치기라고 했나요?)

꼬리치기.

(조사자 : 어.)

모래집 짓는 소리

자료코드 : 09_08_FOS_20110107_LCS_BCS_0041
조사장소 : 충청북도 진천군 진천읍 중앙북2길 6-24
조사일시 : 2011.1.7
조 사 자 : 이창식, 최명환, 장호순, 김영선, 김보비, 여진수
제 보 자 : 변창숙, 여, 73세
구연상황 : 조사자가 제보자 변창숙에서 모래집 짓는 놀이를 하면서 불렀던 소리를 요청
　　　　　하자 구연해 주었다.

　　　두껍아 두껍아
　　　네집 져주께
　　　내집 져다고

이 빠진 아이 놀리는 소리

자료코드 : 09_08_FOS_20110107_LCS_SBS_0050
조사장소 : 충청북도 진천군 진천읍 중앙북2길 6-24
조사일시 : 2011.1.7
조 사 자 : 이창식, 최명환, 장호순, 김영선, 김보비, 여진수
제 보 자 : 서복순, 여, 77세
구연상황 : 조사자가 옆에 듣고 있던 서복순에게 예전에 불렀던 놀이 소리를 요청하자
　　　　　모른다고 하였다. 거듭된 조사자의 요청에 알고 있는 소리가 하나 있다고 하
　　　　　면서 구연해 주었다.

　　　앞니빠진 중강새
　　　서울길로 갔다가
　　　암탉한테 채였네(차였네)
　　　수탉한테 채였네

아이 재우는 소리

자료코드 : 09_08_FOS_20110107_LCS_SBS_0060
조사장소 : 충청북도 진천군 진천읍 중앙북2길 6-24
조사일시 : 2011.1.7
조 사 자 : 이창식, 최명환, 장호순, 김영선, 김보비, 여진수
제 보 자 : 서복순, 여, 77세
구연상황 : 조사자가 제보자 서복순에게 아이 키울 때 불렀던 소리를 들려달라고 하였다.
　　　　　제보자 서복순은 아이 재울 때 불렀던 소리라면서 구연해 주었다.

　　　자장자장 자장자장

　　　우리애기 잘도잔다

　　　멍멍개야 짖지마라

　　　꼬꼬댁(닭)아 울지마라

　　　자장자장 자장가야

　　　우리애기 잘도잔다

　　　멍멍개야 짖지마라

　　　꼬꼬댁(닭)아 울지마라

다리 뽑기 하는 소리

자료코드 : 09_08_FOS_20110107_LCS_SBS_0068
조사장소 : 충청북도 진천군 진천읍 중앙북2길 6-24
조사일시 : 2011.1.7
조 사 자 : 이창식, 최명환, 장호순, 김영선, 김보비, 여진수
제 보 자 : 서복순, 여, 77세
구연상황 : 제보자 이종남이 부른 다리 뽑기 하는 소리를 들은 제보자 서복순이 자신이
　　　　　불렀던 소리와 같다면서 구연해 주었다.

　　　한거리 두거리 꺽거리

천두 만두 수만두

짝 발로 소양강

모기 밭에 독서리

아에 손님

지숙 뻐꾹

노랫가락

자료코드 : 09_08_FOS_20110120_LCS_SSR_0131
조사장소 : 충청북도 진천군 진천읍 포석길 11
조사일시 : 2011.1.20
조 사 자 : 이창식, 최명환, 장호순, 김영선, 김보비, 여진수
제 보 자 : 소삼례, 여, 79세
구연상황 : 조사자들이 수암경로당에 도착했을 때, 여러 명의 할머니들이 모여 있었다.
서로 이야기를 하고 있던 제보자들을 방 가운데로 모은 후 조사 취지를 설명
하였다. 놀이를 하면서 불렀던 소리 등을 유도하는 도중에 제보자 소삼례가
들어왔다. 소삼례를 시작으로 노래판이 만들어졌다. 주로 제보자 소삼례와 박
영순이 주고받으면서 구연하였다.

공자님 심으신낭구(나무)

어느정자가 물을주어

장하다 곧은가지에

맹자꽃이나 피었도다

아마도 그꽃이름은

천추만대에 무궁화라

가고못올 임이라면

정이나마저 가져가지

임은가고 정만남으니

사람의 심리로서야

정아니갈수가 만물이라

해 부르는 소리

자료코드 : 09_08_FOS_20110108_LCS_AGY_0151

조사장소 : 충청북도 진천군 진천읍 보련골길 40-4

조사일시 : 2011.1.8

조 사 자 : 이창식, 최명환, 장호순, 김영선, 김보비, 여진수

제 보 자 : 안규열, 남, 78세

구연상황 : 진천읍 연곡리 보련마을 이장 변상렬과 마을 원로인 제보자 김상래, 안규열
등 몇 분의 할아버지와 함께 경로당에서 제공해 준 점심을 먹었다. 점심을 먹
으면서 예전 마을의 이야기, 현재 보련마을의 마을가꾸기 사업 등에 대해서
들었다. 식사를 하던 도중 제보자 안규열은 어렸을 때 물가에서 목욕하다가
구름에 가린 해를 부르는 소리를 떠올렸다. 점심상을 치우고 조사자가 소리로
불러 달라고 요청하자 구연해 주었다.

해야해야 나와라

참깨들깨 볶어줄게

또랑(도랑)건너 뱉(볕)나라

해야해야 나와라

참깨들깨 볶어줄게

또랑건너 뱉나라

해야해야 나와라

참깨들깨 볶어줄게

또랑건너 뱉나라

맨날 그 소리죠 뭐.

(조사자 : 그때 누가 하나 부르면 다 같이 부르기도 했나요?)

그렇죠.

다리 뽑기 하는 소리

자료코드 : 09_08_FOS_20110108_LCS_LGS_0321
조사장소 : 충청북도 진천군 진천읍 상계길 122
조사일시 : 2011.1.8
조 사 자 : 이창식, 최명환, 장호순, 김영선, 김보비, 여진수
제 보 자 : 이귀선, 여, 79세
구연상황 : 제보자 이영순에게 다리 뽑기 하면서 불렀던 소리 마치자, 제보자 이귀선이
바로 이어서 구연해 주었다.

　　육두 육두 자래육

　　뭐육두 육두 잘해네

　　마랭이 타랭이

　　중산에 머리카락

　　중이 주 팡

그랬어요. 그전에.

[청중들 웃음]

샅치기 놀이 하는 소리

자료코드 : 09_08_FOS_20110108_LCS_IGS_0325
조사장소 : 충청북도 진천군 진천읍 상계길 122
조사일시 : 2011.1.8

조 사 자 : 이창식, 최명환, 장호순, 김영선, 김보비, 여진수

제 보 자 : 이귀선, 여, 79세

구연상황 : 조사자가 샅치기를 하면서 불렀던 소리를 요청하자, 제보가 이귀선이 놀이하
는 동작(손바닥으로 무릎을 두드리다가 박수 치는 행동)을 보여 주면서 구연
해 주었다. 샅치기를 반복적으로 하면서 소리를 하였다.

(조사자 : 해 보셨죠?)

야.

　　잘치기 잘치기 잘빠빠

이렇게 해요.

(조사자 : 한 번만 더 해 보셔요. 다시 한 번.)

　　샅치기 샅치기 샅빠빠

(조사자 : 그럼 여기서 받아 가지고 또 하고 여기서 받아 가지고 또 하고.)

해 부르는 소리

자료코드 : 09_08_FOS_20110108_LCS_IGS_0353

조사장소 : 충청북도 진천군 진천읍 상계길 122

조사일시 : 2011.1.8

조 사 자 : 이창식, 최명환, 장호순, 김영선, 김보비, 여진수

제 보 자 : 이귀선, 여, 79세

구연상황 : 조사자가 냇가에서 해가 숨었을 때, 해 나오라고 하면서 불렀던 소리를 요청
하였다. 제보자 이귀선이 행동(몸을 오들오들 떠는 모양)을 하면서 구연해 주
었다. 소리 구연 후 제보자들이 저마다 어릴 때 했었던 놀이에 대해서 이야기
를 주고받으면서 이야기판이 왁자지껄 해졌다.

　　참깨밭에 볕나라

들깨밭에 볕나라

아이고 추워

참깨밭에 볕나라

들깨밭에 볕나라

[청중들의 웃음]

농부가

자료코드 : 09_08_FOS_20110108_LCS_IGS_0040
조사장소 : 충청북도 진천군 진천읍 김유신길 640
조사일시 : 2011.1.8
조 사 자 : 이창식, 최명환, 장호순, 김영선, 김보비, 여진수
제 보 자 : 이기세, 남, 88세
구연상황 : 조사자가 제보자 이기세와 김순득에게 마을 동제에 대해서 물어본 후, 선친에
게 들었던 옛날 소리가 있느냐고 물었다. 제보자 이기세가 구연해 주었다.

사해창생 농부들아

일생신고 원치마라

사농공상 생긴후에

귀중할손 농부로다

만민지 행색이요

천하지 대본이라

담바구 타령

자료코드 : 09_08_FOS_20110108_LCS_IGS_0060
조사장소 : 충청북도 진천군 진천읍 김유신길 640

조사일시 : 2011.1.8
조 사 자 : 이창식, 최명환, 장호순, 김영선, 김보비, 여진수
제 보 자 : 이기세, 남, 88세
구연상황 : 조사자가 선친께 들었던 다른 소리를 요청하자, 제보자 이기세가 구연해 주
었다.

   구야구야 담방구야

   동래울산에 담방구야

   너희국이 좋다더니

   대한땅을 왜왔느냐

   우리국토 좋건마는

   대한땅으로 유랑왔네

그것도 그 길게 못해요.

(조사자 : 원래 더 긴데, 그죠?)

그렇죠. 하면 한참씩 가요. 타령이라는 거는 한참씩 엮어 나가는 거고.

(조사자 : 예.)

어랑 타령이고 뭐고 다 그렇게 되는 건데.

(조사자 : 예.)

어랑 타령

자료코드 : 09_08_FOS_20110108_LCS_IGS_0062
조사장소 : 충청북도 진천군 진천읍 김유신길 640
조사일시 : 2011.1.8
조 사 자 : 이창식, 최명환, 장호순, 김영선, 김보비, 여진수
제 보 자 : 이기세, 남, 88세
구연상황 : 조사자가 제보자 이기세에게 기억하고 있는 옛날 소리를 요청하자 구연해 주
었다.

어랑 어랑 어허야

신고산이 우루루

화물차떠나는 소래에

구구산 큰애기

밤봇짐만 싸노라

어랑 어랑 어허야.

그게 어랑 타령이 이렇게 해서 나왔답니다.

밭가는 소리

자료코드 : 09_08_FOS_20110108_LCS_IGS_0065
조사장소 : 충청북도 진천군 진천읍 김유신길 640
조사일시 : 2011.1.8
조 사 자 : 이창식, 최명환, 장호순, 김영선, 김보비, 여진수
제 보 자 : 이기세, 남, 88세
구연상황 : 조사자가 예전에 밭을 갈 때 소를 부리면서 했던 소리를 요청하자 제보자 이
        기세가 구연해 주었다.

(조사자 : 옛날에 이렇게 소를 밭을 갈잖아요?)

야.

(조사자 : 밭을 갈 때 소 부리는, 부리잖아요, 이렇게.)

야.

(조사자 : 뭐 도차하고 뭐 돌자 이럴 때.)

그러죠 뭐.

(조사자 : 도차하고, 그거 한 번 해보셔요.)

이랴 어쩌쩌쩌쩌

요루

그러면 인저 전(田)머리를 왼쪽으로 돌릴 쩍에는,

"쩌쩌쩌쩌."

바른 쪽으로 갈 때는,

"이려로."

하면은 인제 잡아당기는 거. 그래 인제 그렇게 하는 거지.

(조사자 : 근데 그럼 그 때 소가 말 참 잘 들었어요.)

그렇지 인저 그건 질(길)들인다고 그러는데. 질을 들여서 어려서부터 인자 그 가르키고 인저 끌고 댕기고 하면은. 그게 인저 나중에 알아들어서,

"어쩌쩌."

하면 저절로 왼쪽으로 돌아가고.

"이랴로."

하면서 인저 앞으로 이제 바른쪽으로 대면 바른쪽으로 돌아오고. 그래 지금도 소 부리는 사람은 그 국쟁이가, 그 국쟁이라고 그라지. 저 저 기를. 그거 인저 가지고 부릴라면 그거 해야 되고. 또 써래 가지고 논에서 저, 저기 가다듬을 적에는 인제 써럭질 할 제도 그걸로 인제 전부 몰고. 그래니,

"쩌쩌."

하면은 왼쪽으로 가고,

"이랴."

로 하면 오른쪽으로 오고. 그라면 인저 …….

십회훈 외는 소리

자료코드 : 09_08_FOS_20110108_LCS_IGS_0068
조사장소 : 충청북도 진천군 진천읍 김유신길 640
조사일시 : 2011.1.8
조 사 자 : 이창식, 최명환, 장호순, 김영선, 김보비, 여진수
제 보 자 : 이기세, 남, 88세
구연상황 : 조사자들과 이야기를 하던 도중 제보자 이기세가 '십회훈을 외어 볼까'라며
　　　　　구연해 주었다. 십회훈(十悔訓)은 중국 송대 유학자인 주자가 제시한 열 가지
　　　　　해서는 안 될 후회를 가리킨다.

십회훈을 한번 외워 볼까?

(조사자 : 아, 예.)

그래요, 그럼.

　　　　불효부모 사후회(不孝父母 死後悔)
　　　　불친가족 소후회(不親家族 疎後悔)
　　　　소불근학 노후회(少不勤學 老後悔)
　　　　안불사난 패후회(安不思難 敗後悔)
　　　　부불검용 빈후회(富不儉用 貧後悔)
　　　　춘불경종 추후회(春不耕種 秋後悔)
　　　　불치단장 도후회(不治垣墻 盜後悔)
　　　　색불근신 병후회(色不謹愼 病後悔)
　　　　취중망언 성후회(醉中妄言 醒後悔)
　　　　불접빈객 거후회(不接賓客 去後悔)

다리 뽑기 하는 소리

자료코드 : 09_08_FOS_20110108_LCS_IYS_0320

조사장소 : 충청북도 진천군 진천읍 상계길 122

조사일시 : 2011.1.8

조 사 자 : 이창식, 최명환, 장호순, 김영선, 김보비, 여진수

제 보 자 : 이영순, 여, 74세

구연상황 : 조사자가 제보자들에게 다리 뽑기 하면서 불렀던 소리를 요청하자 제보자 이
영순이 구연해 주었다.

이거리 저거리 각거리

천두 만두 수만두

짝 벌래 새양강

풍감 묻기 하는 소리

자료코드 : 09_08_FOS_20110108_LCS_IYS_0328

조사장소 : 충청북도 진천군 진천읍 상계길 122

조사일시 : 2011.1.8

조 사 자 : 이창식, 최명환, 장호순, 김영선, 김보비, 여진수

제 보 자 : 이영순, 여, 74세

구연상황 : 조사자가 물건을 숨기면서 했던 놀이가 있는지 물어보자, 풍감놀이라고 하면
서 제보자 이영순이 구연해 주었다. 풍감놀이 순서는 다음과 같다. 우선 술래
로 한 명을 뽑는다. 나머지 사람들은 둥그렇게 앉아서 반지 등 조그만 물건을
자신의 무릎 아래치마(옛날에 모두 치마를 입었기 때문) 밑으로 돌리면서 "돌
려라."라는 소리를 반복한다. 어느 정도 시간이 흐른 후 술래가 물건을 숨긴
사람을 찾는 놀이다.

돌려라 돌려라 돌려라

돌렸다

[제보자 웃음]

다리 뽑기 하는 소리

자료코드 : 09_08_FOS_20110108_LCS_IYH_0206
조사장소 : 충청북도 진천군 진천읍 보련골길 40-4
조사일시 : 2011.1.8
조 사 자 : 이창식, 최명환, 장호순, 김영선, 김보비, 여진수
제 보 자 : 이영희, 여, 79세
구연상황 : 조사자들이 보련마을 경로당에서 할아버지들과 대화를 마치고 나오자, 거실
에 모여 있는 할머니들이 눈에 띄었다. 그중 조사자를 살펴보던 제보자 이영
희에게 마을 이야기를 묻자, 산제 지냈던 이야기 등을 자세히 들려주었다. 그
외의 할머니들은 화투를 치면서 이야기판을 흥미 있게 지켜보았다. 조사자가
다리 뽑기를 하면서 불렀던 소리를 요청하자 제보자 이영희가 구연해 주었다.

한거리 두거리 깍거리
천두 만두 두만두
짝 빨려 새양강

(조사자 : 내가 졌다.)

다리 뽑기 하는 소리

자료코드 : 09_08_FOS_20110107_LCS_IJN_0066
조사장소 : 충청북도 진천군 진천읍 중앙북2길 6-24
조사일시 : 2011.1.7
조 사 자 : 이창식, 최명환, 장호순, 김영선, 김보비, 여진수
제 보 자 : 이종남, 여, 68세
구연상황 : 조사자가 제보자들에게 다리 뽑기를 하면서 했던 소리를 다시 들려달라고 요
청하였다. 제보자 이종남이 자신의 마을에서 했던 것은 다르다면서 구연해 주
었다.

한거리 두거리 각거리
천두 만두 수만두

짝 벌려 쇠양강

모기 밭에 독사리

아에 손님 시숙

뻐꾹

잠자리 잡는 소리

자료코드 : 09_08_FOS_20110108_LCS_JJH_0341
조사장소 : 충청북도 진천군 진천읍 상계길 122
조사일시 : 2011.1.8
조 사 자 : 이창식, 최명환, 장호순, 김영선, 김보비, 여진수
제 보 자 : 장정현, 여, 77세
구연상황 : 조사자가 잠자리를 잡을 때 하는 소리가 있지 않으냐고 묻자 제보자 장정현
이 구연해 주었다. 잠자리 눈앞에 손가락을 빙글빙글 돌리고 같은 소리를 반
복하면, 잠자리가 어지러워서 사람에게 잡힌다고 한다.

나마리(잠자리) 동동

파리 동동

멀리멀리 가지마라

똥물먹고 죽는다

[제보자가 웃으면서 이어 부름]

나마리 동동

파리 동동

멀리멀리 가지마라

똥물먹고 죽는다

잠자리 시집보내는 소리

자료코드 : 09_08_FOS_20110108_LCS_JJH_0342
조사장소 : 충청북도 진천군 진천읍 상계길 122
조사일시 : 2011.1.8
조 사 자 : 이창식, 최명환, 장호순, 김영선, 김보비, 여진수
제 보 자 : 장정현, 여, 77세
구연상황 : 제보자 장정현의 잠자리 잡는 소리 구연에 이어 조사자가 잠자리 꼬리를 뜯은
후 짝을 지어 날려 보낼 때 부르는 소리를 요청하자, 제보자 장정현이 구연해
주었다. 제보자들은 어렸을 때 기억을 더듬으며 저마다 한마디씩 하였다.

(조사자 : 그리고 그걸 인제 뒤꽁무니 뜯어 가지고 뭘 끼워 가지고 또
놀리잖아, 그거.)

예.

(보조 제보자1 : 날라가라고.)

(보조 제보자2 : 시집보낸다고 …….)

(조사자 : 그걸 시집보낸다고 그래요?)

(보조 제보자2 : 야.)

(조사자 : 나마리(잠자리) 시집보낸다고 그래요?)

(보조 제보자2 : 야.)

(보조 제보자3 : 그래 가지고 꽁지를 잘라 가지고 새갱이(새끼줄) 짤라
가지고 찝어 가지고 ……. 시집가는 겨, 그게.)

[청중들의 웃음]

멀리멀리 잘 가거라 이라면서 뚝 짤라서 꼬갱이를 …….

(조사자 : 아 뭐라 그런다고요?)

　　　멀리멀리 잘가거라
　　　좋은데로 잘가거라

이라면서.

모래집 짓는 소리

자료코드 : 09_08_FOS_20110108_LCS_JJH_0401
조사장소 : 충청북도 진천군 진천읍 상계길 122
조사일시 : 2011.1.8
조 사 자 : 이창식, 최명환, 장호순, 김영선, 김보비, 여진수
제 보 자 : 장정현, 여, 77세
구연상황 : 조사자가 앞서 모래집 지을 때 불렀던 제보자 하순성의 소리를 다른 지역에
　　　　　서도 똑같이 불렀느냐고 물어보았다. 제보자 장정현이 자신이 아는 소리는 다
　　　　　르다면서 구연해 주었다.

　　두껍아 두껍아

　　네집 지어줄게

　　새집 지어다오

이러면서 모래를 여기다 요렇게 쌓아 놓고서 요렇게 …….

잠자리 잡는 소리

자료코드 : 09_08_FOS_20110107_LCS_JHS_0032
조사장소 : 충청북도 진천군 진천읍 중앙북2길 6-24
조사일시 : 2011.1.7
조 사 자 : 이창식, 최명환, 장호순, 김영선, 김보비, 여진수
제 보 자 : 장해순, 여, 89세
구연상황 : 조사자가 좌중에서 나이가 제일 많은 제보자 장해순에게 잠자리 잡을 때 하
　　　　　던 소리가 있느냐고 묻자 구연해 주었다.

　　나마리 동동

　　파리 동동

　　멀리멀리 가지마라

　　똥물에 빠져죽는다

풍감 묻기 하는 소리

자료코드 : 09_08_FOS_20101224_LCS_JGI_0116
조사장소 : 충청북도 진천군 진천읍 지암7길 25-2
조사일시 : 2010.12.23
조 사 자 : 이창식, 최명환, 장호순, 김영선, 김보비
제 보 자 : 정경임, 여, 80세
구연상황 : 조사자들이 진천읍 지암리 지장골 경로당에 들어섰다. 마침 할머니들이 모여
　　　　　 있어서 채록할 수 있었다. 예전에 풍감 묻기 하면서 불렀던 소리를 물어보자
　　　　　 제보자 정경임이 소리를 부른 후 놀이에 대해서 설명해 주었다.

　　풍감묻자 풍감묻자
　　어디로갔니 나로왔다
　　또아무것으로 갔다
　　끄트머리가서는 학이가가졌네

　이르, 이렇게 해. 끄트머리에.
　(조사자 : 이걸 인제 해 가지고 술래가 그 딱 찾아 내면은 벌칙을 받는
건가요? 뭘 어떻게 하나요?)
　노래 불르고.
　(조사자 : 아 벌칙으로 노래 부르고?)
　예.
　(조사자 : 어, 그 술래가 못 찾으면은 벌칙을 받는 거고, 찾으면은?)
　찾으면은.
　(조사자 : 바뀌는 건가요?)
　그냥 저기지 뭐. 이긴 걸로 아는 거지 뭐.

다리 뽑기 하는 소리

자료코드 : 09_08_FOS_20101224_LCS_JGI_0117
조사장소 : 충청북도 진천군 진천읍 지암7길 25-2
조사일시 : 2010.12.23
조 사 자 : 이창식, 최명환, 장호순, 김영선, 김보비
제 보 자 : 정경임, 여, 80세
구연상황 : 조사자가 다리 뽑기를 하면서 불렀던 소리를 요청하자 제보자 정경임이 구
연해 주었다.

이거리 저거리 깍거리

천두 만두 구만두

약 발러 쇠양강

옥도 옥도 천래야

철래 감사 도개야

묵은 산에 고골거리고

동산

이렇게 하는 겨.

노들강변

자료코드 : 09_08_FOS_20101224_LCS_JGI_0132
조사장소 : 충청북도 진천군 진천읍 지암7길 25-2
조사일시 : 2010.12.23
조 사 자 : 이창식, 최명환, 장호순, 김영선, 김보비
제 보 자 : 정경임, 여, 80세
구연상황 : 조사자가 제보자 정경임에게 태평가에 이어서 기억하고 있는 다른 더 해 줄
것을 요청하자 구연해 주었다.

노들강변 봄버들 휘휘늘어진 가지에다

무정세월 한호리를 칭칭동여서 매여나볼까

에헤야 봄버들도 못믿을 이로다

흐르는 저기저물만 흘러흘러서 가노라

노들강변 백사장 모래마다 밟은자욱

만고풍산 비바람에 몇분이나 쉬어갈까

에헤야 봄버들도 못믿을 이로다

강원도 아리랑

자료코드 : 09_08_FOS_20101224_LCS_JGI_0134
조사장소 : 충청북도 진천군 진천읍 지암7길 25-2
조사일시 : 2010.12.23
조 사 자 : 이창식, 최명환, 장호순, 김영선, 김보비
제 보 자 : 정경임, 여, 80세
구연상황 : 조사자가 노들강변 불러 준 제보자 정경임에게 다른 소리를 해 달라 요청하
자 구연해 주었다.

아리아리 쓰리쓰리 아라리요

아리아리 쓰리쓰리 아라리요

아리아리 얼씨구 노다가세

아주까리 동백아 여지를마라

누구를 귀찮게 머리에기름

아리아리 쓰리쓰리 아라리가났네

아리아리 쓰리쓰리 아라리요

아리아리 얼씨구 노다가세

열라는 콩팥은 왜아니열고

아주까리 동백만 왜여는가

아리아리 쓰리쓰리 아라리요
아리아리 얼씨구 노다가세
만나보세 만나 세 만나보세
아주까리 정자로 만나보세

물건 찾는 소리

자료코드 : 09_08_FOS_20110108_LCS_JDH_0357
조사장소 : 충청북도 진천군 진천읍 상계길 122
조사일시 : 2011.1.8
조 사 자 : 이창식, 최명환, 장호순, 김영선, 김보비, 여진수
제 보 자 : 정두해, 여, 77세
구연상황 : 조사자가 제보자들과 풍속 이야기를 주고받았다. 제보자 정두해가 어려서 없어진 물건을 찾으려고 할 때, 불렀던 소리라며 구연해 주었다. 문고리에 가위와 실로 묶은 미꾸라지를 걸어놓고, 미꾸라지 눈알을 찌르면서 불렀던 소리라고 하였다. 미꾸라지 눈을 찌르면서 이와 같은 소리를 반복하는데, 그렇게 하면 없어진 물건을 찾을 수 있다고 한다.

이아무개 뭐를 가져갔는데
뭐를 가져갔으니
그사람을 찾기위해서 하는거니
이네눈깔을 찔러서 빼노니
네눈깔이 썩어야 그사람을 찾으니
네눈깔이 썩게시리
꼭꼭 찔른다 꼭꼭 찔른다

이러면서루 찔렀어요.

(조사자 : 어, 어.)

가새(가위) 갖다 걸어 놓고.

(조사자 : 가새 갖다 걸어 놓고.)

이래 이래 해 놓고.

(조사자 : 가위, 가위.)

예.

(조사자 : 가새 갔다 걸어 놓고.)

예.

(조사자 : 문고리에다 걸어 놓고.)

예.

(조사자 : 그럼 미꾸라지는 어디다 겁니까?)

미꾸라지도 고 고기(거기)다 이렇게 …….

(조사자 : 실에다. 아 고기다가. 고기다가. 실을, 실을 가지고.)

예.

(조사자 : 이제 찔러 가지고 매 달아 놓고 인제.)

예.

(조사자 : 고 미꾸라지 찌를 때, 그럼 꿈틀거릴 거 아니에요, 그죠?)

그럼, 확 꿈틀 꿈틀하지.

[제보자의 웃음]

(조사자 : 그럼 물건을 찾으셨어요?)

몰라유. 찾아봤는지 이제 그냥 그렇게 장난만 해 봤어요.

(보조 제보자 : 그런 걸 어떻게 해 봤어? 난 그런 건 안 해 봤어. 그렇하면 눈이 멀으께뵈, 저기 …….)

다래끼 떼는 소리

자료코드 : 09_08_FOS_20110108_LCS_JDH_0359
조사장소 : 충청북도 진천군 진천읍 상계길 122
조사일시 : 2011.1.8
조 사 자 : 이창식, 최명환, 장호순, 김영선, 김보비, 여진수
제 보 자 : 정두해, 여, 77세
구연상황 : 조사자가 제보자 정두해에게 잃어버린 물건을 찾으면서 불렀던 소리와 비슷한 것들이 더 있느냐고 물어보았다. 제보자 정두해는 다래끼 뗄(팔아먹는다고도 함) 때도 소리를 한다면서 구연해 주었다.

이렇게 다래끼 난 건 눈썹을 떼 가지구.

(조사자 : 예.)

그렇게 똥그랗게 이렇게 해 놓고서는 거기다가 이렇게 돌맹이에 올려 놓고.

(조사자 : 예.)

그렇게 하고서는 쇠금(사금)파리 거기다 놓고서는 이거 빼서 거기 놓고.

(조사자 : 어.)

> 내눈꼽
> 내눈꼽이 떨어지니
> 네눈꼽두
> 내눈곱이 떨어져서
> 네눈꼽에 붙어가거라

요라면서 이렇게 갖다 놓으면, 그 사람이 지나가다 발질로 툭 차면 그 사람이 옮, 옮는데요.

(조사자 : 어.)

그래 그렇게 해 봤어.

[제보자 웃음]

(조사자 : 그래, 그걸 뭐라고 그랬어요? 그걸, 그걸 저 다래끼.)

예.

(조사자 : 뭐 …….)

내 눈깔 다래끼를 다 네가 가져가거라.

(보조 제보자 : 팔아먹는 거예요.)

(조사자 : 팔아먹는 거지요, 예, 예.)

팔아먹는다고 …….

삼 잡기 하는 소리

자료코드 : 09_08_FOS_20110108_LCS_JDH_0360
조사장소 : 충청북도 진천군 진천읍 상계길 122
조사일시 : 2011.1.8
조 사 자 : 이창식, 최명환, 장호순, 김영선, 김보비, 여진수
제 보 자 : 정두해, 여, 77세
구연상황 : 주술적인 치료방법에 대해서 이야기하다가, 제보자 정두해가 벽 네 모퉁이에 사람 얼굴을 그리고 돌아다니면서 바늘로 찌르며 하는 소리가 있다면서 구연해 주었다.

(조사자 : 그러면은 그걸 떼기 위해서 또 인제 벽에다 이렇게 뭘 그리잖아요?)

예.

(조사자 : 그거 어떻게 하셨느냐 …….)

그거는 …….

[제보자 웃음]

바늘루.

(조사자 : 예.)

바늘루 이렇게 구텅이(구석) 가서 이렇게 찔르메 …….

　　메눌아 메눌아
　　메눌아 메눌아
　　아이구 여기두없네

그라고 또, 저 또 네 귀퉁이, 또 한 군데 가서.

　　메눌아 메눌아
　　메눌애기 여기도없구나

그라고서 저 또 한 군데 가서, 인자 네 군데 가서

　　아이구메눌애기 여기있구나
　　메눌아 메눌아

그라고서는 꾹 찔르구서. 꾹 찔르구서.
[제보자 정두해가 실제로 찌르듯이 시늉을 하자 청중들의 웃음]

　　내눈을 눈에 인제 내눈에
　　까시(가시)를 니가 빼줘야
　　가만히 네눈에 가시도 빼주지
　　그렇지 않으면 네눈에 가시도 안빼준다

그라면서 꾹 찔러.
(조사자 : 거다 이렇게 그림 같은 건 안 그렸어요?)
얼굴 그림은 인저 그려 놓고서.
(조사자 : 아 그려 놓고.)
눈, 눈도 이렇게 그려 놓고.

(조사자 : 예, 예.)

그렇하고 거 가서. 네 군데 가 가지고서는.

(조사자 : 바늘로.)

야, 바늘로 꼭꼭 이렇게 찔르닝께루.

(조사자 : 예, 예.)

네 군데 저 가서는 바늘로 꼭꼭 찌르면서루.

　　내눈에 빼줘야
　　네눈에 바늘도 빼준다

[제보자가 웃음을 참으면서 말하였다]

나 그런 것도 해 봤어.

학질 떼는 소리

자료코드 : 09_08_FOS_20110108_LCS_JDH_0362

조사장소 : 충청북도 진천군 진천읍 상계길 122

조사일시 : 2011.1.8

조 사 자 : 이창식, 최명환, 장호순, 김영선, 김보비, 여진수

제 보 자 : 정두해, 여, 77세

구연상황 : 제보자 정두해는 삼 잡기 하는 소리에 이어 학질(도둑놈) 떼는 소리를 구연
　　　　　해 주었다. 학질에 걸린 사람을 멍석에 말아 놓고 그 위로 소를 넘어가게 하
　　　　　면서 소리를 했다고 한다.

도둑놈.

(조사자 : 예, 예.)

도둑놈 걸리면은.

(조사자 : 예, 그걸 해 보셔요.)

그러면 멍석을, 멍석 안에 인제 드러누우라고 그라잖아?

(조사자 : 예, 예.)

그럼 멍석을 이래 뚤뚤 이렇게 말아 놓고서는.

(조사자 : 예.)

소를 거기다 냄기는(넘어 가게 하는) 겨.

(조사자 : 예, 예.)

　　　이려 이려

이러고 그라면서.

(조사자 : 예.)

냄기면 그 앉은 사람이 그거 뭐, 드러누워 있는 사람이 밟힐까 봐 쪼그라들잖아요?

(조사자 : 예, 예.)

그러면

　　　이려 소
　　　이려 소

하면서 냄겨서 이렇게 하면서는.

　　　어이쿠 인제 떨어져 나갔다

이라고서는 벌떡 냄기고 나서는 …….

(조사자 : 그 멍석에 있는 애는 무척 …….)

멍석에 있는 가만 있고.

[청중들의 잡담]

(조사자 : 어, 그렇게 놀라야만 떨어져 나간다 이거죠?)

야, 놀라면 그냥, 그라면 이거 펄떡 뛰면은 …….

(조사자 : 그걸 뭐라 그랬어요? 그걸, 그렇게 하는 걸 뭐라 그랬어?)

○○떨어져 나간다 그랬지.

(보조 제보자 : 학질, 학질 떼는 거.)

(조사자 : 학질, 학질 떼는 거.)

(보조 제보자 : 학질 때는 거.)

하도 많이 해요. 도둑놈을 앓으니께 그걸 했대유.

이 빠진 아이 놀리는 소리

자료코드 : 09_08_FOS_20110108_LCS_JDH_0390
조사장소 : 충청북도 진천군 진천읍 상계길 122
조사일시 : 2011.1.8
조 사 자 : 이창식, 최명환, 장호순, 김영선, 김보비, 여진수
제 보 자 : 정두해, 여, 77세
구연상황 : 조사자가 이빨 빠진 아이를 놀리면서 불렀던 소리를 요청하자 제보자 정두
　　　　　해가 구연해 주었다.

앞니빠진 중강새
서울길로 가다가
앞발에 채여서
뒷발로 가는가는구나

그래유.

(조사자 : 어.)

빠진 이빨 던지면서 부르는 소리

자료코드 : 09_08_FOS_20110108_LCS_JDH_0393
조사장소 : 충청북도 진천군 진천읍 상계길 122
조사일시 : 2011.1.8
조 사 자 : 이창식, 최명환, 장호순, 김영선, 김보비, 여진수
제 보 자 : 정두해, 여, 77세
구연상황 : 조사자가 제보자 정두해에게 이빨 빠진 아이를 놀렸던 소리 외에 이가 빠졌을 때 부르는 소리가 있지 않으냐고 물었다. 제보자 정두해가 구연해 주었다.

헌이는 너가져가고
새이는 나다고
헌이는 너가져가고
새이는 나다고

모래집 짓는 소리

자료코드 : 09_08_FOS_20110415_LCS_JSH_0215
조사장소 : 충청북도 진천군 진천읍 지암3길 68-1
조사일시 : 2011.4.15
조 사 자 : 이창식, 최명환, 장호순, 김영선, 김보비
제 보 자 : 정수해, 여, 83세
구연상황 : 조사자가 진천읍 지암리 던바위 마을에 위치한 그린공방에 볼 일이 있어 들렸다. 그린공방 사장과 이야기를 나눈 후 마을에서 이야기를 잘하는 분을 추천해 달라고 하였다. 그린공방 사장의 소개로 제보자 정수해의 집에 찾아가게 되었다. 제보자는 기억력이 예전 같지 않다면서 질문에 차분히 대답해 주었다. 물가에서 모래 장난하며 불렀던 소리를 물어보자 구연해 주었다.

두덕아 두덕아
네집 져주께
내집 져다고

그랬지 뭐.

다리 뽑기 하는 소리

자료코드 : 09_08_FOS_20110415_LCS_JSH_0222
조사장소 : 충청북도 진천군 진천읍 지암3길 68-1
조사일시 : 2011.4.15
조 사 자 : 이창식, 최명환, 장호순, 김영선, 김보비
제 보 자 : 정수해, 여, 83세
구연상황 : 조사자가 다리를 헤면서 불렀던 소리를 요청하자 제보자 정수해가 구연해
　　　　　주었다.

　　　이거리 저거리 각거리
　　　천두 만두 수만두
　　　짝 벌려 새양강
　　　오리 김치 사래육

창부 타령

자료코드 : 09_08_FOS_20101224_LCS_JES_0140
조사장소 : 충청북도 진천군 진천읍 지암7길 25-2
조사일시 : 2010.12.24
조 사 자 : 이창식, 최명환, 장호순, 김영선, 김보비
제 보 자 : 조을선, 여, 83세
구연상황 : 조사자가 옆에서 조사장면을 보고 있던 제보자 조을선에게 소리를 요청하자
　　　　　바로 구연해 주었다.

　　　짜증은 내어서 무엇하나
　　　강짜는 배워서 무엇하나

인생하고 흥청 하니
아니나 노지는 못하니라
나물을 먹고 물마시고
팔을 비고서 누웠으니
대장부의 살림살이
이만만 하면은 넉넉하지

얼씨구 절씨구 기화자자좋네
아니 노지는 못하니라
나물을 막고 물마시고
팔을 비고서 누웠으니
대장부의 살림살이
이만만 하면은 넉넉하지

모래집 짓는 소리

자료코드 : 09_08_FOS_20101224_LCS_JES_0156
조사장소 : 충청북도 진천군 진천읍 지암7길 25-2
조사일시 : 2010.12.24
조 사 자 : 이창식, 최명환, 장호순, 김영선, 김보비
제 보 자 : 조을선, 여, 83세
구연상황 : 조사자가 제보자 조을선에게 모래집 지으면서 불렀던 소리를 요청하자, 구연
　　　　　 해 주었다.

이렇게.
(조사자 : 예.)
흙에다 묻고.
(조사자 : 예.)

두껍아 두껍아

헌집은 너갖고

새집은 나다고

이렇게 했어, 뭘.

(조사자 : 예.)

거 어렵도 않야.

빠진 이빨 던지면서 부르는 소리

자료코드 : 09_08_FOS_20101224_LCS_JES_0162
조사장소 : 충청북도 진천군 진천읍 지암7길 25-2
조사일시 : 2010.12.24
조 사 자 : 이창식, 최명환, 장호순, 김영선, 김보비
제 보 자 : 조을선, 여, 83세
구연상황 : 조사자가 이빨이 빠졌을 때 지붕에 던지면서 하는 소리가 있지 않으냐고 묻
자, 제보자 조을선이 그런 소리가 있다면서 구연해 주었다.

헌이 주께

새일 달라

고 그려 맞어.

방아깨비 부리는 소리

자료코드 : 09_08_FOS_20101224_LCS_JES_0165
조사장소 : 충청북도 진천군 진천읍 지암7길 25-2
조사일시 : 2010.12.24
조 사 자 : 이창식, 최명환, 장호순, 김영선, 김보비

제 보 자 : 조을선, 여, 83세
구연상황 : 조사자가 방아깨비 부리는 소리가 있지 않으냐고 묻자, 제보자 조을선이 그런
　　　　　소리가 있다면서 구연해 주었다.

　여기 다리목쟁일 들고서 이렇게 하믄 추척추척(방아깨비가 인사하듯이
끄덕끄덕하는 모양) 하잖아.
　그러면.

　　　아침방아 쩌라
　　　저녁방아 쩌라

　그랬지 뭐. 그거여.

모래집 짓는 소리

자료코드 : 09_08_FOS_20110108_LCS_HSS_0397
조사장소 : 충청북도 진천군 진천읍 상계길 122
조사일시 : 2011.1.8
조 사 자 : 이창식, 최명환, 장호순, 김영선, 김보비, 여진수
제 보 자 : 하순성, 여, 70세
구연상황 : 조사자가 모래집을 지으면서 불렀던 소리를 요청하자 제보자 하순성이 구연
　　　　　해 주었다.

　　　두껍아 집지라
　　　황새야 물여라(물 넣어라)
　　　두껍아 집지라
　　　황새야 물여라

　그랬지, 뭘. 톡 톡 뚜드려 가민서

아라리

자료코드 : 09_08_MFS_20110120_LCS_SSR_0170
조사장소 : 충청북도 진천군 진천읍 포석길 11
조사일시 : 2011.1.20
조 사 자 : 이창식, 최명환, 장호순, 김영선, 김보비, 여진수
제 보 자 : 소삼례, 여, 79세
구연상황 : 제보자 소삼례가 처녀 때 불렀던 소리라면서 구연해 주었다.

나비없는 동산에 꽃피어 무엇하나
임없는요세상 좋구나 살어서 무엇하나

무정한 기차야 소리말고 가거라
이내마음산란한거 좋구나 너조차 모를쏘냐

일본 동경이 얼마나 좋길래
꽃겉은나를두고 좋구나 연락선 타느냐

임떠나가신 빈방안에 담배연기만 남어있고
임떠나가신 서울역에는 기차연기가 남어있네

성주풀이(1)

자료코드 : 09_08_MFS_20110415_LCS_JSH_0220
조사장소 : 충청북도 진천군 진천읍 지암3길 68-1
조사일시 : 2011.4.15
조 사 자 : 이창식, 최명환, 장호순, 김영선, 김보비

제 보 자 : 정수해, 여, 83세
구연상황 : 조사자가 소리를 요청하자 제보자 정수해가 성주풀이라면서 구연해 주었다.

　　　낙영산 십리허에
　　　높고얕은 저무덤은
　　　영영호걸이 몇몇해더냐
　　　절대가인이 그누구이며
　　　우리네인생이 한번가면
　　　저기저모양이 될터이니
　　　에라 만수헤라 대신이야

성주풀이(2)

자료코드 : 09_08_MFS_20110415_LCS_JSH_0224
조사장소 : 충청북도 진천군 진천읍 지암3길 68-1
조사일시 : 2011.4.15
조 사 자 : 이창식, 최명환, 장호순, 김영선, 김보비
제 보 자 : 정수해, 여, 83세
구연상황 : 조사자가 다른 소리를 해 줄 것을 요청하자 제보자 정수해가 성주풀이라면
　　　　　서 구연해 주었다.

　　　저건너 잔솔밭에
　　　썰썰기는 저표슈(포수)야
　　　그산비둘기 잡지말라
　　　그비둘기도 나와같이
　　　임을잃고 밤새도록
　　　임을찾아 헤멨노라
　　　에라 만수

헤라 대신이야

한송정 솔을비어
조그맣게 배지어놓고
술렁술렁 배띄워라
술이나한잔 가득부어
강릉경포대 들구경가세
두리둥실 달구경가세

7. 초평면

조사마을

충청북도 진천군 초평면 신통리

조사일시 : 2011.2.20
조 사 자 : 이창식, 최명환, 장호순, 김영선, 김보비

신통리 전경

 신통리(新通里)는 충청북도 진천군 초평면에 속하는 법정리이다. 신평리(新坪里)의 신(新)자와 상통리(上通里)의 통(通)자를 따서 신통리라 하였다. 신평은 새들에 대응하는 한자 지명으로, 둔던들 위에 새로 조성된 들이어서 붙은 이름이다. 상통은 음성군 맹동면 통동리(通洞里)와 이웃하고 있어 붙은 이름으로 여겨진다.
 조선 말기 진천군 초평면에 속했던 지역으로, 1914년 일제의 행정구역

개편에 따라 신평리·봉암리·용동리·삼선리·상통리를 병합하여 신통리라 하고 초평면에 편입하였다. 알랑산 능선을 따라 초평천(草坪川) 지류가 남동류하다가 원남지에서 흘러나온 내와 합류한다. 합류 지역 주변으로 약간의 분지가 형성되어 있다. 기후가 온난하고 수량이 풍부하다.

진천군청에서 남동쪽으로 약 16km 떨어져 있다. 2009년 8월 31일 현재 면적은 9.88km²이며, 총 48가구에 102명(남자 56명, 여자 46명)의 주민이 살고 있다. 자연마을로 용동·삼선 등이 있다. 지방도 516호선이 북서 방향으로 뻗어 있어 음성군으로 이어진다. 주요 농산물로 쌀·마늘·고추·잎담배·인삼 등이 재배된다.

충청북도 진천군 초평면 영구리

조사일시 : 2011.2.20
조 사 자 : 이창식, 최명환, 장호순, 김영선, 김보비

영구리 전경

영구리(永九里)는 충청북도 진천군 초평면에 속하는 법정리이다. 영구리는 영구물에서 유래한 이름이다. 약 500년 전에 노승이 마을을 지나다가 주민과 이야기를 나누던 중 마을 이름을 영구물이라 하는 것이 좋겠다고 하여 붙여진 이름이라 한다. 또는 지형이 거북이 엎드려 있는 형국이라 하여 붙은 이름이라고도 한다. 영구천(靈龜泉)이란 지명도 함께 쓰이는 것으로 미루어 영구물은 영구우물에서 우자가 탈락한 어형으로 여겨진다.

조선 말기 진천군 초평면에 속했던 지역으로, 1914년 일제의 행정구역 개편에 따라 어은리·구성리·죽현리·상영리·하영리·금한리의 각 일부를 병합하여 영구리라 하고 초평면에 편입하였다. 동쪽으로 두타산(頭陀山)이 솟아 있고, 초평천(草坪川)을 사이에 두고 금곡리(초평면)와 이웃하고 있다. 초평천 주변으로 분지가 형성되어 벼농사가 발달하였으며, 기후가 온난하고 수량이 풍부하다.

진천군청에서 동쪽으로 약 12km 떨어져 있다. 2009년 8월 31일 현재 면적은 6.26km²이며, 총 146가구에 345명(남자 181명, 여자 164명)의 주민이 살고 있다. 자연마을로 어은·죽현·상영·하영 등이 있다. 지방도 513호선이 마을 중앙을 지나며 음성군으로 이어진다. 주요 농산물로 쌀·마늘·고추·잎담배·인삼 등이 재배된다. 문화재로 보물 제1551호인 진천영수사 영산회괘불탱(鎭川靈水寺靈山會掛佛幀)이 있다.

충청북도 진천군 초평면 오갑리

조사일시 : 2011.1.26
조 사 자 : 이창식, 최명환, 장호순, 김영선, 김보비

오갑리(五甲里)는 충청북도 진천군 초평면에 속하는 법정리이다. 조선 말기 진천군 산청면에 속했던 지역으로, 1914년 일제의 행정구역 개편에 따라 마무리·영신리·태하리·영주리·삼태리의 각 일부, 방동면 화성리

일부를 병합하여 오갑리라 하고 덕산면에 편입하였다. 1930년 초평면에 편입되었다. 알랑산이 북동 방향으로 뻗어 있고, 미호천(美湖川)과 한천천(閑川川)이 마을 앞에서 합류하여 흐른다. 미호천과 한천천 주변으로 평야가 발달하였으며, 기후가 온난하고 수량이 풍부하다.

오갑리 전경

진천군청에서 동북쪽으로 약 5.5km 떨어져 있다. 2009년 8월 31일 현재 면적은 4.74km²이며, 총 240가구에 558명(남자 293명, 여자 265명)의 주민이 살고 있다. 자연마을로 석탄·원대·영주원·영신·마두 등이 있다. 주요 농산물로 쌀·마늘·고추·잎담배가 재배되고 있다. 마을을 남북으로 관통하는 지방도 513호선 주변으로 많은 산업체들이 입주하여 활발한 활동을 하고 있다.

충청북도 진천군 초평면 용정리

조사일시 : 2011.1.26

조 사 자 : 이창식, 최명환, 장호순, 김영선, 김보비

　용정리(龍亭里)는 충청북도 진천군 초평면에 속하는 법정리이다. 1914
년 행정구역 개편 당시 용소(龍沼)의 용(龍)자와 쌍오정(双悟亭)의 정(亭)자
를 따서 용정리라 하였다. 조선 말기 진천군 초평면에 속했던 지역으로,
1914년 일제의 행정구역 개편에 따라 양촌리・지전리・부창리・생석리・
연촌리를 병합하여 용정리라 하고 초평면에 편입하였다. 동남쪽으로 두타
산(頭陀山)이 솟아 있고, 초평천(草坪川)이 마을 중앙에서 남서쪽으로 흘러
초평저수지로 흘러든다. 기후가 온난하고 수량이 풍부하다.

용정리 전경

　진천군청에서 동쪽으로 약 8km 떨어져 있다. 2009년 8월 31일 현재

면적은 10.77km²이며, 총 293가구에 710명(남자 360명, 여자 350명)의 주민이 살고 있다. 자연마을로 생곡·부창·양촌·지전 등이 있으며, 국도 34호선이 동서 방향으로 뻗어 있어 증평군과 이어지고, 지방도 516호선이 동북 방향으로 뻗어 있어 국도 21호선과 만난다. 주요 농산물로 쌀·마늘·고추·잎담배가 재배된다. 문화재로 충청북도 유형문화재 제142호인 이시발신도비(李時發神道碑), 충청북도 유형문화재 제91호인 진천태화4년명마애불입상(鎭川太和四年銘磨崖佛立像) 등이 있다.

충청북도 진천군 초평면 화산리

조사일시 : 2011.2.20
조 사 자 : 이창식, 최명환, 장호순, 김영선, 김보비

화산리 전경

화산리(畵山里)는 충청북도 진천군 초평면에 속하는 법정리이다. 화산리는 화암(畵岩)과 사산(斜山)에서 한 자씩 따서 생긴 지명이다. 화암은 빗길미 서남쪽에 있던 마을이다. 조선지지자료(1914년 이전)에는 두물둔지로 나오고, 화암이라는 한자 지명이 대응되어 있다. 사산은 본래 서남골 서북쪽에 있는 마을로 빗길미라고 불렀다. 빗길미는 비스듬한 형상의 산으로 해석되고 이에 대한 한자 지명이 사산이다.

1914년 행정구역 통폐합 정책에 따라 소도평리·하리·화암상리·화암하리·사산리·생팔리 일부 및 산정면 삼대랑하 문방면 오경리 일부를 병합하여 화산리라 명명하고 진천군 초평면에 속하게 하였다. 두타산이 북동쪽으로 뻗어 있고 중심부에는 초평저수지가 자리한다. 기후는 온난하고 수량은 풍부하다.

진천군청에서 동쪽으로 약 12.0km 떨어져 있다. 2009년 8월 31일 현재 면적은 12.65km²이며, 총 126가구에 311명(남자 165명, 여자 146명)의 주민이 살고 있다. 자연마을로는 사산·금오 등이 있으며, 주요 산물로 쌀·마늘·고추·엽연초가 생산되고 있다. 관광지로는 초평저수지가 있으며 낚시가 유명하다.

▌제보자

김복희, 여, 1922년생

주 소 지 : 충청북도 진천군 초평면 서낭골길 17-4
제보일시 : 2011.2.20
조 사 자 : 이창식, 최명환, 장호순, 김영선, 김보비

제보자 김복희는 괴산군 칠성면이 고향이
다. 19세에 초평면 화산리로 시집을 왔다.
화산리에 초평저수지가 생기게 되어 이주하
게 되었다. 멀리 가지 않고 화산리 근처인
사산마을에 자리를 잡았다. 현재 아들과 함
께 살고 있다.

제공 자료 목록
09_08_FOS_20110220_LCS_GBH_0112 방아 찧는 소리

김상예, 여, 1936년생

주 소 지 : 충청북도 진천군 초평면 원대길 25
제보일시 : 2011.1.26
조 사 자 : 이창식, 최명환, 장호순, 김영선, 김보비

제보자 김상예는 증평 남하리 서당골마을
이 고향이다. 6남매 중 둘째로 태어났는데,
현재 여동생 2명만 생존해 있다. 김상예는
서당골마을에서 살다가 부모님을 따라 근처
증평읍 남하리 한내마을로 이사를 갔다. 19
세에 결혼하여 2남 4녀를 두었다. 대보름

등에 했던 놀이 등을 기억하고 있었다. 널뛰기, 고무줄놀이, 풍감 묻기 등에 대해서 구체적으로 설명해 주었다.

제공 자료 목록
09_08_FOS_20110126_LCS_GSY_0320 잠자리 잡는 소리
09_08_FOS_20110126_LCS_GSY_0330 삼치기 놀이 하는 소리
09_08_FOS_20110126_LCS_GSY_0340 빠진 이빨 던지면서 부르는 소리

김종숙, 여, 1943년생

주 소 지 : 충청북도 진천군 초평면 석탄길 11
제보일시 : 2011.1.26
조 사 자 : 이창식, 최명환, 장호순, 김영선, 김보비

제보자 김종숙은 초평면 오갑리 석탄마을에 살고 있다. 현재 마을에 20가구 정도가 살고 있는데 김종숙은 젊은 편에 속한다. 석탄마을회관에서 여러 제보자들과 만났을 때 가장 젊었다. 제보자는 따로 한 일은 없고, 남편 뒷바라지와 자식들을 키우는 데 정성을 쏟았다고 한다. 어려서 불렀던 다리 뽑기 하는 소리와 아랫마을인 문백면 구곡리에 전승하는 농다리 이야기 등을 구연해 주었다.

제공 자료 목록
09_08_FOT_20110126_LCS_GJS_0250 농다리의 유래
09_08_FOS_20110126_LCS_GJS_0217 다리 뽑기 하는 소리

박옥순, 여, 1925년생

주 소 지 : 충청북도 진천군 초평면 삼선길 41
제보일시 : 2011.2.20
조 사 자 : 이창식, 최명환, 장호순, 김영선, 김보비

제보자 박옥순은 경기도 이천시 장호원읍이 고향이다. 18세에 결혼해서 서울에서 살았다. 한국전쟁이 일어나자 남편은 징집되어 군대에 갔다. 남편을 배웅하고 잠시 서울에서 머물다가 피란민 행렬에 섞여서 보은까지 피란을 가기도 하였다. 현재 남편은 국가유공자이다. 자녀는 3남매(2남 1녀)를 두었으며, 모두 출가하여 미국, 영국 등 멀리 나가 살고 있다. 남편 건강이 좋지 않아 2006년에 진천군 초평면 화산리 삼선마을로 이사를 오게 되었다고 한다.

제공 자료 목록
09_08_FOS_20110220_LCS_BOS_0310 다리 뽑기 하는 소리
09_08_FOS_20110220_LCS_BOS_0317 모래집 짓는 소리

장일분, 여, 1934년생

주 소 지 : 충청북도 진천군 초평면 석탄길 11
제보일시 : 2011.1.26
조 사 자 : 이창식, 최명환, 장호순, 김영선, 김보비

제보자 장일분은 증평군 도안면이 고향이다. 17세에 친정 오빠 소개로 진천군 초평면 오갑리 석탄마을에 사는 오빠 친구에게 시집을 왔다. 6남매(2남 4녀)를 두었다. 젊어서는 명을 짓고 베 짜는 일을 하기도 하였다.

베를 짜면서 불렀던 소리가 있었으나 지금은 잘 기억이 나지 않는다고 한다. 남편과 같이 농사를 지었으며 누에도 30여 년 정도 키웠다. 정월대보름에 소에게 오곡밥이나 떡을 먹이면서 축원했던 기억도 있다고 하였다. 근처에 위치한 보현사에 다녔으나 지금은 다리가 아파서 자주 가지 못한다고 한다.

제공 자료 목록

09_08_FOS_20110126_LCS_JIB_0211 베 짜는 소리
09_08_FOS_20110126_LCS_JIB_0216 다리 뽑기 하는 소리
09_08_FOS_20110126_LCS_JIB_0230 잠자리 잡는 소리

최근영, 남, 1920년생

주 소 지 : 충청북도 진천군 초평면 영구리길 224
제보일시 : 2011.2.20
조 사 자 : 이창식, 최명환, 장호순, 김영선, 김보비

제보자 최근영은 진천군 초평면 영구리 죽현마을 토박이다. 결혼을 하고 나서 일본으로 징용을 다녀왔다. 자녀는 6남매를 두었다. 담배 농사와 밭농사를 조금 하였으나 주로 논농사를 하였다.

제공 자료 목록

09_08_MFS_20110220_LCS_CGY_0212 아라리
09_08_MFS_20110220_LCS_CGY_0215 뱃노래

함순복, 남, 1935년생

주 소 지 : 충청북도 진천군 초평면 용정길 145-5
제보일시 : 2011.1.26
조 사 자 : 이창식, 최명환, 장호순, 김영선, 김보비

　제보자 함순복은 3남매 중 둘째로 태어났
으며 청주가 고향이다. 19세 무렵 군대를
갈 때 모친께서 돌아가셨다고 한다. 3남매(2
남 1녀)를 두었으며, 부인은 10여 년 전에
작고하였다. 함순복은 마을에서 유명한 소
리꾼으로 인정받고 있다. 북, 장구 등의 악
기를 잘 다룬다고 하였다. 채록 현장에서
직접 북을 치면서 운상하는 소리, 아라리,
각설이타령 등 다양한 소리를 구연해 주었다. 제보자의 여동생 또한 소리
를 잘한다고 하였다.

제공 자료 목록
09_08_FOS_20110126_LCS_HSB_0131 운상하는 소리
09_08_FOS_20110126_LCS_HSB_0134 묘 다지는 소리
09_08_FOS_20110126_LCS_HSB_0140 한오백년
09_08_FOS_20110126_LCS_HSB_0145 아라리
09_08_FOS_20110126_LCS_HSB_0152 잠자리 잡는 소리
09_08_FOS_20110126_LCS_HSB_0160 각설이 타령
09_08_MFS_20110126_LCS_HSB_0170 농민가

황희화, 여, 1926년생

주 소 지 : 충청북도 진천군 초평면 원대길 25
제보일시 : 2011.1.26
조 사 자 : 이창식, 최명환, 장호순, 김영선, 김보비

제보자 황희화는 증평군 중리마을이 고향
이다. 중리마을에서 19세에 결혼해 청주에
서 살았다. 진천군 초평면 오갑리 원대마을
에는 22세에 들어와서 현재까지 거주하고
있다. 3남 2녀를 두었으며 남편은 4년 전
81살에 작고하였다. 옛날에는 명을 잣고 베
를 짜면서 남편과 자식들 뒷바라지를 하기
도 하였다. 주로 남편과 함께 농사를 지었
다. 1940년대의 원대마을에 대해서 상세하게 기억하고 있었다. 특히 안택
할 때 법사들을 초청해서 했던 기억이 있다고 한다.

제공 자료 목록
09_08_FOS_20110126_LCS_HHH_0310 방아깨비 부리는 소리

농다리의 유래

자료코드 : 09_08_FOT_20110126_LCS_GJS_0250
조사장소 : 충청북도 진천군 초평면 석탄길 11
조사일시 : 2011.1.26
조 사 자 : 이창식, 최명환, 장호순, 김영선, 김보비
제 보 자 : 김종숙, 여, 69세
구연상황 : 조사자가 문백면 구곡리에 있는 농다리가 유명하지 않으냐고 물었다. 제보자
들은 농다리 놓을 때 전설이 있다면서 서로 구연해 주었다. 이야기를 다 들은
후, 마지막으로 제보자 김종숙이 이야기를 정리하였다.
줄 거 리 : 옛날에 어떤 할머니가 아들 한 명에 딸 아홉을 두었다. 어느 날 아들과 딸이
내기를 하였다. 아들은 서울에 다녀오고 딸은 다리를 놓는 것이었다. 진 사람
이 죽기로 하고 시작하였는데, 할머니가 보니까 아들이 지게 생겼다. 할머니
는 콩을 볶아서 딸들에게 주면서 쉬었다 하라고 하였다. 딸들이 콩을 먹다 보
니 아들이 먼저 도착했다. 그래서 딸 아홉은 죽었다고 한다. 그 딸들이 놓던
다리가 농다리이다.

(조사자 : 여, 농다리가 가깝잖아요?)

(보조 제보자1 : 가까워요.)

(조사자 : 예, 그 농다리가 옛날부터 유명한데, 어디 갈라면 농다리를 다
옛날에 글루 ……. 다리가 없을 땐 글로 갔어요?)

(보조 제보자1 : 아니, 저짝 저 동네 ……. 아이, 그 저 옛날에 인저 아
덜하고 딸하고 인저 그 다리를 놓는데.)

(조사자 : 예.)

(보조 제보자1 : 딸이 이길 것 같아서 아들을 이길라고. 그거 인제 장수찌
리 겨, 겨뤘었는가 봐. 그런데 인제 아들을 이기라고 엄마가 뭐를 이 …….)

[청중들이 서로 한 마디씩 한 후 이어진다]

(보조 제보자3 : 아들은 서울로 말 타고 고, 과거를 보러 가고. 또 이 딸은 콩을 볶어 줬대. 그래 딴 걸 안 주고. 그래서 콩 먹다 보니께 이 아들.)

(보조 제보자1 : 아니 그래서 그거 놓을 젠 그 아들딸이 둘이 났다는 전설이 있더라구요.)

(보조 제보자3 : 콩을 먹다 보니께 아들이 왔더래. 그래서래매 딸이 이겨 났더래요, 다.)

(조사자 : 아.)

(보조 제보자3 : 그래서래매 여기 뭐 놔두고서래 그래 콩을 볶어다 줬는데. 아 그냥 아들이 백토마를 타고 왔대요.)

(보조 제보자1 : 그래서 아들이 이겼지.)

(보조 제보자3 : 이기고 딸은 죽여 버렸단 얘기.)

(조사자 : 아, 그래서 딸을 다 죽었어요?)

(보조 제보자2 : 딸 아홉을 다 죽였다는 거 아녀, 그래서.)

(보조 제보자3 : 저기 그 ……)

(보조 제보자1 : 그래서 그게 암만 장마가 져도 대장마가 져도 고냥 있지. 안 떠내려간다는 거야.)

(보조 제보자3 : 근데 지금은 많이 고쳤어요.)

(조사자 : 그 농다리는 누가 만들었어요?)

(보조 제보자1 : 글쎄 그 사람들이. 그 장수가, 장수가 놓은 거라니까.)

어떤 할머니가 아들딸 십 남매를 뒀던 거지, 뭐. 근데, 아, 딸은 아홉이고 아들은 하나니깐.

(보조 제보자2 : 살릴라고.)

아들을 살려야지 딸을 죽, 살리면 되겠어. 그러니까.

(보조 제보자3 : 그래서 말을 타고서 갔다 오고.)

뭐를, 뭐를 어떻게 하느냐고 해서 이걸 내기를 했대는 겨. 내기를.

(조사자 : 네.)

그래 갖고 아들은 서울을 갔다 오고, 딸은 아홉이 다리를 놓고.

(조사자 : 예.)

그래 갖고 이 아들이 오면은 그 딸들. 먼저 오면 딸들 아홉을 다 죽이는 거고.

(조사자 : 예.)

만약에 그 다리가 먼저 놔 지구서 아들이 안 오면 딸을, 아들을 죽이는 거라나서. 엄마가 할 수 없어서 콩을 볶아다 줘 갖고서래매.

"이거 먹고 쉬어서 해라, 이거 먹고 쉬어서 해라."

하다가서래매. 그거 주서 먹다 보니까 아들이 오더랴.

(조사자 : 아.)

그래서 아, 아들이 이겨 갖고서 딸 아홉을 다 죽였대네.

방아 찧는 소리

자료코드 : 09_08_FOS_20110220_LCS_GBH_0112
조사장소 : 충청북도 진천군 초평면 서낭골길 17-4
조사일시 : 2011.2.20
조 사 자 : 이창식, 최명환, 장호순, 김영선, 김보비
제 보 자 : 김복희, 여, 90세
구연상황 : 초평면 화산리 사산마을에서 동제를 지낸다는 소식을 듣고 조사자들이 마을
을 찾았다. 오전에 마을 뒷산에서 지내는 동제를 참관한 후 사산노인정에서
제보자 김복희를 만났다. 예전 초평면에서 살 때 이야기 등을 듣다가 옛날 소
리를 요청하자 구연해 주었다.

덜크덩 쿵더쿵 찧는방아
언제나 다찧고 밤마실가나
아리아리 쓰리쓰리 아라리요
아리랑고개로 우리살짝 넘어가자

잠자리 잡는 소리

자료코드 : 09_08_FOS_20110126_LCS_GSY_0320
조사장소 : 충청북도 진천군 초평면 원대길 25
조사일시 : 2011.1.26
조 사 자 : 이창식, 최명환, 장호순, 김영선, 김보비
제 보 자 : 김상예, 여, 76세
구연상황 : 조사자가 제보자 김상예에게 잠자리 잡을 때 부르는 소리를 요청하자 구연해
주었다.

나마리 동동

파리 동동

멀리멀리 가지마라

똥물먹고 죽는다

샅치기 놀이 하는 소리

자료코드 : 09_08_FOS_20110126_LCS_GSY_0330

조사장소 : 충청북도 진천군 초평면 원대길 25

조사일시 : 2011.1.26

조 사 자 : 이창식, 최명환, 장호순, 김영선, 김보비

제 보 자 : 김상예, 여, 76세

구연상황 : 조사자가 제보자들과 놀이하는 소리에 대해 알려줄 것을 요청하였다. 조사자
가 다리를 치면서 제보자 김상예에게 샅치기 놀이를 아느냐고 묻자 잩치기라
면서 구연해 주었다. 잩치기는 각 사람에게 번호를 매긴 후 모든 사람이 같이
네 박자(손바닥으로 무릎 동시에 치기-손바닥 마주치기-오른손 빼기-왼손
빼기)로 손바닥을 이용해 잩치기라고 외치다가 한 사람을 뽑는 것이다. 그러
면 그 사람이 술래가 되어 노래를 부른다고 한다.

(조사자 : 그럼, 이건 했었어요, 혹시?)

[질문을 하면서 조사자가 자신의 다리를 치면서 샅치기 하는 흉내를 내
었다]

어, 어.

(조사자 : 그걸 뭐라 그랬어요?)

뭐지 그게?

(보조 제보자 : 잩치기 잩치기 …….)

잩치기 잩치기 잩차차

[조사자가 다시 해 달라고 요구하였다]

(조사자 : 한번 해 보셔, 조금만 해 보셔. 잘치기 잘치기 잘차차)

이렇게.

(조사자 : 에, 다시 한 번 해 보셔요.)

　　잘치기 잘치기 잘차차

이렇게 때리는 거예요. 자꾸 안 돼.

(조사자 : 자, 다시 한 번 해 보셔요.)

　　잘치기 잘치기 잘차차

이렇게.

(조사자 : 그래 가지고 이제 번호. 네, 다섯 사람이 있으면은 일번, 이번, 삼번, 사번, 오번까지 있으면은 인제 이렇게 이렇게 하다가 삼번 …….)

찍는 겨, 찍는 겨.

(조사자 : 에, 또 삼번이 이렇게 하고.)

그 사람이 노래하는 겨.

(조사자 : 예.)

노래시키는 거야.

(조사자 : 예.)

빠진 이빨 던지면서 부르는 소리

자료코드 : 09_08_FOS_20110126_LCS_GSY_0340
조사장소 : 충청북도 진천군 초평면 원대길 25
조사일시 : 2011.1.26
조 사 자 : 이창식, 최명환, 장호순, 김영선, 김보비

제 보 자 : 김상예, 여, 76세

구연상황 : 조사자가 제보자 김상예에게 이빨이 빠졌을 때 지붕에 던지면서 불렀던 소리
를 요청하였다. 제보자 김상예가 구연해 주었다.

(조사자 : 이빨이 인제 빠지면은, 빼지만은 옛날에 실 묶어 가지고 흔들
리면 해 가지고 확 뺏잖아요, 어른들이?)

(보조 제보자 : 그려.)

어른들이 이렇게 해 가지고 여기 마빡(이마)을 탁 치면서 탁 채요.

(조사자 : 예, 채 가지고 어, 이가 빠졌을 때 지붕에 이래 던지잖아요?)

어 저기, 헌 이는 너 갔고 새 이는 나 다고 이렇게 했죠.

(조사자 : 예, 그거로 해 보셔요.)

뭐를?

(조사자 : 이를 던지면서 해 보셔요. 던진다고 생각하고 해 보셔요.)

그러니께 이제 뺐잖아?

(조사자 : 예.)

그랬이면은.

　　　헌이는 너갖고
　　　새이는 나다고

(조사자 : 예.)

그렇하는 거예요.

(조사자 : 음.)

그래서 지붕에다 얹어.

(보조 제보자 : 시방은 빠서 내버리지 그 전에는 지붕에다 얹어 왜?)

아이구 안 빠서 내 버렸어요.

다리 뽑기 하는 소리

자료코드 : 09_08_FOS_20110126_LCS_GJS_0217
조사장소 : 충청북도 진천군 초평면 석탄길 11
조사일시 : 2011.1.26
조 사 자 : 이창식, 최명환, 장호순, 김영선, 김보비
제 보 자 : 김종숙, 여, 69세
구연상황 : 제보자 장일분의 다리 뽑기 하는 소리가 끝나자, 제보자 김종숙이 자신이 아는 것은 다르다면서 구연해 주었다.

이거리 저거리 각거리
천두 만두 두만두
짝 벌려 평양강
오리 김치 사래육
육두 육두 전라두

다리 뽑기 하는 소리

자료코드 : 09_08_FOS_20110220_LCS_BOS_0310
조사장소 : 충청북도 진천군 초평면 삼선길 41
조사일시 : 2011.2.20
조 사 자 : 이창식, 최명환, 장호순, 김영선, 김보비
제 보 자 : 박옥순, 여, 87세
구연상황 : 조사자들이 초평면 신통리 삼선마을 삼선경로당에 들렀을 때, 몇 분의 할머니가 앉아서 대화를 하고 있었다. 조사 취지를 설명한 후 채록하였다. 제보자 박옥순은 외지 사람으로 이 마을에 들어온 지 몇 해 되지 않았다고 하면서 나서서 조사자들의 질문에 답해 주었다.

이거리 저거리 각거리
천두 만두 수만두
짝 발려 새양강

옥두 옥두 전라두
전라감사 조개야
어랭이 터렁이
목을걸고 턱걸이

모래집 짓는 소리

자료코드 : 09_08_FOS_20110220_LCS_BOS_0317
조사장소 : 충청북도 진천군 초평면 삼선길 41
조사일시 : 2011.2.20
조 사 자 : 이창식, 최명환, 장호순, 김영선, 김보비
제 보 자 : 박옥순, 여, 87세
구연상황 : 조사자가 어렸을 때 모래집을 지으면서 불렀던 소리를 요청하자 제보자 박옥
순이 구연해 주었다.

두껍아 두껍아
네집 져주께
내집 져다고

베 짜는 소리

자료코드 : 09_08_FOS_20110126_LCS_JIB_0211
조사장소 : 충청북도 진천군 초평면 석탄길 11
조사일시 : 2011.1.26
조 사 자 : 이창식, 최명환, 장호순, 김영선, 김보비
제 보 자 : 장일분, 여, 78세
구연상황 : 조사자들이 초평면 오갑리 석탄마을 석탄마을회관에 도착했을 때, 할머니 네
분이 방에 있었다. 편하게 누워서 쉬고 있다가 갑작스러운 조사자들의 방문에
낯설어하였다. 조사취지를 설명하면서 마을에 대해 간단히 묻자, 제보자 장일

분을 중심으로 옛날에도 이런 조사하러 다닌 학생이 있었다면서 곧 익숙해 하셨다. 제보자 장일분은 예전에 자신의 어머니가 삼베를 짰었다고 하면서, 자신도 어려서 부른 기억이 있다고 하였다. 조사자가 불러줄 것을 요청하자 잘 모른다고 하면서 구연해 주었다.

저사궁에다 베틀을놓고
서사궁에다 잉아를단다
잉앗대는 삼사형제
눌림대는 외독신이라
아가아가 베잘짜라
사랑도방안에 지녁에왔다
낮짜는건 일광단이요
밤에짜는건 월광단이라
월광단일광단 다짜놓고
어느내시절에 시집을갈꼬

다리 뽑기 하는 소리

자료코드 : 09_08_FOS_20110126_LCS_JIB_0216
조사장소 : 충청북도 진천군 초평면 석탄길 11
조사일시 : 2011.1.26
조 사 자 : 이창식, 최명환, 장호순, 김영선, 김보비
제 보 자 : 장일분, 여, 78세
구연상황 : 제보자 장일분의 베 짜는 소리가 끝나고 조사자가 어렸을 때 불렀던 다른 소리가 있느냐고 물었다. 조사자가 다리를 두드리는 시늉을 하며 소리를 요청 하자 제보자 장일분이 구연해 주었다.

이거리 저거리 각거리
천두 만두 구만두

짝 벌려 새양강

오리 김치 사래육

잠자리 잡는 소리

자료코드 : 09_08_FOS_20110126_LCS_JIB_0230
조사장소 : 충청북도 진천군 초평면 석탄길 11
조사일시 : 2011.1.26
조 사 자 : 이창식, 최명환, 장호순, 김영선, 김보비
제 보 자 : 장일분, 여, 78세
구연상황 : 조사자가 잠자리 잡을 때 불렀던 소리를 요청하자 제보자 장일분이 구연해
　　　　　주었다.

나마리 동동

파리 동동

멀리멀리 가지말고

요기요기 앉어라

그랬지. 옛날에 어렸을 적에 들은 거…….

운상하는 소리

자료코드 : 09_08_FOS_20110126_LCS_HSB_0131
조사장소 : 충청북도 진천군 초평면 용정길 145-5
조사일시 : 2011.1.26
조 사 자 : 이창식, 최명환, 장호순, 김영선, 김보비
제 보 자 : 함순복, 남, 77세
구연상황 : 조사자들이 초평면 용정리 양촌경로당에 들어서서 먼저 할머니방으로 들어
　　　　　갔다. 좁은 방에 이십여 명의 할머니들이 모여 화투를 하는 무리, 이야기를

하는 무리 등으로 나뉘어 있었다. 조사자들이 좁은 자리에 끼어들어 소리를
유도하였다. 그러나 중구난방으로 이야기가 이어지고, 조사자들을 부정적으로
바라보는 시각이 있어서 구연현장이 매끄럽지 못하였다. 상황이 여의치 않다
고 판단한 조사자들은 인사를 드린 후 바로 옆의 할아버지방으로 이동하였다.
방에는 여섯 분의 할아버지들이 텔레비전을 보거나 서로 이야기를 하고 있었
다. 조사취지를 설명한 후 마을의 유래 등을 물었다. 제보자 권상옥, 김명환,
박진수, 함순복 등에게서 마을의 역사, 놀이 이야기 등을 들을 수 있었다. 조
금 지나 이야기판이 흥겨워지자, 함순복에게 운상할 때 불렀던 소리를 부탁하
였다. 제보자 함순복이 간단하게 불러 주었다. 조사자들은 제보자 함순복에게
이것저것 물으면서 아는 소리들을 해 달라고 요청하였다. 또 조사자들이 사소
한 이야기를 하면서 새로운 술자리를 만들자 새로운 소리판이 형성되었다. 제
보자 함순복이 악기가 필요하다고 하였고, 조사자들이 밖에서 굵은 담뱃대를
가져와 북채를 마련하였다. 본격적으로 소리판이 형성되자 조사자가 운상할
때 불렀던 소리를 요청하였다. 제보자 함순복이 북을 치면서 앞소리를 하였
고, 다른 제보자들이 뒷소리를 하였다.

[북을 치면서 소리를 한다]

어허 허야 에헤 에야

(청중 : 어허 허야 에헤 에야)

울긋불긋 홍밖에덩쿨 울타리가지를 둘러싸네

(청중 : 어허 허야 에헤 에야)

마당곁에 면데두고 임에손같이 손만따고

(청중 : 어허 허야 에헤 에야)

나무라도 군목이되면 오던새도 아니오고

(청중 : 어허 허야 에헤 에야)

사람이라도 늙어지면 오던님도 아니오네

(청중 : 어허 허야 에헤 에야)

세상천지 만물중에 사람밖에 또있는가

(청중 : 어허 허야 에헤 에야)

여보시오 시주님네 이내말씀 들어보소

(청중 : 어허 허야 에헤 에야)

석가여래 공덕으로 아버님전에 뼈를빌어

(청중 : 어허 허야 에헤 에야)

어머님전 살을빌어 일직사자에게 명을빌어

(청중 : 어허 허야 에헤 에야)

고만 혀. 녹이 슬어서 안 돼.

묘 다지는 소리

자료코드 : 09_08_FOS_20110126_LCS_HSB_0134
조사장소 : 충청북도 진천군 초평면 용정길 145-5
조사일시 : 2011.1.26
조 사 자 : 이창식, 최명환, 장호순, 김영선, 김보비
제 보 자 : 함순복, 남, 77세
구연상황 : 조사자가 운상하는 소리에 이어 묘를 다지면서 하는 소리를 요청하였다. 제
　　　　　보자 함순복이 북을 치면서 앞소리를 하였고, 청중들이 뒷소리를 받으면서 구
　　　　　연해 주었다.

에헤 달기호

(청중 : 에헤 달기호)

신춘은 영록이나 양순은 기걸이오

(청중 : 에헤 달기호)

우리인생 한번가면 다시오기 어려워라

(청중 : 에헤 달기호)

인간백년 다살아도 잠든날과 병든날을

(청중 : 에헤 달기호)

아이구머니나 아이구, 안 돼.

한오백년

자료코드 : 09_08_FOS_20110126_LCS_HSB_0140
조사장소 : 충청북도 진천군 초평면 용정길 145-5
조사일시 : 2011.1.26
조 사 자 : 이창식, 최명환, 장호순, 김영선, 김보비
제 보 자 : 함순복, 남, 77세
구연상황 : 제보자 함순복은 운상하는 소리, 땅 다지는 소리 등을 구연하였다. 제보자들
에게 마을 샘의 유래 등을 듣다가 조사자가 아무 소리나 하나 더 해 달라고
요청하자, 제보자 함순복이 구연해 주었다.

아무렴 그렇구말구
한오백년 사자는데 웬성화요
꽃같은 내청춘 절로늙어
남은탄생을 어느곳에다 들고지고
아무렴 그렇구 그렇구말구
한오백년 사자는데 웬성화요

아라리

자료코드 : 09_08_FOS_20110126_LCS_HSB_0145
조사장소 : 충청북도 진천군 초평면 용정길 145-5
조사일시 : 2011.1.26
조 사 자 : 이창식, 최명환, 장호순, 김영선, 김보비
제 보 자 : 함순복, 남, 77세
구연상황 : 조사자가 아라리를 요청하자 제보자 함순복이 구연해 주었다.

비가 올라나
눈이 올라나
억수장마가 질라나
만수산에 먹구름은
막 모여나 드네

잠자리 잡는 소리

자료코드 : 09_08_FOS_20110126_LCS_HSB_0152
조사장소 : 충청북도 진천군 초평면 용정길 145-5
조사일시 : 2011.1.26
조 사 자 : 이창식, 최명환, 장호순, 김영선, 김보비
제 보 자 : 함순복, 남, 77세
구연상황 : 조사자가 잠자리 잡을 때 불렀던 소리가 있지 않으냐고 물었다. 그러자 제보
자 함순복이 바로 구연해 주었다. 제보자 함순복은 총 세 번을 불렀는데, 그
중 세 번째 부른 것을 채록하였다.

나마리 동동
파리 동동
앉을자리나 좋다
볼자리 좋다
똥물먹고 뒤질까
멀리멀리 가지마라

각설이 타령

자료코드 : 09_08_FOS_20110126_LCS_HSB_0160

조사장소 : 충청북도 진천군 초평면 용정길 145-5

조사일시 : 2011.1.26

조 사 자 : 이창식, 최명환, 장호순, 김영선, 김보비

제 보 자 : 함순복, 남, 77세

구연상황 : 조사자가 제보자들이 어려서 놀 때 불렀던 소리들을 요청하였다. 제보자들은 잠자리 잡을 때 불렀던 소리, 방아깨비 잡아서 놀렸던 소리, 이빨 빠졌을 때 던지면서 부르는 소리, 냇가에서 모래집 지으면서 불렀던 소리 등을 해 주었다. 이어 조사자가 각설이가 왔을 때 하는 소리도 있지 않으냐고 묻자 제보자 함순복이 구연해 주었다.

지난해왔던 각설이가

죽지도않고 또왔네

얼씨구잘한다 절씨구잘한다

나물먹고 물마시고

팔을베고 누웠으니

대장부의 살림살이가

이만하면 만족하지

얼씨구씨구씨구 잘한다

방아깨비 부리는 소리

자료코드 : 09_08_FOS_20110126_LCS_HHH_0310

조사장소 : 충청북도 진천군 초평면 원대길 25

조사일시 : 2011.1.26

조 사 자 : 이창식, 최명환, 장호순, 김영선, 김보비

제 보 자 : 황희화, 여, 86세

구연상황 : 조사자들이 초평면 오갑리 원대노인정 할머니방에 들어갔다. 비좁은 방에 여덟 명의 제보자들이 있었다. 화투를 하는 사람들 곁에 있던 제보자 황희화에게 마을 이야기를 물으면서 개인사를 들었다. 화투를 하는 것을 보고 있던 제보자 김상예가 조사자들의 이야기에 관심을 기울이며 화투를 하는 무리와 이

야기를 하는 무리로 나뉘었다. 제보자 황희화가 먼저 잠자리 잡으면서 불렀던 소리를 구연해 주었지만 채록으로 담지는 못했다. 조사자가 이어 방아깨비를 잡아서 놀릴 때 부르는 소리를 요청하였다. 제보자 황희화가 방아깨비를 놀릴 때 했던 행동을 같이하면서 구연해 주었다.

이렇게 긴 메뚜기를 여기선 뭐라고 그랬어요?

한가치.

(조사자 : 한가치.)

응.

(조사자 : 한가치 다리를 잡고 이래 뭐라 그래잖아요.)

(보조 제보자 : 아침방아 쩌라.)

　　　아침방아 쩌라
　　　저녁방아 쩌라

이랬어요.

(조사자 : 그걸 소리로 다시 한 번 해 보세요.)

　　　아침방아 쩌라
　　　저녁방아 쩌라

그라면 후떡후떡 하잖어.

[청중들의 웃음]

아라리

자료코드 : 09_08_MFS_20110220_LCS_CGY_0212
조사장소 : 충청북도 진천군 초평면 영구리길 224
조사일시 : 2011.2.20
조 사 자 : 이창식, 최명환, 장호순, 김영선, 김보비
제 보 자 : 최근영, 남, 92세
구연상황 : 조사자가 초평면 영구리 죽현마을 죽현노인정에 들어섰을 때, 제보자 최근영
과 부인이 있었다. 최근영은 술을 많이 마신 상태였으나, 조사자들이 옛날 소
리를 요청하자 잘 모른다면서 구연해 주었다.

무명질 단속갓은 입었을망정
이심거리 하이칼라는 누날루볼려
아리랑 아리랑 아라리가났네

뱃노래

자료코드 : 09_08_MFS_20110220_LCS_CGY_0215
조사장소 : 충청북도 진천군 초평면 영구리길 224
조사일시 : 2011.2.20
조 사 자 : 이창식, 최명환, 장호순, 김영선, 김보비
제 보 자 : 최근영, 남, 92세
구연상황 : 조사자가 옛 소리를 하나 더 해 달라고 하자 제보자 최근영이 구연해 주었다.

우리가 살면은 몇백년사느냐
살아생전 마음놓고 잘지내보자꾸나
어야노 얏노야 어야노 야노 어기여차

뱃놀이 가자꾸나

농민가

자료코드 : 09_08_MFS_20110126_LCS_HSB_0170
조사장소 : 충청북도 진천군 초평면 용정길 145-5
조사일시 : 2011.1.26
조 사 자 : 이창식, 최명환, 장호순, 김영선, 김보비
제 보 자 : 함순복, 남, 77세
구연상황 : 이야기 구연이 한창 진행되다가 제보자 함순복이 자신이 아는 소리를 하겠다며서 구연해 주었다. 소리가 중간에 끊겼지만 제보자 함순복은 농부의 전 생애를 담은 노래라고 한다. 별안간 하려니 기억이 잘 나지 않는다고 하였다.

하느님이 주신 나라 그거 조금 해 볼까?

(조사자 : 예.)

하느님이 주신나라

편편옥토가 이아닌가

봄이되면 소를몰아

상변낙변에 논밭갈고

높은데갈면은 밭이되고

낮은데갈면은 논이되지요

봄이되면 씨앗뿌려

아유, 몰라 이거 하다가 갑자기 또 ……. 봄이 되면 씨앗 뿌려 에, 여름 되면 비가 와. 인제 그 알았는데 별안간 할려니까 안 되는 거예요.

(조사자 : 농사타령, 어.)

▌엮은이 소개

이창식 동국대학교 사범대학 국어교육과를 졸업하고 동 대학원 국어국문학과에서 문학박사 학위를 받았다. 현재 세명대학교 미디어문화학부 교수로 재직 중이다. 문화창조연구원장, 한국공연문화학회장, 문화재위원 등을 역임하였다. 주요 저서로는『충북의 민속문화』,『충북의 구전민요』,『한국의 유희민요』,『전통문화와 문화콘텐츠』등이 있다.

최명환 세명대학교 한국어문학과를 졸업하고, 강원대학교 대학원 국어국문학과에서 문학박사 학위를 받았으며, 한국외국어대학교 대학원 글로벌문화콘텐츠학과에서 박사과정을 수료하였다. 현재 강원대학교 사회과학연구원 전임연구원으로 있다. 주요 저서로는『충북 민속문화의 길잡이』,『강원도 산간문화』,『양리 사람들의 삶과 문화』등이 있다.

장호순 세명대학교 한국어문학과를 졸업하고, 충북대학교 대학원 국어국문학과 박사과정을 수료하였다. 주요 논문으로는「민요 '너리기펀지기' 전승과 활용」등이 있다.

김영선 세명대학교 한국어문학과를 졸업하고, 동 교육대학원에서 교육학석사 학위를 받았다. 주요 논문으로는「마고할미와 다자구할머니 설화의 전승양상」등이 있다.

증편 한국구비문학대계 3-7
충청북도 진천군

초판 인쇄 2016년 12월 21일
초판 발행 2016년 12월 28일

엮 은 이 이창식 최명환 장호순 김영선
엮 은 곳 한국학중앙연구원 어문생활사연구소
출판기획 유진아

펴 낸 이 이대현
펴 낸 곳 도서출판 역락
편　　집 권분옥
디 자 인 이홍주

주　　소 서울시 서초구 동광로46길 6-6(반포4동 577-25) 문창빌딩 2층
등　　록 1999년 4월 19일 제303-2002-000014호
전　　화 02-3409-2058, 2060
팩　　스 02-3409-2059
이 메 일 youkrack@hanmail.net

값 45,000원

ISBN 979-11-5686-704-3 94810
　　　978-89-5556-084-8(세트)